HARRIET TYCE

LÜGEN KÖNNEN TÖTEN

HARRIET
TYCE

LÜGEN KÖNNEN TÖTEN

ROMAN

Aus dem Englischen von Kerstin Winter

DIANA

Von Harriet Tyce sind im Diana Verlag erschienen:
Blood Orange – Was sie nicht wissen
Lügen können töten

FSC www.fsc.org
MIX
Papier aus verantwortungsvollen Quellen
FSC® C014496

Penguin Random House Verlagsgruppe FSC® N001967

Deutsche Erstausgabe 06/2021

Die Originalausgabe erschien 2020 unter dem Titel
Lies You Told bei Headline, London

Redaktion: Janine Malz
Umschlaggestaltung: t.mutzenbach design, München
Umschlagdesign: Faceout Studio
Umschlagmotiv: © Magdalena Russocka/Trevillion Images;
Regina Foster/Shutterstock.com
Satz: Leingärtner, Nabburg
Druck und Bindung: GGP Media GmbH, Pößneck

Printed in Germany
ISBN 978-3-453-44089-0

www.diana-verlag.de
Dieses Buch ist auch als E-Book lieferbar.

Für Sarah Hughes – meine liebste Freundin.
Den Rimmel-Lidschatten werde ich nie vergessen …

ERSTER TEIL

EINS

Es ist das erste Mal, dass ich im Zimmer meiner Mutter schlafe. Jedenfalls soweit ich mich erinnern kann. Es ist kalt. Nur mein Arm ragt unter der Decke hervor. Meine Haut fühlt sich klamm an, meine Finger sind eisig. Ich wälze mich herum, mummele mich ein und zapfe Robins Wärme an. Sie schlummert leise schnaufend neben mir. Es ist zwei Jahre her, seit sie das letzte Mal bei mir im Bett schlafen wollte, aber die Temperaturen im Haus haben sie bezwungen. Am Abend nach unserer Ankunft betrat sie das Zimmer, das ich für sie hergerichtet hatte, und machte augenblicklich kehrt.

»Es ist eiskalt«, sagte sie. »Und das komische Bild an der Wand gefällt mir auch nicht.«

»Ich hänge es ab«, versprach ich, protestierte aber nicht, als sie in mein Bett kommen wollte. Ich will sie nicht aus den Augen lassen.

Die Decke ist zu dünn. Ich habe gestern Abend zusätzlich unsere Mäntel über uns ausgebreitet, aber sie sind in der Nacht hinuntergerutscht. Ich strecke den Arm aus, um sie wieder über uns zu ziehen, ohne Robin dabei zu wecken, damit sie noch ein paar Minuten weiterschlafen kann. Es wird eisig sein, wenn wir aufstehen.

Der Gasheizer ist noch da. Früher hat meine Mutter mir im Winter manchmal erlaubt, mich davor anzuziehen, doch ich durfte dem Ding nicht zu nahe kommen, geschweige denn es anfassen. Noch immer habe ich Angst davor. Er ist braun, glänzend und scharfkantig, der Lack in den Rippen abgeplatzt, die Keramikbrenner sind rußgeschwärzt. Ich weiß nicht einmal, ob er noch funktioniert. Der einst weiße Kamin, der ihn umgibt, ist vergilbt und weist oberhalb der Feuerstelle Ruß auf. Gestern Abend habe ich mich von den Porzellanfiguren, die sich auf dem Sims drängen, abgewandt, aber im dämmrigen Licht des Morgens erkenne ich, dass es dieselben sind wie früher – lächelnde Schäferinnen und der Pierrot mit dem leeren Grinsen.

Robin regt sich neben mir, seufzt, nickt wieder ein. Ich will sie nicht wecken. Der heutige Tag wird noch hart genug für sie werden. Beklommenheit erfasst mich. Das feuchtkalte Zimmer lastet schwer auf mir, und immer wieder muss ich an das behagliche Haus denken, das zu verlassen wir gezwungen waren. Der Kontrast zwischen dem Zimmer hier, das Robin nicht will, und ihrem eigenen mit den rosa Bettvorhängen und den Lammfellen auf dem Boden könnte nicht größer sein. Im Haus meiner Mutter gibt es keine Lammfelle – nur einen Widderschädel mit furchterregenden Hörnern im Treppenhaus.

Doch hier sind wir sicher. Weit weg. Noch immer schlafend dreht Robin sich zu mir, ihr warmer Arm neben meinem, das Erdmännchen, das meine beste Freundin Zora ihr gestrickt hat, fest in der Hand. Meine Atmung beruhigt sich. Nach allem, was passiert ist, hätte ich trotz aller Behaglichkeit auch in unserem alten Haus gefroren. Ich schaudere, der Schock ist noch präsent. Tief ein- und ausatmen. Wir sind jetzt hier.

Ich taste nach meinem Handy auf dem Nachttisch und

blicke aufs Display. Nichts. Keine Nachricht. Der Akku ist beinahe leer; natürlich befinden sich keine Steckdosen neben dem Bett, aber immerhin funktioniert die Elektrizität noch. Hauptsache wir bringen uns nicht selbst per Stromschlag um, ehe ich jemanden kommen lassen kann, der die Leitungen für uns überprüft. Ich lege mich wieder zurück und erstelle im Geist eine Liste aller Dinge, die für die Sicherheit im Haus zwingend notwendig sind; die schiere Menge der zu erledigenden Aufgaben droht mich zu erdrücken. Wenigstens werde ich keine Zeit haben, an etwas anderes zu denken.

»Wie spät ist es?«, murmelt Robin, dreht sich auf den Rücken und streckt sich.

»Fast sieben«, antworte ich. Ich zögere. »Wir stehen besser auf.«

Doch der Unwille, der Kälte zu trotzen, ist groß, und wir bleiben noch einen Moment lang liegen. Schließlich wappne ich mich, schiebe unsere Decken zurück und springe auf.

»Du bist so gemein.« Robin setzt sich hastig auf. »Muss ich duschen? Im Bad ist es eiskalt.«

»Nein, schon okay. Ich kümmere mich nachher darum.«

Sie rennt in ihr Zimmer, um sich fertig zu machen, und ich höre sie poltern, während ich Jeans und Pulli überziehe, ohne einen Gedanken an mein Aussehen zu verschwenden. Es ist zu kalt für Eitelkeit.

»Ich will da nicht hingehen«, sagt Robin. Sie legt den Toast, in den sie noch nicht einmal gebissen hat, wieder auf ihren Teller zurück. Mir sinkt der Mut.

»Ich weiß.«

»Das wird bestimmt schrecklich.« Sie wendet sich ab, schlingt ihr Haar zu einem Knoten und steckt ihn auf dem Kopf fest.

»Vielleicht findest du es gar nicht so schlecht.«

»Doch, das weiß ich jetzt schon«, erwidert sie und sieht mich direkt an. Dazu fällt mir nichts ein.

Sie wird heute zum ersten Mal in der nagelneuen, gestärkten Uniform in die sechste Klasse einer neuen Schule gehen, Jahre nachdem alle anderen sich längst in Cliquen und Grüppchen zusammengefunden haben. Die Uniform passt nicht einmal richtig: Die weiße Bluse sitzt am Hals zu weit, der Rock ist zu lang, das helle Rot der Strickjacke macht sie blass. Alles, was wir gestern übereilt in dem Geschäft an der Finchley Road gekauft haben, erinnert mich an meine Kindheit. Meine Kehle zieht sich zu, aber ich ringe mir ein Lächeln ab.

»Das wird schon«, sage ich mit einem Hauch Verzweiflung in meiner Stimme. »Bestimmt lernst du im Handumdrehen nette neue Freundinnen kennen.« Ich nehme mir einen Toast, schaue einen Moment auf ihn herab, lege ihn wieder hin. Ich habe auch keinen Hunger.

»Ja, vielleicht«, gibt Robin zweifelnd zurück. Sie ist fertig mit ihren Haaren, holt ihr Handy aus der Tasche und lässt sich sofort vom Bildschirm vereinnahmen. Beinahe greife ich danach, beherrsche mich aber. Hat Andrew ihr eine Nachricht geschickt, um seiner Tochter einen guten Start an der neuen Schule zu wünschen? Ich weiß nicht, ob Robin und ihr Vater miteinander gesprochen haben, seit wir gegangen sind. Seit wir gehen mussten. Robin scrollt und scrollt, ihre Augen huschen hin und her.

Schließlich kann ich mich nicht mehr zurückhalten. »Irgendwas Interessantes?«, frage ich betont gelassen. »Hat sich dein Dad gemeldet?« Wie beiläufig nehme ich mein eigenes Handy und stecke es in meine Handtasche.

Robin blickt auf, das Gesicht blass und ausdruckslos, die Augen so braun wie das Haar. Sie schüttelt den Kopf. »Dad nicht«, antwortet sie. »Hast du denn noch nicht mit ihm gesprochen?«

Ich lächele und bleibe neutral. Sie soll glauben, dass alles normal ist. Sie muss nicht wissen, dass das letzte Gespräch mit ihrem Vater ein hitziger Schlagabtausch am Telefon war, den er abrupt beendete. *Verschwindet einfach*, hatte er gesagt. *Ich will euch nicht mehr hier haben. Euch beide nicht.* Mit einer Verachtung in der Stimme, die ich nie zuvor bei ihm gehört hatte.

Ich habe mir mit meiner Antwort zu viel Zeit gelassen. Robin sieht mich noch immer an, und in ihrer Miene zeichnet sich eine Frage ab.

»Gibt es neuen Klatsch und Tratsch? Chattest du mit jemandem?«, frage ich bemüht. In den vergangenen Monaten hat es zwischen Robins Freundinnen und anderen Leuten in ihrer alten Klasse einen komplizierten Streit gegeben, dessen Entwicklung ich gespannt verfolgt habe.

»Die schlafen doch alle, Mum. Zu Hause ist es noch mitten in der Nacht.«

»Klar, tut mir leid. Daran habe ich gar nicht gedacht.« Ich entschuldige mich zu viel. Die Worte hängen in der Luft, bis Robin nachgibt.

»Aber es sind ein Haufen Nachrichten eingegangen, während ich geschlafen habe. Am Freitag hat Tyler statt

Emma im Bus neben Addison gesessen, und jetzt redet niemand mehr mit Addison.«

»Oh, Mann …«

»Ich weiß, es ist blöd.« Sie schaut noch einmal aufs Display, ehe sie das Handy auf den Tisch fallen lässt.

»Vielleicht ist es einfacher, wenn man in eine reine Mädchenschule geht«, versuche ich überzeugend zu klingen und scheitere.

Robin zuckt die Achseln. »Das werde ich wohl bald rausfinden.«

Das letzte Jahr der Grundschule. Meine Erinnerungen daran sitzen tief. Alle werden elf, einige sehen schon aus wie Teenager, andere noch wie Kinder. Wenigstens befindet Robin sich in der Mitte dieses Spektrums; sie ist weder zu groß noch zu klein noch ragt sie durch ein anderes Entwicklungsextrem hervor. Es wird auch so schon schwer genug werden. Ich unterdrücke einen Schauder, als ich an die Ablehnung, an die Boshaftigkeit meiner Mitschülerinnen zurückdenke. Was immer mir bevorsteht – zumindest muss ich mich nicht noch einmal in eine neue Schule einfügen.

»Ich kann mir gar nicht vorstellen, wie sie ohne deine Vermittlung zurechtkommen sollen.«

»Das tun sie auch nicht«, sagt Robin ernsthaft. »Ohne mich verkrachen sie sich erst richtig. Und ich kann die Nachrichten nie und nimmer alle rechtzeitig lesen.«

»Ach, die werden sich schon zusammenraufen. Und bald siehst du sie ja wieder. Vielleicht schon in den Weihnachtsferien.«

Robin sagt nichts. Es sind zu viele Veränderungen auf

einmal. Zu viele, zu schnell. Meine und Robins Welt ist innerhalb von wenigen Tagen auf den Kopf gestellt worden. Die Luft lastet schwer auf uns.

»Ich weiß, dass es nicht leicht ist. Aber wir schaffen das. Wir haben Glück, dass wir hierherkommen konnten. Deine Schule zu Hause war toll, aber wir wollten immer schon, dass du hier in London in die Schule gehst. Es wird dir gefallen.« Meine Stimme verklingt. Ich denke an den hektischen letzten Tag in Brooklyn, als ich mit einem festgetackerten Lächeln auf dem Gesicht Kleidung in Taschen warf und Robin eiskalte Lügen erzählte, warum wir wegmussten. Und zwar sofort und ohne eine Chance, uns zu verabschieden.

»Und du warst gerne dort? Und bist sicher, dass es mir gefallen wird?«

»Ja«, antworte ich. Noch eine Lüge. Wenn auch diesmal eine vergleichsweise kleine.

»Aber einmal hast du mir erzählt, dass du keine so tolle Kindheit hattest«, wendet Robin ein. Sie ist clever, meine Tochter. Zu clever.

Ich fasse mich schnell. »Das hatte mehr mit meinem Zuhause zu tun«, sage ich. »Mit deiner Großmutter. Sie hielt nicht viel von Kindern – nicht einmal von ihren eigenen. Die Schule war meine Zuflucht. Klar, es gab schwierige Momente, aber ich habe Freundinnen gefunden. Und die Bibliothek habe ich geliebt. In der Oberstufe bin ich sogar Schulsprecherin geworden, mein Name stand auf einem Schild – das war ziemlich cool. Auf jeden Fall war es dort besser als hier.« Ich deute mit einer unbestimmten Geste auf die trostlose, kalte Einrichtung der Küche.

Robin lächelt. »Immerhin wird es da warm sein«, versucht sie zu scherzen. Ich strecke mich über den Tisch, um sie zu drücken, und nach einem Moment erwidert sie die Umarmung.

»Komm, lass uns verschwinden. Ich will nicht, dass du zu spät kommst. Nicht am ersten Tag.«

Robin nickt, holt ihre Tasche und zieht sich Handschuhe an. Ich setze eine Wollmütze auf, um mein fettiges Haar zu verbergen, und dann geht es los.

Im Gleichtakt gehen wir zu Fuß zur Bushaltestelle. Ich werfe meiner Tochter einen Seitenblick zu. Ihre Miene ist entschlossen, das Kinn fest, sie wirkt fast schon erwachsen und ist doch noch so jung.

Ich weiß nicht, was vor uns liegt. Ich wäre gern gelassen. Aber die Angst liegt mir so schwer in der Magengrube, wie unsere Schritte auf der Straße klingen.

ZWEI

Ich sitze am Busfenster und lege die Stirn an die Scheibe. Der 46er ist voll und zuckelt langsam von Halt zu Halt von Camden nach St. John's Wood. Ich kenne die Strecke noch so gut, dass ich sie mit geschlossenen Augen gehen könnte. Dennoch hat sich alles verändert, neue Anbauten, frische Farbe an alten Häusern.

Ich werfe einen Blick auf Robins Profil – sie ist auf ihr Handy konzentriert. Mit einem Mal prustet sie los und hebt den Kopf.

»Emma hat mir ein Update geschickt. Meine Güte – was für ein Drama. Ich bin echt froh, dass ich nicht da bin und mich einmischen muss.« Sie steckt ihr Telefon zurück in die Tasche.

Fast glaube ich ihr.

Mein Magen zieht sich zusammen, als wir uns der mir so vertrauten Bushaltestelle nähern. Ganz plötzlich nehme ich den Verkehrslärm um uns herum wahr. Quietschende Bremsen, Hupen, jemand, der in der Ferne »Verpiss dich!« ruft. Abgase dringen von der Straße herein und kratzen mir in der Kehle, als der stete Strom an schwarzen SUVs sich am Bus vorbeiwälzt. Wir werden die Einzigen sein, die mit öffentlichen Verkehrsmitteln zur Schule kommen.

Der Bus bremst unerwartet, und ich stoße mir den Kopf

an der Scheibe. Als die Erinnerungen auf mich einstürmen, schließe ich die Augen.

»Wir kriegen nie im Leben einen Platz«, hatte ich prophezeit, als ich, zwei Jahre zuvor, erfuhr, was meine Mutter getan hatte. »Es ist viel zu spät. Und die Konkurrenz ist zu groß. Unmöglich, dass da plötzlich Kapazitäten frei werden. Weder jetzt zu Anfang der vierten Klasse noch in zwei Jahren. Es wird eine ellenlange Warteliste geben. Sie hat immer schon versucht, allen ihren Willen aufzuzwingen, aber das geht zu weit. Selbst wenn wir uns darauf einließen, würde es nicht funktionieren.«

Und damit behielt ich recht, wie ich erfreut feststellte, als die zuständige Mitarbeiterin der Zulassungsstelle meiner widerstrebenden Nachfrage kurzerhand eine Abfuhr erteilte.

Aber das war, ehe alles den Bach runterging und meine Ehe mit Andrew innerhalb von nur zwei Jahren auseinanderbrach. Und so war es eine echte Überraschung, als vor gerade einmal zwei Wochen dieselbe Mitarbeiterin anrief und mir mitteilte, dass ein Platz frei geworden sei, wenn Robin direkt kommen könne. Mein erster Impuls war abzulehnen, doch aus irgendeinem Grund zögerte ich. *Ich bräuchte ein wenig Bedenkzeit, in Ordnung?*, war das, was ich dann tatsächlich sagte.

Keinesfalls konnte ich zu dem Zeitpunkt meine eigene Verzweiflung vorhersehen, mit der ich sie achtundvierzig Stunden später anrief, um sie mit wild hämmerndem Herzen zu fragen, ob der Platz noch verfügbar sei. Wir würden ihn nehmen. *Bitte.* Für sie nichts weiter als ein Routineangebot, um eine Leerstelle in der Klasse zu besetzen. Für mich ein Wunder – alles, was ich für unsere Flucht benötigte. Eine Flucht, von deren Notwendigkeit ich bis zu dem Augenblick noch nicht einmal etwas geahnt hatte. Doch mit Robins Aufnahme an der Ashams waren die Bedingungen im Testament meiner Mutter erfüllt; wir würden das Haus beziehen können und über ein geringes Einkommen verfügen, das nun, da ich meine Ehe hinter mir gelassen habe, gerade zum Leben reichen würde.

Als ich vor über zehn Jahren das Haus meiner Mutter verließ, hatte ich mir geschworen, nie mehr zurückzukehren und mich nie wieder von meiner Mutter manipulieren zu lassen.

Doch für Robin würde ich jeden Eid brechen.

Nun stehen wir am Schultor, und ich habe die Fäuste in den Taschen geballt. Selbst durch die Augen eines Erwachsenen sieht das Gebäude riesig und imposant aus. Eine Architektur, die zu der prestigeträchtigsten Grundschule von Nordlondon passt. Ich will mir gar nicht erst vorstellen, wie einschüchternd es auf meine Tochter wirken muss.

Es gibt zwei eiserne Tore, dazwischen ein strenges Blumenbeet mit Buchsbaum und Alpenveilchen. Von jedem Tor aus schwingt sich die Auffahrt hinauf zu einer breiten Treppe, die zum Haupteingang führt. Trotz der Erhabenheit der Anlage ist nicht viel Platz bis zur Straße; ein Fahrzeug müsste vorsichtig um die Tore herum manövrieren statt majestätisch hindurchzurollen. Die Schule könnte sich nicht deutlicher von Robins bisheriger unterscheiden, die sich in einem modernen Gebäude in einer typischen Vorortgegend befand. Diese Anstalt hier atmet die Last der Geschichte und eine Ernsthaftigkeit, die die Existenz realer Kinder hinter den prächtigen Türen beinahe abwegig erscheinen lässt.

Ich schaue auf Robin herab. Ihr Gesicht ist angespannt, die Wangen sind blass.

»Das wird schon«, sage ich. Möchte es ihr versprechen. Kann es aber nicht.

Robin betrachtet die Fassade mit großen Augen. »Das ist eine Grundschule?«

»Ja. Und dort drinnen geht es weit freundlicher zu, als es aussieht, versprochen.« Beinahe kreuze ich die Finger.

»Wow.«

»Lass uns reingehen«, sage ich, und sie nickt. Langsam nähern wir uns der Treppe und steigen hinauf. Die breite Doppeltür besteht aus Massivholz, die Messingbeschläge sind auf Hochglanz poliert. Ich strecke den Arm aus, um die Tür zu öffnen, als sie im gleichen Moment von innen aufgestoßen wird. Eine Frau kommt strammen Schrittes heraus und prallt prompt mit mir zusammen. Erschreckt springe ich zurück, verliere das Gleichgewicht, greife instinktiv nach Robins Arm, um mich zu stabilisieren, und reiße sie fast mit. Mein Fuß knickt um, und ein scharfer Schmerz schießt mir mein Bein hinauf.

»Können Sie nicht aufpassen?«, fährt die Frau uns zornig an. »Ich wäre fast die Treppe runtergestürzt.« Sie drängt sich an uns vorbei und marschiert davon, wobei ihre makellose Föhnfrisur bei jedem Schritt auf ihren Schultern hüpft. Den Puls noch in Alarmbereitschaft sehe ich ihr nach. Groß, blond, feindselig.

»Alles in Ordnung?«, fragt Robin, als sich eine andere Frau an uns vorbeischiebt und missbilligend mit der Zunge schnalzt.

Meine Kehle zieht sich zu, als müsste ich weinen. Oder aus vollem Hals schreien. Mit einer ungeduldigen Geste wische ich mir die Feuchtigkeit aus den Augen.

»Ja, klar.«

Nachdem wir hineingegangen sind und ich Robin im Sekretariat angemeldet und das Kontaktformular für Notfälle ausgefüllt habe, stelle ich mich abwartend neben meine Tochter.

»Du kannst jetzt gehen, Mum«, sagt Robin, und die Sekretärin lacht.

»Sie ist bei uns in guten Händen, Mrs. Spence.«

»Das ist der Name meines Mannes«, sage ich. Solange Robin neben mir steht, kann ich mich nicht dazu durchringen, »Ex-Mann« zu sagen. »Ich heiße Roper. Sadie Roper.«

»Miss Roper«, wiederholt sie und sieht mich unverwandt an.

Robin nickt. »Geh ruhig, Mum.«

Fragend wende ich mich an die Sekretärin. »Brauchen Sie mich nicht noch für etwas anderes? Soll ich mir nicht die Schule ansehen oder die Klassenlehrerin kennenlernen oder so was?«

Sie schüttelt den Kopf. »Heute nicht. Sie werden Robins Lehrerin zu gegebener Zeit kennenlernen. Die Einladungen zum Elternabend gehen bald raus.« Sie wendet sich an Robin. »Komm, ich bringe dich in deine Klasse.«

Und damit führt sie meine Tochter davon, noch ehe ich mich von ihr verabschieden kann.

DREI

Mit schnellen Schritten kehre ich zur Bushaltestelle zurück; der Schmerz in meinem Knöchel ebbt zum Glück kontinuierlich ab. Ich muss anfangen, das Haus aufzuräumen, und dann zu meiner ehemaligen Kanzlei fahren, um mich um Arbeit zu bemühen. Die vielen Jahre, die ich nicht als Anwältin tätig war, tun sich wie ein gähnender Abgrund vor mir auf, aber ich denke nicht daran, mich davon entmutigen zu lassen. Ich habe in den vergangenen Wochen Schlimmerem getrotzt. Weit Schlimmerem.

So dürfte es eigentlich gar nicht sein. Wut steigt in mir auf, Wut auf Andrew, diesen Mistkerl, der mich einfach abserviert hat – derselbe heillose Zorn, der mich quer über den Atlantik und zurück in die Fänge meiner Mutter und in diese Bruchbude getrieben hat. Das Bild einer hübschen Neubauwohnung mit sauberen weißen Wänden und einem makellosen Holzboden taucht vor meinem geistigen Auge auf, doch stattdessen wohnen wir nun in einem alten viktorianischen Kasten voller muffigem Gerümpel und mit von Efeu zugewachsenen Fenstern. Ein toxisches Erbe.

Der Bus kommt. Es hat keinen Sinn, jetzt darüber nachzudenken. Ich werde das Haus von oben bis unten putzen, schrubben, bleichen. Ich hole mein Telefon hervor, um Zora zu schreiben und sie zum Essen einzuladen. Mein

Finger schwebt einen Augenblick lang über dem Display, ehe ich zu tippen beginne.

Überraschung! Lange Geschichte, aber Robin und ich sind wieder da und wohnen im Haus. Wie wär's mit Essen morgen? Es gibt viel zu erzählen. xx

Ich will in die Zukunft sehen, nicht zurück.

Sobald ich zu Hause bin, nehme ich mir den Boiler vor, den zu untersuchen ich am Abend zuvor zu müde gewesen war, und stelle überrascht fest, dass er relativ neu ist. Nach ein paar Minuten ist das Gerät in Betrieb und läuft einwandfrei. Wärme, heißes Wasser – das wird die Dämonen verscheuchen.

Schon viel optimistischer mache ich mich an die Arbeit, schrubbe und scheuere jede Oberfläche und halte kein einziges Mal inne, um Gedanken aus der Vergangenheit zuzulassen. Ich ignoriere die knarrenden Dielen, die gesprungenen Kacheln, die Kerbe in der Wand von dem Buch, das Lydia nach mir geworfen hat, oder den Nagel im Boden, an dem ich mir zahllose Strumpfhosen aufgerissen habe, weil ich immer wieder vergessen habe, dass er da ist. Mit dem Staub lichtet sich die Düsternis, und als kaltes Sonnenlicht durch die verdreckten Fensterscheiben in der Küche scheint, hebt sich meine Laune noch ein weiteres Stück.

Nach zwei Stunden hektischer Aktivität ist die Küche wieder benutzbar. Der Herd ist noch derselbe wie früher, und als ich probiere, ob er funktioniert, erinnere ich mich fast instinktiv, wie lange ich den Schalter unten halten muss, bis das Gas entflammt.

Auch der alte Wasserkocher existiert noch; das Kabel ist inzwischen so zerfasert, dass die Drähte freiliegen. Das letzte Mal, als ich hier war – vor fünfzehn Jahren –, habe ich ihr gesagt, dass sie das Ding wegwerfen soll. Ich nehme den Kocher in die Hand, drehe und wende ihn und betrachte die Kalkablagerungen, die sich eingefressen haben, ehe mir plötzlich die Brust eng wird und sich ein säuerlicher Geschmack auf meine Zunge legt. *Was interessiert es dich, ob ich einen Stromschlag kriege?*, klingt es in meinen Ohren. Mit einem kleinen Lächeln werfe ich den Kocher in eine schwarze Mülltüte und suche in den Schränken, bis ich einen kleinen Topf gefunden habe. Ich fülle ihn mit Wasser und stelle ihn auf den Herd.

Obwohl das Haus an einer vielbefahrenen Straße steht, hört man hier hinten in der Küche keinen Verkehrslärm. Die Stille macht mich nervös. Ich blicke durchs Fenster der Hintertür hinaus auf den betonierten Flecken der Terrasse, die von immergrünen Bäumen beschattet wird. Die karge, dunkle Eibe in der Ecke, all die Pflanzen, die meine Mutter braun und welk pflegte, die toten Blätter, die der Wind in die Winkel gekehrt hat. Ich werde die Terrasse aufheitern – mit Geranien, mit dicken Blumenzwiebeln in großen blauen Töpfen. Ich weiß noch, wie ich ihr einmal zum Muttertag Tulpen mitbrachte und ihr hinhielt. *Furchtbar grell*, sagte sie, während sie sie wegstieß und schließlich in die Spüle warf. *Mutter zu sein ist schlimm genug. Das muss man nicht feiern.* Und ich fühlte mich klein und dumm und stolperte über meine eigenen Füße, als ich rückwärts aus der Küche zu fliehen versuchte.

Höchste Zeit, ein paar Narzissen und Schneeglöckchen

zu pflanzen. Krokusse. Tulpen, je leuchtender, umso besser. Robin hilft mir bestimmt. Ich wende mich von der Tür ab und schaue mich erneut in der Küche um. Mag sie auch sauberer aussehen, trostlos und leer ist sie immer noch.

Das Wasser kocht, und ich setze Tee auf, setze mich und wölbe meine Hände um den Becher, um sie daran zu wärmen. Es ist fast Mittag. Gab es für Robin schon Lunch? Vielleicht ist das Essen heutzutage besser. Ich hoffe es sehr. Ich rufe mir in Erinnerung zurück, was es zu meiner Zeit gegeben hat: in Fett schwimmende Lasagne, kalten Kartoffelbrei, grüngrau gekochte Eier in steinharter Kalbfleisch-Schinken-Pastete. Ich hole tief Luft und stoße sie wieder aus. Nicht jetzt. Daran denke ich nicht jetzt. Meine Schulzeit ist vorbei, es hat keinen Sinn, darüber zu lamentieren. Ich richte meine Gedanken wieder bewusst auf Robin.

Das wird schon, habe ich zu ihr gesagt. *Dort drinnen geht es weit freundlicher zu, als es aussieht.* Aufmunternde Phrasen, die leicht von der Zunge gehen. Aber in Wahrheit war dort nichts freundlich oder einladend. Vielmehr ging es dort steif, dogmatisch und extrem selbstgerecht zu. Schwimm oder geh unter. Zumindest war es vor dreißig Jahren so. Aber vielleicht hat sich ja etwas geändert. Ich spüre noch Robins Klammergriff an meinem Arm; erstaunlich, dass ihre Finger keine blauen Flecken hinterlassen haben. Ich hoffe bloß, dass es nicht so schlimm wird, wie Robin befürchtet hat.

Ich befürchte allerdings, dass es noch viel schlimmer wird.

Mein Tee kühlt rasch ab, und ich trinke ihn in großen Schlucken und schiebe den Becher dann von mir. Ich muss mich umziehen, zur Kanzlei fahren und nachfragen, ob es vielleicht Arbeit für mich gibt. Realistisch gesehen ist mir klar, dass es schwierig werden könnte, aber ich kann mir keine Zweifel erlauben.

Bevor ich gehe, werde ich jedoch noch etwas in Robins Zimmer aufräumen. Meine Mutter hat es für Gäste benutzt, auch wenn sie selten welche hatte. Gnadenlos sortiere ich aus und schleppe tonnenweise alte Zeitungen und zerfledderte Zeitschriften hinaus. Darunter kommen eine Kommode zum Vorschein sowie ein Schrank, alte Mäntel und Jacken und ein mottenzerfressener Fuchspelz, dessen Rute mit einer Schildpattklammer in der Schnauze befestigt ist. Alles landet in Mülltüten.

Eine Nachricht von Zora. *Ja, morgen essen fände ich super. Was ist bloß passiert? Kann kaum glauben, dass du wieder da bist, freu mich aber wie verrückt, dich zu sehen. xx*

Das ist der kleine Lichtstrahl, der mich wieder aufmuntert. Sie wiederzusehen wird mir so guttun. Aber ich werde viel erklären müssen. Und weil ich plötzlich keine Kraft mehr für Worte habe, schicke ich ihr den erhobenen Daumen.

VIER

Mich für die Kanzlei fertig zu machen fühlt sich an, als würde ich in der Zeit zurückgehen. Ich ziehe Unterwäsche, eine schwarze Strumpfhose, eine weiße Bluse und das schwarze Kostüm an, das ich schon vor über zehn Jahren bei Gericht getragen habe. Jetzt bin ich froh, dass ich es aus einer sentimentalen Anwandlung heraus behalten habe, obwohl ich überhaupt keine Verwendung mehr dafür hatte.

Der Rock lässt sich leicht schließen, die Jacke auch, als wären die vielen Jahre nie dazwischengeraten. Ich betrachte meine Silhouette im staubigen Spiegel an der Rückseite der Tür. Es könnte mein erster Tag als Anwältin zwanzig Jahre zuvor sein – vor Andrew, vor Robin und bevor meine berufliche Karriere einem Leben wich, von dem ich nicht im Traum geahnt hatte, wie es sich entwickeln würde.

Trotz allem, trotz der Tatsache, dass dieser Neustart erzwungen ist, empfinde ich eine gewisse Aufregung. Wenigstens kann ich nun wieder das tun, wofür ich studiert habe. Ich werde wieder arbeiten.

Eilig gehe ich die Kentish Town Road entlang zur U-Bahn Camden Road, während meine Nervosität wächst, und erreiche schneller, als mir lieb ist, Embankment, dann Temple. Ich gehe zum Temple Place und kürze durch die Milford

Lane ab, deren schwarz lackierter eiserner Zaun in der Sonne funkelt. Einen Moment lang bleibe ich stehen und schaue nach links und rechts. Ich kenne die Straße gut. Hier haben Andrew und ich ganz am Anfang unserer Beziehung berauscht von billigem Wein und frischer Verliebtheit wild herumgeknutscht.

Das war ein schöner Abend, eine gute Erinnerung. Bilder von einem anderen, weit weniger schönen Abend Monate vor diesem steigen in mir auf, Bilder von dem älteren Anwalt, der überzeugt war, dass ihm junge Referendarinnen zur Verfügung zu stehen hatten, wenn er sie begrapschen wollte. Ich wehrte mich nach Kräften, konnte mich aber erst befreien, als ich ihm mein Knie in seine Weichteile rammte. Ich bleibe am Ort des Geschehens stehen, links von der Treppe, und wische mir die Hände am Rock trocken. Es ist fast zwanzig Jahre her, in meinem Bewusstsein aber noch sehr präsent. Ich schüttele den Kopf, um ihn zu klären, steige die Treppe hinauf und betrete durch den Torbogen die Essex Street mit ihren ordentlichen Backsteinhausreihen, in der sich die Kanzleien befinden.

Als ich etwa auf der Hälfte der Straße meinen ehemaligen Arbeitsplatz erreicht habe, bleibe ich stehen und atme tief durch. Wie vorhin überkommt mich das Gefühl, als sei ich in der Zeit zurückgegangen und alles würde von vorne beginnen. Plötzlich bin ich genauso unbeholfen und ungeschickt wie am ersten Tag meines Referendariats, ganz Ellenbogen, Knie und verschwitzte Hände. Erneut hole ich tief Luft, straffe die Schultern und drücke die Tür auf.

»Miss Roper«, sagt David Phelps, und diesmal rollt die Zeit nicht nur zurück, sondern bleibt auch dort stehen.

»David«, erwidere ich und unterdrücke den flehenden Unterton, der sich in meine Stimme schleichen will.

»Welchem Umstand verdanken wir das Vergnügen?«

Er steht mit Papieren in der Hand hinter dem Empfang. Er muss auf dem Weg zu seinem Schreibtisch gewesen sein, da er sich als Kanzleivorsteher vermutlich nicht dazu herablassen würde, den Telefondienst zu machen, und wie als Antwort auf meinen Gedankengang schlüpft eine junge Frau an ihm vorbei und setzt sich an die Telefonanlage.

»Haben Sie einen Termin?«, fragt sie mich mit neutraler Stimme und betrachtet mich von Kopf bis Fuß, und mir wird bewusst, wie altmodisch mein Kostüm aussehen muss.

»Nein«, sage ich und hebe das Kinn.

»Wie kann ich Ihnen dann helfen?«

»Miss Roper ist ein ehemaliges Mitglied dieser Kanzlei«, erbarmt David sich meiner. Oder vielleicht auch nicht. Ich schenke ihm ein Lächeln, doch sein Blick hat etwas Lauerndes – wie der eines Hais, der auf das erste Blut wartet.

»Ich wollte mit Ihnen über eine Wiederaufnahme meiner Tätigkeit sprechen«, sage ich. »Ich weiß, es wäre besser gewesen, wenn ich mich vorher schriftlich gemeldet hätte, aber es ging alles etwas überstürzt. Ich hätte selbst nicht so bald damit gerechnet.«

»Aha«, bemerkt David.

»Jedenfalls wohne ich wieder in London. Meine Tochter geht hier zur Schule. Nichts hindert mich daran, noch einmal neu anzufangen.« Ein Hauch Trotz durchzieht meine Stimme. Meine Nerven flattern, aber ich denke ja gar nicht daran, mich vergraulen zu lassen.

»Hmm«, sagt David. »Da wäre nur die Kleinigkeit der Auftragsvergabe, nicht wahr, Miss? Die Rechtsberater werden wohl kaum Schlange stehen, um Ihnen Arbeit zu geben.« Dass er das Wort Miss noch immer mit mehr Verachtung ausspricht, als man für möglich halten würde, ist fast tröstlich. Aber nur fast. Wenigstens weiß ich, woran ich bei ihm bin. Aber das habe ich schon immer gewusst.

»Ich habe gehofft, dass ich vielleicht Junioraufträge übernehmen und mich so wieder einarbeiten könnte.«

»Es tut mir furchtbar leid, Miss, aber wie jeder Junior Ihnen bestätigen wird, haben wir momentan nicht gerade ein Überangebot an Arbeit. In den vergangenen Jahren hat sich einiges verändert, wie Sie sicher wissen werden.« Er hält inne, um sein Haar zu glätten, was er früher schon immer getan hat. »Hinzu kommt, dass Sie nun … wie viele Jahre ausgesetzt haben?«

»Fast elf.« Mein Kinn ist immer noch oben.

»Nun, nach so langer Zeit können Sie nicht einfach da weitermachen, wo Sie aufgehört haben, Miss. Vergessen wir auch nicht Versicherungen, Lizenzen und Fortbildungen. Wie ich schon sagte, es hat sich viel verändert. Es ist gar nicht möglich.«

»Darum habe ich mich bereits gekümmert«, sage ich. Er glaubt, dass er mir eine Falle gestellt hat, aber er irrt. »Ich bin versichert, und meine Lizenz ist auf dem neusten Stand. Außerdem habe ich mich permanent fortgebildet und kann belegen, dass ich über alle gesetzlichen Entwicklungen auf dem Laufenden bin. Ich wusste ja, dass ich eines Tages zurückkommen würde.«

»Miss«, setzt David erneut an, wird aber unterbrochen.

»Meine Elf-Uhr-Besprechung beginnt gleich«, sagt eine Frau hinter mir in herrischem Tonfall. Die Stimme kommt mir bekannt vor, irgendetwas zupft an meiner Erinnerung.

»Selbstverständlich, Miss Carlisle. Möchten Sie Kaffee im Konferenzraum?« David klingt nun wie ein vollkommen anderer Mensch. Respektvoll. Fast unterwürfig. Kein Wunder. Beim Klang ihrer Stimme hätte es mir sofort einfallen müssen. Barbara Carlisle ist eine der erfahrensten Kronanwältinnen der Kanzlei. Sie war schon mächtig, als ich hier vor vielen Jahren angefangen habe.

Ich senke den Kopf.

»Das versteht sich von selbst«, antwortet sie. »Für acht Personen.«

Bitte sagt sie nicht. Ich wende weiter den Blick ab und hoffe, dass sie schnell wieder geht, damit ich mit David in Ruhe weiterdiskutieren kann. Er hat jedoch andere Vorstellungen.

»Miss Roper«, wendet er sich an mich. »Ich kann Sie verstehen. Dennoch ist es schlichtweg nicht möglich, nach über zehn Jahren einfach so hereinzuschneien und zu erwarten, dass man Ihnen Arbeit gibt. Wir halten uns an bestimmte Abläufe. Auch wenn Sie ehemals dieser Kanzlei angehörten, müssen wir dem Protokoll folgen. Wenn Sie dem Komitee einen korrekt abgefassten Brief schreiben, wird man sich zu gegebener Zeit darüber beraten. Die nächste Zusammenkunft müsste Ende März stattfinden.«

Was noch Monate hin ist. Ich nicke stumm, frustriert,

schlucke meine Widerworte herunter und wende mich zum Gehen. Ich bin auf dem Weg zur Tür, als Barbara mich anspricht.

»Sadie. Ich erinnere mich an Sie. Waren Sie nicht die zweite Junioranwältin bei diesem Mordfall von mir?«

»Ja, das war ich.«

»Und Sie sind nach Amerika gegangen, ist es nicht so? Sie haben ein Kind bekommen?«

»Ja. Robin ist jetzt fast elf.«

»Und Sie möchten hier wieder arbeiten?«

»Ja, ich möchte zurück. Und ich muss es auch. Aber offenbar gibt es hier keine Arbeit für mich.« Ich bedenke David mit einem verärgerten Blick, doch er grinst selbstzufrieden und zieht die Brauen hoch.

»Ich verstehe …«, sagt Barbara, doch ich warte nicht länger. Davids Miene hat mir den Rest gegeben, und ehe ich vor Zorn oder Demütigung in Tränen ausbreche und mir eine weitere Blöße gebe, verschwinde ich lieber.

FÜNF

Während ich vor der Schule auf Robin warte, tue ich so, als blicke ich auf mein Handy, um niemandem ins Gesicht sehen zu müssen. Sicher, irgendwann muss ich mich unter die Leute mischen, doch im Augenblick habe ich keine Kapazitäten dazu. Ich bin zu enttäuscht von dem entmutigenden Empfang in meiner ehemaligen Kanzlei und zu müde vom Hin und Her in der U-Bahn. Es dauert einen Moment, bis ich realisiere, dass Robin bereits neben mir steht. Ihre Miene ist noch immer angespannt, aber nicht mehr so sehr wie heute Morgen.

»Wie war's?«, frage ich und beuge mich vor, um sie auf die Wange zu küssen. Robin weicht zurück.

»Können wir bitte einfach gehen?« Wir setzen uns in Richtung Haltestelle in Bewegung, und erst als wir ungefähr zehn Minuten später im Bus sitzen und Robin sich ein-, zweimal umgesehen hat, als müsse sie sich vergewissern, dass sich niemand mit derselben Uniform in der Nähe befindet, ist sie bereit, meine Frage zu beantworten.

»Es war okay«, sagt sie. »Ganz okay. Der Kunsttrakt ist wirklich toll.«

»Oh, schön. Wie waren die anderen Mädchen?«

Robin stößt schnaubend die Luft durch die Nase aus und schweigt. Ich will die Frage erneut stellen, halte mich aber zurück. »Zora kommt morgen Abend. Sie will natürlich ganz genau wissen, was los ist.«

»Was los ist?«

»Na ja, warum wir so schnell hergekommen sind und ich dich auf der Ashams angemeldet habe.«

»Tja, dann kannst du es mir ja vielleicht auch gleich erklären«, sagt sie beißend und blickt aus dem Fenster. Sie ist kein kleines Mädchen mehr. Verschwunden ist das Kind von früher, obwohl sie erst zehn ist, und im grauen Gegenlicht des schwindenden Nachmittags erkenne ich in ihrem angespannten Profil schon den Teenager, zu dem sie bald wird.

Sobald wir zu Hause sind, verschwindet Robin in ihrem Zimmer und wirft die Tür zu. Ich lasse sie in Frieden. Zwei Stunden später kommt sie herunter und umarmt mich.

»Es ist schon viel wärmer im Haus. Und mein Zimmer sieht auch besser aus. Danke. Ich habe schon ein paar Sachen eingeräumt.«

Mehr Lohn brauche ich nicht; es ist mehr, als ich erwarten konnte. Bei Robins Zimmer habe ich mein Bestes gegeben. Das, in dem ich schlafe – das ehemalige Zimmer meiner Mutter – ist noch immer scheußlich, aber ich habe es noch nicht gewagt, in mein früheres Kinderzimmer hinaufzugehen. Ich ziehe es vor, auf derselben Etage wie Robin zu schlafen und jenen Geistern noch eine Weile aus dem Weg zu gehen.

»Hast du Lust auf Pizza zum Abendessen?«

Robins Freude über den Vorschlag verdrängt jede weitere Diskussion über das Haus. Den Rest des Abends plappert sie unaufhörlich über ihre alten Freundinnen und ihr Gezänk daheim. So erwachsen ist sie dann doch noch nicht.

Am nächsten Abend kommt Zora hereingestürmt, reißt mich in ihre Arme, lässt mich los und schnappt sich Robin. Schließlich wendet sie sich wieder mir zu, um mich erneut fest an sich zu drücken. Sie riecht genau wie immer – nach Zigaretten und einem Vanille-Parfum. Die meisten Leute in meinem Bekanntenkreis haben das Rauchen aufgegeben, nicht jedoch Zora. Ihr Job als Rechtsberaterin im Strafrecht sei zu nervenaufreibend, um von dem Laster loszukommen, behauptet sie.

»Lasst euch anschauen«, sagt sie. »Ich kann noch gar nicht fassen, dass ihr wieder zu Hause seid.«

»Es ist … interessant, zurück zu sein.«

»Kann ich mir vorstellen«, erwidert Zora. »Schließlich wolltest du das nie. Es muss sich ja anfühlen, als sei euer komplettes Leben weggebrochen. Geht's euch gut?«

Robin und ich nicken stumm, ehe Robin etwas murmelt und hinaushuscht. Wir hören sie die Treppe hinauf- und in ihr Zimmer laufen.

»Und Andrew? Wie geht er damit um?«

»Lass uns bitte über etwas anderes reden«, sage ich, wende mich ab und bewege mich in Richtung Küche. »Das ist vermintes Gebiet. Komm, trinken wir lieber was.«

Zora folgt mir und setzt sich an den Küchentisch. Anerkennend blickt sie sich um. »Es sieht hier schon viel besser aus als früher.«

»Danke, dass du nach dem Haus gesehen hast.« Ich schenke Wein in zwei Gläser und schiebe Zora eins hin.

»Hab ich doch gern gemacht.«

»Und danke auch, dass du nicht viele Fragen gestellt hast. Ich habe eine Ewigkeit gebraucht, um alles zu verarbeiten.«

Ich muss an das Telefonat denken, das ich nur mühsam beherrscht und bemüht sachlich mit ihr führte, nachdem die Bombe von Lydias Nachlass geplatzt war und ich von den Auflagen im Testament erfahren hatte. Kein rascher Hausverkauf, wie ich es mir erhofft hatte, stattdessen eine sich ewig hinziehende Quälerei, während wir zu entscheiden versuchten, ob wir die Bedingungen für das Erbe erfüllen oder auf das Haus verzichten wollten. Ich konnte es Zora damals nicht erzählen, denn mir fehlten schlicht die Worte, um das Ausmaß der Perfidie meiner Mutter ausdrücken zu können. Sie bitten zu müssen, ein Auge auf das Haus zu halten, fiel mir schwer genug.

»Aber jetzt erzähl erst mal«, sagt Zora nun. »Warum seid ihr wieder hier? Und warum hast du Robin ausgerechnet auf diese furchtbare Schule geschickt, die wir so verabscheut haben?«

Die Worte klingen ruppig, ihr Gesicht ist jedoch freundlich. Zoras Gesicht ist immer freundlich, offen und herzlich, und meistens lächelt sie. Nun lächelt sie jedoch nicht, im Gegenteil: Ihr Blick ist besorgt.

»Das müssen wir nicht diskutieren«, sage ich und schenke uns beiden nach.

»Und ob wir das müssen«, kontert Zora und trinkt einen großen Schluck. »Du hast Stein und Bein geschworen, dass du das niemals tun würdest.«

Ich nippe an meinem Glas. Ich habe seit gut zwei Wochen nichts mehr getrunken, und eine tröstende Wärme breitet sich in mir aus. »Ich hatte keine Wahl. Ich musste gehen, und meine Mutter hatte hier schon alles geregelt.«

»Was soll das heißen? Was hat denn deine Mutter damit

zu tun? Aus dem Grab heraus kann sie dich ja wohl kaum gängeln.« Zora beginnt zu lachen. Ich stimme nicht ein. Nach einem Augenblick verstummt sie. »Lieber Himmel – ernsthaft jetzt? Sie zieht immer noch die Fäden? Wie zum Henker hat sie das denn hingekriegt?«

»Das ist ziemlich kompliziert.«

»Ich hab keine Eile.«

»Ich gebe mein Bestes«, sage ich. »Ich gebe mein Bestes, aus einer elenden Situation etwas halbwegs Erträgliches zu machen. Behalte das bitte immer im Hinterkopf, okay?«

»Okay«, sagt Zora. »Behalte ich. Jetzt schieß los.«

»Du weißt, dass sie mir den Geldhahn zugedreht hat, als ich schwanger wurde.«

Zora nickt. »Ich erinnere mich.«

»Ich habe mich wirklich bemüht, mich damit zu arrangieren. Ich dachte, sie würde sich wieder beruhigen, nachdem Robin auf der Welt war, aber sie blieb wütend auf mich. Nicht nur einmal musste ich mir anhören, dass ich mir durch Robin meine Karriere und meine Zukunft ruinieren und es noch bitter bereuen würde. Es war furchtbar. Ich konnte nicht ertragen, wie sie über ihre Enkelin gesprochen hat … Und Andrew konnte sie auch nicht ausstehen.«

»Ich erinnere mich«, wiederholt Zora.

»Tja, und als Andrew dann das Jobangebot in New York erhielt – da war es vorbei. Ich habe nie wieder mit ihr gesprochen. Bei unserem letzten Streit sagte sie, wenn ich ginge, wenn ich die Familie über meine Karriere stellen würde, dann wäre ich für sie ab sofort gestorben. Sie würde mich enterben.«

»Wow.« Zora zieht scharf die Luft ein. »Das hast du mir gar nicht erzählt. Und das gegenüber ihrer eigenen Tochter …«

»Tja, sie war nicht gerade der mütterliche Typ, nicht wahr? Immerhin war sie die Frau, die Lydia genannt werden wollte, nicht Mummy oder Mutter. Und ehrlich gesagt mochte ich nicht darüber nachdenken. Ich war auf der anderen Seite der Welt … und mit einem Erbe habe ich ohnehin nie gerechnet.« Ich komme auf die Füße und deute auf die Küche um uns herum. »Ich meine, schau es dir doch an. Du weißt, wie sie war – geiziger ging es gar nicht. Ich bin nicht davon ausgegangen, dass es irgendwo Geld geben könnte.« Ich breche ab und trinke erneut einen Schluck.

»Aber?«

»Aber es gibt etwas. Ein bisschen wenigstens. Und das Haus.«

»Und sie hat es dir hinterlassen?«

»Nicht ganz. Das ist die Stelle, an der es kompliziert wird. Sie hat alles Robin vererbt – Vermögenswerte, Erträge, das Haus.«

»Aber das klingt doch gut, oder?«

»Nur ist es nicht so simpel«, antworte ich, »denn es wird nur unter der Bedingung wirksam, dass Robin auf die Ashams geht. Grundschule und Sekundarstufe.« Einen Moment lang erwäge ich, ihr die ganze Geschichte zu erzählen – warum ich letztendlich gezwungen war, die Bedingungen zu akzeptieren. Aber ich kann mich jetzt nicht damit auseinandersetzen. Noch nicht – noch ist die Angst zu präsent, die Angst jener Stunden, in denen Robin fort war und ich weder sie noch Andrew erreichen konnte.

Ich hole tief Luft, halte sie ein. Robin ist in Sicherheit. Wir beide sind in Sicherheit. Ich werde jetzt nicht darüber nachdenken. Stattdessen fahre ich fort. »Die ganze Sache ist eigentlich total krank. Alles hing letztlich davon ab, dass Robin an der Schule angenommen wird, was im Grunde so gut wie unmöglich war. Es werden nicht einfach Plätze frei; man muss seine Kinder quasi schon anmelden, noch bevor sie geboren sind, das weißt du genauso gut wie ich. Das Sekretariat hat mich bei meinem ersten Anruf praktisch ausgelacht, als ich nach einer Möglichkeit gefragt habe.«

»Hätte Lydia das nicht auch wissen müssen?«

»Oh ja. Ich denke, das war ihre Methode, ihrer Pflicht nachzukommen und uns Geld zu hinterlassen, ohne uns die Chance zu bieten, es je zu bekommen. Ein perfider Akt posthumer Gemeinheit.«

»Es sähe ihr nicht unähnlich.«

»Denke ich auch«, sage ich. »Als also unvermutet das Angebot kam … da musste ich einfach zugreifen und Robin dorthin schicken. Sonst hätten wir gar nichts gehabt.«

Eine lange Pause entsteht. Zora schüttelt den Kopf. Ich kann's ihr nicht verdenken. »Das ist doch mittelalterlich. Kannst du nicht versuchen, die Bedingungen anzufechten?«

Beinahe muss ich über ihre entsetzte Miene lachen. »Daran habe ich auch schon gedacht. Der Notar, der ihren letzten Willen beglaubigt hat, ist gleichzeitig der Treuhänder, und er steht ganz und gar nicht dahinter. Solange Robin auf die Ashams geht, wird er das Haus für sie verwalten, und wir erhalten gewisse Bezüge, um über die Runden zu kommen, bis sie die Sekundarstufe hinter sich hat –

dann gehört das Erbe ihr. Aber wenn sie vorzeitig von der Schule abgeht oder die Sekundarstufe nicht schafft, ist das Haus weg. Es wird verkauft, ohne dass wir etwas von dem Erlös erhalten. Dem Notar gefällt das auch nicht; er hat offenbar versucht, Lydia von der Idee abzubringen, und mir im Grunde gesagt, was ich tun muss, falls ich gegen ihren letzten Willen angehen will. Aber zum Glück ist das im Augenblick ja nicht nötig.«

»Weil ich jetzt in diese grässliche Schule gehe, in der niemand mit mir spricht«, sagt Robin, die eindeutig gelauscht hat und nun die Küche betritt. »Weswegen wir außerdem in diesem grässlichen Haus wohnen müssen.«

»Robin, bitte …«

»Ich hab Hunger«, sagt sie und wendet sich ab. »Haben wir irgendwas zu essen?«

Ich spare mir die Erklärung und stelle mich an den Herd, um Spaghetti zu kochen und die Sauce aufzuwärmen, die ich vorhin vorbereitet habe. Doch ich spüre Zoras Blick in meinem Rücken und weiß, dass ich ihr noch viele Antworten schuldig bin.

SECHS

Während der Mahlzeit ist Robin ein wenig umgänglicher und plaudert mit Zora über ihre Freundinnen in Amerika, verschwindet jedoch wieder nach oben, sobald wir gegessen haben. Ich stelle die Teller neben die Spüle, und Zora und ich gehen mit der Flasche Wein ins Wohnzimmer und setzen uns auf das unförmige Sofa.

»Robin scheint das alles nicht allzu gut zu verarbeiten«, bemerkt Zora, trinkt ihr Glas leer und greift nach der Flasche, um sich nachzufüllen. »Und wir sind noch nicht einmal beim Thema Andrew angelangt.«

Ich will nicht über Andrew sprechen. Weder jetzt noch irgendwann. Also schweige ich und hoffe, dass Zora den Wink begreift und es gut sein lässt.

»Es muss schwer für sie sein«, fährt sie fort und mustert mich. Ich versuche, ihrem Blick standzuhalten, wende mich aber nach ein paar Sekunden ab und schlucke gegen den Kloß in meiner Kehle an. »Und für dich auch«, fügt sie sanfter hinzu. *Ja*, denke ich. *Ja, das ist es, und du weißt noch nicht einmal die Hälfte.* Zora fragt nicht weiter nach.

Stattdessen steht sie auf und schlendert durch den Raum. Ich folge ihr mit dem Blick, betrachte die müde Blümchentapete, die abgesplitterte Farbe. Das Regal in der Nische neben dem Kamin mit alten Fotos und Deko-Objekten.

»Was ich dich immer schon fragen wollte«, sagt Zora

und deutet auf die Porzellanfiguren. »Was hat es eigentlich damit auf sich? Die sind unfassbar gruselig.« Sie nimmt eine aus dem Regal und kehrt damit zu mir zurück. Die Figur gehört zu derselben Serie wie der Nippes, der auch oben steht. Diese stellt eine lächelnde Mutter mit einem Obstkorb dar, aus dem ein kleiner Junge sich einen Apfel nimmt. Die andere, dazugehörige Figur wiederum zeigt einen Vater, der sich vorbeugt, um einem Mädchen, das ihm die Schürze an den Zipfeln hinhält, ein Bonbon anzubieten. Die Figuren sind mit zuckrigen Pastellfarben bemalt, die Gesichter so süßlich, dass einem davon übel wird.

»Meine Mutter war regelrecht vernarrt in diese Püppchen«, erkläre ich. »Früher habe ich sie geliebt, was ich jetzt nicht mehr behaupten kann. Als ich klein war, habe ich mich manchmal ins Wohnzimmer geschlichen, um mit ihnen zu spielen. Dummerweise erwischte sie mich einmal in flagranti und schrie mich an, sodass ich eine vor Schreck fallen ließ und der Kopf abbrach.«

»Oh, verdammt«, sagt Zora.

»Und ob. Der Mann war es. Wenn du genau hinsiehst, kannst du sehen, wo er geklebt worden ist.«

Zora stellt die Frauenfigur zurück und dreht die andere in den Händen. Mit dem Zeigefinger zeichnet sie die kaum sichtbare Bruchnaht nach. »Was hat sie bloß an diesen Dingern gefunden?«

»Keine Ahnung. Aber sie hatte einen seltsamen Hang zu Kitsch. Sie liebte kleine Katzen, rosa Schleifen und alles, was flauschig war. Dolores Umbridge eben.«

Sie nickt zu meiner Anspielung auf die ungeliebte Lehrerin aus *Harry Potter*. »Mir gefällt das Zeug jedenfalls nicht.

Das alles hier. Dieses Haus sollte komplett entrümpelt und renoviert werden. Du musst die alten Erinnerungen loswerden und dir neue schaffen. Jedenfalls wenn du hierbleiben willst. Was ich für keine gute Idee halte, falls ich mich bisher noch nicht deutlich genug ausgedrückt haben sollte.«

»Doch, das hast du«, sage ich. »Aber ich habe keine große Wahl. Das einzige Einkommen, das mir momentan zur Verfügung steht, fließt nur, weil ich tue, was meine Mutter mir vorgeschrieben hat: Ich habe Robin auf die Ashams geschickt. Im Augenblick kann ich mir nichts anderes leisten. Ich muss erst wieder Fuß fassen.«

»Aber Robin ausgerechnet auf die Schule zu schicken, die wir beide nicht ausstehen konnten … wirklich, Sadie. Ich kann nur hoffen, dass du weißt, was du tust.«

Ich weiß nicht, wie ich es formulieren soll. »Ich erkläre es dir, versprochen, und dann wirst du mich verstehen. Ich hatte wirklich keine Wahl. Aber ich bin ziemlich erschlagen heute – können wir es erst einmal dabei belassen? Glaubst du mir bitte, dass ich tue, was ich kann?«

Zora sieht mich einen Moment lang durch verengte Augen an, doch dann gibt sie nach und wechselt das Thema. »Natürlich glaube ich dir. Komm, trinken wir noch einen. Und reden über etwas Aufmunternderes. Wie sieht es mit Arbeit bei dir aus?«

Ich falle noch stärker in mich zusammen. »Wollten wir nicht über etwas Positiveres sprechen? Ich hab's versucht. Ich war gestern in meiner alten Kanzlei, um Bescheid zu geben, dass ich zurückkommen möchte. Ich war mir sicher, dass sie zumindest Arbeit fürs Amtsgericht haben würden.«

»Aber?«

»Keine Chance. Der Kanzlei steht noch immer derselbe Anwaltsgehilfe vor – David, erinnerst du dich?«

»David? Dieser Mistkerl?«

»Er ist kein Mistkerl. Nur … altmodisch.«

»Ich kann mich gut erinnern, wie du damals über ihn gesprochen hast«, antwortet Zora. »Und ich habe inzwischen regelmäßig mit ihm zu tun; ich habe erst neulich zwei Rechtsanwälte aus der Kanzlei mit einer Betrugssache beauftragt. Und, doch, David ist definitiv ein Mistkerl. Hat er damals nicht das Theater gemacht, als du diesen Kronanwalt, der dich belästigt hat, in die Eier getreten hast? Und hat er dir nicht mehr oder weniger gesagt, du solltest dich nicht so anstellen und tun, was die etablierten Anwälte wollen, anstatt Ärger zu machen?«

Manchmal ist Zoras Gedächtnis zu gut. Diese besondere Einzelheit habe ich willentlich verdrängt. »Er hat sich damals nicht allzu gut benommen, du hast recht. Aber ich bin letztlich ja doch in die Kanzlei aufgenommen worden. Nicht, dass es mir jetzt etwas nützen würde. Ich bin zu lange raus aus der Materie, ich werde mich beim Komitee neu bewerben müssen. Aber wie es aussieht, wird erst im März darüber entschieden, wenn all die anderen Bewerbungen eingegangen sind.«

»Aber das ist ja noch Monate hin«, sagt Zora. »Hast du denn genug, um bis dahin davon leben zu können? Unterstützt Andrew dich?«

Ich blicke auf. »Das ist nicht so einfach.« Ich höre noch die zischende Stimme von vergangener Woche, die ich den ganzen Tag über zu unterdrücken versucht habe. *Verschwinde, Sadie. Nimm deine Tochter und geh. Ich will euch hier nicht mehr haben.* Unterstützt er mich? Nach dem, was geschehen ist, weiß ich nicht, ob ich ihn je wiedersehe. Wollen tue ich es definitiv nicht. Meine Hände zittern, und ich schiebe sie tief in meine Taschen.

»Sadie?«, fragt Zora. »Alles in Ordnung?«

Ich bemühe mich, meine Gesichtszüge zu einem Lächeln zu entspannen. »Entschuldige. Ich bin bloß müde.«

»Hör zu, ich weiß, dass du nicht fragen willst. Aber vielleicht kann ich dir etwas zuschustern. Ich schicke deiner ehemaligen Kanzlei ziemlich viele Aufträge.«

»Du hast recht«, gebe ich zurück. »Ich will nicht fragen. Du hast schon so viel getan.«

»Unfug«, sagt sie. »Ich habe ab und zu einen Blick in diesen ollen Kasten geworfen, das ist alles. Ich meine es ernst – ich überleg mir was und schaue, was bei mir auf den Schreibtisch kommt. Ich denk ja gar nicht daran, dich hier versauern zu lassen.«

»Ich brauche keine Gefälligkeiten«, sage ich.

Zora sieht mich an, und ich erwidere den Blick, doch ich bin die Erste, die die Augen abwendet. Wir wissen beide, dass eine Gefälligkeit genau das ist, was ich brauche, ob mir das nun passt oder nicht.

»Du warst verdammt gut in deinem Job«, sagt Zora. »Das ist keine Mildtätigkeit von meiner Seite. Du wirst dir den Auftrag verdienen.«

Ich schenke ihr ein Lächeln, hebe mein Glas, und der Rest des Abends verstreicht zügig.

»Ich finde es großartig, dass ihr wieder hier seid, du und Robin«, sagt sie, als sie sich schließlich erhebt, um nach Hause zu fahren. »Auch wenn euer Leben im Moment etwas durcheinandergeraten ist.« Sie drückt mich an sich. Ihr vertrauter Geruch ist tröstend. »Früher oder später kriege ich aus dir heraus, was geschehen ist. Du kannst mich nicht ewig hinhalten«, fügt sie hinzu, löst sich von mir und schüttelt mich leicht. »Was die Arbeit betrifft, melde ich mich, sobald ich kann.«

Sobald Zora im Taxi davonfährt, gehe ich hinauf. Ich schaue in Robins Zimmer, aber sie ist nicht da. Sie liegt in meinem Bett und wirkt erschreckend klein und zerbrechlich unter der dünnen Decke. Wieder verspüre ich einen scharfen Stich in der Brust.

»Alles okay, Schätzchen?«, frage ich, setze mich neben sie auf die Bettkante und lege meine Hand auf ihren schmalen Rücken.

»Glaub schon«, antwortet sie. Sie schiebt ihr Gesicht unter der Decke hervor. »Ich würde so gerne wieder nach Hause.«

Ich will etwas sagen, aber sie spricht weiter.

»Entschuldige, dass ich so sauer reagiert habe. Ich wünschte bloß, dass alles anders wäre.«

»Ich weiß. Das wünschte ich mir auch. Aber wir kriegen das hin. Das verspreche ich dir.« Ich strecke mich neben ihr aus und schlinge meinen Arm um sie. »Schläfst du hier oder gehst du wieder rüber?«

»Ich geh rüber. Ich wollte dich nur abfangen, wenn du hoch kommst.«

Sie steigt aus dem Bett und tappt in ihr eigenes Zimmer. Als sie unter die Decke geschlüpft ist, gebe ich ihr einen Gute-Nacht-Kuss, bevor ich an der Tür stehen bleibe und mich umsehe. Die Farbe an den Wänden ist fleckig, der Teppich abgewetzt, aber inzwischen ist es sauber und warm. Wir kriegen das hin. Es ist noch viel zu tun, aber wir machen Fortschritte.

»Hab dich lieb«, sage ich leise zu Robin und ziehe die Tür zu. Dann kehre ich durch den Flur zurück, schlüpfe in mein eigenes Bett und schiebe die Füße an die Stelle, die noch warm von Robin ist.

SONNTAG, 6.07 UHR

Es kracht, Glas splittert. Schritte poltern die Treppe hinauf. Ein Geruch nach Schweiß und Angst liegt in der Luft, und noch ehe er durch die Tür kommt, weiß ich, dass hier etwas Furchtbares im Gang ist. Erstarrt, die Hände an meinen Seiten, blicke ich ihm entgegen, als er in drei Schritten das Zimmer durchquert, mich aus dem Sessel zerrt, mich herumschwingt. Etwas Kaltes drückt sich in meinen Nacken, seine Stimme an meinem Ohr ist harsch.

»Hau ab von hier. Oder du siehst sie nie wieder. Verschwinde endlich nach Hause.«

Ich winde mich, wehre mich gegen ihn, doch seine Arme werden länger und länger, schlingen sich um meine Beine, meine Füße. Ich komme nicht gegen ihn an, als er sich in eine Riesenschlange verwandelt, und verzweifelt werfe ich mich hin und her.

Ich wache auf und kriege kaum Luft. Ich zerre mir die Decke vom Gesicht, ringe um Atem, und mein Herz hämmert wild in meiner Brust. Alles gut. Es war nur ein Traum, es war nicht echt. Es ist nicht passiert.

Ich strampele die Laken von mir, rappele mich auf und tappe nach nebenan, um mich zu vergewissern, mich zu beruhigen. Ich bin noch nicht richtig wach, der Traum lastet schwer auf mir. Wenn ich sehe, dass sie friedlich im Bett liegt, geht es mir gleich besser.

Doch sie ist nicht da. Und obwohl mir trotz meiner Schlaftrunkenheit sofort wieder einfällt, dass sie gar nicht hier sein kann, weil sie weggefahren ist, erfasst mich dieselbe Panik wie an jenem Nachmittag, als sie zwei Stunden lang spurlos verschwunden war und ich geschworen hatte, dass ich täte, was immer nötig war, um sie in Zukunft zu schützen, wenn ich sie nur wieder zurückbekommen würde.

Einhundertzwanzig Minuten entsetzlicher Angst, und jede einzelne scheint sich ins Unendliche zu ziehen, wenn ich daran zurückdenke.

Ich weiß, dass es diesmal anders ist. Und doch dauert es lange, bis meine Herzfrequenz sich wieder auf einem Normalmaß befindet.

Schließlich kehre ich in mein Bett zurück, atme tief ein und aus, ein und aus, immer wieder. Sie ist in Sicherheit. Ihr ist nichts passiert. Alles ist gut.

Und irgendwann schlafe ich auch wieder ein.

SIEBEN

Die Tage vergehen. Hinbringen, abholen, aufräumen, putzen, die Wochenenden Oasen der Ruhe. Langsam zeichnet sich ein Muster ab, meine Tage bekommen Struktur. An der Schule spricht niemand mit mir, und mir ist es recht.

Übersehen zu werden hat seine Vorteile. Ich kann ungestört auskundschaften, welche Hierarchie hier am Tor herrscht. Die lauteste Gruppe kreist um eine blonde Frau, deren Frisur stets makellos sitzt: jene Frau, die am ersten Tag fast in mich gerannt wäre. Jeden Morgen ein andersfarbiges Fitnessoutfit, am Nachmittag Jeans und eine lange Strickjacke, unter der vorne ein weißer Blusenkragen hervorlugt. Die Frauen um sie herum lauschen verzückt, wenn sie spricht, und das Gelächter hängt stets ein wenig zu lange in der Luft.

Auch jetzt dringt lautes Lachen zu mir, während wir vor dem Tor darauf warten, unsere Kinder einzusammeln, und ich versteife mich, ehe ich meine Schultern bewusst lockern kann. Ich hole mein Handy hervor, scrolle durch die Nachrichten und gebe alles, um sie zu ignorieren. Das Lachen hat nichts mit mir zu tun. Warum sollten sie auch über mich lachen?

»Man sollte doch meinen, dass es die Höflichkeit gebietet, wenigstens zu antworten«, sagt eine Frau laut.

»Ach, Julia. Wo du dir doch so viel Mühe mit diesen Events gibst«, sagt eine zweite.

»Wirklich unhöflich«, bemerkt eine dritte.

Allgemeine Zustimmung.

»Wir sollten nicht voreilig urteilen.« Eine weitere Stimme bringt die anderen zum Verstummen. »Möglicherweise wurde es da, wo sie vorher waren, einfach anders gehandhabt.«

Keine Ahnung, warum, aber ich habe immer stärker das Gefühl, dass diese Kommentare doch auf mich gemünzt sind. Verstohlen schaue ich über den Rand meines Smartphones zu den Frauen hinüber und habe zum ersten Mal direkten Blickkontakt mit der Blonden. Über die Köpfe ihrer Gefolgschaft hinweg funkeln ihre blauen Augen mich an.

»Nicht jeder weiß, dass man auf eine schriftliche Einladung normalerweise antwortet«, sagt dieselbe Stimme. Aha, sie ist es also. Ich schaue rasch weg.

Eine andere Frau meldet sich zu Wort. »Aber das ist doch eindeutig. Du benutzt schließlich diese Einladungs-App – man muss nur auf Ja oder Nein klicken und braucht sich nicht einmal zu erklären.«

Die große Blonde heißt also Julia. Ich riskiere einen weiteren Blick. Die blauen Augen bohren sich noch immer in mich. Ich verlagere mein Gewicht von einem Fuß auf den anderen und wende mich etwas von der Gruppe ab.

»Also. Ich werde jetzt etwas sagen«, tönt es von der Frau mit der scharfen Stimme. Ich schaue auf und sehe mich einer kleinen Dunkelhaarigen gegenüber, deren Ärger fast einen sichtbaren Funkenflug erzeugt.

»Sie sind die Mutter der Neuen, richtig?«, fragt sie.

Ich blinzele.

»Robin. Sechste Klasse. Oder?«

»Ähm, ja.«

Die Frau lässt mir keine Zeit, noch etwas zu sagen. »Es ist absolut unhöflich, auf Einladungen nicht zu reagieren.«

»Was für eine Einladung?« Ich versuche, nicht verärgert zu klingen. »Ich weiß leider nicht, wovon Sie reden.«

»Was für eine Einladung? Oh, jetzt hören Sie aber auf! Die Einladung auf einen Drink heute Abend. Den Julia netterweise nicht nur organisiert hat, sondern auch bei sich zu Hause veranstaltet. Die Einladung, auf die zu reagieren Sie offensichtlich keine Lust gehabt haben.«

»Ich habe keine Einladung bekommen.«

Aber die Frau hört mir gar nicht zu. »Sie sollten dankbar sein, dass jemand wie Julia Sie überhaupt einlädt. So was zu ignorieren ist kein Benehmen.«

Und damit macht sie auf dem Absatz kehrt und stolziert zu ihren Freundinnen zurück. Ich stehe mit leicht geöffnetem Mund da, ohne zu wissen, was eigentlich gerade geschehen ist.

»Der hast du es aber gezeigt«, höre ich eine andere aus dem Grüppchen sagen, und ich starre sie eine Weile ungläubig an, ehe ich mich abwende und inständig hoffe, dass mich niemand mehr anspricht, ehe Robin herauskommt.

»Daisys Mum ist echt sauer auf dich«, sagt Robin, als wir im Bus sitzen.

»Wer?«

»Daisys Mum. Sie ist Vorsitzende von irgendeinem Eltern-Lehrer-Dingsbums.«

»Also ist sie Elternsprecherin?«

»Oder so«, sagt Robin. »Sie gibt heute eine Party, und du hast nicht reagiert.«

Was vorhin vor dem Tor geschehen ist, ergibt plötzlich mehr Sinn.

»Weißt du, wie Daisys Mutter heißt?«

Sie blickt mich ausdruckslos an.

»Nein, natürlich nicht.« Mit dem Knöchel streiche ich ihr über die Wange. »War der Tag heute besser?«

»Keine Ahnung. Ja, vielleicht. Die anderen haben mit mir gesprochen. Aber nur, um mir zu sagen, dass du dich total unhöflich benommen hast.« Robin zuckt die Achseln und entzieht sich meiner Hand. »Warum hast du denn nicht auf die Einladung reagiert? Du sagst mir doch immer, dass man das unbedingt muss.«

»Das muss man auch. Ich habe bloß keine Einladung bekommen.«

»Daisy meint, ihre Mutter hätte sie dir noch mal extra geschickt. Das denkt sie sich doch nicht aus.« Robin sagt das mit solch einer Gewissheit, dass mir dazu nichts mehr einfällt.

Zu Hause gehe ich durch meine E-Mails. Im Postfach ist nichts. Ich schaue im Spam-Ordner, obwohl ich nicht davon ausgehe, etwas zu finden, doch dann sehe ich es. Mir wird die Brust eng. Robin hat recht. Ich habe eine Einladung bekommen. Vor einer Woche.

Als Klassenvorsteherin und Vorsitzende des Elternrats habe ich das große Vergnügen, Sie an der Ashams willkommen zu heißen. Auch wenn der Einstieg in der sechsten Klasse ein wenig ungewöhnlich ist,

werden wir tun, was immer möglich ist, damit Ihre Tochter Robin und Sie sich bei uns wohlfühlen. Ich werde zur Feier des neuen Schuljahrs am Dienstagabend einen kleinen Empfang geben – vielleicht haben Sie ja Lust, sich zu uns zu gesellen? Bitte lassen Sie es mich wissen.
Herzliche Grüße
Julia Burnet

Ich halte Robin mein Handy hin. Sie liest und gibt es mir zurück.

»Siehst du? Du bist sehr wohl eingeladen«, sagt sie lächelnd. Dann: »Dienstag. Das ist heute.«

»Kein Wunder, dass sie sauer waren. Mist.«

»Schreib schnell zurück, dass du kommst. Es ist bestimmt lustig, die anderen Mütter kennenzulernen.«

Ich beiße mir auf die Zunge. Ich scrolle weiter durch meinen Spam-Ordner, um nachzusehen, ob mir nicht noch etwas anderes Wichtiges entgangen ist, und während ich noch dabei bin, erscheint oben auf der Liste eine neue E-Mail. Von Julia Burnet. Dieselbe E-Mail-Adresse wie zuvor. Ich klicke sie an.

Sadie, da Sie nicht auf meine Einladung reagiert haben, gehe ich davon aus, dass Sie heute Abend nicht kommen können. Ich werde Sie in Zukunft mit keiner weiteren Korrespondenz belästigen, da Sie offenbar zu beschäftigt sind.
Julia

Ich schlucke. Kein guter Anfang.

»Du solltest wirklich hingehen, Mum«, sagt Robin.

»Daisy ist die wichtigste Schülerin in diesem Jahrgang.« Ihre Stimme klingt flehend.

»Das geht nicht. Wir haben keinen Babysitter. Und ich hab nichts anzuziehen.«

Robin stöhnt. »Ich brauch keinen Babysitter. Ich bin fast elf!«

Beim Anblick von Robins indignierter Miene lässt der Druck auf meiner Brust etwas nach. Sie schaut sogar noch beleidigter, als ich lachen muss. Aber ich werde sie nicht allein lassen.

»Na gut, Mum, dann fragen wir eben Zora. Es könnte einfacher für mich werden, wenn du die Mütter kennenlernst. Dann braucht auch niemand mehr gemein zu mir zu sein, weil du angeblich so unhöflich bist.«

Ich verdränge den Gedanken, dass Robin vielleicht noch schlechter dran sein könnte, wenn die anderen Mütter mich tatsächlich kennenlernen, und drücke sie an mich.

»Okay, wir fragen Zora. Aber wenn sie nicht kann, bleibe ich hier.«

Robin verdreht die Augen und widmet sich wieder ihrem Telefon. Ich schreibe Zora eine Nachricht, die sie postwendend beantwortet, wie ich anhand der drei pulsierenden Pünktchen feststelle. Verflixt.

Klar. Bin um sieben da. xx

Mir sinkt der Mut, aber ich bedanke mich bei ihr, teile es Robin mit und werde mit einem Lächeln belohnt.

Ich koche Robin rasch etwas zusammen und maile Julia, wobei ich versuche, das Gleichgewicht zwischen Nonchalance – *Hatte nicht richtig nachgesehen, ich Trottel* – und

Zerknirschung über meine späte Zusage zu wahren. Als ich mir die Adresse einprägen will, die am Ende der E-Mail steht, stelle ich fest, dass ich die Straße kenne; es ist eine exklusive Reihenhaussiedlung in Belsize Park. Im Eiltempo suche ich mir andere Kleidung heraus und mache mich fertig. Es ist inzwischen kurz vor sieben, keine Zeit, mir die Haare zu waschen, also drehe ich sie zu einem Knoten, den ich auf dem Oberkopf feststecke. Dann stelle ich mich vor einen Spiegel und arbeite mit Make-up und Concealer, bis ich wenigstens nicht mehr ganz so müde aussehe.

Ein paar Minuten später bin ich fertig. Ich trage Jeans, Stiefel und ein schwarzes Seidentop. Nicht zu formell, nicht zu lässig – genau richtig für einen Drink in einem Privathaushalt. Ich renne hinunter, als Zora auch schon an die Tür klopft. Wir gehen in die Küche, wo Robin noch Hausaufgaben erledigt. Sie steht auf und umarmt mich.

»Du siehst hübsch aus«, sagt sie.

»Das kann man wohl sagen«, stimmt Zora zu. »Das wird sie aus den Socken hauen.«

Wenn ich das nur könnte. Aber ich sage nichts. Ich schenke beiden ein Lächeln und drücke Robin ebenfalls noch einmal an mich, ehe ich das Haus verlasse.

ACHT

Ich bin spät dran. Für die U-Bahn ist keine Zeit. Sobald ich ein freies Taxi sehe, winke ich, um es anzuhalten. Während wir auf Belsize Park zusteuern, blicke ich aus dem Fenster und versuche, meine Nerven in Schach zu halten.

»Das hier?«, fragt der Taxifahrer und hält vor einer Reihe stattlicher weißer Häuser, deren Eingänge jeweils mit Säulen zu beiden Seiten verziert sind.

»Sieht so aus«, sage ich und gebe ihm den letzten Zwanziger aus meinem Portemonnaie. »Danke.«

Ich hole tief Luft, gehe zur Tür und drücke auf die Klingel. Keine Reaktion. Ich warte ein wenig, klingele noch einmal. Nichts. An der Tür hängt ein schwerer Messingklopfer, und ich will gerade nach ihm greifen, als die Tür geöffnet wird. Erschreckt stolpere ich und pralle gegen ein Mädchen in Robins Alter, das ein schlichtes rotes Kleid trägt.

»Oh, Entschuldigung«, sage ich hastig und richte mich auf. Zum Glück habe ich das Mädchen nicht umgerissen.

»Schon gut. Sind Sie eingeladen?«

»Ja, bin ich. Eingeladen. Ich hab's auf dem Telefon.« Ich taste nach meinem Handy. »Willst du die Einladung sehen?«

»Nein, nicht nötig«, sagt das Mädchen. »Aber meine Mutter hat mich gebeten, nach den Namen zu fragen.«

Ich lache. »Habt ihr bei solchen Schuleinladungen häufig ungebetene Gäste?«

»Mum meint, wir müssen vorsichtig sein.« Sie sagt das mit einem solchen Ernst, dass es mir prompt leidtut, mich darüber lustig gemacht zu haben.

»Mein Name ist Sadie. Sadie Roper.«

Sie nimmt ein Blatt Papier von einem Tischchen im Flur und fährt mit dem Finger über die Liste. Ihre Wangen färben sich leicht, als sie offenbar in Bedrängnis gerät.

»Roper? Sind Sie sicher?«

»Ja. Doch.«

Das Mädchen schaut zu mir auf, dann wieder auf ihre Liste. Schüttelt den Kopf. Nun ist sogar ihre Nasenspitze gerötet.

»Ich kann Sie nicht finden«, sagt sie. »Es tut mir leid.«

Ich scrolle durch meine Mails und klicke triumphierend auf die von Julia.

»Schau«, sage ich. »Ich bin eingeladen.«

Das Mädchen überfliegt die Mail, blickt wieder auf ihre Liste.

»Meine Mutter hat mir nicht gesagt, was ich machen soll, wenn jemand nicht auf der Liste steht«, sagt sie, und mein schlechtes Gewissen, sie in diese Situation gebracht zu haben, wächst.

»Hör mal, ich kann absolut verstehen, was deine Mutter gesagt hat. Aber es handelt sich um ein Missverständnis. Es ist meine Schuld – ich hatte viel zu spät gelesen, dass ich hätte antworten müssen, deswegen hat sie vermutlich gedacht, ich käme gar nicht. Wie wäre es, wenn …«

Doch das Mädchen schüttelt schon den Kopf, noch ehe ich den Satz zu Ende sprechen kann.

»Ich darf Sie nicht reinlassen«, sagt sie. »Hat meine Mutter gesagt.«

»Aber das ist albern. Das ist doch nur für Eltern. Wer soll denn einen solchen Abend zu sprengen versuchen? Und ich habe dir die Einladung gezeigt.«

In die Augen des Mädchens treten Tränen.

»Schon gut, ich gehe. Ich schreibe deiner Mutter morgen und erkläre alles«, sage ich und wende mich zum Gehen. Doch als ich die Treppe hinuntergegangen bin, höre ich eine andere Stimme.

»Was ist denn los?«

Die Frau vom Schultor. Groß. Blond. Hager. Julia persönlich.

»Die Dame ist eingeladen, aber ich habe ihren Namen nicht finden können«, erklärt das Mädchen so hastig, dass die Worte übereinander stolpern. »Es tut mir echt leid.«

Julia lacht, legt den Arm um die Schultern des Mädchens und drückt es. Das Mädchen zuckt leicht zusammen, und obwohl die Geste nach Zuneigung aussieht, treten Julias Knöchel weiß hervor. »Ich glaube, in diesem Fall warst du ein bisschen übereifrig, Spätzchen. Ich hatte dir nicht gesagt, dass du Leute wegschicken sollst.«

»Entschuldige«, sagt das Mädchen, dessen Gesicht jetzt hochrot ist. Ihr Teint beißt sich mit der Farbe des Kleids. »Ich wollte nur nicht …«

»Das ist ganz allein meine Schuld«, melde ich mich zu Wort, um die Situation zu beruhigen. »Du hast ja nur gemacht, was deine Mutter dir gesagt hat.« Ich steige die Treppe wieder hinauf.

Julia drückt ihre Tochter noch einmal, dann lässt sie sie los. »So ist es. Nun denn. Gehst du bitte rein und schenkst den Gästen nach? Sie sollen ja nicht auf dem Trockenen sitzen.«

Das Mädchen stiebt davon. Ich schaue auf und befinde mich augenblicklich im Bann stahlblauer Augen.

»Sadie«, sagt Julia eisig.

»Tut mir leid, dass ich auf die Einladung nicht reagiert habe – sie ist in meinem Spam-Ordner gelandet, wahrscheinlich hat das für die Verwirrung gesorgt …«

Sie sagt nichts, sondern macht kehrt und marschiert auf die Stimmen im Inneren zu. Ich beeile mich, ihr zu folgen. Wir gehen einen langen Marmorflur entlang, zur Linken eine breite geschwungene Treppe, bis wir durch eine Doppeltür treten, die in einen großen Empfangsbereich führt. Unwillkürlich vergleiche ich ihn mit dem heruntergekommenen Interieur im Haus meiner Mutter und frage mich, wie Julia wohl reagieren würde, wenn man sie aus diesem Palast mit goldgeprägten Tapeten und Kristalllüstern mitten hinein in mein Relikt von einem Zuhause versetzte.

Aber es ist nicht nur das Gold an den Wänden. Ehe ich mich zu den anderen gesellen kann, tritt eine Kellnerin mit einem Tablett auf mich zu und bietet mir Kanapees an, halbe Wachteleier, die mit Kaviar gefüllt und einem Goldblatt dekoriert sind. Sie sehen köstlich aus. Ich nehme zwei und stecke sie beide in den Mund, ehe mir auffällt, dass das Tablett buchstäblich unberührt war. Mit wachsendem Entsetzen überlege ich, ob ich die Einzige bin, die sich bisher etwas zu essen genommen hat, und versuche hastig, den Beweis meiner Gier zu vertilgen.

Zu schnell. Ein Stück Ei bleibt mir im Hals stecken, und ich huste, während meine Augen zu tränen beginnen. Sofort gerate ich in Panik – das Stück steckt fest, ich kann nicht atmen. Ich beuge mich vor, fange an zu würgen, zu husten, zu spucken, verdammt noch mal, wie konnte das bloß passieren, und dann schlägt mir jemand kräftig auf den Rücken, direkt zwischen die Schulterblätter, und das Ei schießt mir aus dem Mund und platscht zu Boden. Ich richte mich auf, wische mir die Augen, mein Gesicht glüht.

Plötzlich taucht Julia neben mir auf. »Bitte herhören, meine Damen«, sagt sie geschmeidig, als habe es den Ei-Vorfall gar nicht gegeben, obwohl eine Kellnerin vor mir auf die Knie geht, um den Boden zu wischen. »Darf ich euch unsere neue Mutter vorstellen? Sadie Spence, die Mutter von Robin, die in diesem Jahr neu zu uns gekommen ist.«

Ich versuche, gefasst zu wirken, muss mich jedoch noch von dem Schrecken erholen, fast erstickt zu sein; Augen und Nase laufen. Ich habe keine Ahnung, wer mir auf den Rücken geschlagen hat – nun, da ich wieder aufrecht stehe, bietet mir keine mehr Hilfe an, obwohl sich drei höflich lächelnde Frauen um mich scharen. Langsam weicht die Hitze aus meinen Wangen, und ich reibe mir erneut die Augen, nur um – zu spät – an die Wimperntusche zu denken, die ich vermutlich jetzt überall im Gesicht habe.

»Wir werden alle dafür sorgen, dass Ihre Tochter sich hier bei uns wohlfühlt«, sagt Julia, und obwohl ihre Worte freundlich klingen, fröstelt es mich. Sie wendet sich um. »Kommen Sie. Ich stelle Sie den anderen vor.«

Der Rest des Abends rauscht an mir vorbei. Julia zieht mich von Grüppchen zu Grüppchen und stellt mich jeweils so schnell vor, dass die Frauen, ihr Aussehen, ihre Namen verschmelzen. Alle sind schick gekleidet. In mir wächst die Gewissheit, dass ich es falsch angegangen bin: Fand ich mein Outfit vorhin noch lässig und bewusst zurückgenommen, kommt es mir im Vergleich zu all den raschelnden Kleidern aus Taft und Seide im Raum billig und schlampig vor, und Scham macht sich in mir breit. Durch meinen Hustenanfall hat sich mein Haarknoten gelöst, und als ich ihn wieder richten will, fühlen sich meine Finger fettig an.

Die Akustik in diesem Salon ist anstrengend; alles klingt scharf, grell, laut. Da jeder um mich herum spricht, fällt es mir schwer, etwas zu verstehen und den Unterhaltungen zu folgen. Irgendwann reicht mir jemand ein Glas Champagner, an dem ich erleichtert nippe, aber der leichte Rausch, den ich beinahe sofort verspüre, hilft mir nicht, mir zu merken, wer wer ist. Als ein Kellner vorbeikommt, stelle ich das Glas zurück und nehme mir stattdessen ein Wasser.

Getrunken wird hier nicht viel, das jedenfalls steht fest, und das Essen wird auch kaum angerührt. Die Mütter sind alle dünn und beherrscht, und wer sich ein Kanapee nimmt, beißt höchstens ein-, zweimal hinein und legt es dann an den Tellerrand oder wickelt es diskret in die Serviette. Mir kommt es vor, als würden alle Frauen sehnsüchtig auf die Appetithappen blicken, wenn sie vorbeigetragen werden, doch sobald die erste ablehnt, ziehen die anderen nach. Auch ich wage nicht, noch etwas zu probieren, obwohl ich wirklich einen Mordshunger habe.

Die letzte Frau, die mir vorgestellt wird, heißt Jessica.

»Ist das diejenige, die, ähm … den freien Platz eingenommen hat?«, fragt sie Julia, ohne meine Anwesenheit auch nur zur Kenntnis zu nehmen.

»Ich denke nicht …«, setzt Julia an, als es plötzlich klirrt. Etwas bespritzt mich, und erschreckt fahre ich zusammen. Die Frau an meiner anderen Seite hat ihr Glas fallen lassen.

»Entschuldigen Sie«, sagt sie und wischt unbeholfen über meinen Arm.

»Ich hole einen Lappen«, sagt Julia.

Jessica wendet sich mir zu. »Es ist nicht gerade üblich, in der sechsten Klasse die Schule zu wechseln«, bemerkt sie. »Das ist sicher nicht leicht für Ihre Tochter. Sie kann kaum entsprechend vorbereitet sein.«

Ich blinzele. Ihre Direktheit verblüfft mich. »Es war nicht unser ursprünglicher Plan, aber letztlich haben wir keine große Wahl gehabt. Vorbereitet worauf?«

Jessica scheint Anfang vierzig zu sein, wenn ich raten müsste. Ihr Blick hat etwas Starres, was auf gewisse kosmetische Eingriffe schließen lässt. Sie ignoriert meine Frage und stellt mir stattdessen ihrerseits eine. »Sind Sie umgezogen?«

»Wir haben in den letzten Jahren wegen der Arbeit meines Mannes in den Staaten gelebt. In Brooklyn. Er hat mit Kapitalanlagen zu tun. Aber dann … Na ja, hier bot sich plötzlich das Haus, also sind wir hergezogen.«

Meine Erklärung ist voller Löcher, das weiß ich, aber Jessica hat ohnehin kein Interesse; ihr Blick ist bereits in die Ferne abgedriftet. »Aha«, sagt sie einen kleinen Moment zu spät.

»Ich tue, was ich kann, um Robin den Wechsel zu erleichtern.«

»Die bevorstehenden Aufnahmeprüfungen für die Sekundarstufe dürften ihr schwerfallen. Ich kann mir nicht vorstellen, dass sie auf demselben Lernstand ist wie die anderen. Ich hoffe nur, dass nicht zu viele Ressourcen abgezweigt werden, um ihr Nachhilfe zu erteilen.« Jessicas Lippen spannen sich über ihren Zähnen, als sie lächelt.

Das sitzt. Was für eine Frechheit. »Oh, Robin ist sehr leistungsstark«, sage ich. »Die Grundschule, in die sie bisher gegangen ist, war exzellent. Mathe kann sie besonders gut.«

Jessica blinzelt, irgendetwas passiert mit ihren Augenbrauen; ich glaube, sie will die Stirn runzeln, doch das Botox lässt sie nicht. »Nun, das werden Sie natürlich am besten wissen. Wir alle haben unsere Töchter in den vergangenen Jahren auf diese Prüfung vorbereitet. Man ist hier sehr wählerisch, wie Sie vielleicht wissen. Dass man schon in der Grundschule gewesen ist, bedeutet keine Garantie auf einen Platz in der Sekundarstufe. Wir sind alle ein wenig nervös.«

Es dauert einen Moment, bis ihre Worte in mein Bewusstsein einsinken. Unsere gesamte Wohnsituation hängt davon ab, ob Robin auf der Ashams bleiben kann. Mir ist nicht bewusst gewesen, dass der Übergang in die nächste Stufe nicht automatisch geschieht. Na, toll, noch eine Sorge mehr. Ich verziehe meine Lippen zu etwas, das als Lächeln durchgehen könnte, obwohl mir eher nach Zähnefletschen ist. Doch ehe ich noch etwas sagen kann, ertönt das höfliche Klingen von Gabelzinken an einem Champagnerglas, und Julia wendet sich an ihre Gäste.

»Zuerst möchte ich meiner wunderbaren Tochter Daisy für ihre Unterstützung danken. Sie ist eine großartige Kellnerin und eine noch großartigere Souschefin; sie war mir bei der Zubereitung der Kanapees eine große Hilfe.« Applaus ertönt. Ich recke den Hals, um mir das Mädchen im roten Kleid anzusehen, das sich mit unbeweglichem Lächeln von ihrer Mutter drücken lässt.

Julia setzt wieder an. »Wie ihr wisst, meine Damen, dürfen wir dem enormen Druck, der in den kommenden Monaten auf uns lasten wird, nicht alles unterordnen. Für unsere Kinder ist ein stabiles Gleichgewicht ungeheuer wichtig; sie bedürfen in solch lernintensiven Zeiten unserer vollen Unterstützung. Vergessen wir also niemals, dass wir trotz der Anforderungen, die die bevorstehenden Aufnahmeprüfungen an uns alle stellen, nicht untereinander wetteifern – wir müssen zusammenhalten und als Team agieren.«

Ich bin nicht ganz sicher, aber ich könnte schwören, dass hinter mir jemand verächtlich schnaubt. Doch als ich einen Blick über die Schulter werfe, sehe ich nur aufmerksame Zuhörerinnen mit neutralen Gesichtern.

»Jedenfalls wird es auch in diesem Schuljahr viele Möglichkeiten geben, sich zu engagieren. Beim Verkauf der selbstgebackenen Kuchen und der Second-Hand-Uniformen und natürlich beim Weihnachtsbasar. Ich freue mich über eure rege Beteiligung. Machen wir dieses Schuljahr zum besten Spendenjahr in der Geschichte der Schule.«

Wieder wird applaudiert. Ich klatsche mit, obwohl ich finde, dass Julia diese Prüfungssache hochstilisiert. Enormer Druck und lernintensive Zeiten? Erneut wendet Jessica sich mir zu. »Sich zu engagieren kommt Ihnen bestimmt entgegen«, sagt sie. »So lernen Sie die Leute am besten kennen. Ich finde es immer ganz wunderbar, dass wir eine derart aktive Elternschaft haben.«

»Gott, bitte nicht«, antworte ich lachend. »Ich hasse Schulfeste. An Robins letzter Schule habe ich mich dauernd engagiert – viel zu viel, meiner Meinung nach. Deswegen bin ich ja so froh, wenn ich wieder arbeiten gehen kann.«

Sobald ich die Worte ausgesprochen habe, wird mir bewusst, wie dumm sie waren. Die Entschiedenheit, mit der Jessica sich abwendet und davonstolziert, lässt daran nicht den leisesten Zweifel.

NEUN

Zora ist mir überhaupt kein Trost. Sie feixt, als ich ihr erzähle, was geschehen ist, und da nach diesem anstrengenden Abend noch genügend Stresshormone durch mich hindurchströmen, bin ich versucht, sie zu boxen. Stattdessen schenke ich mir Wein aus der Flasche ein, die sie geöffnet auf den Küchentisch gestellt hat, und ertränke den Drang mit einem Riesenschluck.

Doch nachdem ich in einem Zug das halbe Glas geleert habe, sehe ich langsam den lustigen Aspekt des Abends, und mein Ärger verfliegt. Zora sieht immer noch unerträglich selbstzufrieden aus, und nach ein paar weiteren Schlucken beuge ich mich vor.

»Warum steht dir dieser gemeine ›Ich-hab's-dir-ja-gesagt‹-Ausdruck im Gesicht geschrieben?«

»Weil ich es dir tatsächlich gesagt habe«, entgegnet Zora. »Es war doch von Anfang an klar, dass diese Frauen unmöglich sind. Ich weiß wirklich nicht, wieso du gedacht hast, die Schule sei eine gute Idee, Sadie. Wir fanden es dort schon vor dreißig Jahren furchtbar, und dass es nicht besser geworden ist, hätte man sich denken können.«

»Hör auf, Zora. Du weißt, dass ich keine große Wahl hatte. Können wir vielleicht ein andermal darüber reden?«

»Na ja, du hast mich nach meinem Gesichtsausdruck gefragt.« Sie lehnt sich zurück und kreuzt die Arme vor der

Brust. »Wann genau unterhalten wir uns denn richtig? Du bist ja nicht nur wegen des letzten Willens deiner Mutter hergekommen. Deine Tochter fühlt sich hier nicht wohl, und du genauso wenig. Warum zum Henker machst du das? Und was ist mit Andrew?«

Ihre Miene ist ernster, als ich sie je gesehen habe. Ich kenne Zora schon so lange, und wir haben schon unzählige Probleme besprochen, doch noch nie hat es mir derart widerstrebt, ihr zu erzählen, was geschehen ist.

»Warum darf ich davon nichts wissen, Sadie?«

Ich schaue meine Freundin an und denke an all die Gespräche, die wir geführt haben. An all die Male, die Zora mich überredet hat, nicht Reißaus zu nehmen und selbst bei Lydias schlimmsten Provokationen ruhig zu bleiben. An den Trost, den sie mir gespendet hat, als Lydia mich vor die Entscheidung stellte, entweder sie als Mutter zu behalten oder selbst Mutter zu werden, wobei die Aussicht auf eine Entfremdung für mich weniger Drohung denn Erleichterung bedeutete.

»Ich habe noch niemandem erzählt, was geschehen ist.«

»Sadie, ich bin deine beste Freundin. Du weißt, dass du dich auf mich verlassen kannst. Und ich kenne dich – nie im Leben würdest du deine Beziehung wegen irgendeiner Banalität aufgeben. Es muss etwas Einschneidendes passiert sein. Hast du ihn mit einer anderen im Bett erwischt?«

Ich schüttele den Kopf. »Schön wär's, wenn es so klar gewesen wäre. Das heißt, ich denke schon, dass etwas in der Richtung dahintersteckt, denn sein Verhalten war in letzter Zeit so merkwürdig. Aber das war nicht der Grund, warum ich gegangen bin …« Ich nehme noch einen großen Schluck. Plötzlich will ich die Last dessen, was geschehen ist, unbedingt teilen. Dennoch ist die Angst wie ein Knebel.

»Aber wir reden doch hier über Andrew. Andrew, selbst Kind aus einer kaputten Familie und der loyalste Mensch auf dem Antlitz dieser Erde.«

»Wie alle behaupten.«

»Hey, ich wollte dir damit nicht über den Mund fahren. Was hat er gemacht?«

Unruhig rutsche ich auf meinem Stuhl herum. Ich kann ihr zumindest erzählen, wie es begann. »In den vergangenen zwei Jahren hat er sich immer weiter von mir entfernt. Ich weiß nicht genau, wann es mir zuerst aufgefallen ist – es war nicht ganz einfach, nachdem meine Mutter gestorben ist.«

Zora gibt einen mitfühlenden Laut von sich. »Ja, ich kann mich erinnern.«

»Und ich konnte auch nicht genau sagen, was sich verändert hatte. Zum Beispiel telefonierte er spätabends noch lange und schloss sich dazu in seinem Arbeitszimmer ein. Er ließ sein Telefon nicht mehr herumliegen. Und er hat aufgehört, mich anzusehen.«

»Er – was?«

»Er hat aufgehört, mich anzusehen. Als ich vor zwei Jahren erfuhr, was Lydia in ihrem Testament verlangte, was für Bedingungen sie uns auferlegen wollte, hatten wir einen furchtbaren Streit. Er fand, dass wir die Gelegenheit beim Schopf packen sollten, ich wollte nicht. Doch dann benahm er sich mir gegenüber so furchtbar, dass ich mich tatsächlich mit dem Sekretariat der Ashams in Verbindung setzte. Aber sie hatten keine Plätze frei – wie ich dir erzählt habe. Und kurz darauf hat er mich keines Blickes mehr gewürdigt. Es war, als würde ich für ihn gar nicht mehr existieren.«

»Das ... das verstehe ich nicht.«

»Seit zwei Jahren weigert Andrew sich, mich anzusehen. Er ist zu Teflon geworden – eine undurchdringliche Oberfläche, an der alles abgleitet. Er ist höflich, hilfsbereit, tut alles, was er sonst auch immer getan hat. Aber er sieht mich nicht mehr an.«

Zora bleibt stumm.

»Siehst du? Ich wusste doch, dass du das nicht verstehst.«

Zora bleibt weiterhin stumm.

»Könntest du bitte mal was sagen?«

»Ich weiß nicht so recht, was«, gibt Zora zurück. »Er hat dich also mit Schweigen bestraft – ist es das, was du sagen willst?«

»Nein, ganz und gar nicht. Er hat mit mir gesprochen. Oder vielmehr haben wir kommuniziert. Es gab nur nichts Handfestes zu sagen. Es ging ausschließlich um Alltagsbanalitäten. Einkaufen. Kochen. Miete und so weiter. Nichts Substanzielles.«

»Aber mit dir geredet hat er noch?«

»Ja. Aber es war, als sei er gar nicht da. Ich hab's versucht, Zora. Ich hab alles versucht. Ich habe vorgeschlagen, uns zu verabreden, habe besondere Mahlzeiten gekocht ... ich habe sogar zweimal versucht, ihn regelrecht zu verführen.« Ich verstumme. Scham macht sich in mir breit, als ich daran denke, wie er mir ausnahmsweise einen Blick zuwarf, allerdings nur, um mir resigniert einen Bademantel zu reichen, mit dem ich mich bedecken konnte, ehe er sich wieder abwandte.

»O Gott. Er wollte nicht einmal mehr mit dir vögeln?«

Ich hole tief Luft und schüttele den Kopf. »Ich habe es auf den Arbeitsdruck geschoben. Und diese spätabendlichen Anrufe. Aber dann ...« Ich zögere. »Dann kam er ein paar Nächte überhaupt nicht nach Hause.«

»Und?« Zora schenkt sich nach. Erneut.

»Ich bin ihm gefolgt. Ich habe dafür gesorgt, dass Robin bei einer Freundin übernachtet, gewartet, bis Andrew aus dem Büro kam und bin ihm dann nachgegangen. Das war erst vergangene Woche.«

»Und hast du etwas entdeckt?«

Ich blicke Zora an, doch es ist nicht sie, die ich sehe. Ich sehe Andrew, seinen Nacken, seine Schultern, wie er vor mir die Treppe aus der U-Bahn-Station immer zwei Stufen auf einmal hinaufsteigt, als könne er es kaum erwarten, zu seinem Ziel zu gelangen. Und ich sehe die im grauen Licht des Nachmittags strahlend blonden Haare der Frau, die zum Schutz vor dem Regen unter dem Vordach eines Geschäfts wartet.

Ich konzentriere mich wieder auf Zora und nicke knapp. Jede weitere Nachfrage erübrigt sich.

»Er hat also eine Affäre«, sagt sie mit Bestimmtheit. »Aber musstest du ihn wirklich verlassen? Hättest du ihn nicht zur Rede stellen sollen?«

Ich schaue sie an. »Das habe ich. Was denkst du denn?«

»Und was hat er gesagt?«

»Er hat gelacht, Zora«, antworte ich. »Er hat mich ausgelacht. Und ist dann einfach gegangen. Er war zwei, drei Stunden weg, sein Telefon war ausgeschaltet. Und als er zurückkam, war er wie ausgetauscht. Ein anderer Mensch. Als hätte jemand die Kontrolle über seinen Körper übernommen.«

Mich fröstelt bei dem Gedanken an die Kälte in seinen Augen, als er mich ansah, als sei ich eine Fremde. Der erste Augenkontakt seit Monaten, und ich schrumpfte unter der Verachtung in seinem Blick regelrecht zusammen. *Ja, ich bin inzwischen ein anderer, verflucht noch mal. Und ich will, dass du verschwindest. Wenn du nicht an diesem Wochenende abhaust und Robin mitnimmst, bringe ich sie weg, und du wirst sie nie wiedersehen.*

Ich hole tief Luft und gebe Zora seine Worte wieder.

»Ach, komm«, sagt sie. »Das ist doch Quatsch. So was würde er nicht tun.«

»Kann sein«, sage ich, »aber ich habe ihm geglaubt. Dafür hat er im Übrigen gesorgt. Am nächsten Tag hat jemand mit seiner Erlaubnis Robin von der Schule abgeholt – eine blonde Frau, hat sie mir später erzählt –, und zu ihm gebracht, und zwei Stunden lang konnte ich keinen von beiden erreichen. Beide Handys waren abgeschaltet, niemand hatte sie gesehen. Ich bin völlig durchgedreht.«

»Gott, das klingt furchtbar.«

»Es war der schlimmste Abend meines Lebens«, fahre ich fort. »Man sollte meinen, dass meine Erleichterung keine Grenzen kannte, als sie gesund und munter nach Hause zurückkehrte, aber tatsächlich kam es noch schlimmer. Er hatte es geschafft, ihr den Abend als schönen Ausflug mit ihrem Vater zu verkaufen – sie waren im Kino gewesen, und er hatte sie überredet, das Handy auszumachen, damit sie nicht gestört wurden. Sie kam fröhlich hereingehüpft, und ich konnte nichts von dem sagen, was ich zu sagen hatte, da ich ihr keine Angst machen wollte. Erst in diesem Moment begriff ich, dass ich mich einer Sache gegenübersah, die ich nicht verstand und im Übrigen bis jetzt nicht verstehe. Und da ich inzwischen wusste, dass Robin hier in die Schule gehen konnte und wir das Haus bekommen würden … Kannst du es mir verübeln, dass ich so schnell wie möglich abreisen wollte?«

Sie blickt mich einen Moment an und seufzt dann. »Na ja, einerseits denke ich, du hättest dich zur Wehr setzen sollen. Aber andererseits … die Sache mit Robin muss schlimm gewesen sein.«

Ich schaudere bei der Erinnerung an meine entsetzliche Angst und daran, wie meine Fantasie mit mir durchgegangen war und ich mir alles Mögliche vorstellte, was ihr zugestoßen sein mochte, während ich immer und immer wieder versuchte, einen von beiden zu erreichen.

»All das hat er nur getan, damit wir unsere Sachen packen und hierherziehen. Das war die andere Sache – er hat ihr den ganzen Abend vorgeschwärmt, was für ein großartiges Abenteuer es werden würde, nach England zu ziehen, es sei ohnehin schon entschieden, er und ich seien uns einig, und als sie nach Hause zurückkam, hatte sie sich praktisch damit abgefunden. Was hätte ich tun sollen? Ich kann ihr doch nicht sagen, was für ein Mistkerl ihr Vater ist. Jedenfalls war das für mich der Tropfen, der das Fass zum Überlaufen brachte. Ich habe monatelang, ja, jahrelang versucht, unsere Beziehung zu retten. Aber es ist einfach nichts mehr da.«

Sie sieht mich noch immer an. »Das ergibt dennoch überhaupt keinen Sinn. Warum sollte er sich so verhalten?«

»Ich habe keine Ahnung, Zora. Ich weiß es einfach nicht. Er hat sich stärker verändert, als du dir vorstellen kannst. Er ist schlichtweg nicht mehr der, den ich geheiratet habe.«

Ich erhebe mich und bleibe direkt vor Zora stehen. Sie dreht den Kopf weg.

»Du schaust mich genauso wenig an«, sage ich und warte auf eine Reaktion. Zora hält den Kopf gesenkt. Schwer lastet die Stille auf uns. Sie seufzt und lehnt sich auf dem Sofa zurück.

Ich wende ihr den Rücken zu und beschäftige mich mit der zweiten Flasche Wein. Erst als ich sicher bin, meine Gesichtszüge unter Kontrolle zu haben, drehe ich mich wieder zu ihr um. Ich fülle ihr Glas auf und setze mich.

»Wie auch immer«, sagt sie. »Wechseln wir das Thema. Ich glaube, ich habe Arbeit für dich.«

Meine Verbitterung ebbt ab. »Ernsthaft?«

»Ernsthaft. Es steht eine Verhandlung an, Anbahnung zum sexuellem Missbrauch Schutzbefohlener an einer Schule in Central London. Ein Lehrer soll sich seiner Schülerin genähert haben. Er ist der Sohn eines Richters, die Familie zahlt. Barbara Carlisle leitet die Verteidigung. Die Kronanwältin, weißt du noch?«

»Ich bin ihr neulich noch begegnet, als ich in der Kanzlei war«, sage ich.

»Jedenfalls haben wir einen Berg Beweise durchzusehen. Der Fall selbst ist eine ziemlich klare Geschichte, aber jemand muss sich durch das ganze Material arbeiten, und Barbara macht es sicher nicht. Ich wollte eigentlich jemanden in unserer Praxis darauf ansetzen, aber sie hat mir zugestimmt, dass es ganz nützlich sein könnte, eine Junioranwältin hinzuzunehmen, daher …«

Wollte ich Zora eben noch schütteln, so schlinge ich jetzt begeistert meine Arme um sie, sodass Wein aus ihrem Glas auf mein Oberteil schwappt. »Wann fange ich an?«, frage ich.

»Ich deute das als Ja«, sagt sie lachend.

»Ja. Ja, bitte«, erwidere ich. »Unbedingt. Die Frage ist nur, welches Gericht? Ich habe noch keine Nachmittagsbetreuung organisiert.«

»Mach langsam, du hast es ja gerade eben erst erfahren«, wiegelt Zora ab. »Es ist in der Innenstadt. Einfach nur die Northern Line bis Elephant and Castle – sollte kein Problem sein. Ich bin mir nicht sicher, wann genau man dich brauchen wird. Ich gebe die Anweisung morgen raus, und dann ist es an Barbara, sich mit dir in Verbindung zu setzen. Allerdings kann ich mir vorstellen, dass es recht bald geschieht. Es ist wirklich eine Menge Material, das wir da haben.«

»Dafür hast du was gut bei mir«, sage ich. »Wirklich. Ich kann's kaum erwarten, wieder vor Gericht aufzutreten. Das hat mir so gefehlt.«

»Und es wird Zeit. Es ist sowieso eine Schande, dass ihr Anwältinnen von der Bildfläche verschwindet, sobald ihr Kinder kriegt.«

»Es wird uns aber auch nicht leicht gemacht«, halte ich dagegen. »Ich hätte ja nicht einfach mir nichts, dir nichts zu einer zweiwöchigen Verhandlung nach Nottingham fahren können, nicht wahr? Andrew hätte seinen Job jedenfalls nicht aufgegeben, um zu Hause beim Kind zu bleiben.«

»Wahrscheinlich nicht«, sagt sie. »Jedenfalls ist es gut, dass du wieder da bist. Ich freue mich darauf, wieder mit dir zu arbeiten.«

»Ich mich auch«, sage ich und drücke sie erneut. Und diesmal bleibt der Wein im Glas.

SONNTAG, 9.35 UHR

Wieder ein Albtraum. Formlos, gestaltlos; die Angst hängt über mir und wabert am Horizont. Ich erwache, die Lider schwer, der Schrecken noch nah.

Kaffee, Dusche, meine Nerven flattern. Hätten sie nicht inzwischen anrufen müssen? Müsste sie nicht längst zu Hause sein? Ich will, dass sie nach Hause kommt, und zwar jetzt. Das Haus ist so still ohne sie.

Noch ein Kaffee, ich komme nicht zur Ruhe.

Wenn ich doch nur eine App öffnen und auf dem Display sehen könnte, wo sie ist. Aber das kann ich nicht. Und ich darf nicht zulassen, dass das, was geschehen ist, mein Vertrauen zunichtemacht. Meinen Seelenfrieden zerstört.

Was für ein Witz! Ich bin die Katze auf dem heißen Blechdach, haste hierhin und dorthin, laufe von Zimmer zu Zimmer und kann die Leere nicht ertragen. Sobald sie zu Hause ist, lasse ich sie nie wieder aus den Augen. FreundeApp, Life360 – wenn es sein muss, lasse ich sie chippen.

Die Zeit verstreicht. Langsam, zu langsam. Ich greife nach dem Handy, lege es wieder weg. Es ist noch früh. Zu früh. Der Zeitpunkt, sich Sorgen zu machen, ist noch nicht gekommen. Und das wird er auch nicht. Das war damals, jetzt ist jetzt. Sie hat ein tolles Wochenende verbracht und ist auf dem Weg nach Hause. Alles ist gut.

Draußen schreit eine Katze, und ich fahre zusammen, nehme meine Wanderung wieder auf, gehe von einem Fenster zum nächsten und warte. Und warte.

ZEHN

»Du hast dich an einem Stück Ei verschluckt?«, fragt Robin, als wir am kommenden Morgen im Bus sitzen.

»Ja.«

»Und alle Mütter haben Röcke und Kleider getragen?«

»Ja«, sage ich. »Hör auf, es mir auch noch unter die Nase zu reiben.«

»Autsch.«

Ich muss lachen. Nichts beschreibt den gestrigen Abend treffender als *Autsch*.

»Und das Haus, wo Daisy wohnt, ist schön?«

»Ja, wunderschön. Das habe ich dir doch alles schon gesagt.« Kann ja sein, dass ich mich in Bezug auf die gestrigen Ereignisse ein wenig besser fühle, aber in der Erinnerung schwelgen muss ich trotzdem nicht.

»Mit wem hast du dich unterhalten?«

»Ich weiß nicht genau, es waren so viele Namen. Eine hieß Jessica.« Die Erinnerung an ihre Gehässigkeit versetzt mir einen Stich.

»Ich glaube, das ist die Mutter von Portia«, sagt Robin. »Portia gehört zur Clique.«

»Aha«, sage ich und speichere den Ausdruck ab. Ich möchte unbedingt von Robin alles über die Schule in Erfahrung bringen, will sie aber nicht spüren lassen, wie wichtig mir das ist. »Und was hat es damit auf sich – mit der Clique?«

Ich erwarte, dass Robin mir für diese Frage den Kopf abreißt, doch mitnichten. Sie denkt einen Moment lang nach, ehe sie antwortet. »Das sind die Mädchen, die entscheiden, mit wem man sprechen und wo man sitzen darf.«

»*Bitte?* Du kannst dir doch nicht einfach vorschreiben lassen, was du zu tun hast«, platzt es aus mir heraus, ehe ich mich zurückhalten kann.

»Mum«, sagt Robin nur und wendet das Gesicht ab.

»Im Ernst jetzt. Es kann nicht sein, dass eine Art Zentralkomitee festlegt, mit wem gesprochen wird. Das geht doch nicht. Ich muss unbedingt mit der Schulverwaltung reden.« Panik baut sich in mir auf, Zorn dazu, und mein Atem beschleunigt sich. »Sagen diese Mädchen den anderen, dass sie mit dir nicht reden dürfen?«

Robin schweigt. Ihr Gesicht ist noch immer abgewandt.

»Robin, sieh mich an. Dürfen die anderen nicht mit dir reden?«

»Versprich mir, dass du dich nicht an die Schulverwaltung wendest.« Ihr Tonfall ist flehend, und das reicht. Ich gebe auf.

Wir schweigen, bis wir fast an der Schule sind. Robin beschleunigt ihr Tempo und lässt mich stehen, ohne sich von mir zu verabschieden. Blinzelnd sehe ich ihr nach, und das ungute Gefühl verstärkt sich.

In der Hoffnung, eine Nachricht aus der Kanzlei vorzufinden, hole ich mein Handy aus der Tasche, als zwei Frauen an mir vorbeigehen und eine so fest gegen meinen Ellenbogen stößt, dass ich mein Telefon fallen lasse. Während ich mich bücke, um es wieder aufzuheben, höre ich ein Lachen, dann ein »Pssst«. Als ich mich aufrichte, stecke ich mein Telefon direkt in die Tasche zurück, um ungehindert in die Luft gehen zu können. Die beiden Frauen haben sich mir zugewandt. Die eine ist Jessica, die ich auf der Party kennengelernt habe.

»Wir wollen uns morgen früh zum Kaffee treffen, um unter anderem über den Weihnachtsbasar zu sprechen«, sagt sie zu mir. »Aber ich nehme nicht an, dass Sie Interesse daran haben, da Sie Elternarbeit ja hassen.« Die Frau zur Linken von Jessica kichert.

Ich spüre, wie mir das Blut in die Wangen steigt, und am liebsten würde ich ihnen sagen, dass sie mich gefälligst in Ruhe lassen sollen. Doch ich muss an Robin denken. Für sie ist es wichtig, dass ich mich bemühe, das weiß ich. »Ich komme gern. Wo findet das Treffen statt?«

Die beiden Frauen sehen einander an und ziehen die Augenbrauen hoch. »Gut«, sagt Jessica schließlich. »Ich schicke Ihnen eine E-Mail. Schließlich braucht die arme Julia nicht alles allein zu machen.«

Und damit gehen die beiden Frauen ihrer Wege. Ich stehe da, sehe ihnen nach und balle die Fäuste in den Taschen. Erst als mich etwas in meine Handfläche sticht, begreife ich, dass das Display meines Handys beim Sturz geborsten sein muss. Ich betrachte meine Hand; ein kleines Rinnsal Blut ist zu sehen, mehr nicht. Ich muss vorsichtiger sein.

Nachdem ich das Display reparieren lassen und das Haus in Ordnung gebracht habe, ist es schon fast wieder Zeit, Robin von der Schule abzuholen. Ich ziehe mir gerade den Mantel über, als mein Telefon klingelt.

»Miss Roper? Kirsten Glynn aus der Kanzlei am Apparat.«

»Ja, Sadie Roper hier. Hi, Kirsten.«

Eine Pause.

»Wir haben die Einzelheiten jetzt geklärt, Miss. Zora Gaunt hat sich mit uns in Verbindung gesetzt. Ich weiß nicht genau, wie viel man Ihnen mitgeteilt hat, aber Sie sollen in dieser Verhandlung als Junioranwältin für Barbara Carlisle auftreten – die Kronanwältin, vielleicht erinnern Sie sich noch aus Ihrer Zeit hier?«

»Ja, ich erinnere mich.« Die Spannung strömt aus mir heraus, und meine Schultern, die ich unwillkürlich hochgezogen hatte, lockern sich. Wenigstens eine Sache scheint zu klappen.

»Es geht um einen Fall von Missbrauch von Schutzbefohlenen. Die Verteidigung eines Lehrers, der etwas mit einer Schülerin gehabt haben soll.«

»Wie alt ist die Schülerin?«, frage ich.

»Siebzehn«, antwortet Kirsten. »Barbara wollte es eigentlich allein machen, wäre kürzlich nicht eine große Menge Extramaterial aufgetaucht, und jemand muss es durchsehen. Der Fall ist gut. Die Verhandlung beginnt nächste Woche.«

»Zora hat mir bereits ein paar Eckdaten gegeben. Klingt wirklich gut.«

»Schön. Wäre es in Ordnung, wenn Sie morgen früh reinkommen? Um zehn?«

»Passt wunderbar. Bis morgen dann.«

Beglückt sitze ich am Küchentisch. Ich habe Arbeit. Ich kann wieder als Anwältin arbeiten. Vor Gericht. Diesem Fall werden bestimmt andere folgen. Vielleicht fügt sich jetzt doch alles.

Meine positive Stimmung hält an, als ich Robin von der Schule abhole, mit ihr nach Hause fahre und Nudeln mit Tomatensauce zubereite. Sie überlebt sogar das hartnäckige Schweigen meiner Tochter, die sich nach unserer Rückkehr in ihr Zimmer zurückzieht, um ja nichts von ihrem Tag berichten zu müssen, nur um zu Tisch wieder aufzutauchen, rasch das Essen hinunterzuschlingen und erneut nach oben zu verschwinden. Mir ist klar, dass ich hinaufgehen und mit ihr reden sollte, aber sie will so eindeutig in Frieden gelassen werden, dass ich nicht das Herz habe, sie zu bedrängen. Ich stehe draußen vor ihrem Zimmer und höre sie über FaceTime mit ihren alten Freundinnen chatten, und mit jedem kleinen Lachen, das das Geplapper durchdringt, lässt meine Sorge ein wenig nach.

Meine gute Laune verflüchtigt sich jedoch, als ich spät am Abend eine E-Mail anklicke, in der es um das Treffen mit den Müttern geht.

8.30 Uhr im Café Marché, Veranstaltungsraum. Wir besprechen den Weihnachtsbasar und andere anstehende Ereignisse. Bitte gute Ideen mitbringen.

Acht Uhr dreißig. Und um zehn muss ich in der Kanzlei sein. Bisher gab es so wenig zu tun, keinen Termin wahrzunehmen, nicht viel mehr zu erledigen, als die arme Robin zur Schule hin und zurück zu schleifen, und nun, da sich alles so gut zu entwickeln scheint, muss ich an zwei Orten gleichzeitig sein! Ich lasse den Kopf in meine Hände sinken, ehe ich ihn schüttele, um ihn zu klären. Das ist kein Problem. Ich kann morgen früh ins Café gehen, zwanzig

Minuten bleiben, anbieten, mich um einen Stand zu kümmern, oder was immer die Eltern dabei zu tun haben, und dann in die Bahn springen, um rechtzeitig in der Stadt zu sein. Und wenn ich in der Kanzlei anrufe, um Barbara vorher Bescheid zu geben, wird sie mir sicher nicht den Kopf abreißen, falls ich etwas zu spät komme. Ich muss ja morgen nicht vor Gericht auftreten. Fast glaube ich mir meine eigenen Beteuerungen. Doch im Hin und Her beider Szenarien gerate ich in eine endlose Spirale der Sorge, die mich in der Nacht nicht schlafen lässt.

Als ich um vier Uhr in der Früh sicher bin, dass die Mütter mich unter Gelächter aus dem Café jagen und Barbara und Kirsten mir, untergehakt, den Zutritt zur Kanzlei verwehren und »Zu spät, zu spät!« entgegenbrüllen werden, gebe ich es auf, schlafen zu wollen, stehe auf, wickele mich auf dem harten Sofa in eine Decke und starre an die Wand, bis es Zeit ist, Robin zu wecken.

ELF

Robin ist auf dem Weg zur Schule etwas gesprächiger. Ich behandele sie wie ein rohes Ei und gebe mir größte Mühe, keine Fragen zu stellen, die sie aufregen könnten. Obwohl sie zum größten Teil von ihren alten Freundinnen erzählt, nicht von den neuen Schulkameradinnen, bin ich erleichtert, dass sie ein wenig fröhlicher wirkt. Kinder sind anpassungsfähig. Selbst ihr Tonfall ändert sich nun, da der Grundschulslang seltener zum Einsatz kommt, und der leichte amerikanische Akzent schwindet. Sie neigt sich mehr als üblich zu mir, und ich tue es ihr behutsam nach, doch nicht zu sehr, um das fragile Gleichgewicht zwischen uns ja nicht zu stören.

Als wir uns unserer Haltestelle nähern, stehe ich auf, Robin direkt hinter mir. Bevor der Bus abbremst, greift sie nach der Stange direkt vor meinem Gesicht. Zunächst bemerke ich nichts, dann aber richtet sich mein Fokus auf ihre Fingernägel. Sie sind bis auf die Fingerkuppe abgekaut, schartig und blutverkrustet, als hätte sie auch die Nagelhaut malträtiert. Vorsichtig und ohne den Anschein zu erwecken, dass mir etwas aufgefallen wäre, lege ich meine Hand über ihre. Ihre Finger zucken, und als der Bus schließlich hält, zieht sie ihre Hand unter meiner hervor. Sobald wir ausgestiegen sind, marschiert sie erneut ohne ein Abschiedswort davon. Das Gleichgewicht ist wiederhergestellt. Doch nicht im positiven Sinn. Ich seufze und mache mich mit einem Gefühl dumpfer Vorahnung auf den Weg zu dem Elterntreffen.

Ich sitze in einem separaten Raum im hinteren Teil des Cafés und knabbere an einem Croissant, das ich mir von einer Platte genommen habe, auf der sich die Backwaren türmen. Um den Tisch herum sitzen Frauen, an die ich mich zum Teil von dem Abend bei Julia erinnere, obwohl ich die meisten Namen schon wieder vergessen habe. An meinen scheinen die Frauen sich genauso wenig erinnern zu können, und nur wenige grüßen überhaupt, als ich ankomme. Sicher weiß ich nur die Namen von Julia und Jessica, die permanent damit beschäftigt ist, die Brötchen und Croissants neu zu arrangieren und sofort Lücken zu füllen, wo sie entstehen, obwohl das praktisch nicht geschieht – wie an jenem Abend, bin ich die Einzige, die isst.

Die beiden Frauen sitzen mir gegenüber nebeneinander und unterhalten sich leise. Obwohl ich mich anstrenge, kann ich nicht verstehen, was sie sagen, doch mit einem Mal sieht es so aus, als seien sie sich uneins. Jessicas Gesicht rötet sich, und sie schürzt die Lippen, während Julia offenbar eindringlich auf sie einredet. Ich lächele hoffnungsvoll, wann immer jemand in meine Richtung blickt, aber niemand macht sich die Mühe, meine Anwesenheit zur Kenntnis zu nehmen; die meisten Blicke streifen mich nur, als sei ich nicht hier. Ich hole mein Handy hervor, um nicht wie das fünfte Rad am Wagen zu wirken, und blicke auf die Uhr. Schon zwanzig vor neun.

Ich räuspere mich und nehme meinen Mut zusammen. »Hallo, Entschuldigung, dass ich unterbreche. Aber ich frage mich … fangen wir vielleicht bald an? Ich müsste nämlich …«

»Wir warten noch auf die anderen.«

»Was für andere?«

»Es fehlen noch zwei. Tut uns furchtbar leid, wenn wir Sie von etwas Wichtigerem abhalten«, sagt Julia ätzend.

»Es ist uns wichtig, dass alle dabei sind«, fügt Jessica hinzu. »Wir möchten dieses Jahr alles gemeinsam machen.«

»Sicher, das verstehe ich«, sage ich und versuche, versöhnlich zu klingen, aber es gelingt anscheinend nicht. Jessica verzieht die Lippen, verschränkt die Arme vor der Brust und starrt mich an, ehe ihre Aufmerksamkeit von einer Bewegung an der Tür abgelenkt wird.

»Und da sind sie auch schon«, sagt sie.

Die Neuankömmlinge beugen sich über den Tisch zu den Croissants, weichen zurück. Julia räuspert sich und greift nach einem Klemmbrett.

»Zuerst das Wichtigste. Ich schlage vor, dass wir es uns zur Regel machen, hier nichts zu besprechen, was mit dem beträchtlichen Druck, der uns bevorsteht, zu tun hat. Nichts ist wichtiger, als dass wir um unserer Töchter willen unsere Einigkeit bewahren. Seid ihr einverstanden?«

Zustimmendes Gemurmel. Ich blicke diskret auf mein Handy. Nur noch fünfzehn Minuten, bis ich gehen muss.

Julia fährt fort. »Wie ich schon Dienstagabend sagte, haben wir uns in diesem Jahr mit dem Weihnachtsbasar ein hohes Ziel gesteckt. Wir werden extrem viel Zeit und Mühe investieren müssen, um es zu erreichen.«

Wieder zustimmendes Gemurmel um den Tisch herum, Köpfe mit stilvollen hellen Strähnchen nicken unisono. Doch ehe Julia weitersprechen kann, wird sie unterbrochen.

»Entschuldigt, aber gibt es eine neue Mutter in unserer Runde? Mir scheint, es ist ein neues Gesicht dabei.« Ich wende mich der Frau, die gesprochen hat, zu. Sie hat honigfarbene Highlights im Haar und trägt ein Sporttop und hautenges Lycra. Ihre Miene wirkt kummervoll.

Keiner antwortet, und mir wird bewusst, dass alle Augen auf mich gerichtet sind. Voller Unbehagen rutschte ich auf meinem Platz hin und her, während ich darauf warte, dass Julia mich vorstellt, doch es geschieht nicht. Ich versuche, es auszusitzen, aber die Spannung wird zu groß.

»Ich bin Sadie. Meine Tochter heißt Robin. Sie hat gerade erst angefangen«, sage ich, und meine Stimme kippt am Ende.

»Wie haben Sie es denn geschafft, jetzt noch aufgenommen zu werden? War es wegen …« Psst-Laute ertönen. Ich habe nicht gesehen, wer die Frage gestellt hat.

»Ich … ähm, unsere Lebensumstände haben sich verändert«, erkläre ich. »Robin und ich sind erst vor Kurzem hergezogen. Wir haben angerufen und hatten das Glück, dass ein Platz frei war. Es war alles sehr kurzfristig. Keine Ahnung, warum wir noch aufgenommen wurden. Vermutlich ziehen immer wieder Leute weg.« Ich blicke in die Gesichter, die mich beobachten.

»So ist das wohl«, sagt Julia schnell. »Können wir jetzt wieder zum Thema zurückkehren?« Sie malt sich ein Lächeln ins Gesicht. »Wir haben uns bereits auf ein diesjähriges Motto geeinigt. Es lautet … *Jingle Bells*. Wie es für die einzelnen Stände umgesetzt wird, bleibt jedem selbst überlassen.« Die Frauen um den Tisch regen sich. »Wie üblich weise ich die Stände abhängig von der Jahrgangsstufe zu – die Liste wird zu gegebener Zeit rumgehen. Als Neuerung überlege ich, im Kostümwettbewerb eine Elternkategorie einzuführen.« Die Unruhe am Tisch wird spürbarer.

Es muss fast neun sein. Julia hat sich warmgeredet. Ich komme mir vor wie gefangen. Natürlich ist es viel wichtiger, rechtzeitig in der Kanzlei zu sein, aber ich hatte mit diesen Frauen hier schon keinen guten Start. Ich kann doch nicht einfach mitten in einer Besprechung aufstehen und gehen. Ich hole erneut mein Handy hervor, um nach der Zeit zu sehen, als mir bewusst wird, dass es still um mich herum wird. Ich blicke auf und stelle fest, dass Julia mich mit hochgezogenen Augenbrauen anstarrt.

»Keine Handys bitte. Wir haben bei Besprechungen ein striktes Telefonverbot.«

»Ja, klar, ich wollte nur …«

»Stecken Sie es bitte weg.« Ihr Lächeln ist liebenswürdig, ihre Stimme jedoch so resolut, dass ich nur gehorchen kann.

Julia nickt zufrieden und spricht weiter. »Um was wir uns jetzt kümmern müssen, sind die Preise für die Tombola und die Aufstellung von Freiwilligen für die Aufsicht über die einzelnen Stände. Die Frage an die Klassenvertreterinnen – könnt ihr mir bis Ende der Woche eine Liste von Namen zusammenstellen?«

Einhelliges Nicken, eifriges Gekritzel auf Notizblöcken.

»Sadie, kümmern Sie sich um die Organisation von

Tombolapreisen? Eine schlichte Aufgabe, die es Ihnen ermöglicht, mit vielen Leuten in der Schule in Kontakt zu kommen.«

»Das kann ich leider nicht«, entfährt es mir, ehe ich mich zurückhalten kann. So weit zu meinem Wunsch, einen guten Eindruck zu machen.

Wieder richten sich alle Blicke auf mich – Blicke wie Dartpfeile. Jessica ist plötzlich so aufgeregt, dass sie auf ihrem Stuhl förmlich auf und ab hüpft. »Das wollte ich eigentlich machen. Ich habe schon ein paar großartige Ideen ausgearbeitet.«

Ich versuche ein Lächeln. »Jessica ist dafür bestimmt viel besser geeignet. Ich hätte überhaupt keine Ahnung, wen ich ansprechen sollte.«

Julia wirft mir einen Blick zu, dann wendet sie sich nachdenklich an Jessica. »Ich hatte gehofft, dass du die Standkoordination übernimmst, Jessica – du hast das im vergangenen Jahr so großartig gemacht. Vielleicht erklärst du Sadie einfach, was du dir ausgedacht hast, damit sie es dann umsetzen kann?« Abwartend blickt sie Jessica an, die eindeutig hin und her gerissen ist zwischen der Freude über Julias Kompliment und dem Ärger, dass man mir eine Aufgabe übertragen hat, die sie wollte. Der Blick, den sie mir zuwirft, spricht Bände. Schließlich nickt sie jedoch.

»Schön, das wäre geklärt«, sagt Julia und wendet sich der nächsten Aufgabe zu, als sei meine Beteiligung beschlossene Sache. Ich überlege einen Moment lang. Zwar möchte ich nicht direkt zu Anfang schon jede Aufgabe ablehnen; noch weniger aber möchte ich mich mit jemandem zusammentun müssen, der so wenig scharf darauf ist, mit mir zu arbeiten, wie ich mit ihm. Ich räuspere mich und unterbreche Julia.

»Entschuldigung, aber ich fürchte, ich kann diesmal nicht mithelfen. Ich habe eine neue Stelle, die ich heute antreten soll. Insofern würde ich dieses Mal lieber aussetzen und mich erst im nächsten Halbjahr engagieren.«

Julia blickt mich erstaunt an. Unwillkürlich frage ich mich, wann sie zuletzt ein Nein gehört hat. Doch schon fährt sie fort, Aufgaben zu delegieren, sodass innerhalb kurzer Zeit alle Verantwortlichkeiten an eifrige Freiwillige verteilt sind. Das Treffen ist beendet. Erleichtert springe ich auf, schaue mich aber verstohlen um, um nicht die Erste zu sein, die davonstiebt. Der Berg an Backwaren ist noch immer so gut wie unangetastet, obwohl auf der anderen Tischseite eine Frau mit Krümeln in den Mundwinkeln an einem Croissant zupft. Fasziniert sehe ich genauer hin; sollte sie es tatsächlich wagen, vor den anderen eine menschliche Schwäche wie Hunger zu zeigen? Die Frau spürt meinen Blick und grinst, und ich werde rot und schaue hastig weg. Irgendjemand lacht, und ich nehme Reißaus. Ich bin schon fast an der Tür, als Jessica mich zurückruft.

»Sie haben noch nicht bezahlt«, sagt sie.

»Oh, tut mir leid. Das war mir nicht klar. Hier – ein Fünfer sollte reichen, oder?« Ich suche nach meinem Portemonnaie und fische einen zerknitterten Schein heraus. Jessica blickt ihn herablassend an.

»Dreißig Pfund bitte.«

»Wie viel?«

»Dreißig Pfund. Wir müssen das Essen bezahlen.«

»Aber es hat doch keiner etwas gegessen …«, murmele ich. Ich suche nach weiteren Geldscheinen, drücke sie Jessica in die Hand und wende mich zum Gehen. Doch mein Blick streift erneut die Unmengen an Backwaren, und ehe ich mich zurückhalten kann, schnappe ich mir eine Serviette und sammle Croissants und Schokobrötchen ein. Die Frauen um mich herum beginnen zu murmeln, aber mir reicht es jetzt – die dreißig Pfund waren der Tropfen, der das Fass zum Überlaufen gebracht hat.

»Meine Güte«, sagt eine Frau hinter mir.

»Was machen Sie denn da?«, fragt Jessica.

»Mir ein paar von den Backwaren nehmen, für die ich gerade bezahlt habe«, sage ich und hebe trotzig das Kinn. »Ist das nicht erlaubt?«

»Na ja, wir machen das normalerweise nicht, weil …« Jessica lässt den Satz offen. »Julia. Julia! Die neue Mutter möchte sich etwas einpacken.«

»Etwas einpacken?« Julia zieht die Augenbrauen hoch. »Wie beliebt?«

Sie schaut mich zutiefst verächtlich an, doch ich umklammere meine Serviette und halte ihrem Blick stand. Nach einem Augenblick wendet sie sich ab und wirft ihr Haar zurück.

»Normalerweise wird das, was übrig bleibt, zu einem Obdachlosenheim gebracht, wo man immer ausgesprochen dankbar über unsere Spende ist. Aber vielleicht ist Ihre Not ja größer.«

»Ich wollte einfach nur nicht, dass etwas weggeworfen werden muss«, sage ich. »Es war nicht meine Absicht, Ärger zu machen.«

»Aber das ist doch kein Ärger. Warten Sie – ich habe eine Tüte dabei. Ich leere nur rasch meine Unterlagen aus. Dann können Sie noch mehr mitnehmen.«

Und damit greift Julia nach einer Plastiktüte eines Edeldesigners, kippt sie auf den Tisch aus und beginnt, mit vollen Händen Croissants und Bagels hineinzuschaufeln. Sie leert jeden Teller auf dem Tisch und füllt die Tüte so gründlich, dass die Backwaren oben herausquellen. Als die Tüte zum Bersten voll ist, reicht sie sie mir mit einem Lächeln.

»Hier. Das sollte ausreichen.«

Ich entblöße meine Zähne zu der Parodie eines Lächelns, nicke zum Dank und will nach der Tüte greifen, als aus irgendeiner Ecke lautes Gelächter kommt. Es bricht schnell wieder ab, doch nicht schnell genug. Als ich den Griff packen will, berühre ich Julias Hand, und weil ich so überreizt bin, fahre ich zurück, und der Inhalt der Tüte ergießt sich auf den Boden.

Einen Moment lang bleibt die Zeit stehen, und Julia und ich betrachten gemeinsam die Ruinen des Frühstücksbuffets zu unseren Füßen. Ich mache den Mund auf, stammele aber nur unsinniges Zeug und ergreife, die Serviette mit meiner Ausbeute noch in der Hand, die Flucht, ohne mir die Mühe zu machen, dem Chaos auf dem Boden auszuweichen.

Erst draußen bemerke ich, dass ich mit dem Absatz ein Stück Backwerk aufgespießt habe. Ich versuche, es an der Gehwegkante abzustreifen, doch ein Brocken Schokolade hat sich zwischen Schuh und Absatz verkantet und lässt sich nicht lösen, so angestrengt ich auch versuche, es abzuschaben.

ZWÖLF

Als ich die Kanzlei erreiche, ist es fast halb elf. Nachdem ich an der Haltestelle aus dem Bus gesprungen und bis hierher gerannt bin, pocht mir nun das Blut hinter den Augen. Ich begrüße Kirsten am Empfang mit einer Entschuldigung, aber sie lacht nur und bittet mich, mich doch zu setzen.

»Barbara ist auch noch nicht da. Ich bringe Sie erst in ihr Zimmer, wenn sie da ist, falls es Ihnen nichts ausmacht. Es dauert auch nicht lange.«

Also habe ich mich umsonst abgehetzt. Albernerweise noch immer mit dem Serviettenbündel in der Hand, trete ich an das lange Ledersofa im Wartebereich und schaue mich vergeblich nach einem Abfalleimer um. Da ich keinen entdecke, kehre ich an den Empfang zurück.

»Kann ich das irgendwo wegwerfen?«

»Klar«, sagt Kirsten. »Geben Sie her, ich mach das.«

Sie streckt den Arm nach der Serviette aus, und beinahe widerstrebend gebe ich sie ihr; plötzlich möchte ich meinen hart erkämpften Preis nicht aufgeben. Kirsten mustert die Backwaren prüfend.

»Was stimmt denn nicht damit?«, fragt sie.

»Nichts, eigentlich. Sie sind nur etwas zerdrückt. Aber ich weiß nicht, wohin damit.«

»Also, für mich sehen die noch gut aus. Ich mache mir

rasch einen Kaffee und nehme mir ein Stück – sind Sie dabei?«

Ich bin von dem Morgen noch so in der Defensive, dass ich automatisch Nein sagen will, weil ich eine Falle vermute, als ich erkenne, dass ihre Miene vollkommen ohne Arg ist; Kirsten freut sich einfach. Etwas in mir löst sich. »Ja, gerne. Kaffee wäre großartig. Haben Sie Teller?«

An einer Wand des Empfangsbereichs steht ein Espressoautomat, und Kirsten macht zwei Kaffee und nimmt zwei weitere Untertassen für das Gebäck. Sie setzt sich zu mir aufs Sofa, und wir essen einträchtig. Als ich fertig bin, wische ich mir die Krümel aus dem Mundwinkel, trinke einen Schluck Kaffee und räuspere mich.

»Wissen Sie etwas über die Verhandlung? Sind Sie dem Beklagten schon begegnet?«

»O ja«, sagt sie. »Er ist bereits zu einer Besprechung hier gewesen. So ein höflicher Mensch. Es ist eine echte Schande. Ich frage mich, wie dieses Mädchen noch in den Spiegel schauen kann.«

»Dieses Mädchen?«

»Na ja, das Opfer. Das sogenannte Opfer. Sie sollte sich schämen. Wie kann man jemandem einfach so das Leben zerstören?« Sie hat ein Pain au Chocolat vertilgt und beißt nun in das zweite.

Bevor ich reagieren kann, öffnet sich die Tür zum Empfang. In einem Tempo, das ich nicht für möglich gehalten hätte, springt Kirsten auf, räumt die Teller weg, wischt sich die Krümel ab und kehrt mit einem einstudierten Lächeln zu ihrem Platz hinter dem Tisch zurück.

Barbara Carlisle tritt ein. Dieses Mal versuche ich mich

nicht vor ihr zu verbergen, sondern stehe auf und sehe ihr entgegen. Sie ist größer und dünner als der Durchschnitt und hat sich in den vergangenen zehn Jahren kaum verändert, außer dass ihre Haare etwas grauer, die Falten um den Mund etwas ausgeprägter geworden sind. Ich klopfe hastig die Blätterteigreste von meinem Rock ab, als sie auf mich zukommt, vor mir stehen bleibt und mir ein halbes Lächeln schenkt.

»Sadie, freut mich, Sie an Bord zu haben. Sie laufen uns aber nicht gleich wieder weg, nicht wahr?«

»Ähm, nein, und entschuldigen Sie …«

»Kommen Sie. Gehen wir in mein Büro, damit ich Ihnen den Fall rasch zusammenfassen kann.«

Sie macht kehrt und verlässt den Empfangsbereich, ohne abzuwarten, ob ich ihr folge oder nicht. Ich winke Kirsten kurz zu, bilde mit den Lippen ein lautloses *Danke* und beeile mich, Barbara einzuholen.

Wir steigen eine Treppe hinauf, dann die nächste. Oben gehen wir einen Flur entlang, den ich noch sehr gut aus meiner Anfangszeit hier kenne: In diesem Raum habe ich mit meinem ersten Ausbilder gesessen, in jenem meinen ersten Prozess vorbereitet. Ich marschiere zügig an den Erinnerungen vorbei und trete am Ende des Korridors durch eine dunkle Massivholztür, die Barbara mir aufhält.

»Da sind wir«, sagt sie. »Verzeihen Sie das Durcheinander. Ich musste mich in zwei verschiedene Schriftsätze einlesen. Womit wohl deutlich wird, warum wir Ihre Dienste benötigen.«

Ich schaue mich um. Auf jeder verfügbaren Freifläche, selbst auf dem Boden, liegen einzelne Papiere, Bücher und

Akten. Das Zimmer ist durch das große, geöffnete Fenster zur Essex Street relativ hell, doch auf dem staubigen Fensterbrett lehnen gefährlich schiefe Bücherstapel. Verkehrslärm dringt von draußen herein, und obwohl in Gebäuden selbstverständlich nicht geraucht wird, hängt ein starker Zigarettengeruch in der Luft.

Wie um meine unausgesprochene Frage zu beantworten, schiebt Barbara den Stuhl von ihrem Schreibtisch zum offenen Fenster, setzt sich, zündet sich mit einem silbernen Feuerzeug eine Zigarette an und inhaliert tief, ehe sie sie aus dem Fenster hält. Ich versuche, mir eine möglichst neutrale Miene zu bewahren, aber ich bin nicht abgebrüht genug für eine Frau, die jahrzehntelange Erfahrung damit hat, Zeugen zu beobachten und auch die kleinste Regung wahrzunehmen.

Barbara stößt ein kehliges Lachen aus. »Wer sollte mir das verbieten?«

»Dass es nicht gut für Sie ist, wissen Sie ja vermutlich«, sage ich.

»Schätzchen, ich bin fünfundsechzig. Bisher hat es mich nicht umgebracht.« Sie hält mir die Packung hin.

Es ist verlockend. Ein ratschendes Streichholz, die Flamme, der Duft der ersten kleinen Rauchwolke, ehe der Qualm kratzig und schal wird. Aber – nein. »Vielen Dank, lieber nicht. Ich habe aufgehört, als ich schwanger war, und zum Glück nie wieder angefangen. Ich möchte es lieber nicht riskieren. Ich kann wohl nur ganz oder gar nicht.«

»Ah, stimmt ja. Ihre Karriere stand in den Startlöchern, da wurden Sie schwanger und sind nach Amerika verschwunden. Ziemliche Verschwendung, finden Sie nicht?«

Überrascht über ihre sehr direkte Art, blinzele ich. Sie könnte sich nicht stärker von den Frauen in den engen Sportoutfits unterscheiden, mit denen ich mich vorhin in St.John's Wood getroffen habe.

»Kommen Sie«, sagt Barbara nun. »Setzen Sie sich, und erklären Sie es mir. Ich habe euch junge Dinger noch nie verstanden. Ihr kommt in die Kanzlei, clever, ehrgeizig, brillant, die Aufträge trudeln ein, und dann schmeißt ihr alles für ein Baby hin. Eine Schande, wenn Sie mich fragen.«

Ich nehme die Unterlagen von dem zweiten Stuhl herunter, lege sie auf den Boden und setze mich. Obwohl es über zehn Jahre her ist, ist mir Barbaras Art noch immer überaus vertraut, und es kommt mir beinahe surreal vor, wieder hier zu sein. Selbst der Geruch, der ihr anhaftet – abgestandener Qualm, der mit ihrem Parfum um die Vorherrschaft ringt –, ist noch exakt derselbe wie damals. Die Jahre verblassen, als ich antworte.

»Ja, es war eine Schande. Heute würde ich es wohl nicht mehr so machen.«

»Jedes Jahr schießt sich irgendein Referendar ins Aus«, sagt Barbara. »Manch einem wird eine Kanzleiparty zum Verhängnis, ein anderer schickt den Falschen zum Teufel. Sie dagegen gehörten immer zu den Vernünftigen. Ich hätte gedacht, dass Sie durchhalten.«

Meine Wachsamkeit kehrt zurück. Die Wellen der Nostalgie sind abgeebbt. Ich rufe mir in Erinnerung, dass Barbara immer schon ein Hauch Boshaftigkeit umwehte.

»Es ist nicht gerade einfach, mit einem Baby von einem Gericht zum nächsten zu tingeln. Im Übrigen bekam mein

Partner damals ein Angebot aus den USA, das einfach zu gut war, um es abzulehnen. Deswegen sind wir umgezogen.«

Barbara verzieht missbilligend den Mund. »Sie waren eine so vielversprechende Kandidatin. Ich kann mir nicht vorstellen, welches Angebot so gut sein soll, dass man dafür all die jahrelange harte Arbeit aufgibt. Erstaunlich, dass die Karriere Ihres Partners Vorrang vor Ihrer Berufung hatte.« Sie schnaubt. »Nun, immerhin sind Sie wieder da. Was bedeutet, dass er sich jetzt ums Kind kümmert, nehme ich an?«

»Er ist in den Staaten geblieben«, sage ich. »Wir haben uns getrennt.«

Ein weiteres Schnauben. »Das wundert mich nicht. Sie hätten ihm besser schon damals den Laufpass gegeben – nun haben Sie mindestens zehn Jahre Ihres Lebens vergeudet. Wenigstens haben Sie nicht gewartet, bis alles zu spät ist. Wirklich, ich habe es noch nie verstanden. Junge Frauen mit ungeheurem Potenzial, Abschlüssen von den besten Universitäten und besten Voraussetzungen, und sie schmeißen alles hin, um Kinder zu kriegen, und wir sehen sie nie wieder.«

Ich blinzele. Ich verstehe ihre Argumentation. All die Jahre habe ich selbst im Stillen damit gehadert. Dennoch kann selbst Barbara nicht so blind sein, über die unflexiblen Arbeitszeiten, die speziellen Anforderungen des Gerichts oder die anwaltliche Verpflichtung hinwegzusehen, nach der man jeden Fall annehmen muss, der in den eigenen Kompetenzbereich fällt.

»Es ist nicht so einfach«, sage ich schließlich. »Ich

bereue meine Entscheidung für mein Kind in keiner Weise, aber ich bin froh, zurück zu sein. Und ich bin sehr dankbar für die Gelegenheit, mit Ihnen an diesem Fall zu arbeiten. Können Sie mir schon was darüber sagen?« Es ist an der Zeit, das Thema zu wechseln.

Barbara schnaubt erneut; vielleicht ist sie sich nicht sicher, ob sie das Kreuzverhör schon beenden möchte, aber ich schenke ihr ein munteres Lächeln, das sie hoffentlich davon abhält, noch weiter in die Tiefe zu gehen. Nach einem Augenblick zündet sie sich eine weitere Zigarette an und beginnt, durch ein paar Papiere zu sehen.

»Ich gebe Ihnen rasch eine Zusammenfassung der Ereignisse«, sagt sie schließlich und lehnt sich auf ihrem Stuhl zurück. »Wenn Sie mich fragen, übrigens der größte Blödsinn, der mir in meiner Karriere bislang untergekommen ist.«

DREIZEHN

Ich ziehe wahllos eine Akte aus den Kartons, die Barbara mir zum Durchsehen gegeben hat – es sind Screenshots einer Facebook-Seite, Fotos der Klägerin in diesem Fall. Das Mädchen ist jung, hat auf einem Bild lachend den Arm um eine Freundin gelegt, posiert auf einem anderen mit Fedora. Ich schaue auf das Datum; der Post ist von 2014, das Mädchen muss dreizehn oder vierzehn gewesen sein. Ein Kind noch. Auf dem dritten Bild zieht es einen Schmollmund und spielt verführerisch mit einer Federboa. Dennoch nichts als ein Kind, das sich verkleiden will.

Ich lehne mich auf meinem Stuhl zurück und schließe die Augen. Sobald Barbara ihre Zusammenfassung beendet hat, ist sie zum Lunch gegangen, sodass ich ihr Zimmer für mich habe. Ich muss das, was ich gehört habe, zu einem Gesamtbild zusammensetzen und jegliches Mitgefühl, das ich für die Klägerin empfinden könnte, aussperren. Es gilt herauszufinden, auf welche Art wir den Interessen unseres Klienten am besten dienen.

So ein höflicher Mensch, laut Kirsten.

Mir ist dieser Fall sehr wichtig, hat Barbara gesagt. *Es besteht die Gefahr, dass einem Menschen große Ungerechtigkeit widerfährt. Wir werden also engagiert kämpfen müssen.*

Ich wiederhole im Kopf die Fakten, wie sie sich aus Barbaras kurzer Zusammenfassung und in dem Schriftsatz darstellen. Freya MacKinley, inzwischen siebzehn, hat trotz ihrer jungen Jahre ein bewegtes Leben hinter sich. Offenbar ist sie sowohl in der Schule als auch zu Hause immer schon ein Problemkind gewesen: unkonzentriert, undiszipliniert und jeglicher Autorität gegenüber widerspenstig. Die Grundschulzeit verläuft noch weitgehend störungsfrei, und in einer bestimmten Phase zeigt sie sogar vielversprechende Leistungen. Doch dann wird sie laut Bericht ihres ehemaligen Klassenlehrers an keiner weiterführenden Schule ihrer Wahl aufgenommen und ist gezwungen, sich an einer privaten Mädchenschule anzumelden, deren Schülerinnen eher für ihre Feierfreudigkeit als für ihren Lerneifer bekannt sind. Ab der siebten Klasse verschlechtern sich ihre schulischen Leistungen kontinuierlich, und als sich ihre Eltern scheiden lassen – sie ist zu dem Zeitpunkt dreizehn –, verstärkt sich die Tendenz nach unten. Sie ist die Erste in ihrem Jahrgang, die mit Zigaretten und Alkohol experimentiert, dann folgt Cannabis, und obwohl vermutlich auch härtere Drogen im Spiel sind, lässt sich nichts nachweisen.

Einige Male entgeht Freya nur knapp einem Rauswurf; die Schule sieht nur davon ab, weil die sehr hässliche Scheidung der Eltern als besondere Härte berücksichtigt wird. Dennoch zeichnet sich ab, dass sie trotz der relativ geringen Anforderungen ihrer Schule auf ein akademisches Desaster zusteuert, als sie von Barbaras Mandanten, einem gewissen Jeremy Taylor, Französisch- und Englischlehrer Mitte zwanzig, unter die Fittiche genommen wird. Daneben leitet er die Theaterklasse und schafft es, über ihre – wenn auch eher unwillige – Teilnahme an einer Aufführung von »Der Widerspenstigen Zähmung« eine doch immerhin so gute Verbindung zu ihr aufzubauen, dass sie einwilligt, sich von ihm Nachhilfe geben zu lassen. Dadurch gelingt es ihr, sich weit genug am Riemen zu reißen, um in den Prüfungen zur Mittleren Reife eine sehr anständige Leistung abzuliefern.

Bis zu diesem Punkt sind sich Anklage und Verteidigung in der Darstellung der Fakten weitgehend einig, doch nun gehen die Erzählungen auseinander. Laut Strafverfolgung hat Jeremy Freya nicht nur in die Welt der unregelmäßigen Verben eingeführt. Angeblich strebte er von Anfang an eine sexuelle Beziehung an, die nach ihrem sechzehnten Geburtstag zum ersten Mal vollzogen wird und sich fortsetzt, bis er sie beenden will, woraufhin sie direkt zur Polizei marschiert und ihn anzeigt, was die Grundlage der Klage gegen ihn darstellt.

Die Version der Verteidigung dagegen spricht von einem Jeremy, der Mitleid mit dem Mädchen empfindet und ihm auf jede erdenkliche Art helfen möchte. Freya macht ihm immer wieder Avancen, aber er will sie dennoch nicht aufgeben, da er an ihr Potenzial glaubt. Er sorgt dafür, dass seine Nachhilfestunden immer an öffentlich zugänglichen Orten stattfinden und die Mutter sämtliche Korrespondenz in Kopie erhält. Trotz bester Absichten kommt es schließlich während einer Nachhilfestunde bei ihr zu Hause zu einem Eklat, als sie sich in einem Versuch, ihn zu verführen, auszieht. Damit endet für ihn ihr Arrangement ohne Wenn und Aber, worauf sie wütend und gekränkt mit ihren Anschuldigungen zur Polizei geht und ihn anzeigt. Er streitet die Existenz jeglicher Beziehung körperlicher oder romantischer Natur zwischen ihnen ganz entschieden ab.

Ich reibe mir die Augen. Eine simple Geschichte, eine simple Verteidigung. Es wird darauf hinauslaufen, wer von beiden Parteien vor Gericht glaubwürdiger erscheint. Ich blättere durch die Ausdrucke der Fotos, bis ich ein neueres von Freya finde; es ist von 2018. Natürlich sieht sie etwas älter aus, aber auch wachsamer, und sie blickt nicht direkt in die Kamera. Trotzdem ist sie auch hier noch ein Kind, dem die Unerfahrenheit, die Aura der Unschuld anhaftet. Ich lese mir noch einmal Jeremys Darstellung durch – irgendwie scheint die Beschreibung von ihr nicht zu dem Foto zu passen. Tja, vielleicht ist dieser Fall doch nicht so simpel, wie er scheint …

Gibt es auch Fotos vom Beschuldigten? Ich beginne zu blättern, gebe aber, entmutigt durch die schiere Menge, schnell wieder auf. Auf jeden Fall scheint er eine gewisse Sympathie zu wecken, wie sich an Kirstens und Barbaras Reaktionen ablesen lässt. Und ich werde mir bald genug schon selbst ein Bild machen können, wenn er beim nächsten Mal in die Kanzlei kommt, um sich mit Barbara zu besprechen.

Bis dahin ist meine Aufgabe eindeutig. Ich soll die Unmengen an Nachrichten von Freyas Handy und Computer durchsehen und nach etwas Ausschau halten, das die Behauptung des Mädchens, sie hätten eine Beziehung gehabt, stützen kann. Oder vielmehr suche ich nach der *Abwesenheit* von Beweisen. Freya mag ja beteuern, sie hätten immer nur äußerst diskret Kontakt miteinander aufgenommen, aber dass ein solches Verhältnis, wenn es denn existiert hat, keine Spuren in den sozialen Medien hinterlässt, ist nahezu unmöglich. Jeremy hat ausgesagt, dass es zwischen ihnen keinerlei externe Kommunikation gegeben hat. Ich muss mich vergewissern, dass nichts zu finden ist, was dem widerspricht.

Drei Stunden später habe ich noch nicht einmal die Oberfläche angekratzt. Allem Anschein nach hat sich Freya zuerst bei Facebook angemeldet – irgendwann im Jahr 2012. Da muss sie elf Jahre alt gewesen sein. Robins Alter. Ich unterdrücke ein Schaudern. Mir ist es bisher gelungen, Robin von den sozialen Medien fernzuhalten – sie darf nur Instant-Messaging-Programme zur Kommunikation benutzen –, aber ich weiß, dass es nur eine Frage der Zeit ist. Wie bei Freya. Mit dreizehn sind bei ihr Instagram und Twitter hinzugekommen, obwohl Twitter für das Kind offenbar wenig interessant gewesen ist: Der Ausdruck von Freyas Profilseite belegt, dass sie nur wenigen Leuten, zwei Popstars, zwei Teenie-Magazinen und dem BBC-Nachrichtendienst folgt. Dann Snapchat, obwohl uns das natürlich kaum nützliche Informationen verschaffen wird, da das automatische Löschen von Fotos die Hauptattraktion dieses Dienstes ist. Ich fange an, mir Daten und Zeiten zu notieren, bis es Zeit wird, Robin abzuholen. Ich nehme die erste Mappe aus dem Karton und stecke sie in meine Tasche, um am Abend noch weiterarbeiten zu können.

Ich warte vor dem Schultor und ziehe gegen die Kälte des Herbstabends und die feindseligen Blicke der anderen Mütter die Schultern hoch. Meine Gedanken sind bei dem Fall, und ich frage mich, was für ein Verhältnis Freya wohl zu ihrer Mutter gehabt hat, dass sie schon so früh soziale Medien nutzen konnte. Doch dann weise ich mich selbst zurecht. Ein solches Urteil steht mir gar nicht zu. Wer weiß, ob Robin nicht auch schon irgendeine von diesen Apps nutzt. Es ist Monate her, dass ich ihr Handy überprüft habe.

Ich bin noch immer in Gedanken versunken, als jemand mir auf die Schulter klopft. In der Annahme, es sei Robin, schaue ich lächelnd auf. Doch sie ist es nicht. Es ist eine der Mütter. Meine Mimik erstarrt augenblicklich, doch als ich das Lächeln auf dem Gesicht der anderen wahrnehme, entspannen sich meine Züge wieder ein wenig.

»Ich dachte, Sie seien meine Tochter«, sage ich.

»Entschuldigung, ich wollte Sie nicht stören. Sie sahen aus, als seien Sie ganz weit weg, aber ich wollte mich kurz vorstellen. Ich habe Sie heute Morgen beim Frühstück gesehen, aber wir konnten nicht miteinander reden.«

Ich betrachte sie genauer und erkenne sie tatsächlich: Sie ist die Dunkelhaarige, die das Croissant gegessen hat. Sie sieht angenehm normal aus, ist ziemlich klein, nicht allzu dünn, und in ihrem Haar ist erstes Grau zu erkennen. Meine Anspannung lässt weiter nach, aber ich bin immer noch auf der Hut.

»Ich musste dringend zur Arbeit«, erkläre ich. »Dieses Elterntreffen ging viel länger, als ich erwartet hatte.«

»Das tut es immer«, antwortet die Frau und lacht, und überrumpelt lache ich ebenfalls, ehe ich hastig wieder verstumme. Die Frau macht einen netten Eindruck, aber bestimmt zeigt sie jeden Moment die Zähne.

»Wie auch immer. Sieht so aus, als kämen die Mädchen jetzt.«

»Ich glaube, es dauert noch ein, zwei Minuten«, sagt sie und blickt durchs Tor. »Jedenfalls möchte ich mich vorstellen. Ich bin Nicole. Und ich beiße nicht.«

Mir steigt das Blut in die Wangen; leider hat sie meine Gedanken etwas zu genau gelesen. »Sadie«, sage ich.

»Freut mich«, sagt sie. »Ich bin Pippas Mum. Sie geht in dieselbe Klasse wie deine Tochter.«

»Robin hat sie noch nicht erwähnt.«

»Es ist am Anfang ja auch ziemlich viel, was man sich merken muss«, sagt Nicole. »Tausend neue Leute. Pippa sagt, dass sie ziemlich still wirkt.«

Ich seufze. »Irgendwo neu anzufangen ist ja immer schwer. Sie muss erst noch Fuß fassen.«

»Ich bin sicher, dass sie sich bald eingelebt hat«, sagt Nicole. »Kinder sind belastbar. Und anpassungsfähig. Nicht wie wir. Wie kommst du denn mit allem zurecht? Du tatst mir so leid, als du an dem Abend bei Nicole fast an dem Ei erstickt wärst.«

Ihre Stimme klingt sanft, aufrichtig mitfühlend, und es ist so lange her, dass jemand so mit mir gesprochen hat, dass Tränen in meinen Augen brennen. Ich schlucke.

»Tut mir leid«, bringe ich schließlich hervor. »Entschuldige. Warst du das? Die mir auf den Rücken geklopft hat, meine ich? Alles ging so schnell, ich konnte mich gar nicht mehr bedanken.«

»Du musst dich nicht entschuldigen. Und schon gar nicht bedanken – ich stand einfach nur im richtigen Moment in deiner Nähe, das war alles.« Nicole legt mir eine Hand auf den Arm und drückt behutsam. »Es ist immer schwer, sich irgendwo neu zurechtzufinden. Besonders da, wo man nicht gerade willkommen geheißen wird. Aber es ist nicht so schlimm, wie es dir jetzt vorkommt, glaub mir.«

Aus irgendeinem Grund widerstrebt es mir, ihr zu erklären, warum ich ganz genau weiß, wie es hier ist – ich bin schließlich selbst hier zur Schule gegangen. Ich ringe mir ein kleines Lachen ab, aber es klingt hohl. Plötzlich ist mir zu warm, mein Kragen schnürt mir die Luft ab, meine Handrücken beginnen zu jucken.

»Ich komme mir manchmal auch wie eine Außenseiterin vor«, fährt Nicole fort. »Diese Schule ist ein ganz schöner Brocken für mich, vor allem da ich alleinerziehend bin. Aber sie ist es wert. Die Mädchen sind total glücklich. Und sie machen sich ausgesprochen gut.«

»Glaubst du wirklich, dass sie glücklich sind?«

»Ja, das glaube ich. Man muss sich vielleicht erst ein bisschen dran gewöhnen, aber dann wird es gut. Für dich und für Robin. Das alles sind nur Anlaufschwierigkeiten. Gib ihr ein paar Wochen Zeit, und es wird sein, als sei sie nie anderswo gewesen.« Nicole tätschelt mir erneut den Arm.

»Danke. Das ist sehr nett von dir.«

»Ich könnte Pippa fragen, ob sie und Robin sich mal treffen wollen, wenn du magst. Du bringst sie zu uns, und ich weihe dich in den Schulklatsch ein.«

»Das wäre wunderbar«, antworte ich und bringe endlich ein echtes Lächeln zustande.

SONNTAG, 11.05 UHR

Ich wandere auf und ab, auf und ab. Ich warte. Im Haus scheint es mit jeder Minute kälter zu werden, leerer. Zehn Uhr ist verstrichen. Elf. Ich tätige einen Anruf.

»Es gibt bestimmt eine plausible Erklärung«, sagt sie. »Wir müssen ruhig bleiben.«

»Ich gebe alles, um ruhig zu bleiben. Aber wo zum Teufel sind sie?«

»Das weiß ich auch nicht ganz genau«, sagt sie, »aber vermutlich schon auf dem Weg.«

»Ich rufe die Polizei.«

»Nein, tu das nicht«, wendet sie ein. »Noch nicht. Es muss eine vernünftige Erklärung geben. Vielleicht haben sie irgendwo angehalten, um zu frühstücken. Oder es hat eine Panne gegeben. Nimm nicht gleich das Schlimmste an. Fass dich noch ein bisschen in Geduld – sie tauchen schon früh genug auf.«

»Ich kann nicht einfach rumsitzen und nichts tun«, wende ich ein.

»Bleib zu Hause«, sagt sie. »Sie sind vielleicht schon in London. Du musst da sein, falls sie nach Hause kommt.«

»Aber ich kann doch nicht … Ich weiß nicht, was ich tun soll.« Mir wird schwindelig, und ich muss gegen eine Woge aus Übelkeit, bitterer Galle und Panik ankämpfen.

»Warte noch ab«, sagt sie. »Ich rufe dich bald zurück. Hab Geduld. Alles wird gut, das verspreche ich dir.«

Ich versuche, ruhig zu bleiben, und bete mir immer wieder alle vernünftigen Erklärungen vor, doch der Druck, der sich in meinem Kopf aufbaut, wird größer und größer, lauter und lauter, scharrende Insektenfüße, die umherhuschen und angstvoll und anklagend davonstieben. Ich beginne zu schreien, zuerst noch Worte – WO BIST DU? –, dann nur noch Gestammel und unzusammenhängende Laute, bis ich am Küchentisch in mich zusammenfalle und den Kopf in die Hände sinken lasse.

Schließlich kann ich wieder atmen. Verdammt, ich rufe jetzt die Polizei. Ich hämmere die 999 in die Tastatur und warte verzweifelt auf die Stimme der Vermittlung.

VIERZEHN

»Wie ist Pippa eigentlich?«, frage ich Robin, als wir am Nachmittag nach Hause kommen.

»Pippa? Sie wirkt immer ein bisschen nervös. Aber sie ist ganz nett. Wieso?«

»Ich habe mich mit ihrer Mutter unterhalten, das ist alles. Sie ist auch ziemlich nett. Wir haben am Tor ein bisschen geplaudert, und sie meinte, vielleicht könntet ihr euch mal treffen – hättest du Lust?«

»Ja, gerne«, sagt Robin.

»Fein.«

Als Robin ins Bett geht, räume ich die Küche auf und hole dann die Mappe aus der Kanzlei hervor, um noch ein bisschen weiterzulesen. Bald bin ich total versunken und stelle überrascht fest, dass es bereits zehn ist, als mein Telefon mir eine Nachricht meldet. Andrew ist es nicht – das weiß ich, ohne hinzusehen. Es könnte Zora sein, die wissen möchte, wie der Tag gelaufen ist, obwohl sie im Augenblick ziemlich viel zu tun hat. Doch sie ist es nicht. Die Nummer auf dem Display ist mir völlig unbekannt.

Nicole hier – alles gut? Hast du Lust, Robin am Freitag zu uns zu bringen? Und falls es an dir vorbeigegangen ist: Die Mädchen brauchen ein Kostüm für die Versammlung morgen (Lieblingsfigur aus der griechischen Mythologie).

Ach, schön, ist meine erste Reaktion. Vielleicht fügt sich

ja doch noch alles, wir finden neue Freunde und … Moment mal, *wie bitte?* Mein Hirn macht eine Vollbremsung. Kostüm? Lieblingsfigur aus der griechischen Mythologie? Ich renne hinauf zu Robin und schüttele sie wach.

»Hab ich dir gesagt«, murmelt sie.

»Hast du nicht. Daran könnte ich mich erinnern.«

»Ist nicht wichtig. Ich geh in Uniform.«

»Es ist doch wichtig. Es soll nicht so wirken, als sei es uns egal. Was ist deine Lieblingsfigur aus den griechischen Mythen?«

»Ich kenne keine griechischen Mythen«, sagt Robin. »Ich möchte jetzt wieder schlafen.« Sie rollt sich auf die Seite, und das war's.

Hektisch gehe ich durch die eingegangenen E-Mails. In der Masse der Informationen zum Schuljahresbeginn entdecke ich schließlich einen Kalender mit allen Terminen der Jahrgangsstufe, und tatsächlich steht da in einem sehr kleinen Textblöckchen: Jahrgangsstufe 6, Versammlung zum Thema griechische Mythen. Kostüme werden durch die Eltern gestellt. Wie hätte mir das denn auffallen sollen? Hätte ich Nicole doch bloß schon früher kennengelernt!

Nachdem ich mich ein paar Minuten im Internet durch Pappschilde und Masken geklickt habe, logge ich mich aus. Ich improvisiere etwas mit einem Betttuch – das muss reichen. Seufzend kehre ich zu meiner Arbeit zurück und versuche den Gedanken zu unterdrücken, dass Tücher mehr mit Togen und Römern als mit griechischen Mythen zu tun haben.

Entsprechend wenig begeistert ist Robin am nächsten Morgen.

»Das sieht blöd aus«, sagt sie. »Alle werden mich auslachen.«

»Quatsch. Ihr werdet alle etwas Ähnliches tragen.«

»Wetten nicht?«, sagt sie, hört aber auf zu schimpfen.

Ich trete einen Schritt zurück und begutachte mein Werk. Ein Betttuch, klassisch drapiert, an der Schulter zusammengeheftet, ein Kranz aus grünem Material, das ich in einer Schublade gefunden habe, und als Herzstück des Kostüms eine ausgestopfte Eule aus einer Vitrine im Flur, die Robin nun in der Hand hält, wenn auch ohne große Begeisterung.

»Und wenn die mir hinfällt?«, fragt Robin, »Oder irgendwas anderes damit passiert?«

»Was soll denn damit passieren? Du nimmst sie zu der Versammlung mit, verstaust sie in deinem Schulpult, wo sie sicher ist, und bringst sie heute Abend wieder mit nach Hause.«

»Ich will sie aber nicht mitnehmen.«

»Wenn du sie nicht mitnimmst, weiß doch keiner, dass du Athene darstellst. Athene, Göttin des Krieges und der Weisheit. Die nicht als Baby geboren, sondern in voller Rüstung aus dem Schädel ihres Vaters Zeus gesprungen ist.«

Robin blickt mich ausdruckslos an. »Wenn sie was mit Krieg zu tun hat, sollte ich dann nicht besser ein Schwert oder so was tragen?«

»Wir haben keine Schwerter. Dafür aber die Eule. Das Symbol der Weisheit. Das muss reichen.«

»Na, dann schlepp du sie mit zur Schule«, sagt Robin. Sie zieht den Reißverschluss ihres Anoraks über dem

Kostüm zu, was den Effekt des klassischen Gewands etwas mindert. Andererseits hat man damals wohl auch kaum Blümchenstoff für die Kleider benutzt, denke ich, während ich die Eule in eine Plastiktüte stopfe. Robin verdreht die Augen und marschiert vor mir hinaus zur Bushaltestelle.

Am Ende der Straße verabschiede ich mich von Robin und sehe ihr nach, wie sie mit gesenktem Kopf und über den Boden schleifendem Laken davoneilt. Sobald sie um die Ecke gebogen ist, mache ich mich auf den Weg zur U-Bahn. Als ich gerade die Treppe hinunterhasten will, stelle ich fest, dass ich die blöde Eule noch immer mit mir herumschleppe. Ich weiß, dass es Robin lieber wäre, sie nicht zu nehmen, aber darum geht es hier ja nicht; ohne die Eule trägt sie bloß Bettwäsche. Also mache ich auf dem Absatz kehrt und eile zur Schule zurück. Als ich ans Tor gelange, stoße ich auf Nicole.

»Hi«, sagt sie, sichtlich erfreut mich zu sehen. Ihre Stimme klingt herzlich. »Alles bereit zur Versammlung?«

»Ja. Danke noch mal für die Warnung.«

»Oh, jederzeit. Ich denke oft, dass die Elternvertreter der jeweiligen Klasse in der Hinsicht mit Elternbriefen oder Erinnerungsmails stärker hinterher sein sollten. Wenn ich diesen Job hätte …«

Ich gebe mir Mühe, mein Lächeln beizubehalten, doch ich spüre es bereits verrutschen.

»Ich muss das hier Robin bringen«, sage ich und wedele mit der Tüte.

»Kommst du denn gar nicht mit rein?«, fragt Nicole mit einem Hauch Überraschung in der Stimme.

»Ich muss arbeiten. Sollen Eltern denn mit?«

»Und ob«, antwortet Nicole, nimmt meinen Arm und zieht mich durchs Schultor, ehe ich weiteren Widerstand leisten kann.

Es ist das erste Mal seit fast dreißig Jahren, dass ich wirklich das Innere der Schule betrete. Ich wappne mich in Erwartung einer Flut von deprimierenden Erinnerungen, doch alles sieht anders aus; Wände und Böden sind renoviert und sauber, und wo früher immer der Geruch nach Pinienölreiniger über allem lag, herrscht nun ein frischer Zitrusduft vor. Erst als wir uns der Aula nähern, katapultiert mich der Anblick der hölzernen Schilde mit all den vergoldeten Namen der Schulsprecherinnen und deren Stellvertreterinnen über dem Eingang in die Vergangenheit.

Ich mache mich aus Nicoles Griff los und lese die Jahreszahlen auf der Suche nach einem ganz bestimmten Namen, aber da es seit meinem Abschluss so viele neue gegeben hat, dauert es einen Moment, bis ich ihn finde. Doch da steht er, Sadie Roper, Vize-Sprecherin. Wieder höre ich die höhnische Stimme meiner Mutter in meinem Kopf – *Es ist ja nicht so, als ob du Schülervertreter von Eton geworden wärst, nicht wahr? Lächerlich, dass man so einen Zauber um einen Haufen Elfjähriger veranstaltet!* –, die meinen Stolz zusammenschrumpeln ließ wie einen Luftballon. Danach konnte ich die Schilde nie mehr betrachten, ohne mich meiner anfänglichen Freude zu schämen.

Und auch jetzt durchfährt mich dasselbe Gefühl, ehe ich es energisch verdränge und mir vorstelle, wie sehr sich

Robin freuen wird, wenn ich ihr den Namen zeige. Sie wird es bestimmt nicht für albern halten.

»Kommst du?«, fragt Nicole, und ich drehe mich zu ihr um.

»Sicher. Ich wollte nur …« Doch noch ehe ich meinen Satz beenden kann, ist sie schon in die Aula vorausgegangen.

Mir wird klar, welchen Fehler ich begangen habe, sobald ich einer Lehrerin die Eule in die Hand drücke, damit sie sie Robin weitergibt.

»Ist die echt?«, fragt die Frau, die die Eule mit ausgestrecktem Arm von sich weghält.

»Ja.«

»Eine tote Eule?«

»Ja. Ausgestopft. Von einem Tierpräparator.«

»Ich bin Veganerin.«

»Sie sollen sie ja nicht essen«, erwidere ich in dem Versuch, nicht ungeduldig zu werden.

»Und wofür genau soll die sein?«, fragt die Lehrerin.

»Sie gehört zum Kostüm meiner Tochter. Sie muss sie nur halten, damit sie wie die Göttin der Weisheit aussieht.«

»Na gut.« Mit angewiderter Miene und spitzen Fingern trägt die Lehrerin das Stück davon.

Es wird nicht besser, als die Mädchen vor der versammelten Schule auf die Bühne treten. Sogar von meinem Standort aus ganz hinten kann ich erkennen, dass die anderen Abstand zu Robin halten und der Darbietung nicht konzentriert folgen. Es wird die Geschichte von Perseus erzählt, der Medusa besiegt, und das Kind, das diese Rolle spielt, ist mit der grünen Schminke im Gesicht und dem

Nest aus farbigen Schlangen auf dem Kopf großartig anzusehen. Tatsächlich sind alle Mädchen wunderschön aufgemacht: Bacchus mit Weinreben, Aphrodite mit einem goldenen Apfel, viele Nymphen in hübschen Kleidern. Außer Robin trägt niemand ein Bettlaken, und in der Menge wirkt sie nahezu heruntergekommen – die Eule, die auf dem Weg durch die Aula Federn lässt, nicht minder.

Außerdem spricht Robin weniger sicher als die anderen, wann immer sie einen Satz zu sagen hat; ich muss mich anstrengen, um sie verstehen zu können. Ich versuche, der aufkommenden Paranoia keine Beachtung zu schenken, doch irgendwie habe ich das dumpfe Gefühl, dass dort oben auf der Bühne etwas geschieht, das ihr zu schaffen macht. Ich ignoriere meine böse Ahnung und finde Erklärungen, doch als sich die Aufführung dem Ende nähert, kann ich nicht mehr so tun, als bilde ich es mir nur ein. Robin wird definitiv gemobbt. Sie tritt an den Rand der Bühne, den Mund wie zur Deklamation geöffnet, als jemand in der linken Ecke zu schreien anfängt. »Das ist ein toter Vogel in ihrer Hand. Wie der *stinkt*!«

Ich umklammere die Armlehnen meines Stuhls und kann nur hilflos zusehen, wie das Desaster gleichsam in Zeitlupe seinen Lauf nimmt. Unruhe macht sich um mich herum breit, als die anderen Eltern nun auch aufmerksam werden. Robins Gesicht wird rot, so tiefrot, wie ich es zuletzt bei ihr als Baby gesehen habe. Sie setzt an, etwas zu sagen, zögert jedoch und hält den ausgestopften Vogel beinahe überrascht von sich, als würde sie sich fragen, *Wie bin ich bloß an dieses Vieh gekommen?* Die Demütigung lässt ihre Gesichtszüge entgleisen und plötzlich schleudert sie die

Eule von sich, wirft sie quer über die Bühne auf eine Gruppe Nymphen und Göttinnen zu, macht auf dem Absatz kehrt und flüchtet. Doch sie kommt nicht weit, denn das Laken, das verdammte elende geblümte Laken, fällt herab, schlingt sich um ihre Füße und bringt sie zu Fall, und in dem Chaos aus Federn, Geschrei im Publikum und der lang hinschlagenden Robin, die sich aufrappelt und nur in Top und Sportshorts von der Bühne rennt, weiß ich überhaupt nicht, wohin ich blicken soll.

Bevor ich aufspringen und meiner Tochter zur Hilfe eilen kann, drängt sich jemand hektisch an mir vorbei. Julia. Sie sprintet durch die Aula auf die Bühne zu und schubst Lehrerinnen zur Seite, die sich dort oben plötzlich materialisiert haben.

»Daisy ist allergisch«, sagt Nicole mit gewichtiger Stimme. »Und gegen Federn besonders. Das kann schlimm ausgehen. Julia wird durchdrehen.«

»Welche ist denn Daisy?« Ich hoffe entgegen aller Wahrscheinlichkeit, dass sie sich am Rand des Geschehens aufhält, vielleicht sogar backstage.

Nicole hebt den Arm und deutet auf eine Gestalt, die sich direkt im Zentrum des Tumults befindet. Allerdings kann ich aus der Ferne kaum erkennen, wer wer ist. Erst als ich die Augen verenge, beginne ich die Mädchen zu unterscheiden und erkenne an den Bröckchen getrockneten Kadavers, die sich in Haar und Stoff festgesetzt haben, wer voll von der Eule getroffen worden ist: Medusa, die Schlangen abgebrochen, das grüne Make-up verschmiert. Und als sich Julia auf eben dieses Kind wirft, es abwechselnd an sich drückt und von Vogelresten befreit, habe auch ich endlich verstanden, dass es sich bei Medusa um Julias Tochter Daisy handelt. Ein kalter Klumpen bildet sich in meiner Magengrube.

Ich wappne mich und bewege mich ebenfalls auf die Bühne zu, wo ich Robin zu finden hoffe, um sie von hier wegzubringen. Sie drückt sich in der hintersten Ecke herum, die Tränen laufen, doch niemand achtet auf sie, da sich alle um Daisy drängen. Ich bin fast bei Robin, als Julia zu kreischen anfängt.

»Du, hey, du!«, brüllt sie. »Die Neue. Sadie!«

Ich setze ein *Wer, ich?*-Gesicht auf, kann damit aber nicht einmal mich selbst täuschen. Langsam wende ich mich Julia zu.

»Deine dumme, alberne Idee hat meine Tochter fast umgebracht«, fährt sie mich an. »Schau sie dir doch an.«

Das tue ich. Es ist kein schöner Anblick. Daisy ist völlig aufgelöst. Dem Tode nah wirkt sie allerdings nicht.

»Ich denke nicht, dass wir die Sache künstlich aufblasen müssen«, erwidere ich. »Natürlich tut es uns beiden furchtbar leid, aber es ist doch keine Sache um Leben und Tod.«

»Wie kannst du es wagen, das auf die leichte Schulter zu nehmen? Daisy hat Asthma und eine Vogelallergie – es kann zu einer verzögerten Reaktion kommen. Und wenn dieses … dieses Ding sie im falschen Winkel getroffen hätte, hätte sie ein Auge verlieren können. Ich weiß genau, dass ihr das mit Absicht gemacht habt, dass ihr Daisy etwas antun wolltet. Deine alberne kleine Tochter ist jämmerlich. Und neidisch. Sie versucht alles, um Daisy zu behindern.«

Ich bin versucht, zurückzubrüllen und sie für ihre lächerlichen Anschuldigungen zusammenzufalten. Doch beim

Anblick Robins, die mit tränenüberströmtem Gesicht und hängenden Schultern ein Bild des Elends abgibt, setzt meine Selbstbeherrschung ein. Ich gehe zu ihr und lege ihr einen Arm um die Schultern, doch sie steht steif wie ein Brett da und bebt am ganzen Körper.

»Ich betrachte das als einen bewussten Akt der Sabotage«, fährt Julia fort. Sie hat die Bühne überquert und steht jetzt direkt vor mir. Adern pulsieren an ihrem Hals, und die Sehnen treten so stark hervor, als könnten sie jeden Moment reißen. »Heute ist Freitag, heute finden Vorbereitungstests statt – das wisst ihr beide. Das hier war nichts als ein Versuch, meine Tochter aus der Bahn zu werfen, damit sie nicht die volle Leistung bringen kann. Wenn das in die Binsen geht, verklage ich euch.«

Damit packt sie Daisys Handgelenk und zieht sie mit sich fort. Ich versuche, meine Tochter in den Arm zu nehmen, aber sie windet sich heraus.

»Was für Tests?«, frage ich sie.

»Die Vortests für die Aufnahmeprüfungen zur Sekundarstufe im nächsten Halbjahr«, erklärt Robin. »Die nehmen das alle viel zu ernst.«

»Von diesen Tests hast du gar nichts gesagt.«

»Weil sie nicht wichtig sind.«

»Robin«, setze ich an, aber sie wendet sich um und geht davon, und mir bleibt nichts anderes übrig, als ihr zu folgen.

FÜNFZEHN

Schließlich geht alles sehr schnell. Als Robin und ich die Bühne verlassen, liest Nicole uns auf. Unter tröstlichen Lauten besorgt sie Robin aus der Fundstelle Rock und Pullover, um das Laken zu ersetzen. Die Direktorin bedenkt uns beide mit ernsten Blicken und bittet mich, am Nachmittag hereinzukommen, um über den Vorfall zu sprechen. Ich nicke. Was für eine Wahl habe ich schon? Robin verschwindet in ihre Klasse, und als ich Julia auf mich zusteuern sehe, mache auch ich, dass ich Land gewinne. Schnellen Schrittes verlasse ich das Gebäude, aber sobald ich um die Ecke gebogen bin und die Schule nicht mehr zu sehen ist, beginne ich zu rennen.

David Phelps besetzt den Empfang, als ich endlich in der Kanzlei ankomme, aber ich bin zu aufgelöst, um mit ihm zu reden; ich schenke ihm die Andeutung eines Lächelns und marschiere direkt hinauf in Barbaras Büro, wo ich mich auf die Arbeit stürze und Seiten über Seiten ausgedruckte Nachrichten lese.

Zur Mittagszeit habe ich mir ein recht deutliches Bild von der Klägerin gemacht. Sie ist scharfzüngig, arrogant und schnell beleidigt. Viele virtuelle »Freundschaften«, vielleicht nicht so viele reale. Ihre Interaktionen besitzen immer eine gewisse Schärfe, eine echte »Du kannst mich mal«-Haltung. Irgendwie gefällt sie mir. Zumal sie ziemlich lustig ist. Und eine Lügnerin, wie ich mir in Erinnerung rufe – zumindest laut dem Schriftsatz der Rechtsberatung. Immerhin finde ich keinen Hinweis auf einen Kontakt mit dem Beklagten. So weit, so gut.

Ich erstatte Barbara Bericht, die an diesem Morgen wegen einer anderen Sache unerwartet zu Gericht musste.

»Schön. Das ist es, was wir hören wollten«, erwidert sie. »Ich war ohnehin sicher, dass es nichts zu finden gibt, aber es ist immer gut, eine Bestätigung zu haben. Wie auch immer – machen Sie erst einmal Schluss. Unser Mandant wird in ein paar Minuten hier sein.«

Ich laufe rasch zum Klo, schminke mich nach und bürste mir das Haar. Unter dem kalten, künstlichen Licht sehe ich, dass auf Jackett und Rock winzige Federfetzen kleben, und ich streiche mit der Hand über den dunklen Wollstoff, doch nach ein, zwei Minuten steckt Barbara den Kopf durch die Tür und mahnt mich zur Eile. Immerhin ist das Schlimmste fort.

»Hier entlang«, sagt sie und winkt mich in den Konferenzraum. Er ist möbliert mit einem ovalen Tisch und den entsprechenden Stühlen, und auf dem Sideboard stehen eine Kaffeemaschine, Wasser und zwei große Platten mit Sandwiches.

»Wie viele Leute kommen denn?«, frage ich.

»Jeremy und sein Rechtsbeistand, Zora. Sie kennen sie, nicht wahr? Und seine Mutter kommt auch.«

Ich nicke. »Seine Mutter?«

»Seine Eltern sind ausgesprochen engagiert«, antwortet Barbara trocken. »Sie überbieten sich schon fast dabei.«

Ich ziehe eine Augenbraue hoch. Ihr Tonfall besagt, dass da eine Geschichte dahintersteckt.

Barbara setzt zum Sprechen an, doch das Telefon klingelt.

»Schicken Sie sie rauf«, sagt sie in den Hörer. »Wir sind so weit.«

Sie wendet sich wieder mir zu. »Ja, der arme Mann. Seine Eltern sprechen nicht miteinander. Vor ein paar Jahren gab es eine unschöne Scheidung. Der Vater zahlt die Anwaltsgebühren, zum Ausweinen ist die Schulter der Mutter da.«

»Klingt kompliziert.«

»Ein bisschen viel Bevormundung. Der Mandant ist ein netter Kerl, aber etwas verweichlicht. Was nicht unbedingt überrascht. Jeremy ist ein Einzelkind. Die Eltern sind total vernarrt in ihn. Dieses Verfahren ist eine Tortur für sie, wie sie mir immer wieder versichern. Sie werden mit Argusaugen beobachten, was wir tun.«

Ich blinzele. »Oje.«

»Genau«, sagt Barbara.

Vor der Tür erklingt ein Geräusch, dann betritt Kirsten, die Mandanten im Schlepptau, den Besprechungsraum. Zuerst kommt eine Frau herein, Ende fünfzig, Anfang sechzig vielleicht, dann Zora in einem schicken schwarzen Hosenanzug und zum Schluss ein junger Mann, bei dem es sich um Jeremy handeln muss. Die ältere Frau hat ein selbstbewusstes, beinahe arrogantes Auftreten, und sie setzt sich ohne Umschweife an den Kopf des Tisches. Sie trägt ein dunkles Ensemble aus Hose und Blazer und ein geknotetes Seidentuch um den Hals. Jeremy zögert, leicht vorgebeugt, im Türrahmen; seine Haltung ist reumütig, das Jackett aus Tweed. Er sieht noch jünger aus, als ich erwartet habe.

Barbara heißt sie willkommen und deutet auf die Plätze am Tisch. Kirsten macht Kaffee und stellt die Sandwiches in die Mitte. Sobald sie den Raum verlassen hat, beginnt Barbara.

»Jeremy, schön, Sie zu sehen. Und Sie auch, Alexandra. Danke, dass Sie gekommen sind. Ich möchte Ihnen Sadie vorstellen. Sadie Roper, Alexandra Taylor, Jeremy Taylor.« Barbara nickt jeweils in ihre Richtung. »Wir haben Sadie als Junioranwältin hinzugenommen. Sie ist gerade nach einer Auszeit in die Kanzlei zurückgekehrt.«

»Nach einer Auszeit, hm?« Alexandras Stimme ist kalt. »Dann wollen wir nur hoffen, dass Sie am Ball geblieben sind.«

Bemüht, mir nichts anmerken zu lassen, strecke ich den beiden mit einem Lächeln meine Hand entgegen. Jeremys Händedruck ist angenehm; warm, aber nicht zu warm. Ein beruhigender Händedruck, mit dem ich nicht gerechnet hätte. Alexandras Hand hingegen liegt schlaff und schwer in meiner.

»Selbstverständlich«, sagt Barbara. »Sie ist gut, sie weiß, was zu tun ist. Und sie ist auch äußerlich genau die Richtige für uns. Wir brauchen ein rein weibliches Team, um Ihren Sohn im richtigen Licht dastehen zu lassen. Also?«

Tatsächlich wird Alexandras Ausdruck etwas weniger feindselig, auch wenn es sie Überwindung zu kosten scheint. »Na schön«, sagt sie schließlich. »Das kann ich einsehen. Gut gemacht, Zora.«

Zora zwinkert mir zu und lächelt. »Willkommen an Bord, Sadie.«

Die Besprechung nimmt ihren Lauf, und ich lehne mich zurück und mache Bestandsaufnahme. Barbara stellt dem Mandanten keine Fragen, jedenfalls noch nicht, sondern umreißt zunächst, in welchem Stadium der Vorbereitung sie sich augenblicklich befinden. Unter anderem haben sich einige illustre Persönlichkeiten als Leumundszeugen angeboten; hier zahlen sich die Verbindungen seines Vaters aus. Sogar ein Bischof und der Kaplan der Schule, auf die er gegangen ist, heben seine Tugenden hervor.

Es klingt zu gut, um wahr zu sein. Ich gebe mir Mühe, keinen Zynismus an den Tag zu legen. Selbstverständlich ist er in der Lage, die richtigen Fürsprecher zu mobilisieren; er ist durch und durch Establishment. Erziehung und Bildung in den richtigen Institutionen – was immer eine privilegierte Herkunft auszeichnet, ist vorhanden. Dennoch will man ihm nichts Übles wünschen; in seinem offenen Blick liegt etwas Argloses. Sein braunes Haar ist nach hinten gekämmt, doch eine widerspenstige Locke fällt ihm immer wieder in die Stirn, und er streicht sie mit einer automatischen Bewegung zurück. Es ist schwer zu glauben, dass er ein voll ausgebildeter Lehrer ist; er wirkt eher wie ein Student. Im dämmrigen Licht könnte er sogar als Schüler durchgehen, und der Effekt ist nicht unsympathisch.

Sobald Barbara seine Referenzen aufgezählt hat, wendet sie sich an Jeremy.

»Sie sind also nach wie vor einverstanden, eine Aussage zu machen?«, fragt sie. »In einer solchen Umgebung ist das definitiv nicht leicht.«

Ich beobachte ihn genau. Sein Mund bleibt fest, aber sein Kinn scheint zu beben. Er hüstelt, räuspert sich.

»Ich wollte nur helfen«, sagt er. »Mir war nicht klar, dass es dazu kommen würde. Glauben Sie wirklich, dass ich in den Zeugenstand muss?«

Seine Stimme ist sanft und passt zum Gesamtbild. Mein Widerstand gegen ihn schwindet, obwohl ich lieber noch eine Weile reserviert bleiben und mir ein gründlicheres Bild machen würde. Er klingt richtiggehend verloren, und es scheint immer plausibler, dass er eher Opfer als Täter ist.

»Ich denke sogar, dass es unbedingt nötig ist«, sagt Barbara, »sofern es uns nicht gelingt, das Verfahren vorher einstellen zu lassen.«

»Natürlich wird das Verfahren eingestellt. Es gibt keinen einzigen handfesten Beweis für diesen Unsinn«, meldet sich Alexandra zu Wort.

Barbara nickt, fährt aber fort. »Ich rate nicht jedem Mandanten auszusagen, aber in diesem Fall sind Sie selbst Ihr bester Anwalt.«

Alexandra lächelt, doch es liegt keine Wärme darin. »Das stimmt natürlich. Obwohl wir doch hoffen, dass Sie die beste Anwältin sind, die man mit Geld kaufen kann.«

Barbara zuckt mit keiner Wimper, obwohl ich ein Vibrieren in der Luft spüren kann. »Wie Sie wissen«, spricht sie weiter, »ist unser Antrag, Freyas Telefon und Laptop durchsuchen zu dürfen, genehmigt worden. Sadie arbeitet sich durch die Medienkontakte des Mädchens, um auszuschließen, dass über diese Kanäle ein Nachrichtenaustausch zwischen Jeremy und Freya stattgefunden hat.«

»Da gibt es nichts zu finden«, unterbricht Alexandra mit Nachdruck.

»Und genau darum geht es«, sagt Barbara. »Es wird

nämlich die Tatsache verstärken, dass es außer der rein professionellen Lehrer-Schüler-Beziehung keinerlei Verhältnis zwischen den beiden gegeben hat. Die Geschworenen müssen das erkennen. Zieht man in Betracht, wie viel Zeit Jugendliche mit ihrem Handy verbringen, ist ein Fehlen solcher Hinweise sehr aussagekräftig.«

»Es gibt noch die E-Mails«, sagt Jeremy zögernd.

»E-Mails?«, fragt Barbara.

»Die E-Mails, die ich Freya geschickt habe«, antwortet er, »bei denen ich aber immer ihre Mutter in Kopie genommen habe. Darin ging es um Hausaufgaben, Übungen und die Zeiten für die Nachhilfe.«

»Ah ja«, sagt Barbara und sucht in einer Mappe. »Die habe ich hier irgendwo.«

»Kann ich sie sehen?«, frage ich.

Alle blicken mich überrascht an, als hätten sie nicht damit gerechnet, dass ich sprechen kann.

»Selbstverständlich«, sagt Barbara schließlich. »Sie waren bei dem ungenutzten Material, das die Anklage uns zugeschickt hat. Die gegnerische Partei hat kein Interesse daran, weil es sie nicht weiterbringt, aber vielleicht uns.«

Zora schlägt eine Mappe auf und fährt mit dem Finger über die Seite, ehe sie innehält und wieder aufschaut. »Wie Sie alle ebenfalls wissen, ist die Verhandlung bereits angesetzt. Wir haben einen Aufschub beantragt, um das Material aus den technischen Geräten in Ruhe durchzusehen, aber er wurde abgelehnt. Was verdeutlicht, warum es notwendig geworden ist, noch eine Junioranwältin hinzuzunehmen.« Sie wirft mir einen Blick zu. »Es gibt viel zu tun in den nächsten Tagen.«

Ich nicke.

»Von Barbara habe ich erfahren, dass Sie Kinder haben«, bemerkt Alexandra.

Ich bin erstaunt, dass das ein Thema gewesen ist. »Eins. Eine Tochter.«

»Ich kann nur hoffen, dass Sie nicht zu den unzuverlässigen Müttern gehören, die immer kurzfristig wegmüssen, weil das Kind krank geworden ist. Sind Sie sicher, dass Sie dieser Aufgabe gewachsen sind?«

»Ja, bin ich«, sage ich. »Ich hätte den Auftrag nicht angenommen, wenn ich nicht in der Lage wäre, ihn auch zu bewältigen.«

»Aha.« Alexandra schürzt einen Moment lang nachdenklich die Lippen. »Dann hoffe ich, dass dem auch so ist.«

Ich erwidere nichts. Aber als ich Zoras Blick begegne, zwinkert sie mir erneut zu. Meine Verärgerung ebbt ab, und ich muss mir das Lachen verkneifen.

Als die Besprechung vorbei ist, stecken Zora und Alexandra mit Barbara die Köpfe zusammen, und ich räume die Teller vom Tisch und stelle sie beiseite. Jeremy reicht mir seinen leeren Teller und bedenkt mich mit einem Lächeln. »Danke, dass Sie uns so kurzfristig unterstützen können.«

»Kein Problem. Ich habe mich gefreut, als das Angebot kam. Ich bin erst vor Kurzem wieder hergezogen, daher bin ich froh, über die Möglichkeit, wieder einzusteigen.«

»Hergezogen von woher?«

»Aus den USA. Brooklyn. Mein Mann ist für die Arbeit rübergegangen …«

Jeremy nickt. »Seit wann sind Sie wieder zurück?«

»Noch nicht lange. Wir müssen uns erst wieder eingewöhnen, aber es wird langsam.«

»Also wurde Ihr Mann aus den USA wieder zurückversetzt?«

»Nein. Robin und ich sind allein gekommen.«

»Oh«, sagt er. »Okay. Robin. Das Rotkehlchen. Hübscher Name.«

Ich zucke zusammen. Jeremy hält sofort die Hände hoch und wird rot. »Das ist das Furchtbare an so einer Anklage. Sie beeinflusst alles. Ich kann noch nicht einmal eine Bemerkung zu einem Kindernamen machen, ohne dass es irgendwie unpassend klingt.« Frustriert verzieht er die Lippen.

Ich habe ein schlechtes Gewissen. So wollte ich gar nicht reagieren. »Nein, meine Schuld – verzeihen Sie. Und danke für das Kompliment zu ihrem Namen. Sie ist ein liebes Mädchen. Obwohl sie jetzt gerade in die Sechste gekommen ist und sich neu eingewöhnen muss, was nicht leicht ist. Außerdem stehen im Januar Aufnahmeprüfungen für die weiterführende Schule an, was einiges an Druck von außen erzeugt.«

»Oh Gott, die Sechste. Mein Beileid.«

»Ich habe langsam das dumpfe Gefühl, dass ich diese Prüfung nicht ernst genug genommen habe. Eigentlich dachte ich, nach dem Einschulungsirrsinn in Manhattan hätte ich schon alles erlebt, aber hier herrscht regelrecht Hysterie, was diese Tests angeht.«

»Die Eltern drehen total durch«, erzählt Jeremy. »Und es wird immer schlimmer. Hat man mir jedenfalls gesagt. Ich habe diese Altersgruppe noch nicht unterrichtet, aber wie man so hört, herrscht ein enormes Konkurrenzdenken.«

Ich will gerade darauf reagieren, als Alexandra ihre Aufmerksamkeit wieder auf uns lenkt.

»Wir müssen gehen«, sagt sie zu Jeremy, dann zu mir: »Hat mich gefreut.« Zora winkt und geht mit. Barbara schiebt ihre Unterlagen zusammen.

»Das lief unterm Strich ja recht gut«, sagt sie.

»Unterm Strich?«

»Alexandra kann ziemlich schwierig sein. Wie Ihnen vermutlich aufgefallen ist.« Sie zieht eine Augenbraue hoch. »Der Vater ebenfalls. Er ist es gewohnt, das Kommando zu übernehmen. Ich würde gerne irgendwann allein mit meinem Mandanten sprechen, aber bisher hat sich immer ein Elternteil ungefragt dazugesellt. Ich habe ihnen schon versucht zu erklären, dass sie zu befangen sind, um die richtigen Entscheidungen treffen zu können, aber es ist nicht einfach.« Barbara verstummt nachdenklich. »Wie auch immer – am besten machen Sie sich wieder an die Arbeit. Sie können auch gerne Akten mitnehmen, um zu Hause weiterzulesen.«

»Mach ich, danke. Das wird vieles erleichtern.«

Und mit einem kleinen Winken bin ich entlassen.

SECHZEHN

Bis zum frühen Nachmittag habe ich einen weiteren Stapel Ausdrucke durchgearbeitet und noch immer kein Anzeichen für Korrespondenz zwischen Jeremy und der Klägerin gefunden.

»Ist ihre Aussage wirklich alles, auf das die Anklage den Fall stützt?«, frage ich Barbara, als ich nach dem Lunch in ihr Büro zurückkehre.

»Offenbar ja. Und auf die Aussagen von zwei Freundinnen, die behaupten, sie hätte ihnen damals davon erzählt. Insgesamt alles sehr schwach. Ich gehe davon aus, dass ich einen Antrag auf Einstellung des Verfahrens stellen kann. Es widerstrebt mir zu glauben, dass die Gegenseite einen Überraschungsangriff plant, aber es ist auch nicht auszuschließen.«

Ich nicke und schiebe ein paar Unterlagen zusammen, um sie in meine Tasche zu stecken. »Ich muss mich langsam auf den Weg machen. Die Schule ist gleich aus.«

Barbara ist auf ihren Computerbildschirm konzentriert, schaut nun aber wieder zu mir.

»Solange Sie dranbleiben. Ich will nicht, dass uns etwas entgeht, okay?«

»Okay.« Ich nicke wieder.

Ich bin unten am Empfang und verabschiede mich von Kirsten, als mein Telefon klingelt. Einen Moment lang blicke ich auf die Nummer auf dem Display, ehe ich den Anruf widerstrebend annehme.

»Ja, natürlich … Ich sehe die Notwendigkeit ein. Vier Uhr … ich werde da sein.«

Die Stimme am anderen Ende der Leitung klang kühl und leidenschaftslos. *Beschwerde eingegangen … Startschwierigkeiten … lieber persönlich vorbeikommen und den Sachverhalt klären … alles sicher schnell vom Tisch.* Ich teile die Zuversicht der Dame aus dem Schulsekretariat nicht. Wenn alles schnell vom Tisch ist, warum muss ich dann erst mit der Direktorin sprechen? Ich hatte gehofft, dass sich der Staub längst wieder gelegt hätte. Ich schiebe mein Telefon in die Jackentasche. Am liebsten würde ich in der Stille der Kanzlei bleiben, anstatt mich mit dem Drama auseinanderzusetzen.

»Alles in Ordnung?«, fragt Kirsten.

»Ja. Na ja … nein. Eigentlich nicht. Es hat heute Morgen in der Schule einen … Vorfall gegeben, und eine Mutter hat Beschwerde eingereicht. Jetzt werde ich zur Schulleitung zitiert.«

Kirsten sieht mich mitfühlend an. »Eine von den professionellen Schultormüttern?«

»Irgendwie schon, ja.«

»Die Direktorin wird sich der Sache schon annehmen. Sie wird der Mutter zuhören, an den richtigen Stellen die richtigen Laute ausstoße und Sie weitgehend in Ruhe lassen. Machen Sie sich keine Gedanken.«

»Meinen Sie?«

»Wir hatten wegen unserer Kinder auch schon einige Auseinandersetzungen mit anderen Eltern. Die Mütter, die nicht arbeiten gehen, sind die schlimmsten. Sie haben nichts Besseres zu tun, als aus jeder Mücke einen Elefanten zu machen – Hauptsache Drama. Ich bin sicher, dass die Sache im Sand verläuft, keine Angst.«

Sobald ich in der Schule bin, führt man mich in ein Wartezimmer. Ich frage die Sekretärin, ob sich jemand um Robins Betreuung kümmert, da ich sie jetzt eigentlich abholen müsste, aber sie winkt ab. »Dafür ist gesorgt«, sagt sie und geht wieder.

Ich sitze da und starre auf die Tür der Schulleiterin. Ich bin eine voll ausgebildete Rechtsanwältin, Mitglied einer renommierten Kanzlei, arbeite an einem wichtigen Fall und habe eine zehnjährige Tochter, aber nichts davon zählt. Plötzlich bin ich wieder eine Siebenjährige, die auf ihre Standpauke wartet, weil sie ein Heft aus dem Schrank stibitzt hat. Ich bin wieder neun, und meine Hand tut weh, weil ich Carole gehauen habe, die einfach nicht aufgehört hat, mich mit meinem toten Vater aufzuziehen. Meine Hände schwitzen, mein Herz hämmert laut in meiner Brust. Meine Kehle verengt sich in angstvoller Erwartung, und mein Fluchtinstinkt ist in voller Alarmbereitschaft.

Die Stille im Vorzimmer dehnt sich aus, die Uhr tickt laut auf dem Kaminsims an der Wand gegenüber. Von dem Rosenstrauß in der Vase daneben fällt ein Blütenblatt herunter. In meinem Kopf hämmert ein Rhythmus – *jetzt mach doch endlich mach doch endlich* –, und ich versuche, meine Atmung mit dem Ticken der Uhr abzugleichen. Drei Schläge ein, drei Schläge aus, vier, fünf.

Es klappt. Ich beruhige mich, obwohl sich die Wartezeit ins Unermessliche zieht. Der große Zeiger der Uhr rückt von einer Minute auf zwei und drei weiter. Hinter der Bürotür ist kein Geräusch zu hören. Nirgendwo ist ein Geräusch zu hören, nichts deutet darauf hin, dass Hunderte von Kindern im Gebäude sein müssen. *Herrgott noch mal, könnt ihr nicht einfach die verdammte Tür aufmachen, damit wir es* ENDLICH HINTER UNS BRINGEN? Trotz der beruhigenden Atmung spüre ich, wie sich Kopfschmerzen anbahnen, und die Stille wird mir unerträglich, als sie plötzlich durch eine kreischende Stimme beendet wird.

»Es ist eine absolute Frechheit, dass ich ebenfalls herkommen muss. Und vollkommen unnötig, Sie verschwenden meine Zeit. Sie müssen dieser Neuen und ihrer unmöglichen Mutter nur sagen, wie man sich hier zu verhalten hat, dann ist das Problem beseitigt.«

Die Sekretärin kehrt ins Vorzimmer zurück, Julia im Schlepptau. Sie trägt keine Sportsachen mehr wie heute Morgen, sondern eine enge, dunkle Jeans, ein weißes T-Shirt und eine Jacke, die von Chanel sein könnte. Um ihren Hals klimpern lange Goldketten mit Perlen und ineinandergreifenden Cs – definitiv von Chanel. Jedenfalls bezweifle ich, dass sie ein Imitat trägt. Die Vorstellung, wie sie die Marktstände nach gefälschten Designerprodukten absucht, erscheint als Bild in meinem Kopf, und trotz meiner Anspannung – oder vielleicht gerade deswegen – entwischt mir ein schnaubendes Lachen.

»Was zum Teufel gibt es da zu lachen?« Julia durchquert den Raum und bleibt vor mir stehen. Ihr Porzellanteint ist fleckig-rot und ein Sprühnebel aus Speicheltröpfchen trifft meine Wange.

Einen Sekundenbruchteil ist die Situation offen; Julia

wirkt, als wolle sie tatsächlich zuschlagen, doch ich bleibe gelassen. Ich bin in den Zellen der Untersuchungshaft schon mit Schlimmerem konfrontiert worden. Auf die Direktorin zu warten mag das verunsicherte Kind in mir wieder hervorbringen, nicht aber eine Frau wie sie, die aus jeder hautverfeinerten Pore die Überlegenheit und das Anspruchsdenken der Privilegierten ausdünstet. Langsam erhebe ich mich und stelle mich ihr mit straffen Schultern und erhobenem Kinn entgegen.

Auch Julia hat die Schultern gestrafft. Wir stehen dicht voreinander, sehen einander in die Augen und machen keinen Hehl aus unserer Verachtung für den jeweils anderen. Ihre Abneigung perlt an mir ab wie die Gischt von einem Felsen.

»Meine Damen«, sagt eine Stimme, und der Bann ist gebrochen. Julia regt sich, tritt zurück. Ich hole tief Luft.

»Meine Damen«, sagt die Stimme erneut, und nun ist die Tür des Heiligtums offen, und die Schulleiterin lächelt uns liebreizend entgegen. »Danke, dass Sie gekommen sind.«

SONNTAG, 11.09 UHR

»Wo hat sich der Notfall ereignet?«, fragt die Stimme der Vermittlung in der Polizeizentrale. »Wo sind Sie?«

»Ich kenne die Adresse nicht«, sage ich. »Keine Ahnung. Es geht um meine Tochter.«

»Ich hab Sie verstanden, Madam, aber Sie müssen mir eine Adresse nennen und die Telefonnummer, von der aus Sie anrufen.«

»Es ist doch unwichtig, wie meine Adresse lautet«, sage ich. »Sie ist nicht von hier verschwunden.«

»Ich bräuchte dennoch eine Nummer«, sagt die Stimme am anderen Ende.

Ich rattere meine Adresse und Telefonnummer herunter; ich weiß ja, dass die Vermittlung nur tut, was sie muss, und ich verstehe, welchen Zweck die Fragen haben. Trotzdem ist es sinnlos. Wo ich bin, zählt nicht, aber umso mehr, wo meine Tochter ist, und es ist zu kompliziert, um alles zu erklären. Ich kann meine Ängste nicht in Worte fassen. Nicht einmal mir selbst gegenüber.

»Worin besteht der Notfall, den Sie melden wollen?«

»Meine Tochter hat bei Freunden übernachtet. Sie sollte nach Hause gebracht werden, ist aber noch immer nicht hier.«

»Haben Sie die Adresse, wo sie übernachtet hat?«

»Nein, hab ich nicht. Aber sie ist nicht weggerannt.«

»Lassen Sie uns das der Reihe nach durchgehen. Können Sie mir genau schildern, was passiert ist?«

Ich hole tief Luft. Ich muss mich beruhigen. Ich kann die Vermittlung nicht einfach anschreien, auch wenn ich es am liebsten täte.

»Meine Tochter ist mit Freunden in ein Ferienhäuschen gefahren. Man hat mir vor Stunden gesagt, dass sie nach Hause gebracht wird, aber sie ist noch immer nicht hier, und ich kann niemanden erreichen. Ich wusste mir nicht mehr zu helfen, also habe ich die Polizei angerufen. Sie müssen etwas unternehmen.«

»Haben Sie die Adresse von diesem Ferienhäuschen?«

»Nein, das habe ich Ihnen doch schon gesagt.« Ehe ich mich zusammenreißen kann, breche ich in lautes, hysterisches Schluchzen aus und drücke hastig die rote Taste, um den Anruf zu beenden. Niedergeschmettert von der Sinnlosigkeit, etwas erklären zu wollen, was man selbst nicht versteht, schleudere ich das Telefon von mir.

Als ich mich endlich wieder halbwegs unter Kontrolle habe, lasse ich mich auf die Knie sinken, um mein Handy aufzusammeln. Ich habe einen Anruf verpasst, die Nummer ist mir unbekannt – es wird die Notrufzentrale gewesen sein. Ich lösche die Nummer, denn es bringt ja nichts – es bringt überhaupt nichts.

Eine Weile bleibe ich am Tisch sitzen, atme ein und aus und versuche mich etwas zu beruhigen. Dann stehe ich auf. Ich gehe jetzt zum Haus hier in London. Jetzt sofort. Und wenn mir niemand aufmacht, reiße ich die Tür mit bloßen Händen ein.

SIEBZEHN

Die Schulleiterin deutet auf zwei Stühle, die im rechten Winkel zueinander vor einem großen Mahagoni-Schreibtisch stehen, ehe sie sich dahinter niederlässt. Ich setze mich, nachdem ich die Tasche mit den Unterlagen an der Wand neben der Tür geparkt habe. Julia bleibt stehen.

»Setzen Sie sich doch«, sagt die Leiterin mit Worten, die wie Steine im Raum herabplumpsen. Fasziniert beobachte ich, wie die Anweisung auf Julia wirkt. Sie ist sichtlich hin und her gerissen zwischen dem Wunsch, sich zu behaupten, und der Anerkennung einer Autorität, die größer ist als die ihre. Wenn ich nicht so unter Strom stünde, würde ich lachen.

Die Direktorin deutet erneut auf den freien Stuhl. »Nehmen Sie bitte Platz, Mrs. Burnet.« In ihre Stimme hat sich eine gewisse Frostigkeit geschlichen. Julia leistet noch einen Moment Widerstand, ehe sie schließlich den Kampf aufgibt und sich auf den Stuhl fallen lässt.

»Schon besser«, sagt die Leiterin. »Miss Roper, wir haben uns noch nicht kennengelernt. Ich bin Florence Grayson.« Sie streckt mir die Hand hin. Ihr Händedruck ist fest, ihr Blick stet. Sie ist schätzungsweise Ende fünfzig, und die Aura der Vernunft, die sie umgibt, hat trotz der Umstände einen beruhigenden Effekt auf mich. Mit einem Nicken wendet sie sich Julia zu. »Mrs. Burnet.«

»Können wir gleich zur Sache kommen?«, fragt Julia. »Wir wissen ja alle, warum wir hier sind. Die neue Schülerin hat heute Morgen in der Aula ihr Bestes gegeben, um die Darbietung meiner Tochter zu sabotieren. Es war ein bewusster Versuch, ihre Effizienz vor dem heutigen Test zu untergraben, um ihre Leistung zu mindern.«

»Das ist doch nicht wahr«, entfährt es mir. Mrs. Grayson hält die Hand hoch, um mich zum Schweigen zu bringen.

»Mrs. Burnet, beruhigen Sie sich bitte. Der Vorfall von heute Morgen ist ein Grund für dieses Treffen, aber nicht der alleinige.«

»Was soll es denn noch geben?«, fragt Julia indigniert.

»Ich hielt es für eine wunderbare Gelegenheit, Sie beide zusammenzubringen und darüber zu reden, wie wir die Wogen glätten können.« Sie blickt betont von einer zur anderen. »Dass Sie sich vor den Kindern auf diese Art anschreien, ist ja nun kein Idealzustand. Ich verstehe durchaus, dass die bevorstehenden Prüfungen für eine gewisse Anspannung sorgen, doch mit Sabotageanschuldigungen um sich zu werfen bringt niemanden weiter.«

Julia erwidert nichts. Ich nutze ihr Schweigen aus.

»Robin hat überhaupt kein Interesse daran, irgendjemanden zu sabotieren, wirklich nicht. Sie weiß nicht einmal, welche Bedeutung diesen Prüfungen hier beigemessen wird. Und das mit der Eule war mein Fehler, nicht ihrer – ich hatte das mit dem Kostüm übersehen und musste heute in aller Früh noch rasch improvisieren.«

»Kein Wunder, wenn man sich mehr um die Arbeit kümmert als um das eigene Kind.«

»Verzeihung, was war das bitte?« Wieder kocht Zorn in mir auf, aber Mrs. Grayson unterbricht mich erneut.

»Sehen wir doch bitte von persönlichen Beleidigungen ab«, sagt sie. »In dieser Schule ist kein Platz für Vorurteile – sei es gegen berufstätige Mütter noch gegen die, die Vollzeit zu Hause sind. Wir unterstützen uns hier gegenseitig.«

Julia presst die Lippen zusammen und verengt die Augen. Ihr Gesicht ist trotz ihrer spürbaren Wut seltsam glatt und ausdruckslos – eine alterslose Maske aus Botox und Unterspritzungen.

»Ich verstehe nur nicht, warum diese Schule das immer wieder tut«, sagt Julia schließlich. »Wieso lassen Sie so spät immer noch neue Schülerinnen zu? Wir wissen doch alle, was beim letzten Mal passiert ist. Sie machen denselben Fehler wieder, nur diesmal stehen die Prüfungen zu dicht bevor, um darüber hinweggehen zu können. Eine neue Schülerin ruiniert die Dynamik der Klasse. Daisy ist sehr unglücklich.«

»Daisy ist ein tolles, widerstandsfähiges Mädchen, das mit einem Neuzugang in der Klasse umgehen kann«, sagt Mrs. Grayson mit Nachdruck. »Und das ist der Grund, warum ich mit Ihnen beiden sprechen wollte. Sie sollten Ihre persönlichen Differenzen nicht vor den Kindern austragen, denn genau *das* verunsichert sie. Kinder brauchen positive Vorbilder, keine Negativbeispiele.«

»Wie können Sie es wagen, auf diese Art mit mir zu reden?«, fährt Julia sie an.

»Ich rede auf gar keine Art mit Ihnen«, erwidert Mrs. Grayson ruhig. »Ich versichere Ihnen bloß, dass mit Ihrer

Tochter alles in Ordnung ist. Ich habe die Testergebnisse von heute Morgen vorliegen, und sie hat fünfundsiebzig Prozent erreicht.«

»Nur fünfundsiebzig Prozent?«, fragt Julia. »Da sehen Sie es. Ich hätte zu diesem Zeitpunkt über achtzig erwartet. Sie kann diese Leistung problemlos erbringen.«

»Nun, das mag sein, aber es besteht im Moment überhaupt kein Grund dazu. Es ist bereits ein hohes Ergebnis, und Sie sollten Daisy und uns vertrauen. Im Übrigen wissen Sie sehr gut, dass sie den Übergang in die Sekundarstufe vollkommen problemlos schaffen wird.«

»Sie sollte aber das Stipendium bekommen, denn das hat sie verdient, wie Sie sehr gut wissen«, entgegnet Julia. »Und ich vertraue niemandem außer mir selbst. Welche Punktzahl hat *Ihre* Tochter denn erreicht?«

Mrs. Grayson schaut mich an.

Ich zucke die Achseln.

Sie geht durch die Unterlagen auf ihrem Tisch und blickt wieder auf. »Zweiundachtzig Prozent. Die erste Mathearbeit. Ein sehr gutes Ergebnis. Beide Ergebnisse sind sehr gut.«

Julia hat inzwischen eine hochrote Farbe angenommen. »Da. Genau das meine ich. Ungeheuerlich. Es wird Daisy vollkommen aus der Bahn werfen, dass sich plötzlich eine solche Konkurrenz auftut. Wie soll ich sie je wieder beruhigen?«

Ich versuche, mir nichts anmerken zu lassen, aber ich bin entsetzt über die Show, die Julia hier abzieht. Ich sehe zu Mrs. Grayson, und einen Moment lang begegnen sich unsere Blicke. Zum ersten Mal, seit ich mit dieser Schule in Berührung gekommen bin, habe ich das Gefühl, dass jemand, der hier etwas zu sagen hat, auf derselben Seite steht wie ich. Doch sie wendet sich wieder ab, und das Gefühl der Einmütigkeit schwindet.

»Mrs. Burnet, Sie sind wegen der Testergebnisse beunruhigt, aber ich versichere Ihnen, dass es dazu überhaupt keine Veranlassung gibt. Daisys Leistungen sind ausgezeichnet. Lassen Sie sie einfach machen. Wir wissen, was wir tun, das können Sie mir glauben.«

»Wenn ich mir das Resultat ansehe, bezweifle ich das stark.« Julia stemmt sich aus ihrem Stuhl hoch. »Die Situation missfällt mir sehr. Die Schule hatte kein Recht, so spät noch neue Schülerinnen aufzunehmen, und ich mache Sie persönlich dafür verantwortlich, wenn meine Tochter nicht mit Bravour besteht. Sie sollte die erste Anwärterin für das Stipendium sein. Aber falls diese … dieser *Eindringling* es ihr wegschnappt, hören Sie von meinem Anwalt.«

»Wir haben uns für keinerlei Stipendium beworben«, sage ich. »Ich weiß überhaupt nicht, wovon Sie reden.«

»Man bewirbt sich nicht dafür«, erwidert Julia zornig. »Es geht automatisch an die Klassenbeste. Was Daisy ist.«

Mrs. Grayson zieht eine Augenbraue hoch. »Ich rate Ihnen einmal mehr, sich zu beruhigen und einen normalen Ton anzuschlagen.«

Julia kontert tatsächlich mit einem Schnauben. Sie wirft ihr Haar zurück, stürmt hinaus und lässt die Tür krachend zufallen. Eine Sekunde später reißt sie sie wieder auf.

»Ich sorge dafür, dass *sie* für die Zeit, die sie hier ist, gesellschaftlich gestorben ist.« Wütend starrt sie mich an. »Wenn ich mit euch fertig bin, gibt sich niemand mehr mit euch ab. Man wird euch nicht einmal mehr wahrnehmen!« Sie wirbelt herum zu der Leiterin. »Und Sie – Sie sollten sich schämen, dieses Mädchen so spät noch zuzulassen und damit alles kaputtzumachen. Dass Sie sich noch im Spiegel ansehen können!«

Und damit stolziert Julia hinaus und lässt die Tür erneut mit einem lauten Krachen hinter sich zufallen.

Mrs. Grayson blickt einen Moment lang auf ihre Hände herab, dann wieder zu mir auf.

»Ich hoffe, dass Robin sich gut einlebt. Und dass sie sich nicht von diesem unglücklichen Vorfall aus der Bahn werfen lässt. Selbstverständlich lassen wir nicht zu, dass sie sich in irgendeinem Stadium isoliert fühlen muss.«

»Ist es denn so, dass sich ein später Neuzugang negativ auf die Klasse auswirkt? Und alles kaputtmacht?«

Eine lange Pause entsteht. »Mrs. Burnet drückt sich gelegentlich unglücklich aus«, sagt sie schließlich. »Nein, es wirkt sich nicht negativ aus. Wir können zu jeder Zeit Neuzugänge aufnehmen, die Klassen sind absolut anpassungsfähig. Außerdem sind Sie eine Ehemalige. Es ist immer schön, wenn wir auf diese Art Familientraditionen fortführen können.«

Ich ringe mir ein Lächeln ab. »Ich muss sagen, dass es sich nicht wie meine ehemalige Schule anfühlt. Vieles hat sich geändert.«

»Zum Besseren, wie ich hoffe«, sagt Mrs. Grayson. In diesem Augenblick klopft es an der Tür, und die Sekretärin steckt den Kopf herein. Die Schulleiterin nickt ihr zu und wendet sich wieder an mich. »Ich fürchte, ich muss jetzt weitermachen. Versuchen Sie, diese Sache nicht zu schwer zu nehmen. Das ist alles nur Getöse.« Mit ernster Miene beugt sie sich vor. »Diese Eltern meinen nicht einmal die Hälfte von dem ernst, was sie da sagen. Im Eifer des Gefechts schießen sie übers Ziel hinaus, beruhigen sich aber auch genauso schnell wieder.«

»So was wie hier ist mir auf jeden Fall noch nicht begegnet«, sage ich. Ich wäre froh, wenn ihre Worte mich beruhigen könnten, aber das tun sie nicht. Wann immer ich bisher mit den anderen Müttern – außer Nicole – zu tun gehabt habe, ist es in einem Desaster geendet, und nun wird Robin wahrscheinlich erst recht von den anderen geschnitten, als sei es vorher nicht schon schlimm genug gewesen.

»Muss ich mir wegen der Aufnahmeprüfungen Sorgen machen?«, frage ich. »Wie mir scheint, kommt da großer Druck auf uns zu. Es ist wichtig, dass Robin auf dieser Schule bleiben kann.«

Mrs. Grayson beugt sich erneut vor. »Sie haben absolut keinen Grund zur Beunruhigung, das kann ich Ihnen versichern. Robins Noten sprechen für sich – ganz sicher wird sie in unsere Sekundarstufe übernommen.«

Ich nicke. Eine Sorge weniger. Wenigstens das.

»Falls Sie Problemen begegnen, zögern Sie bitte nicht, sich mit uns in Verbindung zu setzen. Aber ich würde Ihnen raten, eine Weile unter dem Radar zu bleiben, dann legt sich der Staub schon wieder. Das ist immer so.«

Noch während sie mit mir spricht, widmet sie sich dem Blatt Papier vor sich, was mir signalisiert, dass die

Unterhaltung beendet ist. Mit einem enorm unguten Gefühl in der Magengegend verlasse ich ihr Büro.

Robin sitzt allein im Wartezimmer. Sie sieht müde aus, aber nicht übermäßig verweint. Ich nehme ihre Hand und ziehe sie hoch.

»Alles okay?«

»Können wir nach Hause gehen?«

»Ja. Verschwinden wir.«

Wir gehen. Die Schule ist leer, am späten Freitagnachmittag sind alle bereits nach Hause gegangen. Das dumpfe Gefühl der Furcht in mir zerstreut sich ein wenig; wenigstens können wir unbehelligt gehen und haben das ganze Wochenende für uns.

Ich werfe Robin einen Blick zu. Sie trägt noch immer die Klamotten, die Nicole ihr besorgt hat. »Wir werden die Sachen wohl waschen und zurückbringen müssen.«

Robin zuckt die Achseln. »Jedenfalls war es besser, als den ganzen Tag im Betttuch rumzurennen. Ich hätte meine Uniform besser eingepackt.«

»Ach, Gott, es tut mir so leid. Ich hab's wirklich total verbockt. Ich dachte, es sei ein gutes Kostüm. Dieser Tag war wohl ein bisschen daneben.«

»War er wohl«, sagt Robin. »Mum, nimm's mir nicht übel, aber bitte komm mir nicht mehr mit guten Ideen. Oder Eulen.« Sie bleibt stehen und nimmt wieder meinen Arm. »Aber eigentlich war es auch ziemlich witzig. Hast du Daisys Gesicht gesehen, als das Gefieder vor ihrer Nase explodierte?«

»Robin«, sage ich mahnend und will ihr von der ernsten

Gefahr einer Allergie erzählen, doch ihr Lachen ist so ansteckend und Julias Reaktion im Nachhinein so lächerlich, dass ich ebenfalls in Gelächter ausbreche. Und so gehen wir Arm in Arm durch das Schultor hinaus und sehen zwei wunderbar friedvollen Tagen entgegen.

ACHTZEHN

Am Samstagmorgen ist es ruhig, keine Hetze zur Schule. Wir arbeiten zusammen am Haus und schaffen säckeweise Müll in den Garten, bis Regale und Abstellflächen zumindest vom Gerümpel der letzten Jahrzehnte befreit sind. Danach macht sich Robin an ihre Hausaufgaben, und während sie am Küchentisch arbeitet, spüle ich das Geschirr, das sie ganz hinten in der Anrichte im Wohnzimmer gefunden hat.

»Schau mal, hübsch, oder?«, frage ich und halte ihr eine Schüssel mit Blumendekor hin, und Robin grinst. »Keine Ahnung, warum deine Großmutter das heimlich gebunkert hat.«

»Gefällt mir«, sagt Robin. »Langsam fühlt sich das hier wie ein Zuhause an. Nur Dad fehlt mir.«

Darauf kann ich nichts erwidern. Ich spüle weiter, Robin arbeitet weiter. Wir essen Pizza zum Lunch, danach geht Robin hinauf, doch kommt rasch wieder herunter.

»Kann ich mich mal in deinem früheren Kinderzimmer umsehen?«, fragt sie, und vor Schreck lasse ich eine Teetasse ins Spülwasser platschen.

»Wieso willst du das denn? Da ist es bestimmt nicht schön.«

»Ich würde aber gerne sehen, wie du gewohnt hast, als du in meinem Alter warst«, sagt Robin. »Und was für Spielzeug du hattest.«

Ich stecke in der Klemme. Ich möchte ihr die Bitte unbedingt abschlagen, doch ihre Worte hallen in meinem Kopf wider. *Dad fehlt mir.* Ich kann sie nicht ständig enttäuschen.

»Ich weiß nicht, ob es noch Spielzeug gibt, aber okay. Okay, wir gehen hoch. Lass mich das eben noch fertig machen.«

Ich spüle die letzten Tassen ab, gründlich, langsam, schinde Zeit. Doch obwohl ich mir Mühe gebe, lässt sich Robin nicht ignorieren; ungeduldig lungert sie in der Küche herum.

»Okay«, sage ich schließlich wieder. »Gehen wir.«

Robin rennt vor mir die Treppe hinauf. Langsamer folge ich ihr. Wieder fühle ich mich dreißig Jahre in der Zeit zurückversetzt, als ich in mein Zimmer floh, nachdem Lydia mich wegen mangelnder Leistung in der Schule einmal mehr heruntergeputzt hatte. Ich erreiche den Absatz und blicke die nächste Treppe hinauf. Zum letzten Mal bin ich vor über zehn Jahren hinaufgestiegen, als Lydia mich vor die Wahl stellte: das Baby, das ich bekommen würde, oder sie. Die Entscheidung fiel mir nicht schwer.

Ich ging hinauf in mein Zimmer, packte die wenigen Sachen ein, die ich für meinen Kurzbesuch mitgebracht hatte, und verließ das Haus durch die Eingangstür, ohne mich zu verabschieden. Ich wusste, dass ich meine Mutter zum letzten Mal gesehen hatte. Und ich war sicher, dass ich dieses Haus nie wieder betreten würde. Und doch bin ich hier.

Robin ist oben angekommen. Ich bin eine ganze Etage hinter ihr, und alles in mir möchte kehrtmachen und das

Vorhaben vergessen. Doch meine Tochter öffnet bereits die Tür. Ich höre, wie sie den Knauf dreht und die Tür knarrt, Geräusche, die mir so vertraut sind, dass sie tief in mir wirken. Unwillkürlich wappne ich mich. Doch plötzlich höre ich Laute, die ich nicht erwartet habe. Robin schnappt nach Luft, schluchzt auf. Und dann stürzt sie die Treppe hinunter und prallt gegen mich, und ich taumele rückwärts und packe mit beiden Händen das Geländer.

»Was ist denn los?«

»Dein Zimmer, Mum. Dein Zimmer …«, stammelt Robin, ehe sie ernsthaft in Tränen ausbricht. »Es ist ganz furchtbar.« Und damit rennt sie in ihr eigenes Zimmer. Im ersten Impuls will ich ihr folgen, doch etwas zieht mich die letzten Stufen hinauf, und instinktiv meide ich wie früher die knarrenden Dielen, bis ich die niedrige Tür erreicht habe. Und dann stehe ich bildlich wie wörtlich auf der Schwelle, gefangen zwischen damals und heute, verwundetes Kind – verängstigte Erwachsene. Und schaue hinein.

Ein Gemetzel. Überall Staub, dicke Schichten, die alles überziehen. Spinnenweben in den Ecken, schwarze, tote Fliegen auf dem Boden. Doch das ist es nicht, was mir die Kehle zuzieht und meine Finger klamm werden lässt, als ich sie zu Fäusten balle. Alles im Zimmer ist zerstört. Jedes Buch, jedes Stück Papier, jede Erinnerung, jede Figur – alles, meine ganze Kindheit ist zerrissen, zerfetzt, zerschmettert, kaputt.

Oben auf dem Haufen der massakrierten Spielzeuge liegt in grimmiger Parodie eines tödlichen Unfalls der Kopf meines Lieblingsteddys, aus dessen aufgeschlitztem

Torso daneben die Füllung quillt. Ich wollte ihn damals mitnehmen, als ich meine Sachen packte, hatte aber keinen Platz mehr in der Tasche. Ich strecke die Hand danach aus, ziehe sie jedoch wieder zurück; irgendwie bringe ich es nicht über mich, das Desaster zu berühren.

Die Luft im Raum, der jahrelang nicht gelüftet wurde, steht und riecht muffig, doch schwerer noch wiegt die Aura der Böswilligkeit, die über allem liegt. Meine Mutter steht hinter mir und atmet mir in den Nacken. *Tja, du dachtest, du kannst einfach abhauen, nicht wahr? Pech gehabt.*

Die Zerstörung ist wie ein dickes rotes X im Manuskript meiner Vergangenheit – der Tisch, an dem ich gelernt, das Bett auf dem ich gelegen, das Fenster, aus dem ich stundenlang gestarrt habe. Doch das Original ist noch immer vorhanden und schimmert durch, auch wenn Lydia sich solche Mühe gegeben hat, es durchzustreichen. Und in diesem Moment weiß ich, was ich tun werde. Ich werde den Schutthaufen meiner Kindheit aufräumen, ihn in Müllsäcke verfrachten, das Zimmer wieder für mich erobern und noch einmal neu beginnen.

Meine Sicht klärt sich, als ich mich umschaue, um den Schaden zu begutachten. Das Puppenhaus in der Ecke ist noch intakt. Etwas Wärme kehrt in mein Gesicht zurück, als die Hoffnung in mir aufkeimt, dass vielleicht doch noch etwas zu retten ist. Ich bahne mir den Weg durch den Schutt auf dem Boden und knie mich vor das Häuschen. Als ich klein war, spielte ich unermüdlich damit und stellte mit Mutter, Vater, zwei Kindern und einer Katze jene Familienstruktur dar, nach der ich mich damals so sehnte.

Ich strecke die Hand aus, um die Front zu öffnen, doch sobald meine Finger die Abdeckung berühren, stürzt sie zusammen. Das gesamte Miniaturmobiliar in den Zimmern dahinter ist zertrümmert, allen vier Püppchen der Kopf abgerissen worden.

Die Boshaftigkeit ist zurück, und mit Lydias eiskaltem Atem im Nacken ergreife ich die Flucht.

Robin ist unter ihre Bettdecke geschlüpft und liest. Zumindest hält sie sich das Buch vors Gesicht und tut, als läse sie, als ich ihr Zimmer betrete.

»Das war furchtbar«, sagt sie. »Warum war das so?«

»Ich habe keine Ahnung. Aber deine Großmutter konnte ziemlich wütend werden.« Inzwischen habe ich mich wieder etwas erholt, obwohl ich innerlich noch immer fröstele. Ich nehme Robins Hand und lasse mich von ihrer Wärme trösten.

»Warum denn?«

»Sie war kein sehr glücklicher Mensch.« Ich wähle meine Worte mit Bedacht. »Sie wollte Anwältin werden, weißt du, heiratete aber stattdessen und bekam mich. Das hat sie mir wohl nie verziehen. Sie musste ihre Karriere aufgeben – so war das damals einfach. Also hat sie alles darangesetzt, dass stattdessen ich Jura studiere. Sie hat gehofft, dass ich ganz bis zur Kronanwältin aufsteige und schließlich Richterin werde. Für sie sozusagen. Aber ich bin deinem Vater begegnet, und wir haben geheiratet, dich bekommen und sind in die USA gezogen. Also wurde aus ihrem Traum nichts.«

»Und wie hat sie reagiert?«

Ich hole tief Luft. Ich kann Robin schlecht sagen, dass ich sie hätte abtreiben müssen, wenn es nach ihrer Großmutter gegangen wäre, und Lydia mich prompt enterbte, als ich ihr klarmachte, dass ich mein Baby austragen würde.

»Na ja, als ich ihr sagte, dass ich deinen Vater heiraten wollte, stellte sie mich vor die Wahl. Wenn ich mich für ihn entschied, würde sie nie wieder mit mir reden.«

»Wow.«

»Ja. Vermutlich hat sie kurz danach in meinem Zimmer gewütet.«

Die Empörung hat Robin das Blut in die Wangen getrieben. »Das ist total furchtbar«, platzt es aus ihr heraus. »Wie kann man nur so was Gemeines tun!«

»Wenn man unglücklich ist, macht man manchmal gemeine Sachen. Vielleicht meint man es gar nicht so, kann sich aber vor lauter Wut selbst nicht mehr kontrollieren.«

»Mir egal«, sagt Robin. »Ich find's trotzdem furchtbar.«

»Ja, das ist es auch.« Ich denke einen Moment lang nach. »Weißt du, das ist nicht das erste Mal, dass sie etwas von mir kaputt gemacht hat. Ich hatte mal eine Matroschka – du kennst doch diese russische Puppe, die aus ineinander verschachtelten, immer kleineren Puppen besteht? Mein Vater hatte sie für mich von einer Reise aus Moskau mitgebracht, als ich noch ein Baby war. Ich hab sie geliebt; ich hatte nicht so viel, was mich an meinen Vater erinnert. Wie auch immer, ich hatte eine Prüfung verhauen – nur eine normale Klausur. Und sie schnappte sich die Puppe und zertrümmerte sie vor meinen Augen mit einem Hammer …« Meine Stimme verklingt, als ich mich an Lydias Gesichtsausdruck erinnere, an jene Mischung aus Befriedigung und grimmiger Entschlossenheit, mit der sie das Spielzeug bearbeitete. Robin streckt die Hand aus und legt sie in einer Geste des Mitgefühls auf mein Knie. »Und dann meinte sie, ich müsse sie ab jetzt Lydia nennen. Mummy wollte sie von mir nicht mehr hören.«

Ich drücke Robin fest an mich. Einen Moment lang atme ich den vertrauten Geruch ihres Haars ein und spüre, wie die Enge in meiner Brust nachlässt und das Blut wieder zu zirkulieren beginnt. Doch nicht für lange. Vielleicht hat sie das Zimmer nicht zerschmettert, nachdem ich geheiratet habe. Vielleicht war es vielmehr der Moment, als sie herausfand, dass Robin auf die Welt gekommen war, sodass sie ihre Träume für mich ein für alle Mal begraben musste.

NEUNZEHN

Ich rufe Zora an.

»Warum hast du mir nichts gesagt?«

»Was soll ich dir nicht gesagt haben?«

»Was Lydia getan hat.«

»Was hat sie denn getan?«

»Mein … mein Kinderzimmer. Es ist völlig zerstört. Das kann nur Lydia gewesen sein.«

»Ach du Schande, das tut mir leid. Ich bin nie oben gewesen. Soll ich rüberkommen?«

Wir verabreden uns zum Lunch am nächsten Tag. Ich beschließe zu arbeiten, um mich abzulenken, aber es fällt mir schwer; immer wieder tauchen vor meinem inneren Auge Bilder der Verwüstung auf. Und mich durch Freyas Leben zu wühlen beginnt mir zuzusetzen; meine Hände fühlen sich schmutzig an, während ich Seite um Seite umblättere.

Ich verstehe die Sprache nicht einmal richtig; merkwürdige Abkürzungen, fehlende Interpunktion, falsche Groß- und Kleinschreibung und Emojis, die sich über die Screenshots der Facebooknachrichten verteilen, als hätte jemand die Seiten mit einem Schrotgewehr beschossen. Gibt es irgendwo einen Dekodierer für Jugendsprache? Ich presse die Kiefer zusammen und mache weiter.

Doch je tiefer ich mich in die Materie einarbeite, umso

weniger fühle ich mich als Eindringling. Meine Nerven beruhigen sich. Ich bin nur an Beweisen interessiert, an nichts anderem.

Nach einer Weile habe ich zwei weitere Mappen durchgearbeitet; noch immer nichts, was Jeremy mit diesem Mädchen in Verbindung bringen würde, noch immer nichts, was Freya mit irgendeinem Mann oder Jungen in Verbindung gebracht hätte. Ich gähne. Ich sollte eine Pause einlegen und Robin etwas zu essen machen – schließlich habe ich schon einen großen Batzen geschafft –, aber wenn ich schon einmal dabei bin … Ich nehme mir die nächste Mappe und lese weiter.

Um halb acht beginnen meine Augen zu jucken und zu brennen. Fünftausend Nachrichten auf über zweitausend Seiten. Seite um Seite überfliege ich den Text vor mir, bis die Wörter durcheinander tanzen. Ich bin drauf und dran aufzugeben und für heute Schluss zu machen, als ich mit einem Schlag wieder hellwach bin. Ich bin auf Gold gestoßen. Ich markiere die Seite mit einer Post-it-Notiz und übertrage sorgfältig, was ich gefunden habe. Erleichterung erfüllt mich. Ich mag nicht viel über die Verwendung von Akronymen in der Jugendsprache wissen, aber ich kann erkennen, wenn ein Nachrichtenaustausch darauf hinausläuft, die Glaubwürdigkeit der gegnerischen Partei zu untergraben.

Ich mache mir einen Kaffee und lese weiter, und erst als Robin herunterkommt und über Hunger klagt, stelle ich überrascht fest, dass wir schon fast neun Uhr abends haben. Schnell bereite ich eins von Robins Lieblingsessen zu – Pasta mit Pesto und Erbsen –, und wir essen vor einer

Wiederholung von *Friends* auf Netflix, ohne uns groß zu unterhalten, während die Anspannung des Tages von uns abfällt.

Den ganzen Sonntag über tun wir beide so, als gäbe es weder den Montag noch die geschlossene Tür ganz oben. Wir gehen zum Supermarkt und kaufen für den Lunch mit Zora ein. Ich gebe mir besondere Mühe mit dem Braten, koche Kartoffeln vor und bereite den Teig für Yorkshire Pudding zu.

Parallel dazu wasche und trockne ich Robins Uniform. Als ich damit fertig bin, falte ich sie und bringe sie ihr hinauf. Sie liegt auf dem Bett und blickt auf ihr Handy. Als sie die Kleidung in meinen Händen sieht, macht sie ein Gesicht.

»Ich will morgen nicht dahin. Ich hasse die Schule.«

»Es wird besser, versprochen.«

»Das kannst du gar nicht versprechen«, erwidert sie. »Ich weiß, dass das nicht passieren wird. Es ist eine grässliche Schule, und die Leute sind auch grässlich.«

»Gib dir ein bisschen mehr Zeit, Spätzchen. Vielleicht wird es doch besser.« Aber ich erwarte nicht, dass sie mir glaubt. Ich glaube mir ja selbst nicht einmal. Robin ist blass und wirkt traurig, und Zorn keimt in mir auf.

»Okay«, sage ich so entschlossen, dass Robin sich kerzengerade aufrichtet. »Okay. Nur dieses Halbjahr. Du wirst es bis zum Ende dieses Halbjahrs versuchen. Und wenn es dann immer noch so übel ist, dann holen wir dich da raus. Mir egal, ob diese Schule so großartig sein soll. Es gibt zahlreiche andere. Und in der Zwischenzeit kann ich dich hier zu Hause unterrichten. Wir schaffen das schon irgendwie.«

»Aber was ist mit dem Erbe? Und dem Haus? Ich dachte, wir dürften nur hier wohnen, wenn ich auf der Schule bleibe.«

»Zur Not gehe ich vor Gericht. Und wir können erst einmal bei Zora einziehen, wenn wir rausgeworfen werden. Aber das wird nicht passieren.«

»Meinst du das ernst?«

»Ich tue, was ich kann, okay? Jedenfalls lasse ich nicht zu, dass du so darunter leiden musst – das kann ich einfach nicht mehr mit ansehen. Ich kann dir nicht versprechen, dass es besser wird, wohl aber, dass ich dich von der Schule nehme, wenn du am Ende des Halbjahrs dort nicht glücklicher bist. Was sagst du?«

Robins Gesicht leuchtet auf, ein wenig Farbe ist in die Wangen zurückgekehrt.

»Danke, Mum.«

Zora kommt, und wir gehen mit ihr hinauf, um ihr die Zerstörung in meinem ehemaligen Kinderzimmer zu zeigen.

»Ich wollte nie hier raufkommen.« Zora schaudert. »Als ich es einmal versucht habe, bin ich nur zwei Stufen weit gekommen. Dann hat mich etwas daran gehindert weiterzugehen.«

Ich verdrehe die Augen. »Hör nicht auf sie«, sage ich an Robin gewandt. »Zora hat immer schon einen Hang zur Dramatik gehabt.«

»Na schön, vielleicht war das ein bisschen übertrieben,

aber mir gefielen die Schwingungen hier nicht. Das Haus fühlte sich irgendwie ungut an, weißt du wie?«

»Das tut es immer noch. Aber wir arbeiten dran. Und versuchen, ein Zuhause daraus zu machen, nicht wahr, Robin?« Robin lacht, fast überzeugt, und wir erzählen Zora von dem Vorfall mit der Eule, den sie ziemlich lustig findet.

Dann geht Robin mit Zora hinauf, um ihr den neuen Teppich und die Blumensticker an den Wänden zu präsentieren.

Als Zora in die Küche zurückkehrt, klingt sie positiv.

»Na, das wird doch tatsächlich langsam«, sagt sie. »Immerhin fühlt sich Robin in ihrem Zimmer wohl. Ich kann kaum glauben, dass sie noch immer das olle Erdmännchen hat, das ich ihr gestrickt habe. Ich hätte nie gedacht, dass das so lange überlebt.«

»Oh, doch. Sie liebt es heiß und innig und schleppt es überall mit hin.« Ich grinse. »Und ihr Zimmer war eigentlich immer schon das netteste. Vielleicht weil es nicht komplett mit Mutters Kram zugestellt war.«

»Es muss hart für dich gewesen sein, ihr ehemaliges Schlafzimmer zu übernehmen.«

»Ach, eigentlich ist es gar nicht so schlimm. Ich habe mich dran gewöhnt. Oder ich versuche, nicht allzu genau darüber nachzudenken. Das ist wahrscheinlich näher an der Wahrheit.«

»Ich kann noch immer nicht fassen, dass du das hier getan hast.« Zora lässt sich schwer auf einen Stuhl fallen.

»Das hast du mir neulich schon sehr deutlich klargemacht«, sage ich. »Du musst es mir nicht noch einmal darlegen.«

»Hatte ich auch nicht vor«, sagt Zora. »Ich mache mir bloß Sorgen um dich. Du hast deine Mutter die letzten zehn Jahre ihres Lebens nicht mehr gesehen, du bist nicht einmal zu ihrer Beerdigung gekommen.« Sie fängt meinen Blick auf und hebt beschwichtigend die Hand. »Tut mir leid, ja, ich weiß, dass es ihre Entscheidung war, dich aus ihrem Leben zu verbannen, und ich weiß auch, dass sie dich von der Trauerfeier ausgeschlossen hat. Aber nun bist du wieder hier, schläfst in ihrem Bett und schickst deine Tochter auf deine ehemalige Schule. Wie konnte es dazu kommen? War es mit Andrew wirklich so schlimm?«

Ich nicke und sehe sie an. Solange, bis Zora die Augen niederschlägt.

»Okay«, sagt sie schließlich. »Okay. Aber hör zu, da oben sitzt ein kleines trauriges Mädchen, das seinen Vater vermisst. Meinst du nicht, du könntest noch mal versuchen, mit ihm zu sprechen? Und die Dinge wieder in Ordnung bringen?«

Mir ist zum Lachen zumute. »Keine Chance. Das hier ist sein Werk, Zora. Das ist es, was er wollte.«

Zora schaut mich an. Sie zögert einen Moment. »Das weißt du doch gar nicht.«

»Könntest du das bitte einfach so hinnehmen? Ich weiß, wovon ich rede. Ich bin genau da, wo er mich haben wollte, und ich sehe momentan keinen anderen Weg. Außerdem ist es doch gut, dass ich wieder arbeite. Du hast oft genug mit mir geschimpft, weil ich nach Robins Geburt alles aufgegeben habe und Andrews Job zuliebe in ein Land gezogen bin, wo ich meine Qualifikationen nicht einsetzen konnte. Immerhin kann ich wieder vor Gericht stehen –

dank deiner Empfehlung. Wir haben einen Schulplatz für Robin, ein Dach über dem Kopf und genügend Geld zum Überleben, sodass ich Zeit habe, Erfahrungen zu sammeln. Wir kriegen das schon hin.«

»Ich glaube dennoch, dass du Andrew Unrecht tust. Da muss irgendetwas anderes im Argen sein – etwas, das nichts mit dir zu tun hat. Andernfalls wäre es zu merkwürdig.«

Ich schüttele den Kopf. »Du hast keine Ahnung, Zora. Hör auf, für ihn Partei zu ergreifen. Er ist raus. Es ist vorbei.«

»Ich kann das nicht glauben«, sagt Zora. »Du kannst ihn doch nicht einfach so aufgeben. Denk an Robin.«

»Die beiden haben Kontakt«, sage ich. »Alles ist so, wie er es wollte.« Plötzlich durchfährt mich ein unbändiger Zorn, doch er ebbt rasch wieder ab, und ich zucke hilflos die Achseln. Zora hat es dennoch kapiert. Wir wenden uns den Unterlagen zu, die ich gerade durchsehe, und erwähnen Andrew mit keiner Silbe mehr.

ZWANZIG

Ich träume von einem Unfall, bei dem mein Auto sich mehrfach über drei Spuren Gegenverkehr überschlägt und ich herausgeschleudert werde, als mein Wecker mich rettet. Verschwitzt und mit hämmerndem Herzen befreie ich mich aus den Laken. Als meine Atmung sich etwas beruhigt hat, schaue ich auf mein Handy. Sechs Uhr dreißig, Montagmorgen. Ich bin erst gegen vier eingeschlafen, und nun muss ich schon wieder aufstehen.

Falls ich geglaubt hatte, Robin sei am ersten Schultag nervös gewesen, so war das nichts verglichen mit diesem Morgen. Das arme Kind ist leichenblass und nahezu lethargisch. Ich muss Robin dreimal sagen, dass es Zeit zum Aufstehen ist, ehe sie aus dem Zimmer kommt, und ihre trostlose Miene tut mir im Herzen weh.

»Ich habe Bauchschmerzen«, sagt sie. »Mir geht's nicht gut.«

»Robin.«

»Wirklich, Mum. Ich muss mich bestimmt übergeben.«

Ich gehe um den Tisch herum und schlinge meine Arme um sie, ehe ich mich neben sie setze und ihr die Hand auf den Arm lege.

»Sich zu drücken beseitigt keine Probleme.«

»Ich drücke mich gar nicht. Mir ist wirklich nicht gut.«

Robins Mattigkeit wird vorübergehend von Empörung verdrängt.

»Gestern hattest du jedenfalls keine Probleme, diese enormen Mengen an Yorkshire Pudding zu vertilgen.«

»Vielleicht ist mir ja schlecht, weil ich gestern Abend noch so viel ungesundes Zeug gegessen habe. Du sagst doch immer selbst, dass die Süßigkeiten mich irgendwann noch krank machen werden.« Triumphierend setzt sie sich auf, ehe ihr wieder einfällt, dass es ihr ja eigentlich schlecht geht, und sie den Kopf an meine Schulter sinken lässt.

»Ich weiß, dass du nicht in die Schule gehen willst«, sage ich. »Und das kann ich gut verstehen. Ich will da auch niemandem mehr gegenübertreten. Aber du hast nichts falsch gemacht. Daisy und ihre Mutter benehmen sich vollkommen unvernünftig.«

»Ich finde es bloß furchtbar, dass niemand mit mir spricht«, sagt Robin. »Das ist ein scheußliches Gefühl. Ich sitze da, als würde ich gar nicht wirklich existieren.«

»War denn nicht wenigstens Pippa ein bisschen nett zu dir? Ihre Mutter wollte uns doch zu sich einladen, oder?«

»Ja, schon. Aber selbst Pippa redet nur mit mir, wenn keiner guckt. Ich hasse das.«

»Ich weiß. Und ich versteh dich ja. Nur noch ein kleines bisschen. Schauen wir einfach, wie es läuft. Und dann entscheiden wir.«

Robin stößt ein Schnauben aus, richtet sich aber auf und isst ihren Toast.

»Du schaffst das«, sage ich. »Das weiß ich genau. Und vielleicht entwickelt es sich ja noch zur besten Schule, an der du je gewesen bist.«

Geräuschvoll zermalmt Robin ihren letzten Happen Toast, ehe sie mich mit einem vernichtenden Blick bedenkt, und ich hebe eine Hand und ergebe mich lachend.

Ich lache nicht mehr, als wir an der Schule aus dem Bus aussteigen. Noch weniger, als mindestens drei Mütter, die ich von dem Frühstück wiedererkenne, mit demonstrativ abgewandten Gesichtern an uns vorbeigehen. Robin presst die Lippen zusammen und zieht den Kopf ein, und nur mit äußerster Selbstbeherrschung gelingt es mir, weiter auf die Schule zuzugehen, anstatt ihre Hand zu packen und so schnell wie möglich von hier fortzulaufen.

Selbst das Wetter passt mit dem tristen Bleigrau schwerer Wolken und diffusem Licht zu unserer trüben Stimmung.

»Na dann«, sagt Robin, als wir am Tor ankommen. »Wünsch mir Glück.«

»Viel Glück«, entgegne ich. »Versuch's einfach.«

Ich sehe ihr nach, wie sie die Treppe hinaufmarschiert, ehe ich mich abwende. Als ich die Schule hinter mir lasse, entdecke ich Julia auf der anderen Straßenseite und senke schnell den Kopf, weil ich keine Lust auf eine weitere Auseinandersetzung habe. Doch leider bin ich nicht schnell genug. Julia sprintet über die Straße und stellt sich mir direkt in den Weg.

»Deine Tochter hält sich besser von meiner fern«, fährt sie mich an. Ich weiche einen Schritt zurück, damit die Situation nicht eskaliert, doch Julia rückt einfach nach, bis mich ein Zaun hinter mir stoppt. »Wenn Daisy sich noch einmal über irgendetwas beschwert, das das Mädchen tut, dann, das schwöre ich, kann ich für nichts garantieren.«

Sie ist mir so nah, dass ich kleine rote Adern in ihren Augen sehe, die Poren auf ihrer Nase, wo ihr Make-up versagt hat. Risse in der Fassade. Das Unperfekte gibt mir frischen Mut, und ich presse die Kiefer zusammen und bringe nun meinerseits mein Gesicht näher an Julias, anstatt meinem ursprünglichen Instinkt zu folgen und den Rückzug anzutreten.

»Ich habe keine Ahnung, für wen du dich eigentlich hältst, aber mir reicht es jetzt langsam«, zische ich. »Du benimmst dich völlig irre, und dein liebes Töchterchen ebenso. *Sie* sollte sich besser von Robin fernhalten, oder du bist nicht die Einzige, die sich zum Handeln genötigt sieht.«

»Für wen ich mich halte? Ich bin die Sprecherin der gesamten Elternschaft, verdammt noch mal«, faucht Julia. »Und außerdem eine Ehemalige. Ich kenne diese Schule. Das ist *meine* Schule.«

»Na und? Ich bin auch eine Ehemalige. Und weißt du was? Ich habe diesen Laden damals gehasst, und dank Leuten wie dir ist er auch heute nicht besser.«

Nase an Nase stehen wir reglos da. Momente verstreichen. »Mummy!«, ruft eine Stimme, und der Bann ist gebrochen. Ich lockere meine Hände, die ich zur Faust geballt hatte, und trete zur Seite. Es ist nicht Robin, obwohl der Unterton der Furcht auch von ihr hätte stammen können. Es ist Daisy, Julias Tochter. Mit wenigen Schritten ist sie bei uns und hängt sich an den Arm ihrer Mutter.

»Lass einfach meine Tochter in Frieden«, zischt Julia und wendet sich so abrupt ab, dass sie Daisy fast umreißt. Das Mädchen lässt los und taumelt, fängt sich jedoch schnell wieder. Julia marschiert stramm auf die Schule zu, und einen Moment lang sieht mich Daisy fast flehend an, ehe sie kehrtmacht und ihrer Mutter hinterherläuft. Bei jedem Satz hüpft der Ranzen auf ihrem Rücken.

Mit schweren Schritten und noch schwererem Herzen gehe ich in Richtung U-Bahn. Die Woche hätte wohl nicht schlechter beginnen können.

EINUNDZWANZIG

Die gesamte Woche verläuft genauso. Zwar droht kein weiterer Gewaltausbruch, aber ich spüre die Spannung, sobald ich das Schultor erreiche. Grüppchen von Müttern rücken enger zusammen oder teilen sich wie das rote Meer, sobald ich mich nähere, und obwohl ich mir Mühe gebe, nicht paranoid zu werden, bin ich mir ziemlich sicher, dass ich mir das nicht nur einbilde. Ich könnte ebenso gut eine Leprakranke sein, die eine Glocke um den Hals trägt.

Aber das ist nicht einmal das Schlimmste. Das Schlimmste ist Robins Zustand. Mit jedem neuen Tag der Ausgrenzung wird sie blasser. Sie hat sich die Nägel bis auf die Fingerkuppen abgekaut, und eine raue Stelle an ihrem Mund breitet sich immer weiter aus, aber sie will nicht darüber reden.

»Es war okay«, antwortet sie am Mittwochabend, als ich nach ihrem Tag frage, während sie lustlos ihre Pizza isst und meinen Blick meidet.

»Hat jemand mit dir geredet?«

Eine lange Pause. Sie schiebt die Gabel unter eine Schicht Käse und pult sie vom Pizzaboden ab. Schließlich öffnet sie den Mund, als wolle sie etwas sagen, klappt ihn dann aber wieder zu und schüttelt den Kopf.

»Und wie war's beim Netball?« Ich werde nachbohren, bis ich etwas aus ihr herausbekomme. Sie bleibt einen

Moment lang stumm, dann schüttelt sie erneut den Kopf, ganz leicht diesmal, doch es reicht.

»Niemand gibt mir den Ball ab, Mum. Ich stand genau richtig für Daisy, doch anstatt mir den Ball zuzuspielen, hat sie ihn mit Absicht der anderen Mannschaft überlassen. Und ihre Mutter hat nicht einmal mit ihr geschimpft. Sondern bloß gelacht.«

»Ihre Mutter war beim Spiel dabei?«

»Ja. Sie kommt oft zum Training. Und gibt Tipps.«

»Für Netball?«

»Erwachsene spielen das schließlich auch, Mum.« Wieder eine Pause. »Sie brüllt allerdings ziemlich viel. Daisy hat deswegen sogar geweint.«

»Geweint? Wieso?«

»Sie hat einmal den Korb nicht getroffen, und ihre Mutter wurde echt sauer und hat sie ausgeschimpft, sie würde es nie ins A-Team schaffen und hätte es einfach nicht drauf.«

»Das ist ja furchtbar«, sage ich. »Und wie bescheuert, sich wegen Netball in der Sechsten so aufzuregen.«

»Mum, das ist wichtig.«

»Ja, natürlich ist es wichtig, aber du weißt, was ich meine. Es ist auf jeden Fall nicht wichtig genug, um das eigene Kind vor allen anderen anzuschreien. Mir war nicht einmal bewusst, dass Eltern beim Training zusehen dürfen.«

»Daisys Mutter ist die Einzige, die kommt.«

»Mischt die Lehrerin sich denn nicht ein, wenn sie rumbrüllt?«

Robin sieht mich an, als hätte ich den Verstand verloren.

»Die Lehrerin hat doch auch Angst vor ihr – sie brüllt wirklich viel.« Sie schiebt den Teller mit dem Rest Pizza von sich, steht auf und verschwindet nach oben. Am liebsten würde ich ihr nachlaufen, halte mich aber zurück, setze mich auf die Couch und versuche, ein Buch zu lesen, obwohl ich mich nur schwer konzentrieren kann. Immer wieder steigen Bilder von gewalttätigen Szenen in mir auf, wenn ich mir vorstelle, was ich am liebsten mit Julia machen würde.

Es ist fast acht, als ich beschließe hinaufzugehen. Robin muss sich langsam fürs Bett fertig machen. Ich bin gerade auf der Treppe, als ich einen gedämpften Schrei aus ihrem Zimmer höre, und immer zwei Stufen auf einmal renne ich die restliche Treppe hinauf.

Robin sitzt auf dem Boden neben ihrem Bett, um sich herum den Inhalt ihrer Schultasche. Sie hält eine Schachtel in der Hand, die ich nicht kenne, quadratisch und türkis, fast wie eine Schachtel von Tiffany, und als ich nähertrete, sehe ich das Logo auf dem Deckel, der neben ihr auf dem Boden liegt. Tatsächlich. Tiffany.

Das Kästchen in der Hand, schaut Robin zu mir auf, und ich begreife, dass sie sich nicht regen kann. Ich trete zu ihr und nehme es ihr behutsam aus der Hand. Dann schaue ich hinein. Zuerst kann ich in der unbestimmten braunweißen Masse nichts erkennen. Ich verenge die Augen. Es sieht so ähnlich aus wie Reis, doch die Körner bewegen sich. Einen Moment lang blicke ich genauso erstarrt wie Robin in das Kästchen, ohne wirklich zu begreifen, womit ich es zu tun habe. Doch dann trifft mich die Erkenntnis mit einem Schlag.

»Maden! Das sind ja Maden!«, schreie ich und schleudere die Box instinktiv von mir. Entsetzt sehe ich zu, wie sie auf dem Bett landet und die Maden sich über Robin verteilen. Sie schreit gellend auf und rennt kreischend ins Bad, wo sie die Dusche aufdreht und ihr Geschrei in lautes Schluchzen übergeht.

Auch ich schreie und wische panisch über meine Kleider, um loszuwerden, was immer auf mir gelandet ist, bis ich mir plötzlich klarmache, dass es Robin ist, um die ich mich kümmern muss. Ich trete an die Badezimmertür und rufe. Sie hat zu schluchzen aufgehört, und ich höre nur das Wasser rauschen und gelegentlich platschen. Ich mache kehrt und renne hinunter, um Putzzeug und eine Mülltüte zu holen.

Mit Gummihandschuhen und zusammengebissenen Zähnen mache ich mich an die Arbeit. Zuerst muss ich gegen meinen Widerwillen ankämpfen, aber der Gedanke an Robin stählt meine Nerven, und mit eiserner Entschlossenheit beginne ich, eine Made nach der anderen aufzusammeln.

Robin ist aus dem Bad gekommen und steht in ein Handtuch gewickelt an ihrer Zimmertür. Der Schock scheint etwas nachzulassen, aber sie wirkt immer noch erschüttert und weigert sich einzutreten. Gründlich suche ich den Boden ab, bis ich keine Made mehr entdecke, dann trete ich ans Bett, wo die Schachtel gelandet ist. Sie liegt auf der Seite, und ich richte sie mit einem Finger wieder auf. Ich habe größte Mühe, meinen Ekel niederzukämpfen, doch ein Blick zu Robin treibt mich an. Ich blicke in die Schachtel und pule mit einem Finger behutsam die Maden beiseite, um zu sehen, was sich darunter befindet. Ein kleiner

Körper, wenn auch nicht mehr viel davon übrig ist. Braune Federn. Und rote.

Ein Rotkehlchen. Die Überreste eines toten Rotkehlchens. Robins Namensgeber.

»Was ist denn, Mum?«, fragt Robin von der Tür aus, und ich schiebe so viel von der ekeligen Melange zurück in das Kästchen, wie ich kann, und stülpe den Deckel darüber. Das muss sie nicht sehen.

»Ein toter Vogel«, sage ich. »Wo hast du das gefunden?«

»Jemand muss mir das Kästchen ganz unten in die Tasche getan haben. Ich habe es gerade erst entdeckt.«

»Wo stand die Tasche denn?«

»In der Umkleide beim Netball. Das hätte jeder machen können.«

Ich nicke. Leider wahr.

Inzwischen habe ich jede Made aufgeklaubt, die ich entdecken konnte. Ich tue die Schachtel in eine Plastiktüte und knote sie fest zu. Dann ziehe ich das Bettzeug ab; es geht in die Kochwäsche.

»Kann ich bei dir schlafen?«, fragt sie.

»Klar doch«, antworte ich. Sie tappt davon. Ich bringe die Tüte nach unten, außerdem das Bettzeug, das ich direkt in die Maschine stopfe, die ich neben Waschmittel mit Chlorbleiche befülle. Dann gehe ich wieder hinauf, um mich zu vergewissern, dass die Schweinerei wirklich beseitigt ist. Ich unterziehe die Sachen auf dem Boden einer genauen Musterung, Bücher, ihr Mäppchen, Stifte, und stapele alles säuberlich. Anschließend nehme ich mir ihre Tasche vor, schaue hinein und krempele sie auf links, damit mir auch wirklich nichts entgeht.

Keine Maden mehr. Dafür fällt ein gefaltetes Stück Papier heraus. Ich nehme es mit meiner behandschuhten Hand und falte es auf. Ein Din A4-Zettel von einem Spiralblock, eine Ecke eingerissen. Darauf steht in krakeligen Großbuchstaben: EIN ROTKEHLCHEN FÜR DAS ROTKEHLCHEN. HOFFENTLICH GEFÄLLT DIR MEIN PLATZ.

Meine Kopfhaut beginnt zu prickeln. Ich falte den Zettel sorgfältig zusammen und gehe hinüber in mein Zimmer, wo Robin sich in mein Bett gekuschelt hat.

»Hat dich in der Schule mal jemand darauf angesprochen, dass du einer anderen den Platz weggenommen hast?«, frage ich und versuche, unbekümmert zu klingen. Ich will ihr lieber nicht sagen, was auf dem Zettel steht.

Sie stützt sich auf und reibt sich die Augen. »Nein. Aber jemand hat mich einen Vampir genannt, der sich von Toten ernährt. Ich wollte es dir nicht erzählen, aber das sagen jetzt alle. Daisy hatte heute Knoblauch dabei und hat damit gewedelt, sobald ich in der Nähe war. Ich weiß aber nicht, was das soll.«

»Ach, Spätzchen …«

»Ich weiß, dass es albern ist. Aber ich mag das nicht.«

»Ich mag das auch nicht. Du weißt, dass ich Mrs. Grayson davon erzählen muss, oder?«

Sie fährt auf und blickt mich entsetzt an. »Mum, nein, bitte nicht. Können wir nicht einfach so tun, als wäre nichts gewesen? Es wird doch sonst alles nur schlimmer. Bitte. Versprich mir, dass du niemandem davon erzählst.« Wieder beginnt sie verzweifelt zu weinen, und schließlich lenke ich, wenn auch widerstrebend, ein.

Ich beuge mich vor, halte sie fest und strecke mich

schließlich neben ihr aus, bis sie sich wieder beruhigt hat und eingeschlafen ist. Ich würde der Schule so gerne eine E-Mail schreiben und melden, was geschehen ist, aber ich werde mein Versprechen Robin gegenüber nicht brechen. Im Übrigen habe ich nichts Konkretes. Julia – oder ihre Tochter – kämen als Verdächtige am ehesten infrage, aber es hätte jeder tun können, der Zutritt zu den Umkleiden hatte. Wahrscheinlich handelt es sich ohnehin nur um einen boshaften Streich, ohne dass mehr dahintersteckt. Vielleicht hat diejenige, die Robin den toten Vogel zugesteckt hat, gar nicht bedacht, dass Maden schlüpfen und dem Inhalt des Kästchens eine besonders makabre Note hinzufügen würden.

Dennoch bin ich zu aufgewühlt, um Ruhe zu finden. Noch lange liege ich wach, bereue mein Versprechen an Robin und gehe immer wieder alle Handlungsoptionen durch, die mir bleiben, während ich zu verdrängen versuche, wie sich die sich windenden Maden zwischen meinen mit Gummi überzogenen Finger angefühlt haben, als ich eine nach der anderen vom Boden gepflückt habe.

SONNTAG, 12.15 UHR

Ich stürme aus dem Haus und renne mit dem Schlüssel in der einen und dem Telefon in der anderen Hand los. Alle paar Sekunden blicke ich aufs Display, damit mir kein Anruf entgeht, aber nichts. Ich vergewissere mich erneut, während ich um die Ecke meiner Straße biege, als ich am Bordstein stolpere. Ich stürze und schlage auf dem Boden auf, und der Rand meiner Brille prallt schmerzhaft gegen meine rechte Augenhöhle.

Das Telefon ist mir aus der Hand gefallen und mit einem Klackern außerhalb meiner Reichweite gelandet. Ich rappele mich hastig auf, um es mir zurückzuholen, doch mein Kopf tut weh, mir ist schwindelig, und beinahe gehe ich erneut zu Boden. Über meinem Auge bleibt ein stechendes Brennen.

Aber mir bleibt keine Zeit zu jammern, es spielt keine Rolle. Im Moment muss ich vor allem ein Taxi erwischen und so schnell wie möglich dorthin gelangen. Ich bücke mich vorsichtig und hebe mein Telefon auf, kann aber keinen Blick darauf werfen, denn ein Bus nähert sich der Haltestelle, sodass ich es mir anders überlege und mit erhobener Hand darauf zu renne. Wer weiß, wann ich ein Taxi finde, und tatenlos zu warten ertrage ich im Augenblick nicht. Der Bus hält, und ich steige ein und halte meine Karte an das Lesegerät.

Der Bus ist nur zur Hälfte besetzt; problemlos finde ich einen Platz. Sobald ich sitze, drehe ich das Telefon in meiner Hand um. Es ist stark beschädigt, schlimmer, als ich erwartet habe. Das Display ist zersprungen, und winzige Splitter rieseln aus der Mitte, doch zu sehen ist ohnehin nichts, denn der Bildschirm ist schwarz – und bleibt auch schwarz, sooft ich den Button auch drücken mag.

Am liebsten würde ich das Ding wegschleudern. Am liebsten würde ich aus vollem Hals schreien und dem Busfahrer sagen, er möge Gas geben und verdammt noch mal so schnell fahren, wie er kann. Obwohl ich mich mit aller Kraft zusammenreiße, entwischt ein Schluchzen meinen zusammengepressten Lippen. Leute drehen mir die Köpfe zu, und ich sinke in mich zusammen, um niemanden zu ermutigen, mich anzusprechen. Wenn ich jetzt reagieren muss, ist es vorbei.

Zu spät. Eine Frau mit Kopftuch hat sich mir bereits genähert. Sie legt mir eine Hand auf den Arm.

»Alles in Ordnung?«

»Ja, danke«, sage ich und ziehe die Schultern nach vorne.

Sie bleibt hartnäckig. »Ich glaube, Sie haben sich verletzt.«

»Mir geht's gut«, sage ich. »Bitte lassen Sie mich.«

»Kann ich jemanden für Sie anrufen? Brauchen Sie Hilfe?«

»Bitte gehen Sie«, bringe ich hervor. »Mir geht es gut, versprochen. Danke, aber es ist wirklich alles okay.«

Sie sieht mich noch einen Moment lang betroffen an, setzt sich dann aber endlich wieder weg. Sie wollte nur nett sein, ich weiß, aber mir wäre es lieber, wenn die Leute sich um ihre eigenen Angelegenheiten kümmern würden. Der Bus kann mir gar nicht schnell genug fahren.

Etwas rinnt über mein Gesicht und meinen Hals, und ich wische es mit den Fingern ab. Der Bus rumpelt über ein Schlagloch, und ich stemme mich instinktiv gegen die Lehne des Sitzes vor mir. Als der Bus kurz darauf hält, nehme ich meine Hände weg. Ich habe einen Abdruck hinterlassen. Einen roten Abdruck. Einen Abdruck aus Blut.

Mein Schädel pocht noch immer, aber das Adrenalin treibt mich an. Ich beiße die Zähne zusammen. Ich muss dorthin. Das ist alles, was zählt.

ZWEIUNDZWANZIG

Bis zur Aufstehenszeit am nächsten Tag ist mir immer noch keine gute Idee gekommen. Robin scheint nach ein paar Stunden Schlaf etwas munterer zu sein; jedenfalls versucht sie nicht, mich zu überreden, zu Hause bleiben zu dürfen, wenngleich ich auf Klagen über Bauchschmerzen oder Schlimmeres vorbereitet bin. Allerdings ist sie nicht allzu scharf darauf, in ihr Zimmer zu gehen, aber ich versichere ihr, dass ich es wirklich von allen Maden befreit habe, und schließlich gibt sie nach und zieht sich ohne Zwischenfälle an.

Ich bin hin und her gerissen, was den toten Vogel angeht. Soll ich ihn besser nicht mehr erwähnen? Ich will ihr keine Angst machen. Andererseits möchte ich unbedingt, dass sie auf der Hut ist. Doch ehe ich mich entscheiden kann, bringt sie das Thema selbst zur Sprache.

»Ich habe Dad heute Morgen geschrieben und ihm von dem Vogel erzählt«, sagt sie. »Er meint, ich dürfe mich nicht schikanieren lassen. Ich solle mich wehren. Also mach ich das.«

Diese Bemerkung ausgerechnet aus seinem Mund steckt so voller Ironie, dass ich beinahe lache, ehe mich eiskalter Zorn packt und ich das Zimmer verlassen muss, um Robin nichts davon spüren zu lassen. Sich nicht schikanieren lassen, sondern sich wehren? Ich wünschte bloß, ich hätte mich gegen ihn und das, was er getan hat, um mich – und Robin – loszuwerden, zur Wehr gesetzt. Niemand hat uns schlimmer schikaniert als Andrew. Er hat unsere Ehe vor die Wand gefahren und Robin und mich mit seinen Drohungen in die Verbannung geschickt!

Ich kann nicht widerstehen. Zum ersten Mal seit wir hier angekommen sind, werde ich meinem Entschluss untreu. Ich muss ihm einfach sagen, was ich empfinde.

Sie soll sich nicht schikanieren lassen, ja? Sie soll sich wehren? Das ist doch wohl ein mieser Witz. Und du bist ein mieser Bastard.

Am liebsten würde ich noch viel mehr sagen. Aber ich tu's nicht. Ich tippe auf *Senden* und schalte dann mein Handy aus. Mir reicht's. Schweigend fahren wir zur Schule, und mit einer beklemmenden Enge in der Brust sehe ich Robin nach, bis sie durch den Eingang verschwunden ist.

Die Fahrt zur Kanzlei lenkt mich ab. Gleich kann ich Barbara zeigen, was ich am Wochenende entdeckt habe.

»Das ist ja großartig«, sagt sie, als ich ihr meinen Fund präsentiere. »Das wird ihre Glaubwürdigkeit in Stücke reißen.« Sie scheint derart entzückt, dass sich Unbehagen in mir regt.

»Ja, ich dachte auch, dass uns das nützen könnte«, sage ich, »aber meinen Sie denn wirklich, dass es so viel ausmachen wird?«

»O ja, und ob. Hier zeigt sich der ganze Fall im Kleinformat. Damit können wir ein für alle Mal beweisen, dass sie schon aus Gewohnheit lügt.«

Das will mir nicht mehr aus dem Sinn. Mit einem Mal bin ich zwiegespalten. Einerseits freue ich mich, etwas

Wertvolles zur Verteidigung beitragen zu können; ich habe mich im Team bewährt, was zukünftig zu besseren Aufträgen führen wird und meinen Platz in der Kanzlei auf ein stabileres Fundament stellt. Andererseits nagt ein Anflug von schlechtem Gewissen an mir. Was Freya behauptet, kann Jeremys Leben ruinieren, sicher, aber was sie den Geschworenen, dem Gericht, ja, der Öffentlichkeit dafür an Ängsten, Peinlichkeiten und Demütigungen offenlegen muss, ruiniert genauso das ihre.

Ich gehe das Ganze erneut durch, und mir wird mulmig angesichts dessen, was sich auf den Seiten vor mir entspinnt.

Laut Datumsangaben fand vor ungefähr einem Jahr ein reger Nachrichtenaustausch zwischen Freya und jemandem namens Susie statt, der sich über rund zwei Wochen erstreckte und mit Freyas atemlosem Bericht begann, wie sie auf einer Party einen Jungen kennengelernt und geküsst hatte. Er ging auf eine der großen Privatschulen im Süden Londons, deren Schüler häufig mit den Mädchen von Freyas Schule in London Mitte Umgang pflegten.

Sie trafen sich das Wochenende darauf, als ihre Beziehung (sofern es denn eine war) auch schon schwierig zu werden schien, was in Freyas Erklärung kulminierte, er habe versucht, sie »klarzumachen«. Das führte zu einem Hin und Her an Nachrichten, die vor Akronymen wie OMG und OMFG und mitfühlenden Kommentaren nur so strotzten, bis Susie plötzlich verstummte. Die nächsten Nachrichten Freyas gingen ins Leere, bis Susie sich eine Woche später wieder meldete. Sie schrieb, dass sie mit Jungs von der anderen Schule gesprochen habe und Freyas

Behauptung, der Kerl sei zu weit gegangen, total gelogen sei; Susie wüsste jetzt, dass Freya im Gegenteil versucht habe, den Jungen zu verführen, aber einen Korb kassiert habe. Jetzt würde sie sich das alles nur ausdenken, weil sie die Ablehnung nicht ertragen könne. Freya solle aufpassen, was sie anderen Leuten erzähle. *Du kannst doch nicht einfach rumlaufen und mit falschen Anschuldigungen um dich werfen.*

Freya schrieb nur eine – schmucklose – Nachricht zurück.

Er hat mich gewürgt und wollte anal, aber ich hab mich geweigert. Ich musste ihm einen blasen. Ich hab geweint, aber er hat weitergemacht.

Dummerweise ließ sich Susie nicht auf die Solidaritätsschiene ein. *Wir wissen alle, dass du nicht Nein sagst. Hör auf zu lügen. Er wollte nicht, weil du's mit jedem machst, und jetzt willst du es ihm heimzahlen. Schreib mich nicht wieder an.*

»Ich verstehe überhaupt nicht, wieso die Polizei nicht direkt darauf angesprungen ist«, sage ich zu Barbara. »Falls sie so etwas schon einmal getan hat, untergräbt das ihre Glaubwürdigkeit doch enorm. Hat sie die Sache damals denn zur Anzeige gebracht?«

»Nicht, dass ich wüsste. Und generell ist die Polizei überarbeitet, unterbesetzt und schlecht ausgestattet. Das ist der Grund, warum so viele Vergewaltigungsverfahren auf der Strecke bleiben – ein Mädchen beschuldigt jemanden, die Verteidigung darf irgendwann ihr Handy durchsuchen, und *bumm!* zeigt sich auf die eine oder andere Art, dass sie auch kein Unschuldsengel ist. Woraufhin die Geschworenen den Angeklagten prompt freisprechen.«

»Sie scheinen das sehr gelassen zu sehen.«

»Es ist ein Segen für die Verteidigung«, sagt Barbara. »Sie wissen ja, wie unsere Branche es sieht: Besser zehn schuldige Männer auf freiem Fuß als ein zu Unrecht Verurteilter. Und Sie müssen es auch rational betrachten. Jeremy hat seine Zukunft noch vor sich. Es ist nicht fair, wenn seine Karriere durch etwas derart Triviales zunichtegemacht wird.«

»Denken Sie, dass er es getan hat?«, entfährt es mir, ehe ich mich zurückhalten kann.

Barbara blickt mich spöttisch an, und schon schäme ich mich für meine Frage. Eine dümmere könnte man der Verteidigung nicht stellen, das sollte ich eigentlich wissen. Aber ich bin zu lange aus dem Geschäft raus gewesen und nicht mehr kaltblütig genug, und nach einem Augenblick beginnt Barbara zu lachen.

»Ich muss Sie sicher nicht daran erinnern, dass vollkommen irrelevant ist, was ich denke. Und dass die einzige Frage, mit der wir uns beschäftigen müssen, die ist, ob die Anklage es beweisen kann.«

Ich stimme in ihr Lachen ein und entschuldige mich. Selbstverständlich ist das die einzig relevante Frage. Doch obwohl ich das weiß, will sich die Überzeugung nicht in mir festsetzen. Stattdessen wächst das dumpfe Gefühl, Komplizin in etwas Unrechtem zu sein … und aus irgendeinem Grund kann ich es nicht einfach so abschütteln.

Dabei sollte ich der Klägerin gegenüber keinerlei Gefühle hegen. Ich sollte einfach nur meine Arbeit tun. Aber Freya ist nicht viel älter als meine Tochter; der Gedanke, dass Robin sich in wenigen Jahren in so unruhigen Gewässern bewegen muss, ist beängstigend und noch schlimmer die Vorstellung, man könne ihr ebenfalls mit einem solchen Mangel an Einfühlungsvermögen begegnen.

Es mag sein, dass Jeremys Karriere und sein Ruf auf dem Spiel stehen.

Aber was ist mit Freyas?

DREIUNDZWANZIG

Die letzten Tage der Woche folgen demselben Muster. Robin geht nur widerstrebend in die Schule, und ich muss mich innerlich verhärten, um sie nicht wieder mit nach Hause zu nehmen. Am Donnerstagmorgen sehe ich Julia auf der anderen Straßenseite und beschleunige meine Schritte, um einer weiteren Konfrontation aus dem Weg zu gehen. Am Donnerstagnachmittag erblicke ich Jessica in der Ferne. Es sieht beinahe so aus, als winke sie mir, und ich wende den Kopf ab und blinzele gegen das Bild des toten Rotkehlchens an, das ungebeten vor meinem inneren Auge aufgetaucht ist.

Doch als Robin und ich in Richtung Bus gehen, höre ich jemanden meinen Namen rufen und blicke mich um. Wieder Jessica, diesmal mit ihrer Tochter Portia an ihrer Seite.

»Hi«, sagt sie.

»Hi«, erwidere ich und blicke sie ausdruckslos an. Da nichts mehr kommt, will ich mich gerade abwenden, als sie überstürzt zu reden beginnt.

»Du hast gesagt, du seist eine Ehemalige, wie ich gehört habe. Du seist auf diese Schule gegangen.«

»Ja, das habe ich gesagt.«

»Stimmt das?«

Ich bedenke sie mit einem höhnischen Blick. »Glaubst du ernsthaft, so was würde ich mir ausdenken? Es ist nichts, weswegen ich besonders stolz wäre. Ich war hier nicht gerade glücklich.«

»Na ja, es ist nur so, dass … dass wir uns nicht an dich erinnern können. Wir haben darüber gesprochen und überlegt, aber niemand erinnert sich, deshalb …«

Ich blicke sie an und schüttele fassungslos den Kopf. Ich kann nicht glauben, dass sie eine solche Aussage in Zweifel zieht.

Robin zupft an meiner Hand. »Mum, zeig ihr doch die Tafel. Mit deinem Namen.«

»Was für eine Tafel?«, fragt Jessica. In ihrer Stimme liegt Verachtung oder etwas, das dem nahe kommt, und dass sie in diesem Ton mit meiner Tochter spricht, weckt in mir einen heillosen Zorn.

»Okay, warum nicht. Ja, Robin, das ist eine gute Idee – eine sehr gute Idee. Mein Name steht auf einem der Schilde über der Aula. Auf dem die Sprecherinnen und Vizesprecherinnen verzeichnet sind. Ich stehe auf dieser verdammten Tafel, und das zeige ich dir jetzt.«

Ich wende mich um und marschiere zur Schule zurück, ohne mich zu vergewissern, ob die anderen mir folgen, doch die eiligen Schritte hinter mir lassen es vermuten. Ich drücke die Eingangstür auf und bleibe vor dem Empfang stehen.

»Ich würde gerne einen Blick auf die Schilde über der Tür zur Aula werfen.«

Die Empfangsdame sieht mich ausdruckslos an. Jessica hat inzwischen zu mir aufgeschlossen, Robin und Portia bleiben ein Stück hinter uns stehen.

»Verzeihung, was wollen …«

»Ich würde gerne zur Aula gehen und dieser Dame hier meinen Namen auf der Tafel der früheren Schulsprecherinnen zeigen. Sie will mir nicht glauben, dass ich eine Ehemalige bin.«

Ich mache kehrt und gehe einfach drauflos, Jessica direkt hinter mir. Unterhalb der Tafeln bleibe ich stehen und entdecke meinen Namen sofort.

»Da, schau, da bin ich. Sadie Roper, Vizesprecherin. Gesehen?«

»Das ist doch gar nicht dein Name. Ich denke, du heißt Sadie Spence.«

»Oh, Herrgott noch mal, schon mal was davon gehört, dass Leute heiraten? Spence ist der Name meines Mannes. Roper ist mein Mädchenname, der Name, den ich benutze.«

»Kein Grund gleich zu fluchen«, sagt Jessica, aber ohne Nachdruck. Mit einem Mal scheint sie sich unbehaglich zu fühlen.

»Und ob ich fluchen muss«, sage ich. »Mir reicht es hier langsam. Seit Wochen macht ihr uns das Leben schwer – was soll das? Im Übrigen – wo sind denn eure verfluchten Namen? An euch kann ich mich nämlich genauso wenig erinnern.«

Sie deutet auf den Schild zur Rechten. Ich schaue hoch und lese die Namen aus den Jahren nach mir. Vier Zeilen unter mir entdecke ich den Namen Jessica Morton, Vizesprecherin.

»Du warst also vier Jahrgänge unter mir«, schließe ich. »Aber Julia sehe ich nicht.«

»Schon mal was davon gehört, dass Leute heiraten?«,

spottet sie, wenn auch halbherzig. Sie deutet auf die Tafel. Ich verenge die Augen und lese drei Zeilen unter meinem Namen Julia Brumfitt.

»Das ist *die* Julia?«, frage ich, und Jessica nickt. »Ihr seid beide in späteren Jahrgängen gewesen. Kein Wunder, dass ihr mich nicht wiedererkennt. Oder ich euch.«

Sie wirkt noch immer peinlich berührt, und ich mustere ihr Gesicht genauer – vielleicht erinnere ich mich ja doch noch. Aber dem ist nicht so, und auch bei ihrem Namen klingelt bei mir nichts.

Schließlich macht sie den Mund auf. »Ich muss mich wohl entschuldigen«, sagt sie – weniger reuig als verärgert. »Offensichtlich hast du nicht gelogen.«

»Nein, hab ich nicht«, antworte ich. »Übrigens muss ich zugeben, dass ich überrascht bin. Es war nicht gerade besonders cool, Schulsprecherin zu sein – den Job bekam man doch eigentlich nur aus Mitleid. Weil man keine Freundinnen hatte. Oder in irgendeiner Hinsicht beeinflusst oder geformt werden sollte.«

Jessica schüttelt den Kopf. »Was? Überhaupt nicht. Das war vielmehr eine Auszeichnung. Nur die beliebtesten Mädchen durften Sprecherin werden. Jedenfalls zu meiner Zeit.«

Ich blicke sie skeptisch an. »Dann haben sich die Kriterien anscheinend mittlerweile geändert. Ich war damals definitiv ein Außenseiter. Daran hat sich ja offensichtlich nichts geändert. Aber genug der Erinnerungen. Sorg doch bitte dafür, dass sich die Botschaft in deiner kleinen Gang verbreitet, ja? Es scheint euch allen ja ungemein wichtig zu sein, Gott weiß warum.«

Ohne ein weiteres Wort gehe ich mit Robin an meiner Seite davon. In stillschweigender Übereinkunft marschieren wir ohne zu reden weiter, bis wir in den Bus eingestiegen sind und uns hingesetzt haben, nur um gleichzeitig in Gelächter auszubrechen. Jessicas Schlappe hält mich den ganzen Tag bei Laune, sodass ich zeitweise sogar den toten Vogel vergesse.

Später am Abend schicke ich Zora eine Nachricht. *Kannst du dich an eine Julia Brumfitt oder Jessica Morton aus der Schule erinnern? Drei oder vier Jahre unter uns?*

Als ich mich anschließend ins Bett lege, grinse ich noch immer über Jessicas Gesichtsausdruck.

VIERUNDZWANZIG

Endlich ist es Freitagnachmittag, drei Uhr. Ich habe mit Hilfe einer Aufgabenliste von Barbara von zu Hause aus gearbeitet. Ungeachtet meiner Funde, die unseren Fall voranbringen werden, wird sie immer nervöser, je näher der Verhandlungstermin rückt. Ich blicke auf die Liste, hake ab, was ich bisher erledigt habe und werfe mit einem Seufzen einen Blick auf die restlichen vier Mappen.

Ich habe noch mehr wichtige Informationen ausgegraben. Andere Male, bei denen Freya mit Beschuldigungen um sich geworfen hat. Einmal behauptet sie, ein Mädchen habe sich an einen Jungen herangemacht, auf den sie stand, ein anderes Mal, dass eine gewisse Priya ein Make-up-Täschchen aus ihrem Spind gestohlen habe. Beide Male gibt es kräftigen Gegenwind, und ihr wird im Gegenzug vorgeworfen, eine Dramaqueen zu sein, die sich Geschichten ausdenke, um Aufmerksamkeit zu erregen.

Meine Skrupel schwinden. Je mehr ich von diesem Verhaltensmuster sehe, umso stärker zweifle ich an der Glaubwürdigkeit der Klägerin. Was ja schließlich der Sinn der Übung ist. Ich erstelle auf meinem PC ein Dokument mit all meinen Funden und betitele es mit *Freyas Lügen*. Bisher sind es drei Einträge, aber da ich noch Nachrichten aus sechs Monaten durchgehen muss, wird mit Sicherheit noch Material hinzukommen, das Barbara im Kreuzverhör verwenden kann. Das Wochenende werde ich wohl durcharbeiten müssen.

Zora schreibt mir zurück, als ich gerade Schluss mache.

An Jessica kann ich mich nicht erinnern. Aber war diese Julia nicht in irgendein Drama verwickelt? Irgendwas mit Mobbing? Ich hör mich mal um, vielleicht weiß noch jemand was. xx

Trotz meines Vorsatzes, mich nicht weiter zu bemühen, dusche ich, ehe ich losfahre, um Robin abzuholen. Dann ziehe ich mich an und schminke mich mit mehr Sorgfalt als üblich. Ich hab's satt, mich mies zu fühlen, wann immer ich mich der Schule nähere. Die Leute dort haben mich bisher nur in meinem alten dunklen Kostüm, meiner langweiligen Arbeitskluft, gesehen – es ist Zeit, mich von meiner anderen Seite zu zeigen. Ich trage roten Lippenstift auf, wische ihn wieder ab, trage ihn erneut auf und verlasse dann rasch das Haus, ohne ein weiteres Mal in den Spiegel zu sehen.

Ich entdecke Nicole, die gerade aus der Bahnhaltestelle kommt. Sie schaut sich um, einmal, zweimal, ehe sie auf mich zukommt.

»Hi«, sagt sie, »ich hätte dich beinahe nicht erkannt. Du siehst … anders aus.«

»Aha?«

»Gut, meine ich. Du siehst gut aus. Jünger. Entschuldige, ich wollte nicht …« Sie wird rot. Ich erlöse sie nicht, sondern sehe sie nur schweigend an. Doch dann besinne ich mich. Immerhin gibt sich Nicole ja Mühe.

»Danke«, sage ich also schließlich als kleines Zugeständnis, ohne es ihr zu einfach zu machen.

»Hör mal, ich habe nachgedacht. Ich weiß, ich sagte, dass wir uns mit den Mädchen mal treffen sollten. Tut mir leid, dass nichts daraus geworden ist, aber es ist …« Ihre Stimme verklingt.

»Kompliziert?«, helfe ich ihr freundlich aus.

»Ja. Genau.« Eine lange Pause entsteht, ehe die Worte so schnell aus ihr herauspurzeln, dass sie förmlich übereinander stolpern. »Schau, ich weiß, wie Julia dir vorkommen muss. Aber sie ist eigentlich ganz in Ordnung. Sie hat mir so geholfen, als mein Mann mich verlassen hat. Sie merkt gar nicht, wie sie auf andere wirkt, weil sie nur Daisy im Blick hat. Und man darf nicht vergessen, dass ihr Mann sie auch verlassen hat. Es ist nicht leicht für sie, und manchmal gibt sie sich dann ein bisschen … hart. Aber wenn du sie erst einmal näher kennengelernt …«

»Sie hat keinen Zweifel daran gelassen, dass sie mich nicht näher kennenlernen will«, unterbreche ich.

»Das kommt schon noch«, sagt Nicole. »Gib ihr einfach etwas Zeit. Vor allem jetzt, da sie weiß, dass du eine Ehemalige bist. Ernsthaft, Julia ist ein wunderbarer Mensch. Ich verdanke ihr viel.« Ihre Stimme bricht, und ihre Augen haben sich gerötet, als sei sie den Tränen nah.

Ich bleibe stumm, doch in meinen Ohren schrillt es. Ich weiß, dass Nicole nur nett sein will, aber so leicht lasse ich mich nicht einfangen; nach allem, was passiert ist, bleibe ich lieber auf der Hut. Ich hole tief Luft, beruhige mich, lächle.

»Klar«, sage ich. »Das wird schon alles.«

Nicole erwidert mein Lächeln, und gemeinsam gehen wir zur Schule.

»Du siehst aber hübsch aus«, sagt Robin und umarmt mich. Meine Zweifel, was die Leuchtkraft meines Lippenstifts angeht, schwinden. Ich drücke Robin einen Moment lang fest an mich, dann schiebe ich sie auf Armeslänge von mir und betrachte sie. »Wie war es?«

Robin verdreht die Augen. »Furchtbar. Aber wir haben den Verständnistest zurückbekommen, und ich war richtig gut.«

»Oh, tut mir leid. Ich habe ganz vergessen, dir viel Glück zu wünschen.«

»Nicht schlimm, eigentlich ist es ja auch nicht so wichtig.«

»Wie ist es bei den anderen gelaufen?« Ich nehme Robins Hand, und wir gehen los, mein Lippenstift ein Schutzschild gegen böse Blicke und gemurmelte Kommentare.

Robin lacht. »Wir sollen unsere Noten ja eigentlich nicht vergleichen. Aber Daisy hat sich meine Arbeit geschnappt, als wir sie zurückbekommen haben. Als sie mein Ergebnis gesehen hat, ist sie in Tränen ausgebrochen.«

»Oh nein, warum das denn? War ihre Arbeit so schlecht?«

»Gar nicht. Sie hatte sechsundsiebzig Prozent. Aber ihre Mutter besteht auf über achtzig.«

Ich schüttele den Kopf. »Total verrückt. Ich begreife das einfach nicht. Sag bloß, sie hat mit dir gesprochen!«

»Nein. Ich habe gehört, wie sie sich mit Pippa unterhalten hat. Die anderen meiden mich immer noch.«

In diesem Moment kommt der Bus, und wir steigen ein und beenden das Thema. Es ist Zeit, uns auf das vor uns liegende Wochenende zu konzentrieren.

FÜNFUNDZWANZIG

Goldbraun und verführerisch duftend blubbert eine Lasagne im Ofen. Im Zwielicht der gedimmten Lampen wirkt das Haus beinahe einladend. Wir haben wirklich schon einiges geschafft, Robin und ich. Meine Tochter ist momentan richtiggehend glücklich – die Kombination aus Lieblingsessen und Wochenende, das noch fast unberührt vor uns liegt, macht es möglich.

Mühelos fährt das Messer durch die Tomaten und die Gurke für den Salat, den ich zubereite, und ich genieße die friedliche Ruhe. Es tut gut, dass Robin einmal nicht niedergeschlagen ist. Wir wollen uns gerade zum Essen an den Tisch setzen, als es an der Tür klopft.

Robin rennt los, um aufzumachen. Ich gehe davon aus, dass sie sofort zurückkehrt, aber ich höre nichts. Plötzlich wallt Panik in mir auf – hat jemand sie gepackt? Ist sie von Einbrechern an der Tür überwältigt worden? Ich springe auf und sprinte zur Tür, bleibe aber in Sichtweite stehen. Andrew steht im Türrahmen und umarmt Robin. Sie umklammert seine Mitte, als wolle sie ihn nie mehr loslassen. Die beiden bemerken mich nicht.

Ich reiße mich zusammen. »Mit dir hätte ich nicht gerechnet«, bringe ich mit einiger Anstrengung heraus. Am liebsten würde ich schreien. Sobald Andrew mich hört, fährt er zusammen und lässt Robin los.

»Komm rein, Dad. Komm und iss mit uns. Mum hat Lasagne gemacht, es ist noch ganz viel da. Warum hast du denn nicht gesagt, dass du kommst? Du hast mir so gefehlt.« Und ehe ich noch etwas sagen kann, zieht sie ihn schon hinein.

Robin plappert die ganze Mahlzeit über. Andrew gibt nur hin und wieder ein aufmunterndes Geräusch von sich, während sie ihm in allen Einzelheiten berichtet, was in den vergangenen Wochen geschehen ist: die Eule, die Ausgrenzung, die Kränkungen und Gehässigkeiten, denen sie ausgesetzt gewesen ist. Und dann die Maden. Es gibt kleine Lichtinseln in all der Düsternis – sie mag die Lehrerinnen, die Kunstabteilung –, doch alles in allem ist es eine Litanei des Leids. Jeder Bissen will mir in der Kehle stecken bleiben, und ich helfe nach, indem ich abwechselnd am Wein und Wasser nippe. Ich muss aufpassen, dass ich mich nicht betrinke; ich habe Angst, dass ich mich dann nicht mehr beherrschen kann, ihn anzuschreien beginne und nie wieder aufhöre.

»Mum findet es auch furchtbar«, sagt Robin. »Die Mütter sind total schrecklich.«

»Es wird bald besser«, bemerkt Andrew, sein erster vollständiger Satz seit einer ganzen Weile. Er beugt sich in meine Richtung, doch sein Blick geht über meine Schulter und an mir vorbei.

»Mum hat gesagt, wenn es nicht besser wird, dann kann ich am Ende vom Halbjahr abgehen.«

»Das halte ich nicht für die beste Vorgehensweise«, gibt Andrew zurück. »Was ist denn mit meiner kleinen Kämpferin passiert? Weißt du noch, wie du in der ersten Klasse von diesem Jungen drangsaliert wurdest und du ihm gesagt hast, er solle dich gefälligst in Ruhe lassen? Ein bisschen von dieser Haltung musst du hier auch einbringen.«

Unterm Tisch balle ich die Hände so fest zu Fäusten, dass die Nägel sich in die Innenflächen bohren. Ich werde nicht zu brüllen anfangen. Das ist Robin gegenüber nicht fair.

»Dad«, sagt Robin. »Es ist echt furchtbar hier.«

»Bestimmt kannst du etwas daran ändern. Du hast immer schnell Freunde gefunden. Gib nicht so schnell auf.«

Ich kann ihn nicht ansehen. Ich möchte zuschlagen. Er sitzt an meinem Tisch und isst mein Essen, während er doch derjenige ist, wegen dem wir hier sind!

»Aber das ist noch gar nicht das Schlimmste«, fährt Robin fort, die eindeutig noch nicht bereit ist, sich wieder zu beruhigen. »Du musst dir angucken, was Grandma mit Mums Zimmer gemacht hat.« Ich protestiere, will die beiden aufhalten, aber es ist zu spät, denn Robin geht mit Andrew schon aus der Küche und die Treppe hinauf. Ich sitze mit gesenktem Kopf am Tisch, zupfe an der Nagelhaut meines Daumens und male mir aus, wie Andrew Lydias Werk der Zerstörung betrachtet. Wird er Mitgefühl haben? Oder wird er wenig überrascht sein, weil er darin schließlich nichts als eine Bekräftigung der Tatsache sieht, dass ich grundsätzlich nicht liebenswert bin – ich, die ich nicht nur von meiner Mutter, sondern letztlich auch von ihm abgelehnt worden bin?

Nach einer Weile höre ich ihre Schritte die Treppe herunterkommen, Robins leichtfüßige, Andrews schwere, langsame. Kommt er noch zurück in die Küche, oder wird er wortlos verschwinden?

Aber er erscheint im Türrahmen. Ich blicke zu ihm auf, und zum ersten Mal seit Monaten sehen wir einander wirklich in die Augen. Sekunden verstreichen, und ich bin mir nicht sicher, aber mir scheint, als springe ein Funken über, als knüpften oder erneuerten wir eine Verbindung.

»Ich nehme Robin dieses Wochenende mit«, sagt er. »Ich habe mir ein Hotelzimmer mit zwei Betten genommen. Du kannst bestimmt eine Pause gebrauchen. Ich bringe sie Montag direkt in die Schule und sehe mir den Laden mal an. Du kannst sie dann am Nachmittag abholen.« Die Verbindung ist gekappt.

»Und wenn ich das nicht will?«

»Fragen wir doch mal Robin, was sie will. Oder möchtest du ihr sagen, dass sie nicht mit ihrem Vater zusammen sein darf?«

Ich hole tief Luft. Natürlich hat er damit gewonnen.

»Und woher soll ich wissen, dass du sie wirklich am Montag wieder ablieferst? Woher weiß ich, dass du sie nicht zurück in die USA bringst?«

Er blickt mich überrascht an. »Wie kommst du denn darauf?«

»Ich weiß nicht mehr, wozu du fähig bist. Ich weiß nicht einmal mehr, wer du bist.« Ich habe keine Lust, um den heißen Brei herumzureden. »Was zum Henker machst du überhaupt hier?«

»Ich wollte Robin sehen, was sonst? Außerdem wollte ich …«

»Was? Was wolltest du?«

»Ich wollte mich vergewissern, dass ihr ohne mich klarkommt«, sagt er. »Und das tut ihr ja.«

Wir blicken einander an. Die Nachricht, die ich ihm geschickt habe, hängt schwer zwischen uns; sie bleibt, wie so vieles anderes, unerwähnt. Ich will das nicht mehr. »Was kümmert es dich? Du hast doch dafür gesorgt, dass wir hier gelandet sind. Verpiss dich, Andrew. Verschwinde einfach. Ich will dich nie wiedersehen.«

Einen Moment lang steht er einfach nur da und blickt zu Boden, dann setzt er sich in Bewegung, um Robin zu holen. Ich höre seine Schritte auf der Treppe, seine Stimme in der Ferne. Sie wird packen müssen, Sachen fürs Wochenende, die Uniform. Jeden Augenblick wird sie herunterkommen und mich um Hilfe bitten. Niemals findet sie alles, was sie braucht. Ich warte auf ihren Ruf, aber er kommt nicht. Und so sitze ich in der Küche, bis Robin hereinstürmt, um sich hastig zu verabschieden, und sie ist so aufgeregt über die Aussicht, das Wochenende mit ihrem Dad zu verbringen, dass jeder ihrer Schritte federt. Andrew geht, ohne noch einmal hereinzuschauen, und Robin hüpft ihm hinterher. Der Rest des Wochenendes ist dunkel.

SECHSUNDZWANZIG

Der erste Verhandlungstag ist gekommen. Ich dusche mir das Wochenende ab und ziehe mein schwarzes Kostüm an. Zumindest muss ich niemanden zur Schule bringen. Ich ziehe in Erwägung, anzurufen und nachzufragen, ob Andrew sie tatsächlich dort abgeliefert hat und nicht mit ihr abgehauen ist, aber ich beherrsche mich. Man wird mich früh genug wissen lassen, wenn sie nicht dort ist. Falls er je nach England zurückzieht, werde ich mich daran gewöhnen müssen.

Nachdem ich die Sicherheitsschleuse passiert habe, treffe ich Barbara in der Robenkammer und überreiche ihr das Ergebnis meiner Arbeit vom Wochenende.

»Wie erwartet keinerlei Belege für eine Kommunikation zwischen dem Mandanten und ihr«, erkläre ich. »Dafür habe ich weitere Beispiele für ihre Erfindungsgabe gefunden, mit der sie sich wohl vor allem wichtigmachen will. Ich erstelle gerade eine Liste ihrer Lügengeschichten.«

»Großartig«, lobt mich Barbara. »Gute Arbeit. Steht noch viel aus?«

»Nur noch ein Ordner. Dann bin ich fertig.«

Wir stehen nebeneinander vor dem Spiegel, richten die Kragenbänder und ziehen die Perücken über. Barbara hat locker fünfundzwanzig Jahre mehr auf dem Buckel, und man sieht es, aber nicht so sehr. Gut gehalten, denke ich. Am stärksten sieht man ihr das Alter an den zahlreichen ausgeprägten Längsfältchen um den Mund an, die von lebenslangem Rauchen zeugen. Auch jetzt riecht sie nach Zigaretten und schalem Rauch, der sich Jahr um Jahr in den Poren festgesetzt hat; die Frau ist regelrecht geräuchert.

Sogar ihre Perücke ist vorne durch das Nikotin vergilbt, anders als meine, die noch ganz weiß, frisch und eindeutig selten getragen ist. Barbara mustert sie im Spiegel, und ich fange ihren Blick auf.

»Ich hatte nur wenige Jahre am Gericht zu tun, bevor ich in die Staaten gegangen bin«, erkläre ich. »Daher konnte ich sie noch nicht oft aufsetzen.«

»Wir sorgen schon dafür, dass sie standesgemäß eingeritten wird«, sagt Barbara. »Sie haben bisher sehr gute Arbeit geleistet. Ich kümmere mich darum, dass weitere Aufträge kommen.«

Mit wehenden Roben verlassen wir die Umkleide. Jeremy wartet in der Eingangshalle des Gerichtsgebäudes und macht einen gehetzten Eindruck. Für die Anklagebank hat er ein weißes Hemd und ein dunkles Jackett angezogen, aber er wirkt darin, als habe er sich für den großen Anlass etwas von seinem Vater geborgt. In Tweed scheint er sich jedenfalls wohler zu fühlen.

»Ich glaube, der Bursche dort drüben ist ein Reporter«, sagt er und deutet hinter sich auf einen Mann in einem schlecht sitzenden Anzug. »Ich erkenne ihn wieder – er hat vergangene Woche in der Nähe meiner Wohnung herumgelungert.«

Barbara blickt hinüber und zuckt die Achseln. »Höchstwahrscheinlich«, sagt sie. »Dass Ihr Fall die Medien anzieht, ist ja zu erwarten. Darüber haben wir bereits gesprochen.«

Jeremy will dazu eindeutig mehr sagen, presst aber die Lippen zusammen.

»Zora müsste auch jeden Augenblick hier eintreffen«, sagt Barbara. »Dann suchen wir uns ein leeres Zimmer und bereiten Sie auf die heutige Sitzung vor. Ich gehe mir jetzt einen Kaffee holen. Noch jemand etwas?«

Sowohl Jeremy als auch ich schütteln den Kopf, und während Barbara Richtung Cafeteria davongeht, schlendern wir weiter nach hinten. Jeremy ist nervös und blickt immer wieder über die Schulter.

»Am besten suchen wir uns schon jetzt ein freies Besprechungszimmer«, sage ich. »Dann schreibe ich Barbara, wo wir sind.«

Wir gehen einen langen, holzgetäfelten Flur entlang und probieren Türen. Nach ungefähr der Hälfte ertönt plötzlich ein lautes Kreischen.

»Sir, Sir!«, gefolgt von: »Seht nur, da ist er!«

Einen Moment später sind wir umringt von einer Gruppe dick geschminkter Mädchen im Teenageralter. Ihre Brauen sind breit und ungeschickt nachgezeichnet, und ihre künstliche Bräune macht mir bewusst, wie blass und teigig ich aussehen muss. Die Mädchen drängen sich um Jeremy, berühren ihn am Arm und zwitschern auf ihn ein.

»Wir wollten Sie unterstützen, Sir. Sie dürfen nicht ins Gefängnis gehen. Wir sind gekommen, damit jeder sieht, was für ein toller Lehrer Sie sind.«

Jeremy wirkt wie ein in die Enge getriebenes Tier. Er

blickt mich hilfesuchend und so sichtlich verzweifelt an, dass ich beinahe gelacht hätte, obwohl mir der Ernst der Situation durchaus bewusst ist. Ich weiß, wie seine Kautionsauflagen lauten: Unter anderem darf er keinerlei Kontakt zu Schülerinnen von Freyas ehemaliger Schule haben. Natürlich ist nicht er auf die Mädchen zugegangen, aber sie geben gerade alles, um ihm möglichst nah zu kommen, und wenn die Anklage ihn so sieht, könnte ihn das, um es vorsichtig auszudrücken, in schwierige Fahrwasser bringen.

Direkt hinter mir ist ein freier Raum. Ich winke Jeremy einzutreten, doch als er sich nicht regt, begebe ich mich ins Gedränge, packe ihn am Arm und zerre ihn in den Raum, wo ich die Tür zuschlage und einen Stuhl unter die Klinke klemme, damit niemand hereinkommt.

Mit vor Furcht aschfahlem Gesicht bleibt er neben dem Tisch stehen. Ich trete vor ihn und lege ihm behutsam die Hand auf den Arm. Er atmet einmal, zweimal tief ein, tritt plötzlich einen Schritt vor und lässt seinen Kopf auf meine Schulter sacken. Ich versteife mich, zögere, lege dann jedoch einen Arm um ihn und klopfe ihm auf den Rücken. Sein Atem beruhigt sich, und schließlich richtet er sich wieder auf und weicht zurück.

»Tut mir leid. Entschuldigen Sie«, sagt er. »Aber das hat mich echt aus der Bahn geworfen.«

»Schon okay«, erwidere ich. »Ich kann Sie verstehen. Das war in der Tat ziemlich heftig.« Lächelnd tätschele ich seine Hand. Dann wende ich mich ab, hole mein Telefon aus der Tasche und will gerade Barbara schreiben, als sie mich schon anruft.

Ich erkläre ihr schnell, wo wir sind, und kurz darauf versucht jemand, die Tür zu öffnen, sodass der Stuhl, mit dem ich den Griff vermeintlich blockiert habe, scheppernd zu Boden geht. Ich beeile mich, ihn wegzuräumen, und Barbara tritt ein. Sie verdreht die Augen, macht jedoch darüber hinaus keine Bemerkung zu den Mädchen draußen auf dem Flur.

Als wir uns an den Tisch gesetzt haben, räuspert Barbara sich und legt los.

Sie erklärt Jeremy, was an diesem ersten Tag vor Gericht auf ihn zukommt, wo er sitzen wird, wie wenig Einfluss wir auf die Auswahl der Geschworenen haben werden. In Anbetracht der Tatsache, dass sein Vater Richter ist, wird er das alles schon wissen, wie ich denke, doch Barbaras Ausführungen scheinen ihn zu beruhigen, und langsam kehrt Farbe in sein Gesicht zurück.

»Wird von Ihren Eltern jemand anwesend sein?«, fragt Barbara.

»Ja«, antwortet Jeremy ohne Begeisterung. »Meine Mutter müsste jeden Moment eintreffen. Mein Vater kommt erst, wenn wir wissen, wann wir anfangen. Er will nicht stundenlang auf den Prozessbeginn warten müssen. Außerdem können die beiden nicht gut zusammen in einem Raum sein.« Jeremy hält inne und setzt wie zum Ausgleich hinzu: »Dennoch unterstützen mich beide auf ihre Art sehr.«

Wir bleiben im Besprechungsraum. Von Jeremy dirigiert, trifft bald darauf Alexandra ein, und nachdem sie ihn umarmt hat, hält sie seine Hand fest. Er wirkt immer mehr wie ein Schuljunge in einem geliehenen Anzug, und es ist mir beinahe unmöglich, ihn mir als Täter vorzustellen.

Es war klug von Jeremys Vater, nicht auf gut Glück zu erscheinen – um die Mittagszeit warten wir immer noch. Barbara weist ihn in einer Nachricht auf die Verspätung hin, und er antwortet, da dem Gericht ohnehin keine Zeit mehr für etwas Substanzielles bliebe, gäbe es für ihn auch keinen Grund, nun noch aufzutauchen. Barbara gibt die Nachricht an Jeremy weiter, der sie mit einem Achselzucken quittiert.

»Ist das nicht wieder ganz typisch für deinen Vater?« Alexandras Augen blitzen wütend auf, doch Jeremy gibt keine Antwort.

Ich schaue immer wieder auf mein Telefon, um mich zu vergewissern, dass die Schule nicht nach Robins Verbleib fragt. In diesem Fall sind keine Nachrichten tatsächlich gute Nachrichten. Und die Verspätung gibt uns Zeit, alle nötigen Dinge zu besprechen: Jeremy und Alexandra sind entzückt über das, was ich in Freyas Social-Media-Konten gefunden habe, und Alexandra lässt sich sogar dazu hinreißen, ein »Gut gemacht« zu murmeln. Barbara verkündet, damit sei sie bereit für das Kreuzverhör und verspricht, »dieses Mädchen im Zeugenstand in Stücke zu reißen«. Ich überlege, wie sehr Freya sich vor dem Auftritt vor Gericht fürchten muss, und unterdrücke ein Schaudern, obwohl ich es inzwischen kaum erwarten kann, sie in echt zu sehen, nachdem ich so viel Zeit in ihrem virtuellen Leben verbracht habe. Jeremys Unruhe legt sich nicht, im Gegenteil, die Anspannung nimmt zu, und als wir zur Mittagszeit den Raum verlassen müssen und sofort wieder von den Mädchen bedrängt werden, die unbegreiflicherweise draußen gewartet haben, um noch einen Blick auf ihren Schwarm zu werfen, wird es nicht besser.

»Meine Güte, er ist doch keiner von den Beatles«, brummt Barbara, nimmt aber seinen Arm und navigiert ihn sicher zur Gerichtskantine. Die Anwälte der Anklage sitzen zusammen an einem Tisch, und Barbara winkt ihnen freundlich zu, doch darüber hinaus tauschen sich die beiden Parteien nicht aus.

Als wir um halb drei endlich in den Saal gerufen werden, stehe ich kurz davor, Alexandra zu erdrosseln. Sie ist eine der rechthaberischsten Frauen, denen zu begegnen ich das Pech gehabt habe, und sie hält weder mit ihrer Meinung zur Strategie der Verteidigung hinterm Berg noch mit ihrem Missfallen in Bezug auf berufstätige Mütter. Ich beiße mir fest auf die Zunge, um nicht zu reagieren, aber es ist eine Erleichterung, als wir sie bei den Zuschauerrängen abliefern, während Jeremy auf die Anklagebank geschickt wird. Die Richterin tritt ein und verkündet, dass wir aus ihrer Sicht heute nicht mehr viel tun können, entschuldigt sich für die Verzögerung und verspricht, dafür zu sorgen, dass wir am folgenden Tag zügig vorankommen.

»Das war's jetzt?«, fragt Jeremy, als wir das Gebäude verlassen.

»Was für eine Verschwendung von Zeit und Geld«, sagt Alexandra. »Unglaublich. Die vielen Leute, die die ganze Zeit nur rumstehen. Dagegen muss man doch etwas tun.«

»Die Auswirkung jahrelanger Sparpolitik«, bemerke ich. Sie wirft mir einen bösen Blick zu.

Barbara hält die Hand hoch. »Kein Grund, sich darüber

aufzuregen. So etwas geschieht gelegentlich. Öfter als man denkt sogar. Morgen sollte es wieder vernünftig laufen.«

Wir schütteln Hände und verabschieden uns voneinander. Wenn ich schnell bin, schaffe ich es vielleicht noch rechtzeitig, ehe Robin in die Nachmittagsbetreuung muss.

Auf der Fahrt zur Schule komme ich zum ersten Mal an diesem Tag zum Nachdenken. Prompt werde ich wieder wütend auf Andrew, der einfach hereingeschneit ist, um mir Robin erneut wegzunehmen. Den ganzen Tag lang habe ich Angst gehabt, dass er mir meine Tochter dieses Mal nicht zurückbringen wird. Falls ich sie zurückbekomme – nein, *sobald* ich sie zurückbekomme, nehme ich mir einen Anwalt und reiche die Scheidung ein. Ich muss verhindern, dass er in Robins Leben auftaucht, wann immer es ihm beliebt. Ein weiteres Mal wird das nicht geschehen.

Zorn baut sich in mir auf, heißer, gewaltiger Zorn. Und die Schule kann mich auch mal. Diese Frauen wollen also nichts mit mir zu tun haben? Okay, dann eben nicht. Ich mit ihnen auch nicht! Diesmal verlasse ich die U-Bahn-Station mit einem wütenden Brennen in den Eingeweiden statt des üblichen kalten Klumpens Furcht in meinem Bauch. Ich habe ihn ausgetrieben, trockengelegt, ich entziehe ihm die Lebenskraft.

Aber etwas hat sich verändert, etwas ist anders. Ich bin auf den üblichen Kampf vorbereitet, doch er bietet sich mir nicht.

»Hi, Sadie«, sagte eine Mutter.

»Hallo«, eine andere.

Ein Grüppchen Mütter lächelt mich an – lächelt mich tatsächlich an, und jemand winkt mir freundlich, als ich vorbeigehe.

Was ist denn hier los? Ich kann es mir nicht erklären.

»Guten Tag«, grüßt mich eine andere.

Meine Verwirrung wächst. Ich komme mir vor wie in einer alternativen Wirklichkeit.

»Sadie«, sagt Julia und kommt auf mich zu. »Gut, dass ich dich treffe. Meinst du, wir könnten uns unterhalten?«

Was mir eben noch seltsam vorkam, ist mir nun komplett unverständlich. Risse im Raum-Zeit-Kontinuum.

»Julia«, sage ich mit so neutraler Stimme wie möglich. »Worüber willst du dich unterhalten?«

»Wir hatten einen fürchterlichen Start, wir zwei«, sagt sie. »Ich finde, wir sollten noch mal von vorn anfangen.«

Ich habe keine Ahnung, wie ich darauf reagieren soll.

»Jessica hat mir von letzter Woche erzählt. Dein Name auf der Tafel. Schulsprecherinnen halten zusammen und so weiter.«

Ich blinzele. »Ach, komm. Das macht doch keinen Unterschied.«

»Und ob. Und was für einen. Du hast den Platz verdient – oder vielmehr Robin. Nun ist alles stimmig. Aber im Ernst: Du hättest es uns sofort sagen müssen. Das hätte uns allen viel Ärger erspart.«

»Viel Ärger erspart?« Ich quieke fast, so konsterniert bin ich.

»Hätte ich das gewusst, dann hätte ich euch nicht für dahergelaufene Eindringlinge gehalten. Natürlich gehört Robin hierhin. Ihr seid schließlich Teil der großen Schulfamilie.« Sie unterstreicht ihre Worte, indem sie mit einer ausladenden Geste um sich deutet.

Ich bin noch immer sprachlos, als sich nun Nicole zu uns gesellt.

»Ich hab dir doch gesagt, dass Julia eigentlich total nett ist«, bemerkt sie. »Jetzt wird alles gut, glaub mir.«

»Ja, das wird es wirklich«, stimmt Julia ein. »Ich hoffe, dass du meine Entschuldigung annimmst. Vermutlich weise ich manchmal ein ausgeprägtes Revierverhalten auf. Natürlich hat es auch mit dem enormen Druck momentan zu tun – dieses Schuljahr ist so wichtig. Aber das weißt du schließlich selbst. Du hast es ja damals auch durchgemacht.«

Kann das alles wirklich wahr sein? Wochenlange Feindseligkeiten mit einer schlichten Entschuldigung getilgt? Niemand kann so schnell umschalten; es handelt sich bestimmt um eine gemeine Falle. Doch ehe ich etwas sagen kann, kommt Robin aus der Schule. Sie hat mich noch nicht gesehen und wirkt mit hängenden Schultern und nach unten gezogenen Mundwinkeln sehr unglücklich. Am Fuß der Treppe bleibt sie stehen und blickt sich um, und als sie mich entdeckt, hellt sich ihre Miene etwas auf – aber wirklich nur etwas.

Sie trottet auf mich zu. Ich drücke sie rasch an mich, und wir setzen uns in Bewegung. Doch Julia hält uns auf.

»Wartet. Wartet einen Moment«, sagt sie. »Sollen wir nicht alle zusammen einen Tee trinken gehen? Als verspätete Willkommensfeier sozusagen? Um auch wirklich alle Missverständnisse aus dem Weg zu räumen?«

Robin versteift sich in meinem Arm. »Was ist hier los, Mum?«

»Julia meint, wir sollten alle Freundinnen sein.«

Ehe Robin dazu etwas sagen kann, kommt Julia ihr zuvor. »Du und Daisy werdet euch bestimmt gut verstehen. Es wird ihr guttun, sich mit jemandem anzufreunden, der so klug ist wie sie. Konkurrenz beflügelt.«

Ich begegne Nicoles Blick über Robins Kopf hinweg. Sie zieht eine Braue hoch. »Du meinst also, dass Pippa Daisy nicht herausfordern kann, ja?«, bemerkt sie trocken.

»Das hab ich damit doch gar nicht gemeint«, gibt Julia zurück.

Nicole lacht. »Schon okay, Julia. Ich weiß, was du gemeint hast.«

In diesem Moment tauchen Daisy und Pippa auf. Sie scheinen überrascht, Robin und mich bei ihren Müttern stehen zu sehen, aber Julia hält sich nicht mit langen Erklärungen auf.

»Wir gehen alle einen Tee trinken«, verkündet sie.

»Und was ist mit den Hausaufgaben?«, fragt Daisy.

»Die sind heute ausnahmsweise einmal zweitrangig«, antwortet Julia. »Ihr lernt so viel in letzter Zeit. Heute trinken wir erst einmal Tee.«

Es ist, als würden Robin und ich von etwas mitgerissen, das sich nicht aufhalten lässt. Ich werfe ihr einen prüfenden Seitenblick zu – sollten wir nicht lieber einen Ausfall machen? Aber Robin unterhält sich bereits mit Daisy und Pippa, etwas zögernd vielleicht, als fürchte sie, dass man sich über sie lustig macht, aber als beide Mädchen plötzlich freundlich über etwas lachen, das sie sagt, erscheint ein Ausdruck echter Freude auf Robins Gesicht.

»Also – kommt ihr?«, fragt Julia, und ich werfe Robin

erneut einen Blick zu. Ich möchte nichts lieber, als mit ihr nach Hause fahren, um zu erfahren, wie das Wochenende mit ihrem Vater gewesen ist. Gleichzeitig möchte ich am liebsten gar nichts davon wissen und stattdessen so tun, als hätte es überhaupt nicht stattgefunden. Robin sieht mich flehend an.

»Gehen wir mit, Mum? Pippa sagt, da gibt es die beste heiße Schokolade der Welt!«

Ich sollte Nein sagen, aber ich habe nicht das Herz dazu. So glücklich wie in diesem Augenblick habe ich Robin seit Wochen nicht erlebt. Ich schlucke meine Bedenken herunter. Wir trinken nur eine Tasse Tee. Was soll schon passieren.

»Ja, gut. Gehen wir«, sage ich. »Das wird bestimmt nett.«

SIEBENUNDZWANZIG

Der Nachmittag verstreicht wie im Flug. Julia ist eine Naturgewalt, die uns die Straße entlangschleift, den hinteren Teil eines Cafés okkupiert und Kuchen, Tee und heiße Schokolade für alle bestellt, ehe ich noch blinzeln kann.

»Ihr Mädchen setzt euch jetzt mal schön hin und erzählt euch was«, sagt sie, als Platten, Teller und Tassen auf dem Tisch stehen. »Und ich unterhalte mich ausgiebig mit deiner Mum, Robin. Damit wir uns richtig kennenlernen können.«

Robin wirkt genauso überrumpelt, wie ich mich fühle. Ich bin mir nicht hundertprozentig sicher, welche Rolle ich in diesem neuen Stück spielen soll, aber ich esse Kuchen und trinke Tee, lausche dem Geplapper und beobachte Robin, die dasselbe tut, sich aber immer deutlicher entspannt, während die Mädchen auf sie einreden. Endlich lacht auch sie, und damit löst sich der Knoten der Anspannung tief in mir.

»Ich wünschte wirklich, du hättest von Anfang an gesagt, dass du eine Ehemalige bist«, sagt Julia erneut. »Dann wäre alles ganz anders gewesen.«

»Ehrlich gesagt sehe ich nicht, aus welchem Grund das einen Unterschied gemacht hätte«, antworte ich. »Wieso müssen wir denn erst beweisen, dass wir hier sein dürfen?«

Julia presst die Lippen zusammen. Nicole rutscht auf ihrem Platz herum, und die Kinder verstummen und blicken uns Erwachsene beunruhigt an. Die Furcht in Robins Augen zurückkehren zu sehen schnürt mir die Kehle zu. Am liebsten würde ich meine Worte und die Herausforderung, die sie darstellen, zurücknehmen. Aber gleichzeitig kann ich das Thema nicht einfach so übergehen.

»Es war eine ziemlich schwere Zeit«, fahre ich resolut fort. »In einen neuen Ort zu ziehen – neu zumindest für Robin – ist hart genug, auch ohne dass einem Feindseligkeit entgegenschlägt. Und es sind ein paar wirklich böse Sachen passiert.« Ich denke an das tote Rotkehlchen, obwohl ich es nicht ausspreche.

Julia presst die Lippen noch fester zusammen, und ihr Blick geht ins Leere, als ob sie abwägt, was sie sagen oder tun soll. Ich schaue zu Robin, die mich mit großen runden Augen flehend anstarrt – *mach's nicht kaputt, besteh nicht drauf, lass es gut sein, bitte.* Jetzt ist es an Julia. Das Schweigen dehnt sich aus, die Zeit schlingert und bremst, und jede Sekunde ist länger als die vorherige, während wir auf ihre Antwort warten.

Schließlich richtet sie den Blick wieder auf mich. Ich verschließe mich vor Robins imaginärem Flehen und hebe das Kinn. Ich stelle mich dem, was kommt. Was immer es ist.

»Du hast recht«, sagt Julia. »Mein Verhalten war wirklich feindselig. Es tut mir leid. Können wir noch einmal von vorne beginnen?«

Ich sollte die Maden erwähnen. Sie gehen mir nicht aus dem Sinn. Aber die Spannung am Tisch löst sich. Robins

Miene wird weicher, und sie wendet sich schon wieder den anderen beiden Mädchen zu. Wenn ich jetzt auf meiner Ansicht beharre und mich weigere, Julias Entschuldigung zu akzeptieren, wird sie mir ewig böse sein. Und ich kann ihr nicht noch mehr Schwierigkeiten zumuten.

»Klar«, sage ich. »Fangen wir noch einmal von vorne an.«

Robin lacht, Daisy und Pippa stimmen ein, und ein großer Teil meiner Verärgerung verebbt. Ich will, dass meine Tochter von ihren Mitschülerinnen akzeptiert wird. Vielleicht müsste ich die Courage haben und Julia auf den Kopf zusagen, wie mies sie sich verhält, doch ich habe sie nicht. Aber auch wenn ich ihre Entschuldigung annehme, muss ich ihr noch lange nicht vertrauen. Ich werde wachsam bleiben und sie im Auge behalten.

Ich schenke ihr ein Lächeln. »Vermutlich ist es wirklich seltsam, wenn in der sechsten Klasse noch jemand Neues integriert werden muss. Zumal die Prüfungen bevorstehen. Dass das schwierig ist, sehe ich ein.«

»Danke«, sagt Julia. »Nett von dir. Und schau, wie gut die Mädchen miteinander auskommen. Es ist doch wirklich viel schöner, wenn wir uns alle gut verstehen.« Sie lehnt sich zurück und deutet mit einer weitgefassten Geste auf unsere Umgebung. »Findest du nicht auch, Nic?«

Nicole nickt und lächelt ebenfalls. »Ich hab dir doch gesagt, dass alles gut wird, oder?«, sagt sie an mich gewandt.

Ich nicke. »Das hast du.«

»Dennoch finde ich den Gedanken merkwürdig, dass wir auf derselben Schule waren«, setzt Julia erneut an. »Du erinnerst dich gar nicht an mich, oder?«

»Tut mir leid, nicht im Geringsten. Auch nicht an Jessica. Aber vier Jahre sind in dem Alter wirklich viel.«

»Ja, du hast recht«, stimmt Julia mir zu. »Wahrscheinlich hatten die Jahrgänge nie etwas miteinander zu tun – das ist heute ja nicht viel anders.«

In diesem Augenblick meldet mein Telefon eine eingehende Nachricht. Von Barbara. *Es geht früh los morgen – laut der Richterin tagen wir um 9.30 Uhr. Wir sehen uns um neun.*

»Arbeit?«, fragt Julia.

»Ja. Die Verhandlung hat begonnen. Wir starten morgen sehr früh.«

»Wie aufregend. Woran arbeitest du denn im Moment? Strafanwältin zu sein stelle ich mir wahnsinnig interessant vor.« Ich blicke Julia überrascht an. Offenbar hat ihr jemand gesagt, was ich mache. Vielleicht war es Robin. »Was ist das für ein Fall? Etwas Großes?«

Ich kann nicht widerstehen, ein bisschen anzugeben. »Na ja, klein ist der Fall nicht. Aber ich spiele keine große Rolle dabei, ich bin nur die Junioranwältin. Und ich bin erst sehr spät dazugestoßen, der größte Teil der Arbeit war schon getan. Es geht um einen Lehrer, dem zur Last gelegt wird, eine sexuelle Beziehung mit einer Schülerin gehabt zu haben.«

»Kann es sein, dass ich gestern darüber gelesen habe?«, meldet sich Nicole enthusiastisch zu Wort. »Im *Standard* war doch ein Bericht darüber. Mit Foto. Diese große Mädchenschule in London Mitte, richtig? Der Kerl sieht toll aus.«

»Ah, *diese* Sache! Darüber weiß ich einiges«, sagt Julia. »Die Tochter einer Freundin einer Freundin geht dort auf die Schule. Das Mädchen, um das es geht, ist ein bisschen, na ja, sagen wir, sittenlos. Es heißt, dass sie sich gerne Geschichten über andere ausdenkt, und man fragt sich, wie der Fall überhaupt bis vor Gericht kommen konnte. Dieser Lehrer ist wohl der Sohn eines Richters oder so ähnlich. Jedenfalls ist alles etwas merkwürdig.«

Blitzschnell sortiere ich ihre Bemerkungen, um mir darüber klar zu werden, worauf ich eingehen kann und worauf nicht. Vor allem möchte ich gerne mehr über die Aussage, sie denke sich gerne Geschichte über andere aus, wissen, aber natürlich will ich weder durch Fragen Neugier wecken noch Einzelheiten zu dem Fall verraten.

»Nun, ich bin für seine Verteidigung eingeteilt. Und die Anwältin, die den Prozess leitet, ist sehr gut. Sie wird vermutlich schon über alles Bescheid wissen.«

»Sieht er denn in echt wirklich so gut aus wie auf dem Foto?«, fragt Nicole.

»Nicht, dass es mir aufgefallen wäre«, antworte ich. »Er ist noch sehr jung. Vor allem ist er ein Mandant, da achtet man auf andere Dinge. Außerdem hat er ziemlich engstehende Augen. Aber vermutlich kann man sagen, dass er ganz gut aussieht.«

Nicole lacht. »Du Glückliche. Mir haben seine Augen auf dem Foto gefallen ... so warmherzig und gar nicht eng beieinander. Und was ist schlimm daran, auf einen Jüngeren zu stehen? Denk nur an die Macrons.«

Ich tue es mit einem Lachen ab, aber Nicole zieht mich weiterhin auf, während Julia reserviert bleibt. Alles in allem fühlt es sich nett an, mal wieder mit anderen Müttern herumzualbern, und mir fällt auf, wie sehr ich meine Freundinnen aus Brooklyn vermisse.

Die Zeit verstreicht, und ehe ich mich's versehe, ist es halb sechs. Wir beenden das Teekränzchen – Hausaufgaben und Musikstunden rufen –, und Robin und ich begeben uns in einer so gelösten Stimmung nach Hause, wie wir sie eine Ewigkeit nicht mehr erlebt haben.

»Hast du auch Spaß gehabt?«, frage ich sie.

»Absolut. Das war ein netter Nachmittag. Und es ist echt schön, wenn überhaupt jemand mit einem spricht.«

»Glaub mir, ich weiß, was du meinst.«

Robin läuft nach oben in ihr Zimmer, und obwohl ich nach ihrem Wochenende mit Andrew fragen sollte, bin ich froh, das Thema noch eine Weile ruhen lassen zu können.

ACHTUNDZWANZIG

Rasch zeichnet sich ab, dass sich Robins schulischer Alltag im Tsunami von Julias gesellschaftlicher Akzeptanz von Grund auf ändern wird. Die Kunde hat sich sozusagen über Nacht verbreitet, und als ich aufwache, habe ich bereits mehrere Nachrichten von Müttern auf dem Handy, die fragen, ob Robin zum Spielen zu ihnen kommen mag. Ich zeige sie Robin, die die Augen über den Ausdruck »Spielen« verdreht, aber nichtsdestoweniger entzückt über die plötzliche Aufmerksamkeit ist. Mich lädt man zu diversen Treffen auf einen Drink oder zum Kaffee ein, und eine etwas formellere E-Mail bietet mir an, dem Komitee für Blumenarrangements beizutreten. Ich blinzele. Sachen gibt's … Ich will gerade mein Handy ablegen, als noch eine Nachricht eintrifft. Diesmal von Zora.

Weiß vielleicht was über diese Julia – Hab mit Sophie gesprochen, und sie glaubt sich an eine Julia zu erinnern, die damals schwer gemobbt wurde. Sie roch nicht gut, hatte schiefe Zähne, später noch böse Akne. Muss heute wahrscheinlich was wettmachen. xx

Im ersten Moment ergibt die Information für mich keinen Sinn; Julia scheint so gar nichts von einem Opfertyp an sich zu haben. Ganz sicher fehlt ihr die damit einhergehende Empathie für andere. Doch während ich darüber nachdenke, fügen sich die Puzzleteile aneinander. Die makellosen Zähne, der makellose Teint, alles makellos. Ihre Hoffnung, dass ich mich nicht von früher an sie erinnern kann. Trotz allem, was sie getan hat, empfinde ich ein wenig Mitgefühl für sie. Vielleicht sind wir uns gar nicht so unähnlich – schließlich habe auch ich damals gelitten. Und obwohl meine Reaktion darauf war, die Schule möglichst weit hinter mir zu lassen, muss es nicht seltsam sein, dass Julia stattdessen versucht hat, sich ihre Vergangenheit zurückzuholen, sich neu zu erfinden. Jedenfalls werde ich sie nicht darauf ansprechen. Jetzt benimmt sie sich uns gegenüber ja freundlich, und das wird Robins Dasein an der Schule immens erleichtern. Dennoch kann ich nicht vergessen, was bis gestern noch gewesen ist, und ich speichere die neue Information ab.

Auf dem Weg zur Schule wird Robins Schritt mit jedem Mädchen, das sie grüßt, beschwingter, sodass sie förmlich hüpft, als wir das Tor erreichen. Nun, da wir dazugehören, erkenne ich, wie isoliert wir bisher gewesen sind. Julia und Nicole nehmen mich am Tor im Empfang, fast als hätten sie auf mich gewartet, und umarmen mich herzlich. Ob ich mit ihnen einen Kaffee trinken gehe?

»Ich kann nicht, ich muss zum Gericht«, sage ich. »Ein andermal gerne. Wenn der Prozess vorbei ist.«

»Lauf du nur, deinen sexy Lehrer vertreten«, sagt Julia mit einem Augenzwinkern.

Ich muss lachen. »Bloß nicht.«

»Wann bist du heute fertig?«

»Gegen vier, denke ich.«

»Dann kannst du Robin ja gar nicht pünktlich abholen.«

»Nein. Sie geht in die Nachmittagsbetreuung. Das haben wir schon ausgemacht.«

»Ich denke, da fällt uns etwas Besseres ein«, sagt Julia. Sie wendet sich an Robin. »Hast du Lust, heute Nachmittag zu uns zu kommen? Dann könnt Daisy und du zusammen Hausaufgaben machen.«

Robin nickt begeistert. Ich will protestieren – das geht mir alles zu schnell. Aber Daisy erzählt Robin bereits, was sie machen können, wenn sie mit den Aufgaben fertig sind, und wieder habe ich nicht das Herz, es ihr abzuschlagen.

»Dann ist es also abgemacht«, sagt Julia. »Sie kommt mit, und du holst sie später bei uns ab. Dann stehst du auch nicht so unter Zeitdruck, bis der Prozess vorbei ist. Meinst du nicht auch, Nicole?«

»Ja, eine großartige Idee. Und bei uns ist sie auch willkommen. Pippa würde sich freuen, wenn sie uns besuchen käme.«

Ich habe meine Bedenken, aber Robin wirkt so froh, dass ich sie niederkämpfe. Es steht außer Frage, dass dieses Arrangement uns das Dasein erleichtert. Die Nachmittagsbetreuung macht um halb fünf zu, und wenn die Verhandlung länger dauert, bekomme ich Probleme.

»Das ist sehr nett von euch beiden«, sage ich also. »Ich weiß, dass ich alles in Zukunft besser organisieren muss, aber bis dahin …«

Ich fahre mit leichterem Herzen zum Gericht. Die Tatsache, dass wir unsere gesellschaftliche Akzeptanz einer derart oberflächlichen Banalität zu verdanken haben, stimmt mich zwar immer noch misstrauisch, aber in diesem Stadium werde ich mich nicht dagegen wehren. Ich bin einfach nur dankbar, dass Robin endlich Freundschaften schließen kann. Eine Made aus Zweifel kriecht durch mein Bewusstsein, aber ich trete darauf. Ich werde wachsam bleiben – diese Frauen und ihre Töchter werden nicht von heute auf morgen unsere besten Freundinnen. Nicht so schnell.

In Elephant and Castle stoße ich auf Jeremy, der sich mit panischem Blick in einem Hauseingang herumdrückt.

»Ich habe in der Bahn wieder welche entdeckt«, sagt er zu mir. Um wen es sich bei »welche« handelt, muss er mir gar nicht erst sagen.

»Wir schlagen uns durch und suchen uns sofort ein Besprechungszimmer«, versichere ich ihm.

Tatsächlich lauert im Gericht wieder ein Pulk weiblicher Teenager, die ihr Haar zurückwerfen, als wir uns hindurchzudrängen versuchen; die schwere Wolke aus billigem Parfum, die sie umgibt, erstickt mich beinahe. Immerhin bin ich diesmal auf die Attacke vorbereitet, halte mein Kinn hoch und bahne uns energisch einen Weg. Wir marschieren schnurstracks in denselben Besprechungsraum wie am Tag zuvor und verrammeln die Tür. Sobald die Spannung etwas nachlässt, fangen wir beide an zu lachen.

»Meine Güte, was wollen die denn alle hier?«, frage ich.

Jeremys Lachen verblasst. »Es ist eine reine Mädchenschule«, erklärt er. »Bei Lehrern rasten die vollkommen aus. Sie wissen ja, wie schnell sich Hysterie unter Mädchen verbreitet. Ich bin nur eine fixe Idee für sie. Dass es sich um mein Leben handelt, ist ihnen nicht bewusst.« Mit jedem Wort, das er spricht, nimmt seine Ernsthaftigkeit zu, und die Luft im Raum verdichtet sich.

»Aber müssten sie jetzt nicht im Unterricht sein?«

»Sollte man meinen, ja«, sagt er. »Aber sie sind in der Oberstufe und haben Freistunden am Vormittag. Was bedeutet, dass sie vor der Lunchzeit zum Glück weg sein werden. Außerdem langweilen sie sich sowieso bald. Spätestens, wenn ihnen auffällt, dass ich sie ignoriere.«

»Gut.«

»Aber danke, dass Sie mir den Weg gebahnt haben. Ohne Sie wäre ich hier wohl nicht angekommen.« Er lächelt.

»Kein Problem«, antworte ich. »Gehört zum Service.« Ohne meine Tasche abzustellen, suche ich darin nach einer der Akten, aber sie rutscht mir aus der Hand, sodass sich der ganze Inhalt auf den Boden ergießt. Ich gehe in die Hocke, um die Sachen aufzusammeln, Jeremy ebenfalls. Er ist mir plötzlich sehr nah – zu nah! –, und ich spüre seine Wärme, als Nicoles Witzeleien auch schon in meinem Bewusstsein widerhallen. Ich stehe ganz sicher nicht auf meinen Mandanten! Etwas aus dem Gleichgewicht, stehe ich hastig auf. Mein Telefon gibt Laut, und ich bin wieder ganz bei mir. Barbara schreibt, dass sie in fünf Minuten da ist.

»Ich muss los, meine Robe anziehen«, sage ich und streiche mir meine Bluse glatt. »Barbara wird jede Minute hier eintreffen. Und es geht um halb zehn los, nicht vergessen. Wir starten früh.«

Ich öffne die Tür und renne so schnell hinaus, dass

ich die Mädchen draußen überrumpele und einem mit meinem Rollkoffer gegen den Knöchel stoße.

»Au«, macht sie, und ich forme stumm *Sorry* mit den Lippen. Doch es tut mir gar nicht leid.

SONNTAG, 12.30 UHR

Endlich kommt meine Haltestelle. Mit gesenktem Kopf dränge ich mich durch die Leute, ignoriere besorgte Bemerkungen und Protest gleichermaßen, und bin als Erste an der Tür, als sie sich öffnet. Schon laufe ich los, die Füße hämmern auf dem Pflaster wie Maschinenkolben – eins, zwei, eins, zwei –, und ich will nur ans Ziel, so schnell wie möglich ans Ziel.

Doch ich kann nicht rennen, ich renne nie, und bald beginnt es in meiner rechten Seite zu stechen. Ich versuche es zu ignorieren, aber es geht nicht. Ich muss anhalten. Ich lehne mich an eine Gartenmauer, ringe um Atem, atme, atme, bis der Schmerz langsam nachlässt.

Mein Telefon piept, und ich blicke aufs Display. Es ist lazarusgleich wiedererwacht, und obwohl das gesplitterte Glas das Lesen erschwert, kann ich den Text gerade so entziffern. Zora.

Sind sie schon zurück? Ist sie da?

Ich kann nicht antworten. Ich schaffe es nicht. Ich renne erneut los, muss jedoch wieder anhalten, weil das Stechen zurück ist. Ich sinke an die Mauer. NEIN, NEIN, NEIN, IST SIE NICHT, schluchze ich.

Jemand berührt mich an der Schulter. Ich schrecke zurück, doch es ist nur ein Polizist, die Jacke so grell neongelb, dass es mir in den Augen wehtut.

»Ist alles in Ordnung?«, fragt er. »Geht's Ihnen gut?«

Für so etwas habe ich jetzt keine Zeit. Ich kann meinen Atem nicht darauf verschwenden, ihm zu versichern, dass alles okay ist, wenn nichts okay ist, rein gar nichts. Ich schüttele den Kopf.

»Sie ist weg«, sage ich. »Sie ist weg, und ich muss sie finden.«

Ich atme tief ein. Das Stechen ist fort, also wimmele ich ihn ab – »Klar! Klar, mir geht's gut!« –, und dann renne ich wieder los, erreiche das Ende der Straße und biege um die Ecke, ehe er eine Chance zu reagieren hat.

NEUNUNDZWANZIG

Endlich geht es los. Jeremy nimmt seinen Platz auf der Anklagebank ein, die Anwälte der Anklage und Verteidigung links und rechts davon: Barbara vorne, ich in der Mitte und Zora hinten, in der Nähe von Jeremy, falls er sich im Laufe der Verhandlung mit ihr beraten muss. Auf der anderen Seite der Anwalt der Strafverfolgung, Edward Kayode. Er ist ganz allein, kein Junior-Anwalt an seiner Seite, kein Vertreter der Staatsanwaltschaft. Aber ich weiß, dass die fehlende Verstärkung für ihn kein Problem darstellt. Seit fast zwanzig Jahren im Geschäft und ausgesprochen kompetent, wird er im *Legal* 500, dem Nachschlagewerk der Branche, beschrieben als »hochcharismatischer Rechtsanwalt, der sich in seinen Fällen auskennt wie kein zweiter«.

Der Saal erhebt sich, als die Richterin eintritt. Wir verbeugen uns in ihre Richtung, sie erwidert den Gruß, und alle setzen sich wieder. Während der Eröffnungsformalitäten entsteht in der Zuschauergalerie Unruhe, und als ich mich umdrehe, sind die Schülerinnen, die draußen gewartet haben, gerade dabei, die Pole-Position in der ersten Reihe einzunehmen. Alexandra sitzt am anderen Ende, ihre Miene eine Maske der Missbilligung. Bisher kann ich niemanden entdecken, der Jeremys Vater sein könnte.

Jeremy wirkt zerstreut; er lässt sich immer wieder von dem Geschehen hinter sich ablenken, anstatt zum Richterpult zu blicken, wie er es sollte. Vielleicht wartet er ja tatsächlich auf seinen Vater. Der Gerichtsdiener muss seinen Namen zweimal ausrufen, ehe er reagiert, doch dann springt er auf, um seinen Namen und die Adresse zu bestätigen.

Zora klappt ihren Notizblock auf und kritzelt etwas hinein, dann reißt sie das Blatt heraus und reicht es mir. *Der Vater ist unmöglich,* steht da. *Er mailt mir ständig, was ich zu tun habe, schafft es aber nicht einmal herzukommen, um seinem Sohn Beistand zu leisten.*

Ich wende mich um und fange Zoras Blick auf, und wir beide ziehen die Augenbrauen hoch. Es mag für uns von der Verteidigung sehr viel einfacher sein, wenn er uns nicht mit seinem Fachwissen ertränkt, aber ich fürchte, dass seine Abwesenheit auf Jeremy einen gegenteiligen Effekt haben könnte. Wieder werfe ich ihm einen Blick zu. Er starrt vor sich hin, ist blass, niedergedrückt.

Aus heiterem Himmel macht sich ein Gedanke in mir breit: Er sieht wirklich gut aus. Jung, attraktiv, die Haare zu einem ordentlichen Seitenscheitel gekämmt, weißes Hemd, dunkles Jackett – der Anzug steht ihm. Während ich ihn betrachte, kommt er mir plötzlich merkwürdig bekannt vor, als sei ich ihm schon einmal begegnet. Er blickt auf, ertappt mich beim Starren und schenkt mir ein halbes Lächeln. Das Gefühl der Vertrautheit schwindet. Ich lächele zurück und senke den Blick auf meine Notizen.

Die Geschworenen treten ein. Es wird Zeit, sich wieder der Verhandlung zuzuwenden. Die Namen werden verlesen, und die Leute nehmen der Reihe nach Platz. Zora beobachtet Jeremy, um sich zu vergewissern, dass er auf niemanden reagiert, doch mehr als ein leichtes Achselzucken kommt von ihm nicht; augenscheinlich kennt er keinen davon. Die Geschworenen werden darüber informiert, dass die Verhandlung etwas weniger als zwei Wochen dauern wird, außerdem wird die Adresse und der Name der Schule genannt, die mit dem Fall zusammenhängt; sollte jemand eine Verbindung zu dieser Einrichtung haben, muss er es nun zur Kenntnis bringen. Alle schütteln den Kopf. Die Jury steht also fest.

Während sie vereidigt wird, mustere ich die Gesichter genauer. Für einen Fall wie diesen ist die Mischung genau richtig. Acht Frauen, unterschiedlich in Alter und Ethnie, vier Männer. Da in diesem Prozess alles von der Glaubwürdigkeit der Klägerin abhängt, ist das ein gutes Gleichgewicht; Frauen gehen, zumindest in meiner Erfahrung, mit weiblichen Klägerinnen härter ins Gericht. Mit anderen Frauen im Allgemeinen, Punkt.

Nachdem die Formalitäten erledigt sind, erhebt sich Edward Kayode, Anwalt der Anklage, und erläutert, wie sich der Fall für die Geschworenen darstellen wird. Alle hören aufmerksam zu, bis auf einen Mann ganz links in der hinteren Reihe, der eher angeödet wirkt. Doch er merkt sichtlich auf, als Edward auf Details der Anklageschrift eingeht und drei Gelegenheiten ankündigt, bei denen belegt werden könne, dass der Angeklagte Geschlechtsverkehr mit der Klägerin gehabt habe. Nicht einmal die leidenschaftslose Sprache, die die Einzelheiten mit nüchternen Fachbegriffen präsentiert, kann den gierigen Ausdruck in den Augen des Mannes auslöschen.

Meine Kehle zieht sich zu, und ich muss mich abwenden, um mir meinen Widerwillen nicht anmerken zu lassen.

Aber seine Haltung wird Jeremy nur nutzen. Ich kann förmlich hören, wie dieser Geschworene jovial *Alles richtig gemacht, Junge!* murmelt, sobald Freya im Zeugenstand auftaucht. Furchtbar. Aber wenn es der Verteidigung hilft …

Ich mache mir weiter Notizen.

Als sich das Gericht für den heutigen Tag erhebt, ist Jeremy sogar noch blasser geworden.

»Das klingt entsetzlich«, sagt er, als wir den Saal verlassen. »Die werden mich sofort verurteilen.«

»Keine Panik«, beruhige ich ihn. »Das soll so klingen. Die Sachlage wird immer mit möglichst drastischen Worten geschildert. Die Anklage muss schließlich ihre Geschichte so eindrucksvoll etablieren, dass sie sich bei den Zuhörern festsetzt, ehe die Zeugen auftauchen und alles, was vorher noch passte, verderben.«

»Tja, wahrscheinlich«, sagt Jeremy.

»Außerdem sind die Geschworenen nicht gegen Sie, das merkt man.«

»Ich habe mich nicht getraut hinzusehen.«

»Sollten Sie aber. Ein, zwei von den älteren Damen haben Ihnen zugelächelt. Und der Kerl, der hinten sitzt, ist absolut auf Ihrer Seite. Er sieht fast so aus, als würde er gutheißen, was Sie vermeintlich getan haben und man Ihnen nun zur Last legt.«

»Gott, das ist ja furchtbar«, sagt Jeremy. »Aber was, wenn Freya sie doch überzeugt? Die Polizei hat ihr anscheinend geglaubt – sonst wäre es ja nicht zur Anzeige gekommen. Vielleicht glauben die Geschworenen ihr auch.«

»Vertrauen Sie auf die Verteidigung. Okay, der gegnerische

Anwalt ist verdammt gut. Aber Barbara ist auch gut – eine der besten hier. Sie hat mehr Erfahrung als er. Und sie ist wie ein Rottweiler, wenn es ins Kreuzverhör geht. Warten Sie ab.«

Jeremy lacht, wird aber rasch wieder ernst. »Wenn das alles bloß nicht so traurig wäre. Schlimm, dass es so weit kommen musste. Ich möchte mir gar nicht vorstellen, wie Freya leidet.«

»Eine lobenswerte Regung Ihrerseits«, sagt Barbara, die sich in diesem Moment zu uns gesellt. »Aber überlegen Sie, was sie Ihnen zumutet. Das ist unverzeihlich.«

»Nichts sollte unverzeihlich sein«, wendet er ein. »Wir sollten uns immer bemühen, die Dinge von allen Seiten zu betrachten.«

Seine Einsicht berührt mich, aber Barbara zieht nur eine Augenbraue hoch. Sie setzt an, um etwas zu sagen, besinnt sich aber offenbar. »Nun, warten wir ab, wie es sich entwickelt«, sagt sie stattdessen. »Über Vergebung können wir später immer noch nachdenken.«

Jeremy nickt. Inzwischen sind wir an der Tür zur Robenkammer angelangt. Zora kommt zu uns, und wir stehen in einem engen kleinen Kreis an der Seite des Korridors. Wenigstens werden wir nun nicht mehr durch hormongesteuerte Teenager belagert. Wie Jeremy vorhergesagt hat, sind sie bereits abgezogen.

»Ihr Vater hat angerufen, Jeremy«, sagt Zora. »Ich habe ihn über den Stand der Dinge in Kenntnis gesetzt.«

Etwas in seiner Miene zuckt. Er holt sein Handy aus der Tasche und blickt aufs Display. »Bei mir hat er sich noch nicht gemeldet. Tja, wahrscheinlich war er beschäftigt. Und hier gab es ja auch noch nicht allzu viel zu sehen.«

»Eben«, sagt Zora. »Das war nur die Eröffnung, und wir wussten ja schon, was gesagt werden würde. Da er Ihre Verteidigung bezahlt, wird er aber bestimmt kommen, um sich zu vergewissern, dass sein Geld gut angelegt ist.« Eine kurze Pause entsteht, ehe sie hinzufügt: »Und natürlich auch, um Ihnen Beistand zu leisten.«

Jeremy lehnt sich an die Wand und schließt einen Moment lang die Augen, um sie dann gen Himmel zu verdrehen.

»Das wird er bestimmt«, bemerkt er schließlich. »Vermutlich steht er ziemlich unter Druck. Dass sein Sohn wegen so etwas vor Gericht steht, ist bestimmt nicht angenehm für ihn.«

»Zum Glück hat die Presse noch keine Verbindung hergestellt«, fährt Zora fort. »In gewisser Hinsicht mag es sogar besser sein, wenn er gar nicht öffentlich auftaucht. Der Fall hat ohnehin schon genug Aufmerksamkeit.«

Jeremy nickt. Zora verabschiedet sich, und Barbara und ich betreten die Umkleide. Wir sprechen nicht über den Fall; es gibt nichts zu sagen, noch keine Überraschungen, und ich hoffe, dass es auch keine geben wird.

Barbara geht zuerst. Ich folge ein paar Minuten später. Ich schreibe Julia, um nachzuhören, ob alles in Ordnung ist, und bekomme fast augenblicklich eine Antwort. *Alles gut hier, Hausaufgaben sind in Arbeit, und gleich gibt es Nudeln. So ein nettes Mädchen! Darf jederzeit wiederkommen. J xxx.* Ich bedanke mich rasch und sammele meine Sachen zusammen.

Das Gerichtsgebäude schließt, die Korridore sind leer, und die Luft riecht nur noch schwach nach dem Gulasch, das es heute in der Kantine gab. Ich bin in Gedanken bei

Robin und ihrem Tag und hoffe, dass aus ihren neuen Freundinnen wirklich echte werden, als jemand meinen Arm nimmt und ich erschreckt zusammenfahre. »Sadie«, sagt eine Männerstimme, die ich nicht sofort erkenne. Und da mir die Haare ins Gesicht gefallen sind, sehe ich nicht viel, als ich mich ihm zuwende.

»Sadie«, sagt er erneut, und mir wird klar, dass es sich um Jeremy handelt. Obwohl ich erleichtert sein sollte, sitzt mir der Schreck noch in den Knochen. Ich streiche mein Haar zurück und hole tief Luft.

»Herrgott, Sie haben mich zu Tode erschreckt.«

»Tut mir leid«, sagt er und tritt einen Schritt zurück. »Das wollte ich nicht.«

Endlich klingt die Furcht ab, und ich lache verlegen.

»Ich wollte mit Ihnen reden«, sagt er. »Ich wollte hören, was Sie von dem heutigen Tag halten.«

»Das hätte auch Barbara Ihnen sagen können. Oder Zora.«

»Ich weiß.« Er zögert, dann lacht er. »Ich muss gestehen, dass Barbara mir Angst einjagt. Ich traue mich nicht, sie etwas zu fragen, weil sie mich dann bestimmt für minderbemittelt hält. Und wahrscheinlich sagt sie es gleich meinem Vater weiter.«

Ich muss lächeln. »Sie kann etwas einschüchternd wirken, das gebe ich zu. Aber Sie beantwortet jede Frage, dumm oder nicht. Und selbstverständlich respektiert sie die Schweigepflicht.« Ich setze mich wieder in Bewegung.

Jeremys Schultern sinken herab. »Ja, wahrscheinlich sollte ich sie fragen.« In seiner Stimme ist keine Spur mehr von Humor zu hören. »Aber es fällt mir schwer. Sie ist ganz

Profi, und in ihren Augen bin ich vermutlich ein Vollidiot, dass ich mich in eine solche Lage manövriert habe.«

»Das glaube ich nicht«, sage ich. »Aber es ist normal, dass Sie das Schlimmste annehmen, weil Sie momentan so unter Druck stehen. Immerhin hat die Verhandlung endlich angefangen, das ist besser als die elende Warterei, oder?«

»Das stimmt«, antwortet er. »Ich bin bloß froh, wenn es vorbei ist. Egal, wie es ausgeht, wenn ich ehrlich bin.«

Wir verlassen das Gerichtsgebäude und gehen die Treppe hinunter. Wie es wohl wäre, mit ihm auf einen Feierabenddrink in einen Pub zu gehen? Ich stelle mir vor, wie wir über den Fall plaudern, über die Aufnahmeprüfungen an der Schule, über seinen Vater und meine Mutter, und wie schwer es ist, solchen Eltern gerecht zu werden. Jeremy scheint genauso wie ich verinnerlicht zu haben, eine Enttäuschung für seine Familie zu sein. Beinahe schmecke ich schon den Wein auf meiner Zunge und spüre die kameradschaftliche Einmütigkeit, die ein guter Roter bewirken kann. Aber ich halte mich zurück.

»Ich muss los«, sage ich. »Ich muss meine Tochter abholen.«

Obwohl die Dämmerung einbricht, erkenne ich, wie sein Lächeln verblasst. »Klar. Es ist schon spät.«

»Ist es. Wenigstens bedeutet das, dass der Fotograf sich verkrümelt hat.«

Er nickt. »Gott sei Dank. Heute Morgen war er auch nicht pünktlich zur Stelle.«

»Freuen Sie sich trotzdem nicht zu früh«, wende ich ein. »Im Gerichtssaal saß ein Journalist von einer

Nachrichtenagentur. Barbara hat ihn mir gezeigt. Geschrieben wird also in jedem Fall.«

»Ich weiß«, erwidert er. »Aber immerhin werde ich nicht zu Hause belagert. Noch nicht jedenfalls. Es könnte also schlimmer sein.«

»Richtig. Jedenfalls muss ich gehen. Wir sehen uns morgen. Und denken Sie daran: Es geht um zehn los, nicht um halb wie heute. Obwohl Sie der Presse eher entgehen, wenn Sie so früh wie möglich kommen.«

»Sie haben recht.«

Ich will mich gerade wieder in Bewegung setzen, als er sich plötzlich an meine Brust wirft und mich an sich drückt, seine Wange an meinem Hals, Haut an Haut. Angespannt bleibe ich stehen; ich bin mir meiner selbst überdeutlich bewusst, und meine Hände scheinen zu groß und zu ungeschickt, als ich ihm zwei-, dreimal auf den Rücken klopfe, ehe er mich wieder loslässt. Einen Arm wie zum Gruß erhoben, weiche ich zurück, dann gehe ich hastig davon.

Später am Abend, Robin ist schon im Bett, rufe ich Zora an. Ich hatte noch keine Gelegenheit, ihr von Andrews Besuch zu erzählen; wir hatten uns nur kurz über Julia ausgetauscht. Ich erzähle ihr vom Freitag.

»Was wollte er denn?«

»Ich habe keine Ahnung«, antworte ich. »Angeblich sehen, ob wir ohne ihn zurechtkommen.«

»Das ergibt überhaupt keinen Sinn.«

»Nein, tut es nicht«, stimme ich ihr zu. »Na, wenigstens hat die Verhandlung nun endlich angefangen.«

»Ja, das ist schon was. Und du machst dich gut. Barbara ist sehr angetan von dir.«

»Das freut mich. Vielleicht geht es jetzt ja bergauf. Und ich denke, du hast dich mit der Schule getäuscht. Auch da entwickelt es sich gut. Die Leute dort sind schon viel freundlicher geworden. Robin ist glücklich.«

»Ähm – wie bitte? Die Leute sind freundlich? Du hast doch gesagt, dass sie sich unmöglich verhalten.«

Jetzt bin ich froh, dass ich ihr nicht von dem toten Rotkehlchen erzählt habe. Sie würde keine Ruhe geben, bis ich den Vorfall der Schulleiterin gemeldet hätte, womit ich mir vermutlich nur weiteren Ärger einhandeln würde. »Für Robin war es ziemlich schlimm. Ich bin einfach nur froh, dass sie jetzt etwas aufatmen kann.«

»Okay, verstehe ich, aber pass dennoch ein bisschen auf. Du brauchst diese Mütter nicht, das ist dir klar, oder?«

»Schön, wenn es so wäre, aber tatsächlich brauche ich diese Mütter doch. Ob es mir passt oder nicht, ich muss den Ball flach halten, denn für Robin ist es wichtig, dass wir dazugehören. Ich gehe nur oberflächliche Beziehungen ein, versprochen.«

»Na gut. Aber bleib unbedingt wachsam. So, wie sie sich vorher dir gegenüber verhalten haben, ist ihnen nicht zu trauen.«

»Ich weiß. Und ich passe auf. Trotzdem geben sich im Augenblick alle Mühe, daher werde ich mitziehen.«

Ich beende das Gespräch. Ich weiß, dass Zora nicht unrecht hat, aber zum ersten Mal seit Wochen erleben wir etwas wie Unbeschwertheit, und das will ich mir nicht selbst verderben. Aufgekratzt gehe ich ins Bett, doch als meine

Nerven sich schließlich beruhigen, tritt meine Entschlossenheit hervor. Was ich Zora gesagt habe, stimmt. Es ist, wie es ist. Ich verzeihe Julia ihre anfängliche Feindseligkeit nicht, aber ich werde ihr eine Chance geben und versuchen, diesen Müttern nicht mehr ausschließlich mit Misstrauen zu begegnen.

Außerdem ist es nicht so, als hätte ich eine große Wahl.

DREISSIG

Robin ist immer noch vergnügt, als sie am nächsten Morgen erwacht, und auch meine Stimmung hat sich über Nacht gebessert. Es hat gestern bei Julia zu Hause keine Dramen oder Unannehmlichkeiten gegeben, und Robin so fröhlich zu erleben bestärkt mich in meinem Entschluss, das Beste aus dem Neuanfang zu machen. Ich gehe mit einer Leichtigkeit zum Gericht, die ich eine Ewigkeit nicht mehr verspürt habe. Nicht einmal der Anblick eines Fotografen, der auf dem Parkplatz vor dem Gericht lauert, kann mich ärgern. Jedenfalls nicht, bis er seine Kamera vors Gesicht hebt, das Teleobjektiv auf mich richtet und die Maske gelassener Ernsthaftigkeit, die ich aufgesetzt habe, zu verrutschen beginnt.

Jedenfalls bin ich froh, als ich das Gebäude betrete. Ich atme durch, während die Wachleute meine Tasche durchsuchen und ich die Metalldetektoren passiere. Ich hatte erwartet, Jeremy in der Eingangshalle zu entdecken, aber er ist nicht da. Also begebe ich mich direkt in die Robenkammer. Barbara ist spät dran; sie trifft nur wenige Minuten vor der angesetzten Zeit ein.

»Kayode hat mir heute Morgen eine Nachricht geschickt«, sagt sie. »Er wird einen Antrag auf Vertagung stellen.«

»Warum?«

»Die Klägerin ist krank. Angeblich.« Sie verdreht die Augen.

»Was hat sie denn?«

»Migräne. Ihr Arzt hat ihr ein Attest geschrieben.«

»Na gut. Kann er nicht solange mit einem anderen Zeugen weitermachen?«

»Das habe ich auch gesagt. Und das werde ich der Richterin natürlich vorschlagen.«

Ich schaue sie abwartend an. Den Tonfall kenne ich. »Ich höre das ›Aber‹.«

»Ja. Aber ich gehe davon aus, dass die Richterin dem Antrag zustimmt. Ich an Kayodes Stelle würde es nicht anders machen. Die gesamte Anklage hängt an ihrer Aussage. Insofern gehört sie in den Mittelpunkt gerückt.« Während sie spricht, stülpt sie sich die Perücke über und richtet ihre Brille.

»Sie werden dennoch Einspruch erheben, nehme ich an?« Ich muss fast laufen, um mit ihren ausgreifenden Schritten mithalten zu können.

»Was glauben Sie denn?«, antwortet sie mit einem Schnauben. »Ich habe ihm bereits geschrieben, dass seine Forderung eine Zumutung ist und alles getan werden muss, um diese Tortur unseres Mandanten zu beenden.«

»Hat er reagiert?«

Barbara bleibt stehen. »Ja, und zwar äußerst unverschämt.« Doch sie lächelt. Sie wühlt in ihrer Tasche, holt ein Handy hervor und ruft die Nachricht auf. »Das hier hat er geschickt.«

Ich blicke auf den Bildschirm und sehe ein einzelnes Emoji. Das augenrollende. Ich muss lachen.

»Sehen Sie?«, sagt sie, und wir betreten den Saal nur Sekunden, bevor die Ehrenwerte Richterin Chynoweth in Erscheinung tritt.

Wie Barbara vorhergesagt hat, wird die Verhandlung auf den nächsten Tag vertagt. Als Barbara ihre Argumente dagegen anbringt, will die Richterin nichts davon hören. Ihre Miene verhärtet sich.

»Das reicht jetzt, Miss Carlisle. Der Fall wird vertagt. Wir wissen alle um die Bedeutung der Aussage der Klägerin. Obwohl es vorzuziehen wäre, wenn sie morgen vor Gericht erscheint.« Die Richterin wirft Kayode einen Blick zu. »Oder ich brauche ein weiteres Attest ihres Arztes. Wir müssen vorankommen.«

Edward nickt, und wir sind entlassen. Ich mache mich auf den Weg nach Hause; ich freue mich, dass ich wider Erwarten rechtzeitig an der Schule sein kann, um Robin abzuholen.

Ich beschließe, Robin am Tor zu überraschen, aber als ich ankomme, sehe ich verdutzt, wie Nicoles Miene bei meinem Anblick entgleist. Der Ausdruck verschwindet jedoch rasch, und sie schenkt mir ein Lächeln.

»Das ist ja toll! Robin wird sich freuen«, sagt sie. »Wir haben gar nicht damit gerechnet, dich so früh zu sehen.«

»Wir waren heute schnell fertig«, erkläre ich. »Ich dachte, dann kann ich Robin auch direkt mit nach Hause nehmen.«

»Ach, genau das habe ich befürchtet. Pippa wird bestimmt total enttäuscht sein, wenn Robin jetzt doch nicht mit zu uns kommt … sie hat sich so darauf gefreut. Wie wär's, wenn du einfach mitkommst? Ich kann ja mal nachfragen, was Julia vorhat. Wir könnten uns einen Mädelsnachmittag machen.«

Ich lächle, bin aber erneut etwas verblüfft über Nicoles Überschwang. Oder dem der anderen Mütter. »Hi«, heißt es plötzlich von der einen Mutter, »*Oh, schön, dass du da bist*«, von der nächsten und »*Robin muss unbedingt zu uns kommen, so ein nettes Mädchen*«, von der übernächsten. Die letzten Wochen sind ein Albtraum gewesen, aus dem ich endlich erwacht bin, aber noch nicht gänzlich. Da entdecke ich Julia in einer Traube von Frauen, und sobald sie mich sieht, winkt sie, woraufhin alle anderen wie gut dressierte Zirkustiere ebenfalls winken.

Julia kommt zu uns und nickt den Plan ab; ich bin aufgenommen in den Kreis der Glücklichen, die in ihrer Gunst stehen, und die Neidpfeile all derer, die nicht dazugehören, prallen an ihrem Schutzschirm wirkungslos ab. Robin und ich schlendern Hand in Hand die Straße entlang zu Nicoles Haus, und Robins lächelnde Miene verrät dieselbe überschäumende Freude, die auch ich empfinde.

Sobald wir bei ihr zu Hause eingetroffen sind, öffnet Nicole eine Flasche Prosecco, und die Mädchen verschwinden unter viel Gekicher und Geflüster nach oben. Ich nehme das Glas, das Nicole mir hinhält, spüre die Kondensationsfeuchtigkeit an den Fingern und trinke. Doch die Bläschen kribbeln in meiner Kehle, und ich befürchte, mich wieder zu verschlucken und zu blamieren, aber Nicole fängt an zu lachen, Julia stimmt ein, und der Hustenreiz vergeht, als ich noch einen Schluck nehme, und dann noch einen. Und bald bin ich trunken, nicht so sehr vom Alkohol als vielmehr von der Euphorie aufkeimender Freundschaft, die mir mit dem Versprechen auf weitere Abende wie diesen zu Kopf steigt.

Eine Stunde später haben wir zwei Flaschen Sekt geleert. Die beiden haben mir nicht nur alle Klatschgeschichten über Lehrkräfte und andere Mütter erzählt, sondern auch, wie ihre beiden Ehen in die Brüche gegangen sind und sie sich wieder aufgerappelt haben. Ich höre interessiert zu, gebe aber nicht viel von mir preis – nur, dass Andrew und ich getrennt sind. Als ich ihnen berichte, ich sei zur Teilnahme am Komitee für Blumenarrangements eingeladen worden, brechen sie in lautes Gelächter aus und raten mir, unbedingt die Finger davon zu lassen.

»Die haben keine Ahnung, was sie tun«, sagt Julia. »Eine von ihnen hat mal einen eintägigen Kurs bei einem Floristen in Marylebone absolviert, und seitdem gibt es wegen jeder zu platzierenden Rose Mord und Totschlag.«

Nicole schnaubt. »Eigentlich hat Julia es von der ersten bis zur vierten Klasse ganz wunderbar gemacht, aber dann tauchten in der zweiten andere Eltern auf, die es besser zu können meinten. Sie haben all unsere Arrangements sabotiert. Das war's einfach nicht mehr wert.«

Ich blicke Julia erstaunt an. »Ich kann mir gar nicht vorstellen, dass man dich verdrängen kann.«

»Ich wähle mir meine Kriegsschauplätze selbst«, sagt Julia und nippt an ihrem Glas. »Paul und ich waren gerade mit der Trennung beschäftigt, als es ärgerlich zu werden begann. Ich nehme mein Engagement in der Schule sehr ernst, habe es aber gleichzeitig nicht eingesehen, wieso ich meine Energie darauf verschwenden sollte, mich wegen Hortensien zu streiten.« Sie setzt sich auf, als ihr anscheinend etwas einfällt. »Hatten die Kinder heute nicht eine Mathearbeit?«

Nicole nickt.

»Kinder!«, ruft Julia. Sie steht auf, geht zur Treppe und ruft erneut hinauf. »Kinder, könnt ihr runterkommen? Ich muss mit euch reden.«

Schritte poltern die Treppe herunter, dann tauchen die drei Mädchen auf und bleiben vor uns stehen. Daisy blickt ernsthaft, die Augenbrauen besorgt zusammengezogen, Pippa wirkt ebenfalls angespannt. Nur Robin scheint sich nichts dabei zu denken. Dennoch ist die Atmosphäre plötzlich aufgeladen, die Stimmung gekippt.

»Wie war denn heute der Mathetest?«, fragt Julia.

Robins Miene bleibt unverändert. Pippa tritt von einem Fuß auf den anderen, und Daisy läuft rot an; an ihrem Hals bilden sich Flecken. Keine antwortet.

»Ernsthaft, Mädels. Wie ist es gelaufen?«

Robin schaut zu mir, legt fragend den Kopf schief. Ich zucke die Achseln und nicke.

»Zweiundachtzig Prozent«, sagt sie. »Aber wir haben Bruchrechnen in meiner alten Schule letztes Jahr schon gemacht.«

Daisy wird noch einen Hauch roter, und Pippas Bewegungen werden immer abgehackter.

»Wow, beeindruckend«, sagt Julia. »Und du, Pippa?«

Pippa verzieht das Gesicht. »Neunundsechzig«, murmelt sie.

»Aber du hast doch immer Probleme mit Bruchrechnung, oder?«, sagt Julia. »Also gar nicht schlecht.«

Pippa entspannt sich etwas. Sie tappt zu Nicoles Platz und steht unschlüssig neben ihr, und nach einer Weile legt Nicole ihr den Arm um die Hüfte und drückt sie fest.

»Und du, Daisy?« Julia lächelt, aber ihr Blick ist eisig. Sogar ich bin plötzlich nervös, und das ganz ohne Mathearbeit.

»Siebundsiebzig Prozent«, sagt Daisy und blickt zu Boden.

»Entschuldige, Schätzchen«, sagt Julia mit Betonung auf Schätzchen. »Was war das?«

»Siebenundsiebzig Prozent«, sagt Daisy lauter. Sie schiebt sich das Haar aus dem Gesicht, geht auf ihre Mutter zu und bleibt dicht vor ihr stehen. »Siebenundsiebzig, nicht achtzig. Okay? Bist du jetzt zufrieden?« Mutter und Tochter stehen beinahe Nase an Nase, bis Daisy in Tränen ausbricht und aus dem Zimmer stürmt, Pippa im Schlepptau. Robin bleibt einen Moment lang unschlüssig stehen, läuft dann aber hinter ihren neuen Freundinnen her.

»Das ist doch wirklich nicht schlecht«, sagt Nicole. »Besser als Pippas Note jedenfalls.«

»Darum geht es nicht«, erwidert Julia. »Natürlich ist sie besser als Pippas. Aber sie müsste locker über achtzig Prozent kommen.«

Ich setze mich zurück und betrachte diese zwei angetrunkenen Frauen, die sich wütend anblicken. Wo ist ihre Freundschaft hin? Ich halte den Atem an, und erst als Nicole zu lachen beginnt, stoße ich ihn in einem stummen Seufzer wieder aus.

»Du nimmst das Ganze viel zu ernst«, sagt Nicole zu Julia. »Es wird schon gut gehen.«

»Das lässt sich nicht vorhersagen«, kontert Julia. »Ich denke nicht daran, etwas als selbstverständlich hinzunehmen.«

»Ach, komm schon«, sagt Nicole in einer Tonlage, die darauf schließen lässt, dass sie dieses Sprüchlein nicht zum ersten Mal aufsagt. »Du weißt genau, dass sie das schafft. Sie ist schon immer die Klassenbeste gewesen. Dass sie durchkommt, ist absolut klar, das weiß jeder.«

Ich denke, an dieser Stelle kann ich unterbrechen. »Ist das alles denn wirklich so schlimm?«

Beide sehen mich überrascht an.

»Weißt du denn gar nichts über das Verfahren?«, will Nicole wissen.

»Noch nicht«, gebe ich zu. »Ich hätte mich wohl längst erkundigen müssen, aber der Umzug, die Umstellung und der Fall haben mich ziemlich stark vereinnahmt.«

Beide lachen, aber es steckt ein Hauch Unglaube mit einer bitteren Note darin.

»Gesegnet sei deine Unwissenheit«, sagt Julia.

Wieder lacht Nicole. »Julia geht das Ganze generalstabsmäßig an. Mindestens seit der vierten Klasse lebt Daisy in einem Bootcamp.«

Julia zuckt die Achseln. »Das Leben ist Krieg. Und dies ist eine Schlacht, die ich zu gewinnen gedenke. Man muss langfristig planen. Mittlere Reife, Abitur. Oxford. Die Konkurrenz ist groß.« Sie bricht ab und seufzt. »Ich weiß, ihr haltet mich für ziemlich verrückt, aber ich werde alles tun, um dafür zu sorgen, dass Daisy übernommen wird und hier weitermachen kann. Mag sein, dass sie wie eine sichere Kandidatin erscheint, aber es ist einfach zu wichtig. Daisy liebt die Ashams so sehr.« Einen Moment lang befürchte ich, dass sie in Tränen ausbrechen könnte.

»Und vergessen wir das Stipendium nicht«, murmelt Nicole. »Daisy ist bisher ja immer Klassenbeste gewesen.«

Julia lächelt bescheiden. »Mir reicht es, wenn es mit der weiterführenden Schule hier klappt. Das allein zählt. Das Stipendium ist zweitrangig.«

Ich blinzele angesichts der Vehemenz, mit der sie das Thema vor ein paar Tagen noch im Büro der Schulleitung angeschnitten hat, aber ich werde sie ganz sicher nicht daran erinnern – nicht wenn gerade alles so gut läuft.

»Eigentlich erstaunt es mich ohnehin, dass du sie an der Ashams angemeldet hast«, sage ich. »Eine Freundin von mir hat mich an die schlimme Mobbingphase erinnert.« Sobald die Worte heraus sind, bereue ich sie auch schon. Der verflixte Prosecco hat mich unvorsichtig gemacht. Ich schiebe das Glas von mir.

»Was für eine Mobbingphase?«, fragt Julia beinahe gelassen.

»Ich habe mich mit einer aus meinem Jahrgang unterhalten. Sie sagte, du seist ziemlich übel gemobbt worden. Tut mir leid, ich wollte das eigentlich gar nicht erwähnen.« Hätte ich bloß meinen Mund gehalten.

»Ich rede nicht gerne darüber«, sagt Julia mit einem tiefen Seufzer. Nicole beugt sich vor und legt ihr eine Hand auf den Arm. »Ich bin längst drüber hinweg. Aber es war wirklich eine schlimme Zeit, unter der auch meine Noten gelitten haben. Daisy soll unter keinen Umständen dasselbe durchmachen. Ich will nur, dass sie glücklich ist. Und deswegen zählt auch das Stipendium nicht wirklich. Solange sie für die Sekundarstufe an der Ashams bleiben kann, ist mir alles andere egal.«

Ich fange Nicoles Blick auf. Wir denken beide eindeutig dasselbe: Wir glauben kein Wort davon. Daisy muss die Beste sein, zu was für einem Preis auch immer.

EINUNDDREISSIG

Am nächsten Morgen will ich gerade mit Robin das Haus verlassen, als ich eine Nachricht von Barbara erhalte. Die Anklagevertretung hat ein weiteres ärztliches Attest vorgelegt. Die Klägerin ist immer noch krank, und die Verhandlung wird auf den kommenden Montag vertagt. Ich beschwere mich bestimmt nicht, dass ich unverhofft ein langes Wochenende mit Robin verbringen kann, nachdem sie das vergangene mit Andrew zusammen war. Aber was, wenn er erneut unangekündigt auftaucht? Ich schaudere. Doch dann fällt mir wieder ein, was er gesagt hat, bevor er ging – er habe sich nur vergewissern wollen, ob wir ohne ihn zurechtkommen. Nichts hat darauf hingedeutet, dass er in nächster Zeit wiederkommen wollte. Ich muss ihn einfach aus meinen Gedanken verbannen – wenigstens für die nächsten Tage.

Die Wettervorhersage sieht gut aus, und ich will den Garten angehen und die Blumenzwiebeln setzen, die ich besorgt habe. Außerdem muss ich etwas gegen den Efeu unternehmen, der an der Fassade wuchert. Robin beschwert sich immer öfter über die Spinnen, die auf der Suche nach Wärme in ihr Zimmer krabbeln, und wenn ich das dichte Blattwerk um ihr Fenster etwas zurückschneide, könnte dieses Problem schon gelöst sein.

Ehe wir zur Schule fahren, tausche ich rasch mein Kostüm gegen eine Jeans aus. Robin ist stiller als üblich.

»Alles in Ordnung?«, frage ich.

»Ich muss ständig an gestern Abend denken«, sagt sie. »Wie streng Daisys Mutter hinter ihren Noten her ist.«

»Ja, mir hat es auch nicht gefallen. Ich weiß ja, dass die Noten wichtig sind, aber ich fand es ziemlich übertrieben.«

»Daisy macht das richtig fertig«, fährt Robin fort. »Das hat sie erzählt, als wir am Anfang der Woche zusammen im Café waren.«

»Jedenfalls verspreche ich dir, nicht so durchzudrehen. Wie gesagt, gib einfach dein Bestes.«

Ehe ich noch mehr sagen kann, stoßen Nicole und Pippa zu uns. Die Mädchen laufen vor.

»Danke für den netten Abend gestern«, sage ich. »Es war schön, mit euch zu plaudern.«

»Toll, dass du Zeit hattest«, erwidert sie. »Und es tut mir leid, dass es zwischenzeitlich etwas angespannt war. Julia macht sich wirklich Sorgen wegen der Prüfungen. Große Sorgen. Ich sage ihr immer wieder, sie solle es etwas lockerer angehen, aber es nützt nichts.«

Ich betrachte sie, während sie spricht, und vergleiche sie unwillkürlich mit Julia. Nicole ist klein, eher unscheinbar, verhuscht und stets bereit, über Julias Scherze zu lachen. Julia dagegen wirkt nahezu vierdimensional: Sie sprüht vor Energie. Es wundert mich nicht, dass sie nicht auf Nicole hört.

»Eigentlich mache ich mir aber vor allem um Daisy Sorgen«, fährt Nicole fort. »Sie muss wirklich unter enormem Druck stehen. Sie weint oft, wie Pippa mir erzählt hat. Julia ist eine meiner besten Freundinnen, aber ich denke doch, dass sie hier ein wenig zurückfahren sollte.«

»Und du hast schon versucht, mit ihr darüber zu reden?«

Nicole lacht unfroh. »Ja, einmal, Anfang des Schuljahrs. Sie hätte mir fast den Kopf abgerissen. Und dann seid ihr, du und Robin, aufgetaucht ... Na ja. Vielleicht könntest du es ja mal probieren. Sie mag dich nämlich, wie sie mir gestern noch gesagt hat.«

Das überrascht mich ein wenig, aber ich nehme es einfach mal so hin. Und ob sie mich mag oder nicht – der Gedanke, sie auf gestern anzusprechen, ruft bei mir wenig Begeisterung hervor.

Prompt taucht Julia auf, Daisy im Schlepptau. Julia verteilt zur Begrüßung Küsschen, während Daisy unschlüssig zurückbleibt. Sie sieht blass und müde aus, hat Ringe unter den Augen und tritt von einem Fuß auf den anderen. Julia wendet sich um und sieht sie an.

»Du gehst jetzt besser, sonst kommst du noch zu spät. Und vergiss nicht, dass du dich heute mehr anstrengen musst.«

Daisy nickt stumm, dreht sich um und läuft zur Schule.

Ich öffne meinen Mund, um etwas zu sagen, womit ich das arme Mädchen in Schutz nehmen kann, als Julia mir zuvorkommt.

»Du hältst mich bestimmt für schrecklich«, beginnt sie. »Aber Daisy braucht jemanden, der sie antreibt. Jeder funktioniert anders, und Daisy ist einfach nicht wie deine Robin – sie hat keinen Ehrgeiz. Ich muss dafür sorgen, dass sie am Ball bleibt.«

»Sie schien mir gestern Abend aber wirklich fertig«, sage ich.

Julias blaue Augen blicken mich kalt an. »Jede Familie

ist anders«, wiederholt sie in einem Tonfall, der keinen Widerspruch duldet.

Nicole scheint entschlossen, die Situation zu entschärfen. »Du machst es ja auch gut«, wendet sie rasch ein.

Einen Moment lang liegt die Kälte noch in der Luft, ehe Julias Miene wieder weicher wird. »Du bist noch nicht lange hier«, sagt sie schließlich zu mir. »Du hast es noch nicht verstanden. Glaub mir, es ist nicht mehr wie bei uns damals. Aber früher oder später wirst du verstehen, warum wir unsere Kinder so antreiben.«

»Du hast recht, für uns ist das alles noch ziemlich neu«, lenke ich ein.

»Richtig. Aber wie gesagt – du wirst schon noch früh genug verstehen. Hört mal, warum kommt ihr nicht heute nach der Schule mit zu mir? Die Mädchen können Hausaufgaben machen und danach irgendeinen Film sehen, und wir unterhalten uns, ohne dass es Missstimmungen gibt. Nicht wie gestern.«

Eigentlich sollte ich mich über die Einladung freuen. Ich kehre zurück ins Heiligtum und bekomme die Gelegenheit, mich nach der Demütigung meines ersten Besuchs zu rehabilitieren. Aber nicht heute. Es geht einfach nicht. Ich will mit Robin einfach nur gemütlich Pizza essen und fernsehen, und ich denke gar nicht daran, von diesem Vorhaben abzurücken.

»Tut mir leid«, sage ich. »Ich hätte wirklich Lust, aber Robin und ich haben heute etwas anderes geplant. Ein andermal sehr gerne.«

»Was habt ihr denn geplant?«, fragt Julia, doch in diesem Moment klingelt ihr Telefon, und sie geht ran und erteilt dem Unglückseligen am anderen Ende der Leitung barsche Anweisungen. Ich nutze die Gelegenheit und stehle mich davon.

Nachdem ich den ganzen Tag damit verbracht habe, fröhlich auf Unkraut einzuhacken, fahre ich früh zur Schule, um Robin abzufangen und wieder abzuhauen, ehe Julia die Einladung ein zweites Mal aussprechen kann. Als ich Nicole in der Ferne sehe, sinkt mir der Mut, doch ich gebe vor, mit meinem Handy beschäftigt zu sein. Zum Glück kommt Robin als eine der Ersten aus der Schule, und das auch noch allein. Ich packe ihre Hand, und wir begeben uns so schnell wir können zur Bushaltestelle. Auf dem Weg dorthin erkläre ich ihr ein wenig atemlos, was ich geplant habe.

»Bist du damit einverstanden?«, frage ich, als wir eingestiegen sind und uns setzen. Robin legt nur stumm ihren Kopf an meine Schulter. Ich grinse. »Ich schätze, das soll wohl ein Ja sein.«

ZWEIUNDDREISSIG

Samstagmorgen.

Ich erwache nassgeschwitzt in die Decke gewickelt. Das Telefon klingelt. Hektisch taste ich zwischen dem Bettzeug, bis ich es gefunden habe. Prompt hört das Klingeln auf, setzt jedoch einen Moment später wieder ein. Nicole.

»Großer Gott, du musst herkommen, bitte. Etwas Schreckliches ist passiert, ganz schrecklich.« Nicole schreit fast ins Telefon, panisch, schluchzend, ist kaum zu verstehen.

Ich stemme mich hoch. »Was ist los?«

»Daisy«, stößt Nicole heulend hervor.

»Was ist denn mit ihr?«

»Sie wacht nicht auf. Julia hat's versucht, aber sie wacht nicht auf. Der Notarzt ist unterwegs. Bitte komm her, bitte. Ich habe keine Ahnung, was los ist.«

Die Leitung ist tot. Ich bin jetzt hellwach. Es ist später, als ich dachte, beinahe acht schon. Ich springe aus dem Bett und streife mir meine Sachen über. Nicoles Panik ist ansteckend: Im Augenblick ist all meine Zurückhaltung Julia gegenüber vergessen. Sie braucht meine Hilfe, natürlich lasse ich sie nicht im Stich. Robin schläft tief und fest, und einen Moment lang überlege ich, ob ich sie hierlassen kann, um sie nicht der Situation aussetzen zu müssen, aber ich verwerfe den Gedanken wieder. Sie ist zwar schon sehr vernünftig, aber dennoch viel zu jung. Und was, wenn

Andrew herkommt, solange ich nicht hier bin? Also wecke ich sie auf, bitte sie, sich anzuziehen, und kurz darauf laufen wir aus dem Haus.

Noch bevor wir die Bushaltestelle erreichen, sehe ich ein freies Taxi, winke, und wir springen hinein. Ich stemme die Hände links und rechts von mir auf die Bank, um mich besser zusammenreißen zu können und den Fahrer nicht anzuschreien, doch aufs Gas zu treten. Immer wieder blicke ich auf mein Handy und versuche Nicole zu erreichen, doch vergeblich.

Nach einer gefühlten Ewigkeit, die nur fünfzehn Minuten gedauert haben kann, biegen wir in Julias Straße ein. Wir halten auf der gegenüberliegenden Seite genau dort, wo mich vor Wochen auch das andere Taxi am Abend der Party abgesetzt hat. Ich muss daran denken, wie Daisy mir die Tür geöffnet und gewissenhaft überprüft hat, ob ich auch wirklich ein geladener Gast bin, und die Erinnerung an das ernste kleine Mädchen mit dem gezwungenen Lächeln versetzt mir einen Stich.

Vor Julias Haus, dessen Tür weit offen steht, parkt ein Krankenwagen. Ich greife nach Robins Hand, deren kalte Finger meine fest umklammern. Schnell überqueren wir die Straße. In der Eingangstür erscheinen Leute, zwei Notfallsanitäter mit einer Trage, ein Mann vorne, eine Frau hinten. Einen Augenblick lang sieht es so aus, als sei die Trage leer, und das eiserne Band der Furcht um meine Schläfen lockert sich. Doch es zieht umso fester wieder an, als ich oberhalb der Decke, die den Körper einhüllt, das kleine, blasse Gesicht erkenne. Daisy. Aber sie lebt. Wäre sie tot, hätte man ihr Gesicht bedeckt. Ganz sicher hätte man das.

Robin hat Daisy ebenfalls entdeckt und schreit auf. Ich ziehe sie fest an mich, und wir beobachten, wie die Trage in den Wagen geschoben wird. Die Frau bleibt bei Daisy im Wageninneren, während der Mann die Türen schließt, vorne einsteigt und mit heulenden Sirenen davonfährt.

»Wo ist denn Daisys Mutter?«, fragt Robin. »Warum ist sie nicht bei Daisy?«

»Ich weiß nicht, Schätzchen. Bestimmt fährt sie gleich hinterher.« Ich versuche, zuversichtlich zu klingen, obwohl ich mich ganz und gar nicht so fühle.

Denn die Ambulanz hat zuvor einen Wagen verdeckt, der nun zum Vorschein kommt. Ein Polizeiwagen. Keine Insassen. Ich weiß nicht, warum Julia nicht mit Daisy ins Krankenhaus hat fahren können, aber ich habe das ungute Gefühl, dass das womöglich die Erklärung dafür ist.

Langsam steigen wir die Treppe zur Haustür hinauf, wo wir stehen bleiben. Ich drücke Robin fest an meine Seite. Finsternis lauert in diesem Haus, ich spüre, wie sie herausschwappt.

Noch könnten wir kehrtmachen.

»Sadie, Sadie!«, dringt Nicoles Stimme aus dem Haus. »Sadie, Gott sei Dank, dass du da bist. Es ist so furchtbar. Komm rein.«

Mein Fluchtinstinkt verebbt. Nicole strömen die Tränen über das Gesicht. Ich kann nicht einfach gehen und sie damit allein lassen. Was immer ›damit‹ sein mag. Ich lasse Robin los.

Gemeinsam betreten wir das Haus.

Nicole wartet mit Pippa vor dem Salon. Die Atmosphäre fühlt sich anders an als vor Wochen; das Gold ist abgeblättert. Durch die geschlossene Tür hört man das Murmeln von Stimmen.

»Die Polizei«, bringt Nicole so leise hervor, dass ich sie kaum hören kann. Sie wiederholt sich, spricht das Wort übertrieben betont aus. »Die Polizei.«

Ich komme näher. »Warum? Warum ist die Polizei hier? Und warum ist Julia nicht mit unterwegs ins Krankenhaus?«

Nicole weist die Mädchen an, sich in der Küche eine Kleinigkeit zu essen zu besorgen, und zieht mich in das vordere Empfangszimmer. Dunkelgrüne Wände, Möbel aus dunklem Holz. Düster, schon jetzt.

»Es ist furchtbar«, erwidert Nicole. »Einfach furchtbar. Ich bin so froh, dass du hier bist. Ich wusste nicht, wen ich anrufen sollte.«

Ich nehme sie in den Arm. Sie sinkt gegen mich, beginnt zu weinen, richtet sich dann aber wieder auf, löst sich schniefend von mir und wischt sich mit dem Ärmel die laufende Nase. Schließlich lässt sie sich auf einem der kunstvoll gearbeiteten Stühle nieder und holt tief Luft. »Wir sind gestern Abend hier gewesen, wie du weißt. Du warst ja auch eingeladen.«

Ich nicke.

»Wir hatten beschlossen, dass ich Pippa vorbeibringe, auf ein Gläschen bleibe, und sie hier übernachtet – als Belohnung für die Mädchen, weil sie immer so viel lernen müssen. Julia und ich hatten uns auch eine Ewigkeit nicht mehr ausgiebig unterhalten; in diesem Halbjahr war bisher noch nicht viel Zeit dazu.« Nicole spricht immer noch leise. Ich muss mich vorbeugen, um sie zu verstehen.

»Wir haben Pizza bestellt. Die Kinder haben ihre vor dem Fernseher gegessen, Julia und ich saßen in der Küche und haben uns ein, zwei Flaschen Wein dazu genehmigt.«

»Also wie am Donnerstag«, sage ich.

»Im Prinzip ja. Aber Julia war viel entspannter. Dachte ich zumindest. Sie meinte, sie habe mit Daisy gesprochen und einen Plan ausgearbeitet. Alles würde gut werden. Daisy würde sich zusammenreißen und ab jetzt bessere Noten abliefern.«

Ich ziehe eine Augenbraue hoch. Nicole bemerkt es.

»Sehe ich genauso«, beantwortet sie meine unausgesprochene Frage. »Ihre Noten sind sowieso herausragend.«

»Und was für einen Eindruck hat Daisy gemacht?« Ich würde mir wünschen, dass Nicole endlich zum Punkt kommt, damit ich verstehe, was hier geschehen ist, aber ich will sie auch nicht erneut aus der Bahn werfen, indem ich sie dränge.

»Im Rückblick keinen besonders guten. Sie war nervös, klagte über Bauch- und Kopfschmerzen. Sie kam nicht zur Ruhe, obwohl die beiden oben eigentlich *Girls Club* sehen wollten. Alle naselang kam sie herunter und wollte mit Julia reden, und auf mich wirkte es, als mache sie sich Sorgen.«

»Weswegen?«

»Wegen der Prüfungen. Dass Julia sauer auf sie ist. Ich weiß nicht genau. Aber ich wünschte, ich hätte begriffen, dass es ihr wirklich nicht gut ging.« Nicole holt erneut tief Luft. Ihre Stimme ist nun, gegen Ende ihrer Erzählung, sogar noch leiser. »Schließlich ist sie ziemlich früh ins Bett gegangen. Pippa ist noch etwas aufgeblieben und hat sich mit uns unterhalten, bevor sie auch hochging. Ich hatte Julia angeboten, dass wir doch noch nach Hause fahren könnten, aber ich hatte schon etwas zu viel getrunken.« Sie wirft mir einen Blick zu, als wolle sie meine Absolution. »Du kennst das auch, nicht wahr?«

Ich nicke wieder. »Sicher. Freitagabend. Natürlich kenne ich das.«

»Julia hat mir ein Gästebett zurecht gemacht, und ich bin auch schlafen gegangen. Es war noch gar nicht besonders spät, so um elf, schätze ich. Pippa ist früh aufgewacht und kam zu mir; Daisy würde noch immer schlafen wie ein Stein, sagte sie. Wir gingen runter, um zu frühstücken, und Julia ging hoch, um Daisy zu wecken.«

Eine lange Pause entsteht.

»Und dann? Was geschah dann? Nicole?«

Sie blickt mich an, weiß wie ein Laken. »Dann ging das Geschrei los.«

DREIUNDDREISSIG

Mehr sagt Nicole nicht; die Ereignisse haben sie deutlich mitgenommen. Wann immer ich ansetze, um sie zu fragen, wie es weitergegangen ist, bringt sie mich mit einer Geste zum Schweigen, als versuche sie zu hören, was sich im Rest des Hauses abspielt. Julia spricht mit der Polizei eine gefühlte Ewigkeit, tatsächlich vergehen aber keine zwanzig Minuten, bis sie aus dem Wohnzimmer kommt. Ihr Gesicht ist vom Weinen aufgequollen, die Hände sind zu Fäusten geballt. Ich höre schwere Schritte, die die Treppe hinaufgehen – offenbar ist die Polizei noch nicht fort. Julia will weder mit mir noch mit Nicole sprechen, und wir gehen in die Küche, wo Nicole ihr einen Tee macht, doch sie schiebt die Tasse weg.

»Soll ich mit dir ins Krankenhaus fahren?«, fragt Nicole schließlich.

Julia blickt auf ihr Handy. Einen Moment später schaut sie mit ausdruckslosem Gesicht zu Nicole auf. »Man hat es Daisys Vater gesagt. Er wird da sein, bestimmt ist er schon auf dem Weg. Ich will ihm nicht begegnen.«

»Aber Daisy …«

»Sie ist nicht bei Bewusstsein, Nicole. Du hast sie doch gesehen. Und sie kriegen sie auch nicht wach, sie würde also ohnehin nicht wissen, ob ich da bin oder nicht. Was soll ihr das bringen?«

»Vielleicht kann sie dich hören«, wendet Nicole ein. »Willst du sie denn gar nicht sehen?«

»Ich habe Nein gesagt!« Julia springt auf. Vor Schreck über ihre Reaktion bohre ich die Fingernägel in meine Handflächen. Einen Moment lang herrscht Schweigen, das schier greifbar zwischen uns in der Luft hängt, bis Pippa, gefolgt von Robin, eintritt und den Bann bricht. Sie begibt sich augenblicklich an Nicoles Seite.

Julia wendet sich ihr zu. »Und an allem bist nur du schuld«, fährt sie Pippa mit so viel Bosheit in der Stimme an, dass es sich wie ein Boxhieb anfühlt. »Wärst du nur eher aufgewacht. Dann hätten wir sie eher gefunden. Wenn sie stirbt, bist du allein schuld.«

Pippa bricht in Tränen aus, und Nicole tritt mit blitzenden Augen vor, ehe sie sich sichtlich unter Kontrolle bringt.

»Das sagst du nur, weil du unter Schock stehst«, kontert sie. »Du weißt ganz genau, dass das nicht stimmt.«

»Woher soll ich wissen, was verdammt noch mal stimmt und was nicht? Als die beiden ins Bett gegangen sind, war alles in Ordnung. Aber jetzt ist deine Tochter wach, während meine in einem Koma liegt, verfluchte Scheiße noch mal. Wem zum Henker soll ich denn die Schuld geben?«

Jeder Kraftausdruck durchfährt mich wie ein Stich, und Pippa schwankt sichtlich unter der verbalen Attacke. Nicole legt den Arm um sie.

»Ich weiß, dass du unter Schock stehst«, sagt sie, »aber das geht zu weit. Du kannst Pippa nicht die Schuld dafür geben. Gott weiß, was geschehen ist – das Krankenhaus wird eine Diagnose stellen, aber es könnte alles sein. Du solltest keine voreiligen Schlüsse schließen.«

»Wieso nicht? Die Polizei tut das schließlich auch. Diese Frau da eben hat irgendwas von einer möglichen Überdosis gesagt, von einem toxikologischen Gutachten. Sie wollen das Haus durchsuchen.« Abrupt setzt Julia sich und schlägt die Hände vors Gesicht.

»Julia. Wonach suchen sie?«, fragt Nicole, plötzlich unterkühlt und ruhig.

Julia hebt den Kopf. »Das weiß ich doch nicht«, faucht sie. »Ich hab keine Ahnung, verdammt! Meine Tochter liegt bewusstlos im Krankenhaus, und man lässt mich, ihre eigene Mutter, nicht zu ihr. Stattdessen muss ich unter einer Art Aufsicht hierbleiben, während die mein verdammtes Haus auseinandernehmen und diesen Mistkerl von ihrem Vater anrufen, damit er an meiner Stelle zu ihr fahren kann!«

Nicole blickt sie ernst an. »Und du hast wirklich keine Ahnung, wonach die suchen?«

»Natürlich nicht!«, brüllt Julia und steht wieder auf. »Nur weil die eine Tablettenschachtel neben dem Bett gefunden haben … Das sind Vitamine, okay?!« Mit wenigen Schritten ist sie bei Nicole und bleibt dicht vor ihr stehen. Pippa weicht angstvoll zurück, Nicole jedoch nicht, und schließlich gibt Julia nach und plumpst auf ihren Stuhl am Tisch zurück.

»Soll ich ins Krankenhaus fahren?«, schlägt Nicole vor. »Dann kann ich dir Bericht erstatten.«

Julia schüttelt den Kopf. Ihr Zorn scheint verpufft. »Sinnlos. Die lassen dich nicht zu ihr. Vermutlich liegt sie auf der Intensivstation. Aber die Sanitäter haben mir versprochen, dass das Krankenhaus anruft.«

Eine Polizistin betritt das Wohnzimmer. »Mrs. Burnet, wir würden dann in Ihrem Schlafzimmer anfangen. Ist das in Ordnung?« Während sie spricht, zieht sie sich ein Paar Einmal-Handschuhe über.

»Ich kann Sie wohl nicht daran hindern«, antwortet Julia. Plötzlich wendet sie sich mir zu, und ihr Blick schärft sich. »Du bist die Anwältin. Kann ich sie daran hindern?«

Überrumpelt erstarre ich. »Normalerweise habe ich nichts mit Fällen in einem solch frühen Stadium zu tun … Aber ich denke, wenn du dich weigerst, verschaffen sie sich einen Durchsuchungsbeschluss. Es ist nicht sicher, dass sie einen bekommen, aber die Chancen stehen ziemlich gut. Unter diesen Umständen wäre es wohl am besten, einen Rechtsberater anzurufen. Soll ich?«

Julia winkt ab. »Sollen sie suchen. Ist mir egal. Und ich brauche auch keinen Rechtsbeistand. Die Polizei wird schon erkennen, dass ich nichts getan habe.« Wieder sieht sie mich an, wieder wird ihr Blick scharf. »Was machst du überhaupt hier?«

»Nicole hat mich angerufen«, antworte ich.

»Merkwürdig. Egal – die Show ist vorbei. Du kannst ebenso gut gehen.«

Ich werfe Nicole einen Blick zu. Sie zuckt die Achseln. Ihre Miene ist neutral, obwohl ich die Röte an ihrem Hals aufsteigen sehe.

»Ich dachte, dass Sadie vielleicht helfen könnte«, sagt sie.

»Ich weiß selbst noch nicht, was ich jetzt tue«, sagt Julia. »Im Augenblick kann mir wohl niemand helfen. Am besten du gehst auch. Ihr beide. Ich muss mich vielleicht mit der Polizei im Haus abfinden, aber ich muss euch nicht alle hier dulden. Verschwindet. Bitte.« Und damit geht sie hinaus und wirft die Tür hinter sich zu.

Ich wende mich Nicole zu. »Wir sollten wirklich gehen.«

»Es gefällt mir gar nicht, sie in diesem Zustand allein zu lassen.« Dennoch erhebt Nicole sich und greift nach ihrer Tasche. Pippa hat ihre Sachen bereits geholt, und wir verlassen das Haus. Robins Augen sind schreckgeweitet, und sie bleibt dicht an meiner Seite.

»Immerhin ist die Polizei hier«, sage ich. »Die wird schon auf sie aufpassen.« Die Officer stehen an der Treppe. Ich wende mich um und blicke zum Haus zurück. Der Morgen ist finster, schwere Wolken hängen am Himmel. Im Untergeschoss brennt Licht. Von der Straße aus kann ich deutlich Julia erkennen, die den Sonnengruß macht. Ich zupfe an Nicoles Arm und deute auf das Fenster. Gemeinsam sehen wir zu, wie Julia sich in den herabschauenden Hund bewegt und eine lange Weile so verharrt. Ein Polizist kommt aus dem Haus. Er fragt uns nach unseren Namen und Kontaktdaten, die wir ihm diktieren. Nachdem er sich alles aufgeschrieben hat, wende ich mich wieder dem Fenster zu. Julia befindet sich nun im Kopfstand, die Beine kerzengerade nach oben gestreckt.

»So was habe ich noch nie gesehen«, murmelt der Mann.

»Dass jemand Yoga macht?«, fragt Nicole.

»Dass jemand auf dem Kopf steht, während das eigene Kind im Koma liegt«, erwidert er. Er blickt noch einen Moment lang durchs Fenster, dann kehrt er ins Haus zurück.

VIERUNDDREISSIG

Das restliche Wochenende behalte ich Robin dicht in meiner Nähe. Ich widerstehe der Versuchung, Nicole oder Julia anzurufen, um nach Daisy zu fragen, weil ich denke, dass sich schon eine von beiden melden wird, wenn es etwas Neues gibt. Der ganze Vorfall setzt mir zu, zumal ich keine Ahnung habe, wie er sich auf Robin auswirken mag.

Wir arbeiten zusammen im Garten und schauen Filme. In der Nacht auf Sonntag hat Robin Albträume und kriecht in mein Bett, aber am Sonntagabend ist sie durch die körperliche Arbeit so erschöpft, dass sie ruhiger wirkt. Wir haben viel geschafft: Die Fenster nach vorne hinaus sind vom Efeu befreit, sodass mehr Licht in die Räume fallen kann, obwohl sich nun auch der jämmerliche Zustand von Anstrich und Tapeten zeigt.

»Trotzdem kann das ein echt hübsches Haus werden«, sagt Robin, als sie sich am frühen Sonntagabend im Wohnzimmer umschaut. »Und ich finde es sowieso schöner als Julias Haus. Unsers ist irgendwie heimeliger.«

Ich betrachte die Flecken auf der Tapete, den Gaskamin und den schäbigen Sims darüber, auf dem nichts steht, seit ich die Porzellanfiguren eingesammelt habe. »Meinst du?«, frage ich.

»Bestimmt, Mum. Wir machen es uns hier gemütlich. Mit ein bisschen mehr Deko sieht es bald richtig toll aus hier. Wir können uns sogar um dein ehemaliges Kinderzimmer kümmern.«

»Wir werden sehen, Schätzchen, okay? Aber jetzt ist es Zeit fürs Bett.« Ich drücke sie an mich. »Es könnte ein recht schwieriger Tag werden. Bislang haben wir noch nichts über Daisys Zustand gehört, aber morgen erfahren wir bestimmt etwas Neues.«

Robin drückt mich ebenfalls.

Am nächsten Morgen liefere ich Robin nur schnell an der Schule ab. Zwar will ich unbedingt wissen, wie es Daisy – und Julia – geht, doch Barbara hat mir geschrieben und bestätigt, dass unser Fall heute fortgesetzt wird. Die Klägerin, Freya, sei von ihrer »Migräne« – die Anführungszeichen in der Nachricht überdeutlich – vollständig genesen, sodass das Gericht heute definitiv zusammenkommt. Ich hoffe, dass wir Nicole am Tor treffen, obwohl es noch sehr früh ist, aber tatsächlich habe ich kein Glück. Andere Eltern stehen in Grüppchen zusammen und unterhalten sich murmelnd. Die Atmosphäre wirkt gedämpft. Es ist eindeutig, dass die Nachricht sich bereits verbreitet hat.

Ich verabschiede mich von Robin, lege ihr ans Herz, sich nicht am Klatsch zu beteiligen und sehe dann zu, dass ich zur Bahn gelange, da ich an einem so wichtigen Tag vor Gericht nicht zu spät kommen will. Auf dem Weg schreibe ich Nicole, ob sie Robin noch immer nach der Schule mit zu sich nehmen kann. *Verstehe absolut, wenn dir nicht danach ist, gib mir einfach kurz Bescheid, damit ich in der Nachmittagsbetreuung anrufe.* Während ich die Haltestelle betrete, antwortet Nicole schon. *Nein, ich hole sie – bringe dich dann auch auf den neusten*

Stand. Hoffe, heute ins Krankenhaus zu kommen. Julia hat sich noch nicht gemeldet.

Als ich mit dem Fahrstuhl abwärts fahre, ist das Netz weg. So sehr mir Daisy auch am Herzen liegt, muss ich mich jetzt auf den Fall konzentrieren. Barbara braucht für das Kreuzverhör Mitschriften und meine Notizen über all das, was ich in den sozialen Medien gefunden habe. Ich muss voll da sein und darf mich nicht ablenken lassen.

»Sadie«, sagt Jeremy, sobald er mich sieht. Er ergreift meine Hand und schüttelt sie. Alexandra, die neben ihm steht, schenkt mir ein Lächeln, das nicht bis zu den Augen reicht. Es wird ein anstrengender Tag werden.

»Geht's Ihnen gut?«, frage ich ihn, und er nickt ernst.

In diesem Moment taucht Barbara auf. »Wir ziehen uns rasch um und treffen Sie vor dem Gerichtssaal.«

Jeremy nickt wieder.

»Schauen wir, wie sich die Lage darstellt«, sagt Barbara, als wir zur Robenkammer eilen. »Wenn man ihr etwas Anständiges angezogen hat, haben wir ein Problem. Wenn sie sich selbst etwas aussuchen durfte, könnte es gut laufen.«

Freyas Auftritt vor Gericht wird von unruhigem Gemurmel im Zuschauerraum begleitet. Sie trägt dezente Kleidung – schwarzes Top und Rock –, ist jedoch so dick geschminkt, dass ihr jugendlicher Teint unter dem Make-up und dem Eyeliner kaum sichtbar ist.

Ich beobachte sie, als sie die Bibel nimmt und schwört, die Wahrheit zu sagen und nichts als die Wahrheit. Bei dem Aufwand, den sie betrieben hat, hätte ich gedacht, dass sie perfekt manikürte Finger oder vielleicht sogar künstliche Nägel hat, doch das Gegenteil ist der Fall. Ihre Nägel sind bis auf die Fingerkuppen abgekaut, die Haut ist wund und rot. Und als ich meinen Blick wieder auf ihr Gesicht richte, kann ich plötzlich hinter die Kriegsbemalung sehen, denn im Grunde ist ihre Maske dieselbe, die auch ich aufsetze, wenn ich glaube, mich rüsten zu müssen – wenn auch in einer etwas milderen Form. Freyas Augen sind rot und verweint, und als sie den Eid ablegt, zittert ihr Kinn genau wie ihre Hand, die dem Gerichtsdiener die Bibel zurückgibt. Voller Mitleid mit dem Mädchen senke ich den Kopf und gehe die Akte vor mir durch.

Als ich mich etwas erholt habe, blicke ich wieder auf und betrachte die Geschworenen. Besonders wohlgesonnen sind sie ihr nicht. Sie schauen zwischen Jeremy auf der Anklagebank und Freya im Zeugenstand hin und her, und stets werden die Mienen weicher, wenn sie sich dem ordentlichen, anständig wirkenden jungen Mann zuwenden, der heute Chinos und einen eingetragenen Blazer trägt. Er ist der ideale Mandant, ihm muss man nicht sagen, wie er sich anzuziehen hat. Aus der Sicht der Verteidigung sind alle Vorzeichen positiv, die Stimmung – zumindest noch – auf der Seite des Angeklagten; der Fall scheint klar und gewonnen. Und doch … zieht man in Betracht, was Freya noch durchleiden muss und durch welchen Dreck Jeremys Name bereits gezerrt worden ist, scheint es nicht sehr wahrscheinlich, dass aus dieser Situation ein klarer Gewinner hervorgehen wird.

SONNTAG, 12.48 UHR

Um die Ecke, den Hang hinunter, die Straße entlang, dann wieder hinauf …

Einen Schritt nach dem anderen. Halb gehe, halb renne ich, noch immer sticht es in meiner Seite. Und je näher ich komme, umso mehr drossele ich mein Tempo, bis ich schließlich halte. Ich bin bisher nur darauf fixiert gewesen hierherzugelangen, mir Zugang zu verschaffen, sie zu finden und herauszuholen. Aber was, wenn sie gar nicht da ist? Wenn ich mich geirrt habe?

Vielleicht hat er sie. Vielleicht ist er zurückgekommen und hat sie geholt. Vielleicht hat er eine Möglichkeit gefunden, zu ihnen zu stoßen, und sie haben sich zusammengetan, und jetzt hat er sie und nimmt sie mit, und ich sehe sie nie wieder und …

Stopp! Hör auf damit.

Einen Schritt nach dem anderen.

Einen Fuß vor den anderen.

Jetzt kann ich das Haus sehen, es ist direkt vor mir, also marschiere ich jetzt zur Tür, klingele oder klopfe, und sie kommt herausgerannt und fällt mir in die Arme, und alles ist okay, nichts ist passiert.

Alles wird gut. Ich bin fast da. Nur noch ein paar Schritte.

Und dann werde ich bei ihr sein.

FÜNFUNDDREISSIG

Der gegnerische Anwalt führt Freya behutsam durch ihre Aussage. Anfangs ist ihre Stimme leise, doch als die Richterin sie bittet, lauter zu sprechen, kann man sie besser verstehen. Als sie von den Anfängen dessen erzählt, was sie ihre Beziehung mit Jeremy nennt, sieht sie ihn immer wieder unverblümt an. Ich muss ihren Mut bewundern; die Anklage hätte einen Antrag auf bestimmte Maßnahmen stellen können, durch die Freya die direkte Konfrontation mit ihm erspart geblieben wäre – indem sie hinter einem Schirm ausgesagt hätte beispielsweise oder sogar per Videoschaltung. Aber Barbara hat mich heute Morgen darüber unterrichtet, dass Freya laut Anklage darauf verzichtet hat. Jeremy solle sehen, welche Auswirkungen sein Verhalten auf sie gehabt hätte, hieß es.

Sie lernten sich kennen, als Freya vierzehn war, erzählt die Klägerin; Jeremy war ihr Geschichtslehrer. Durch ihn sei Geschichte zu einem ihrer Lieblingsfächer geworden; er habe den trockenen Stoff zum Leben erwecken können. Edward bittet sie, genauer darzulegen, was sie damit meint, und sie erklärt, dass er zum Beispiel Romane empfohlen habe, die in derselben Zeit spielten, um die es gerade im Unterricht ging, und sie habe die Lektüre immer sehr genossen. Edward will wissen, ob ihr an diesen Romanen etwas Besonderes aufgefallen sei.

»Da ging es ziemlich oft um Sex«, sagt sie und blickt auf ihre Hände.

»Können Sie das näher erläutern?«

»Die ersten, die er mir empfohlen hat, waren ganz normale Romane, aber dann waren öfter Liebesgeschichten mit vielen Sexszenen dabei.«

»Wie haben Sie das empfunden?«

»Ich wusste vorher nicht, dass Geschichte so sein kann. Meistens ist so was in der Schule doch langweilig. Es geht um Könige und Zahlen und Schlachten, so was eben. Ich hab mir nicht klargemacht, dass das damals ja auch das echte Leben war, dass jemand wie Elisabeth I. zum Beispiel an Sex oder so was gedacht hat.«

Diese Art von Anbahnung setzt sich über zwei Schulhalbjahre fort. Freya beschreibt, wie die leichte Erotik von populärhistorischen Romanen durch expliziteres Material ersetzt wird, das Jeremy ihr zu kaufen oder aus der Bücherei zu leihen empfiehlt. Sie schreibt Buchrezensionen für ihn – zum allerersten Mal in ihrem Leben macht sie freiwillig Zusatzaufgaben. Und das nicht nur, weil Geschichte für sie plötzlich lebendig und spannend geworden ist – ebenfalls zum ersten Mal in ihrer Schullaufbahn nimmt jemand sie ernst und erkennt hinter ihrer Fassade eine schulische Befähigung, von der sie bis zu diesem Zeitpunkt selbst nichts geahnt hat.

»Auf welche Weise hat Mr. Taylor Ihnen gegenüber die Lektüreempfehlungen ausgesprochen?«

»Meistens hat er mich am Ende der Stunde abgepasst. Manchmal ist er auch zu mir in die Klasse gekommen, oder wir haben uns auf dem Flur unterhalten.«

»Zu welchen Zeiten fanden diese Gespräche statt?«

»Während der Unterrichtsstunden. Bis auf das eine Mal, wo wir uns zufällig begegnet sind. Das war auch das erste Mal.«

»Können Sie dem Gericht genau schildern, was geschah? Wissen Sie das Datum noch?«

»Natürlich weiß ich das Datum noch«, sagt Freya, und ihre Stimme bricht. »Es war der Tag, an dem ich meine Jungfräulichkeit verloren habe. Dass man sich so einen Tag merkt, ist doch wohl klar, oder?«

Edward Kayode wartet einen Moment lang, damit Freya sich wieder sammeln kann.

»Sie sagten, Sie können sich an das Datum erinnern«, fährt er schließlich fort. »Wann ist es passiert?«

»Vergangenen Juni. Am sechzehnten.«

»Können Sie dem Gericht in Ihren eigenen Worten erzählen, was geschah?«

Das Datum bezieht sich auf den ersten Anklagepunkt. Sie hätten sich zufällig vor der Schule getroffen, erzählt Freya. Jeremy hätte ihr zuvor ein Exemplar von *Fanny Hill* gegeben. Der Anwalt nimmt einen versiegelten Plastikbeutel und lässt ihn zu ihr durchreichen, bis sie einen Blick darauf wirft und nickt. Ja, das ist es.

Jeremy habe sie gefragt, was sie von seiner letzten Buchempfehlung – *Fanny Hill* – hielte, fährt sie mit ihrer Aussage fort. Freya fand es ziemlich krass.

»Was meinen Sie damit?«, fragt Edward. Nun ist Freyas Gelassenheit dahin, Röte steigt ihr in die Wangen. Sie greift nach dem Wasserglas, das man ihr hingestellt hat und trinkt laut schluckend. Vor Anspannung balle ich die

Fäuste, während Freya sich zu beruhigen versucht, um zum schwierigsten Teil der Aussage zu kommen.

»Na ja, es ist … unanständig«, sagt sie. »So richtig unanständig.« Plötzlich scheint sie neue Kraft zu sammeln. »Klar, im Internet sieht man ständig irgendein Zeug. Man kann dem gar nicht entgehen. Jungs schicken dir was, auf dem Handy poppt was auf, manchmal richtig hardcore. Aber dass er mir dieses Buch empfohlen hat, in dem derart offen über Sex geschrieben wird, das war irgendwie total intim. Als wollte er mir damit etwas sagen.«

»Und was, denken Sie?«

Die Geschworenen sind nun ganz auf Freya konzentriert. Eine Weile bleibt sie stumm. Wieder steigt ihr das Blut zu Kopf und färbt die Wangen fleckig rot. »Ich hab mich gefragt, ob er mir vielleicht sagen will, dass er mich mag.«

»Und in welcher Hinsicht?«

»Na ja, in … in Hinsicht auf Sex. Dass er auf mich steht.«

Sie kommt wieder auf das zufällige Treffen zurück. Sie habe das Schulgebäude ein wenig später als sonst verlassen, weil sie versucht habe, noch schnell eine Hausaufgabe für Erdkunde zu erledigen. Am Tor sei sie auf Jeremy gestoßen, der ins Gebäude zurückwollte, weil er etwas vergessen hätte, wie er sagte. Er fragte sie, wie sie das Buch gefunden habe, woraufhin sie rot wurde und es als unanständig bezeichnete, doch als er etwas nachhakte, gab sie zu, dass es ihr dennoch gefiel. Sie ging mit ihm zurück ins Gebäude, das inzwischen wie leergefegt war, und er bat sie ins Lehrerzimmer, wo er ihr einen Tee machte. Dort wollte er auch, dass sie ihm ihre Lieblingstextstelle aus dem Buch vorlas, aber das war ihr zu viel, daher nahm er ihr das Buch ab, suchte die Passage, die, wie er sagte, seine Lieblingsstelle war, und las sie ihr vor.

Als er damit fertig war, fragte er, ob sie wolle, dass er das, was er vorgelesen hatte, auch mit ihr machte. Sie war nicht besonders erpicht darauf, aber auch nicht gänzlich abgeneigt. Also erlaubte sie ihm, sie zu küssen, sie auszuziehen und sie oral zu befriedigen (was ihr, wie sie nach einigem Zögern zugibt, durchaus gefiel), woraufhin es zum Vollzug des Beischlafs kam. Er hatte ein Kondom benutzt und ging sehr behutsam vor.

Freyas Stimme wird während ihrer Erzählung immer leiser, und die Richterin muss sie freundlich aber bestimmt immer wieder darauf hinweisen, doch lauter zu sprechen. Ihre tödliche Verlegenheit geht mir nah, und ich versuche, mir nicht Robin an ihrer statt vorzustellen. Immer wieder blicke ich zu den Geschworenen, um ihre Reaktionen einzuschätzen, aber sie haben mehr oder weniger neutrale Mienen aufgesetzt, als wollten auch sie es dem Mädchen leichter machen. Es besteht ein starker Kontrast zwischen Freyas äußerer Erscheinung – ihrem Nicht-mit-mir-Make-up – und dem Beben ihrer Stimme, das im ganzen Saal hörbar ist. Als sie mit diesem Teil der Aussage fertig ist, ordnet die Richterin eine zwanzigminütige Pause an, und auf Freyas Gesicht zeichnet sich deutlich Erleichterung ab, als sie mit der Vertreterin der Zeugenunterstützung den Saal verlässt.

»Sie macht einen besseren Eindruck, als ich gedacht hätte«, bemerkt Barbara, »aber ich glaube kaum, dass wir

Probleme haben werden, sie aus der Bahn zu werfen. Das ist alles zu passend – wie sexuelle Anbahnung aus dem Lehrbuch. Ganz offensichtlich hat sie genügend Blogs gelesen.«

Ich nicke. Es passt tatsächlich alles zu gut. Aber es könnte auch deshalb so sein, weil sie die Wahrheit sagt. Ich schiebe den Gedanken beiseite; so sollte ich nicht denken.

»Schauen Sie nach, wie es Jeremy geht«, sagt Barbara. »Und hören Sie sich an, was er zu sagen hat.«

Ich kehre zur Anklagebank zurück. Der Sicherheitsmann lässt mich in den bewachten Bereich hinten im Saal, wo Jeremy wartet, bis das Gericht die Verhandlung fortsetzt. Er ist blass, die Kinnpartie angespannt.

»Alles okay?«

»Es ist einfach schrecklich, sich das anzuhören«, sagt er. »Ich habe für dieses Mädchen mein Bestes gegeben. Und sie verdreht alles, um es mir heimzuzahlen. Das mit diesen Büchern, das ist doch lächerlich.«

»Sie haben ihr die Bücher nicht gegeben«, stelle ich fest.

»Das ganze Internet ist voll mit echten Pornos«, sagt er. »Warum sollte ich ausgerechnet auf altmodische, überfrachtete Erotika zurückgreifen, um einen Teenager zu verführen? Das ist doch Unsinn.«

Womit er recht hat. »Vermutlich.« Bevor ich noch mehr sagen kann, spüre ich mein Handy in der Jacke meines Kostüms vibrieren. »Verzeihen Sie, ich müsste mal eben nachsehen …«

Eine Nachricht von Nicole. *Daisy ist noch immer bewusstlos. Toxikologischer Test steht noch aus. Verdacht auf Überdosis.*

Bei dem Wort »Überdosis« ziehe ich unwillkürlich scharf die Luft ein. Also doch.

»Alles in Ordnung?«

Ich blicke auf. Dass er in seiner Lage meine Beunruhigung bemerkt, überrascht mich. Ich zögere einen Moment, antworte dann jedoch.

»Es geht um eine Freundin meiner Tochter«, erkläre ich. »Sie wurde Freitagabend krank und liegt seitdem bewusstlos im Koma. Sieht nach einer Überdosis aus.«

»Wie furchtbar.«

»Sie haben genug andere Probleme. Ich will Sie damit nicht behelligen.«

»Aber es ist eine ernste Sache. Ich kann verstehen, dass Sie sich Sorgen machen.« Einen Moment lang schweigt er. Dann: »Ihre Tochter geht auf die Ashams, oder?«

»Ja. Genau.«

»Sechste Klasse?«

»Ja.«

Wieder hält er einen Moment inne, ehe er weiterspricht. »Wissen Sie, wahrscheinlich sollte ich den Mund halten. Es handelt sich nur um Gerüchte, nichts Konkretes. Aber man hört gewisse Sachen ... ich stehe noch immer mit dem Kollegium meiner Schule in Kontakt. Wir unterhalten uns öfter.«

»Über was?«, frage ich scharf.

»Die Ashams ist sehr leistungsorientiert, richtig?«

»So ist der allgemeine Tenor, ja.«

»Und es soll extrem schwer sein, angenommen zu werden.«

»Das war zumindest der Eindruck, den man mir vermittelt hat.«

Wieder eine lange Pause. Dann: »Hören Sie, ich weiß

nicht, ob es wahr ist, aber ich habe gehört, dass es dort immer wieder Probleme gibt. Die Eltern sind extrem ehrgeizig, und obwohl die Schule sich größte Mühe mit den Kindern gibt, kann sie sie nicht vor allem schützen.«

Ein Schreck durchfährt mich. »Das scheint mir eine ganz gute Einschätzung. Die Lehrerschaft kommt mir recht kompetent vor. Die Eltern dagegen … na ja, das ist eine andere Geschichte. Aber wir kommen inzwischen ganz gut zurecht.«

»Das klingt gut.« Wieder eine längere Pause. »Aber das war noch nicht alles. Ich … na ja, ich habe neulich mit jemandem darüber gesprochen. Mir war im Kopf geblieben, dass Ihre Tochter auf die Schule geht.« Besorgt blickt er mich an.

»Und?« Ich gebe mir Mühe, ruhig zu klingen, aber meine Hände beginnen zu beben.

»Ich habe mir im ersten Moment nichts dabei gedacht«, fährt er fort. »Unfälle passieren. Aber nun, da es das nächste gibt …«

»Das nächste was?«

»Das nächste Kind im Krankenhaus.«

»Es gab ein anderes?«

»Ja, vergangenes Jahr«, sagt er. »Ich weiß nicht genau, was passiert ist, aber …«

Der Wachmann unterbricht ihn. »Sie sollten jetzt wieder in den Saal zurück, Sir.«

Ich muss auch gehen, will aber den Rest hören.

»Was? Was ist denn passiert?«

Jeremy steht auf und rückt die Krawatte zurecht.

»Das Mädchen ist gestorben«, sagt er. »Ich weiß nicht, wieso, aber es ist gestorben.«

Ein Schauder durchfährt mich.
Langsam kehre ich hinter Jeremy in den Saal zurück.
Seine Worte noch in den Ohren.
Kalte Furcht in meiner Kehle.

SECHSUNDDREISSIG

Der nächste Teil von Freyas Zeugenaussage rauscht völlig an mir vorbei. Nur langsam komme ich wieder im Saal an. Sie berichtet von den anderen beiden Gelegenheiten, zu denen Jeremy und sie, ihrer Behauptung nach, miteinander geschlafen haben. Einmal in einem leeren Klassenzimmer, das andere Mal erneut nach Schulschluss im Lehrerzimmer. Er gab ihr das Gefühl, etwas Besonderes zu sein, und sie liebte es, mit ihm über Bücher zu sprechen. Als etwas modernere Lektüre empfahl er ihr *Fifty Shades of Grey*, und sie schrieben sich im Stil der beiden Hauptfiguren Nachrichten. Er versuchte sogar, Freya zu überreden, ihm Nacktbilder zu schicken, doch das lehnte sie ab.

Jetzt bin ich hellwach. Ich schiebe mein Mitgefühl für Freya beiseite. Wenn es etwas gibt, mit dem ich mich auskenne, dann ist es der Inhalt von Freyas gesammelten Medien- und Nachrichtenaccounts. Und auf keinem ist auch nur eine Spur von eben diesen Aktivitäten vorhanden. Der Ankläger, Edward, ist sich dessen eindeutig ebenfalls bewusst.

»Über welche Kanäle haben Sie sich all diese Nachrichten geschickt?«, fragt er Freya nach der Wiedergabe eines Chats, dem die Geschworenen zunehmend schmallippig gelauscht haben.

»Wir haben Viber benutzt, eine App«, antwortet sie. »Ich hatte sie auf dem iPad installiert.«

»Können Sie dem Gericht die Nachrichten zeigen?«

Sie senkt den Blick und schüttelt den Kopf.

»Tut mir leid, aber Sie müssen Ihre Antwort formulieren«, sagt Edward.

»Nein«, sagt sie. »Ich kann sie dem Gericht nicht zeigen. Die App war nur auf meinem iPad, nirgendwo sonst, und ich hab es letzten Sommer verloren.«

»Was soll das heißen – verloren?«

»Ich muss das Tablet in der Schule oder im Bus liegen gelassen haben. Jedenfalls ist es nicht mehr da. Und wir haben sowieso immer nur über den geheimen Chat kommuniziert.«

»Würden Sie dem Gericht bitte erklären, was ein geheimer Chat ist?«

»Man kann einstellen, dass alle Nachrichten automatisch gelöscht werden, sobald man sie gelesen hat. Jeremy – Mr. Taylor – war in der Hinsicht sehr streng. Wir konnten uns nur auf diese Art schreiben.«

Freya blickt zu Jeremy auf der Anklagebank. Auch ich wende mich um und stelle fest, dass er sie nicht ansieht, sondern den Kopf senkt. Dass Freya ihn Mr. Taylor nennt, verblüfft mich; sie klingt plötzlich so jung. Suchend sehe ich mich im Saal um; wo mögen die Eltern sitzen? Wenn Robin an ihrer Stelle wäre, würde ich durchdrehen, sie in einer solchen Situation erleben zu müssen. Wenn Robin an ihrer Stelle wäre, würde ich Jeremy eigenhändig ermorden wollen. Wenigstens ist sie momentan in der Schule in Sicherheit. Wie Freya es auch hätte sein sollen.

»Haben Sie noch über andere Kanäle kommuniziert?«, will Edward wissen.

»Nein. Nur so. Und ab und zu über die Schule per E-Mail, wenn es um Hausaufgaben ging. Aber da stand nichts drin – nur ganz normale Sachen.«

»Wie haben Sie gemailt?«

»Von meinem Laptop.«

»Befinden sich auch Nachrichten auf ihrem Handy?«

»Nein. Es ist ein total simples Nokia, kein Smartphone. Er wollte mir nicht darauf schreiben, um keine elektronische Fährte zu hinterlassen. So hat er es genannt.«

»Ich möchte es für das Gericht noch einmal deutlich machen: Sie hatten ein Laptop, ein Mobiltelefon und ein iPad, ist das so richtig?«

»Ja.«

»Ist es nicht ungewöhnlich, dass Sie statt eines Smartphones nur ein schlichtes Nokia besitzen?«

»Erklären Sie das mal meiner Mutter.« Gelächter geht durch den Saal und lockert vorübergehend die angespannte Atmosphäre auf. Selbst Freya grinst. »Ich hatte ein iPhone, aber es ist zu oft kaputtgegangen. Meine Mutter meint, ich muss mit dem schlichten Handy auskommen, bis ich bewiesen habe, dass ich mit dem teuren umgehen kann. Ich sollte eigentlich ein neues kriegen, als ich das iPad verloren habe.«

»Wann war das noch, sagten Sie?«

»Im letzten Sommer.«

»Und Sie haben nicht versucht, die Viber-App auf dem Laptop zu installieren?«

»Das sollte ich nicht. Er meinte, es sei sicherer, sie nur auf einem einzigen Gerät zu nutzen.«

Edward sieht diverse Unterlagen durch. »Was ist mit Ihrem Telefon und dem Laptop passiert?«

»Die Polizei hat sie mir abgenommen. Ich habe beides nicht mehr. Meine Mutter hat mir wieder nur ein neues Nokia erlaubt, weil sie so sauer war deswegen.«

Edward bedeutet dem Gericht, dass er mit diesem Teil der Befragung am Ende ist, und wir erheben uns, um uns zum Lunch in der Kantine Sandwiches zu besorgen. Jeremy ist angespannt, Barbara überhaupt nicht.

»Machen Sie sich keine Sorgen«, sagt sie. »Das war im Grunde schon das Schlimmste, was auf Sie zukommt. Wenn ich das Mädchen erst ins Kreuzverhör nehme, wird alles gut. Und die Geschworenen scheinen nicht unbedingt auf ihrer Seite zu sein. Oder was meinen Sie, Sadie?«

»Das sehe ich auch so«, antworte ich. »Sie waren nicht besonders angetan von der Tatsache, dass das iPad weg ist. Oder dass die Mails sich nach dem Lesen selbst gelöscht haben. Das wirkt alles etwas zu praktisch.«

Jeremy nickt, etwas beruhigter.

»Ich werde die ganze Geschichte in der Luft zerreißen, Jeremy«, sagt Barbara. »Das verspreche ich Ihnen. Damit kommt sie nicht durch.«

Ich verlasse die Kantine etwas vor den anderen, weil ich zur Toilette will. Die jungen Mädchen aus Jeremys Schule stehen erneut zusammen im Flur. Sie waren während Freyas Aussage im Saal, und als ich an ihnen vorbeigehe, verstummen sie, nur um wieder miteinander zu tuscheln, sobald ich mich in Richtung Toiletten wende.

»Sie lügt doch wie gedruckt«, sagt eins der Mädchen. Ich drossele mein Tempo; ich kann nicht widerstehen.

»Ich weiß, dass sie mindestens mit drei Typen gepennt hat, bevor das angeblich passiert ist.«

»Das kannst du gar nicht genau wissen«, sagt eine andere. »Das waren doch nur Gerüchte.«

»Nicht nur. Emma hat's mir erzählt. Ihr Bruder kennt die Jungs.«

»Emma erzählt viel, wenn der Tag lang ist. Die denkt sich auch gerne etwas aus.«

»Seit wann setzt du dich denn für Freya ein? Schau doch, was sie Mr. Taylor angetan hat.«

Das andere Mädchen bleibt standhaft. »Wie wär's, wenn wir ihr glauben? Du redest immer nur von Mr. Taylor. Du bist doch nur auf seiner Seite, weil du auf ihn stehst.«

»Tu ich gar nicht.«

»Und ob du das tust. Und ich finde es ekelhaft. Er ist doch viel zu alt für dich.«

Der letzte Satz erklingt lauter, und nun kommen Gekreische und Geräusche schneller Bewegungen dazu. Anscheinend entsteht ein Handgemenge in der Gruppe, und ich senke den Blick und gehe hastig weiter. Mir schwirrt der Kopf.

Sobald wir wieder im Saal sitzen, nehme ich mein Handy heraus, ehe die Richterin zurückkehrt, und frage Nicole, ob es etwas Neues gibt. *Nichts*, kommt beinahe postwendend. *Ich mach mir solche Sorgen. Ich fahre nachher beim Krankenhaus vorbei, ehe ich Pippa abhole. Bleibt es dabei, dass ich Robin mitnehme?*

Ich wende mich zu Barbara um. »Brauchen Sie mich nach der Verhandlung?«

»Nein. Ich muss mich nur darauf verlassen können, dass

Sie alle Nachrichten aus dem Material, das wir haben, mit einem feinen Kamm durchgegangen sind.«

»Ich denke, es müsste alles in dem Dokument, das ich Ihnen gegeben habe, vermerkt sein. Es gibt nichts über Jeremy oder von ihm – nichts, was auf ihn hindeuten könnte, keinerlei belastendes Material. Es kommt mir nahezu unglaublich vor, dass sie ihn nicht wenigstens erwähnt hat. Diese iPad-Geschichte kaufe ich ihr nicht ab.«

»Ich ihr auch nicht«, sagt Barbara. »Und wenn ich erst einmal mit dem Kreuzverhör fertig bin, wird das auch kein anderer in diesem Saal mehr tun.«

Ich schreibe Nicole rasch zurück. *Komme wahrscheinlich zeitig raus, aber wenn's dir nichts ausmacht, Robin für alle Fälle mit zu euch zu nehmen, wäre ich echt froh. Spät wird es garantiert nicht.* Ich tippe auf Senden, als die Ehrenwerte Richterin Chynoweth wieder in den Saal zurückkehrt.

Edward scheint in der kurzen Pause Kraft getankt zu haben, denn er springt energisch auf die Füße, als es Zeit ist, die Beweisführung fortzusetzen. Freya sieht nicht ganz so fröhlich aus. Ihr Make-up sitzt noch, aber um ihre Lider sind dunkle Flecken zu sehen, als habe sie sich die Augen gerieben und dabei den Eyeliner verwischt. Sie wirkt müde und mutlos, wie sie dort steht, doch als die Richterin, die es offenbar ebenfalls bemerkt hat, sie fragt, ob sie sich lieber setzen möchte, schüttelt sie den Kopf.

Edward beginnt von Neuem. »Sie haben die drei Gelegenheiten, zu denen Sie mit dem Angeklagten Verkehr hatten, sowie verschiedene sehr intime Unterhaltungen per Chat beschrieben. Und Sie haben uns erzählt, dass der letzte Vorfall sich in der ersten Juliwoche kurz vor Ende des Schuljahrs ereignete.«

Er hält inne, und Freya nickt.

»Gab es irgendwelche Diskussionen mit dem Angeklagten wegen einer Fortsetzung der Beziehung auch noch während der Sommerferien?«

»Ja«, antwortet Freya. »Ich dachte, es würde weitergehen. Ich wollte ihn zu Hause besuchen.«

»Und haben Sie ihn in den Ferien denn gesehen?«

»Nur einmal.« Freya zieht die Schultern nach vorne.

»Würden Sie dem Gericht bitte erzählen, was dabei geschah?«

Sie senkt den Kopf und atmet tief ein. »Wir haben uns in der ersten Ferienwoche viel geschrieben. Er wollte dafür sorgen, dass wir uns bald treffen könnten. Wir müssten vorsichtig sein, meinte er, aber er würde es hinkriegen. Dann habe ich mein iPad verloren. Ich konnte es einfach nicht mehr finden. Und ihm dann auch nicht mehr schreiben.«

»Haben Sie versucht, auf andere Art Kontakt aufzunehmen?«

Wieder eine lange Pause. Wieder ein tiefer Atemzug. »Ja«, sagt sie schließlich. »Ich bin zu ihm nach Hause gegangen.«

»Hat der Angeklagte Ihnen seine Adresse gegeben?«

»Nein«, antwortet Freya leise. »Ich habe sie rausgekriegt.«

»Rausgekriegt?«

»Als wir das letzte Mal … als ich das letzte Mal mit ihm zusammen gewesen bin, ist er zum Klo gegangen, um das

Kondom wegzuspülen. Seine Brieftasche lag auf dem Tisch. Ich habe ein Foto von seinem Führerschein gemacht. Daher wusste ich, wo er wohnt.« Ihre Stimme klingt inzwischen gepresst.

»Warum haben Sie das Foto von seinem Führerschein gemacht?«, hakt Edward nach.

»Weil ein Bild von ihm drauf war. Ich wollte das haben. Und ich … ich wollte wohl auch seine Adresse. Für alle Fälle.« Sie richtet sich wieder etwas auf. »Ich hab das nicht vorgehabt, aber ich konnte irgendwie nicht anders.«

»Und haben Sie die Adresse irgendwie verwendet?«

»Ja. Ich bin hingegangen. Ich wollte ihn fragen, ob er mir seine Telefonnummer gibt, damit ich ihm schreiben kann, weil ich ja mein iPad verloren hatte. Meine Mutter war total sauer deswegen, und ich durfte kein Tablet mehr haben, daher konnte ich die App nicht mehr benutzen.«

»Kehren wir zu dem Tag zurück, als Sie zu ihm nach Hause gegangen sind. War er da?«

Freya zögert. »Ja, war er. Aber er war total sauer, dass ich gekommen bin. Er meinte, das wäre dumm und unreif von mir. Also bin ich wieder gegangen.« Freya klingt jetzt selbst sauer, als sei die Erinnerung noch sehr frisch.

»Und wie fühlten Sie sich?«, fragt Edward.

»Schrecklich. Ich dachte, unsere Beziehung wäre etwas Besonderes.«

Eine Pause entsteht, während Edward seine Unterlagen durchsieht. Ich schreibe in rasender Geschwindigkeit mit. Barbaras aufmerksam erhobener Kopf deutet darauf hin, dass sie diese Aussagen als besonders wichtig erachtet, und ich möchte nichts auslassen.

Edward setzt erneut an. »Haben Sie ihn in diesem Sommer noch einmal gesehen?«

Zum ersten Mal beginnt Freya tatsächlich zu weinen. Ein paar Schluchzer entwischen ihr, ehe sie sich die Hand auf den Mund presst und mit der anderen über die Augen wischt. Plötzlich wirkt sie mehr wie das Schulkind, das sie tatsächlich ist. Die Geschworenen scheint das allerdings nicht zu beeindrucken. Einige rücken auf ihren Plätzen herum, eine Frau blickt auf ihre Uhr.

Der Gerichtsdiener reicht Freya ein frisches Glas Wasser, und sie trinkt. Die Richterin fragt, ob sie fortfahren könnten oder ob Freya eine kurze Pause brauche.

»Schon gut«, antwortet sie. »Ich kann weitermachen.« Entschlossen hebt sie das Kinn. »Ja, ich habe ihn noch einmal gesehen. Im August. Ich war bei meinem Vater in Surrey zu Besuch, aber er war nie da, und mir war langweilig. Also hab ich beschlossen, zu meiner Mutter zurückzufahren. Ich bin eines Morgens einfach abgehauen, nachdem seine blöde Freundin mal wieder bei ihm übernachtet hat; ich kann die Frau einfach nicht leiden. Also bin ich mit dem Zug nach London gefahren, hab dann aber nicht die U-Bahn nach Hause genommen, sondern bin noch mal zu Jeremy gegangen. Ich hatte ihm ein Buch bestellt, eine Sonderausgabe von *Fanny Hill*, weil ich gehofft hab, dass er sich vielleicht über das Geschenk freut und wir wieder zusammenkommen.«

»Verstehe«, sagt Edward. »Und wissen Sie noch, wann Sie bei ihm eintrafen?«

»So gegen neun.«

»Wurden Sie denn nicht zu Hause erwartet?«

»Nein. Ich hatte meiner Mutter nichts gesagt. Ich bin einfach losgefahren.«

»Sie sind also hingegangen«, führt Edward sie wieder zum Thema zurück. »Und dann?«

»Ich wollte klingeln, war aber zu nervös. Also hab ich mich auf eine Mauer gegenüber von seinem Haus gesetzt und gewartet, ob er rauskommt.«

»Und ist er das?«

Ich blicke zu Freya und fröstele, während ich ihre Mimik beobachte. Einen Moment lang ist ihr Gesicht vollkommen ausdruckslos. Langsam wendet sie sich Edward zu.

»Ja.«

»Allein oder mit jemand anderem?«

Freya sieht nun direkt Jeremy an. »Mit jemand anderem. Einem Mädchen. Ich kannte sie nicht.« Ich werfe ihm einen Blick zu, aber auch jetzt hält er den Kopf gesenkt.

»Was geschah dann?«

»Er hat sich von ihr verabschiedet. Es sah aus, als sei sie die Nacht über bei ihm gewesen – er hatte einen Bademantel an. Er hat sie geküsst, richtig lange, dann ist sie gegangen.« Auf ihrer Miene zeichnet sich etwas ab, das beinahe nach Triumph aussieht, ehe es durch Traurigkeit ersetzt wird.

»Und was haben Sie gemacht?«

»Schnell den Kopf gesenkt. Sobald er die Tür zugemacht hat, bin ich rübergerannt, hab das Buch durch den Briefschlitz gesteckt und bin abgehauen.«

»Sie haben gesehen, wie er eine andere geküsst hat, und ihm dennoch ein Geschenk gemacht?«

»Ich dachte, dass er dadurch wenigstens ein schlechtes Gewissen kriegt«, antwortet Freya, und es klingt zutiefst niedergeschlagen.

»War es kurz nach diesem Morgen, dass Sie jemandem erzählt haben, was zwischen Ihnen und dem Beklagten vorgefallen ist?«

»Ja. Ich habe es meiner Mutter erzählt, aber sie meinte, ich hätte mir das alles doch nur ausgedacht. Also bin ich allein zur Polizei gegangen. Und dann ist es hierzu gekommen.« Sie deutet vage durch den Saal, ehe sie den Kopf hängen lässt, als drücke der Gedanke sie nieder.

SIEBENUNDDREISSIG

Die Verhandlung wird kurz danach vertagt. Die Anklage hat ihre Befragung der Zeugin beendet.

Barbara ist für das Kreuzverhör gerüstet. Sie weist mich an, erneut alle Funde aus den Ausdrucken zu überprüfen. Jeremy wirkt nun, da die Beweislage formuliert worden ist, ruhiger. Sobald die Richterin die Sitzung beendet, verlässt er das Gericht. Ich verabschiede mich und gehe ebenfalls. Ich hätte ihn noch gerne nach den Gerüchten über Robins Schule gefragt, aber jetzt ist nicht der richtige Zeitpunkt dazu.

Nicole hat nichts mehr geschrieben, also begebe ich mich so schnell ich kann zu ihrem Haus im Norden Londons. Die Anspannung der Verhandlung weicht der Besorgnis um Daisy, um Julia, um Robin.

Nicole macht mir die Tür auf. Von oben höre ich fröhliches Kinderlachen; wenigstens scheint Robin nicht zu sehr an Daisy oder das, was geschehen könnte, zu denken. In der Luft hängt ein verlockender Duft nach Essen. Im Haus ist es warm, die Vorhänge sind gegen die ungemütlich herbstliche Dämmerung zugezogen, und als Nicole die Arme ausbreitet, ist es, als nehme ihr Heim mich herzlich auf.

Nicole ist erhitzt vom Kochen, und ihr Haar riecht leicht nach gebratenen Zwiebeln. Als sie mich loslässt und sich umdreht, um hineinzugehen, merke ich, dass sie ziemlich unter Stress stehen muss. Ihr Pulli ist voller Flecken, das Haar schon länger nicht mehr gebürstet worden.

»Gibt es was Neues?«

»Nichts. Daisy liegt nach wie vor im Koma. Man nimmt an, dass sie als Reaktion auf die Überdosis erbrochen hat, als sie schon bewusstlos war, und an diesem Erbrochenen fast erstickt ist. Als Julia sie wecken wollte, war sie dem Tode nah. Durch den Sauerstoffmangel ist das Gehirn vermutlich in Mitleidenschaft gezogen worden, und weil sie zu allem Überfluss etwas von dem Erbrochenen eingeatmet hat, ist es zu einer Lungenentzündung gekommen. Ihr Zustand ist kritisch, auch wenn man nicht genau weiß, wie stark die Hirnschäden sind, wenn sie wieder aus dem Koma erwacht. Falls sie überhaupt wieder erwacht …« Den letzten Satz flüstert Nicole nur noch.

Koma. Lungenentzündung. Hirnschäden. Mit deutlichem Nachhall setzen sich die Worte in mir fest. »Dass es so schlimm ist, war mir nicht klar.«

»Das war nichts, was ich als Nachricht zusammenfassen konnte«, erklärt Nicole. »Ich wollte es dir lieber persönlich sagen.«

Sie zieht mich ins Wohnzimmer, setzt sich aufs Sofa und klopft auf den Platz neben sich. »Ich habe keine Ahnung, was passiert ist oder was Daisy genommen haben könnte, aber der Verdacht auf eine Medikamenten-Überdosis scheint sich zu erhärten.«

»Woher kann sie denn Medikamente bekommen haben? Und was für Medikamente sollen das überhaupt sein?« Je mehr ich höre, umso mehr Fragen drängen sich auf.

»Das ist wohl bisher nicht klar, die Laboruntersuchungen stehen noch aus. Und was das Woher betrifft … deswegen hat die Polizei Julias Haus durchsucht.«

Ich muss nachhaken. »Wie lange ist Daisy am Samstagmorgen denn schon bewusstlos gewesen?«

»Pippa hat nicht gemerkt, dass irgendetwas nicht stimmte – sie ist früh aufgewacht und kam direkt zu mir. Sie war der festen Ansicht, Daisy würde einfach noch tief schlafen. Erst als Julia sie später wecken wollte, fiel ihr auf, dass Daisy bewusstlos war und Erbrochenes um ihren Mund klebte. Sie atmete nicht mehr. Ich habe sie sofort zu reanimieren versucht, und der Notarzt kam zum Glück sehr schnell. Aber wie lange das Hirn unter dem Sauerstoffmangel gelitten hat, weiß man nicht. Es ist jedenfalls sehr ernst.«

»Du hattest gesagt, dass es ihr am Freitagabend schon nicht gut ging?«

»Sie war … aufgewühlt. Sie klagte über Bauch- und Kopfschmerzen, aber ich dachte, dass ihr vor allem der ganze Schulstress aufs Gemüt schlägt.« Meine neue Freundin wirkt plötzlich nervös. »Die letzte Mathearbeit ist ja nicht so gut gelaufen, und sie war noch immer frustriert über die schlechte Note.«

»Die fünfundsiebzig Prozent?«

Nicole sieht mich an. »Die Note, die Julia für schlecht hielt, ja.«

»Daisy bekommt wirklich viel Druck von ihr, nicht wahr?«

»Ja«, antwortet Nicole. »Klar, Julia liebt sie natürlich über alles, aber sie hat enorm hohe Ansprüche an sie.« Sie steht auf, geht im Wohnzimmer auf und ab, bleibt vor dem

Spiegel über dem Kaminsims stehen und zieht an ihrem Haar. »Wir predigen ihnen immer, nicht um jeden Preis die Beste sein zu wollen, sondern einfach ihr Bestes zu geben, aber ich bin mir nicht sicher, ob diese Botschaft schon zu Julia vorgedrungen ist.«

Ich lache, wenn auch mit wenig Humor. »Die Konkurrenz ist groß.«

»So ist es.« Nicole setzt sich wieder neben mich aufs Sofa. »Und deswegen habe ich dich auch angerufen. Mir ist klar, dass das alles etwas merkwürdig wirkt, weil wir uns bis vor Kurzem praktisch noch nicht kannten, aber du kommst mir einfach weitaus normaler vor als die anderen. Alles hat ein wenig überhandgenommen. Vor allem in diesem Jahr mit den anstehenden Prüfungen …«

Einen Moment lang sitzen wir schweigend da. Trotz meiner Bedenken fühle ich mich geschmeichelt, dass Nicole mich als Quelle der Normalität betrachtet.

»Wahrscheinlich konnten wir dem Schlimmsten entgehen, weil wir erst so spät dazugestoßen sind«, sage ich.

»Klar, so könnte man es auch sehen. Auf jeden Fall lernst du uns nicht gerade von unserer besten Seite kennen. Eigentlich waren wir eine nette Gemeinschaft, doch dieses Jahr ist nervenaufreibend.«

Fast hätte ich vergessen, was Jeremy vorhin über die Schule gesagt hat, doch ihre Bemerkung erinnert mich wieder daran. »Ich habe etwas gehört. Von jemandem außerhalb der Schule.«

»Aha? Und was?«

»Von einem Todesfall. Robin hat auch etwas in der Art erwähnt.«

Nicole wickelt sich eine Haarsträhne um den Finger. »Ich bin nicht sicher …«

»Ich bin auch nicht sicher. Und er meinte, es handele sich um Gerüchte, aber …«

Nicole macht den Mund auf, doch noch ehe sie etwas sagen kann, klingelt es an der Tür.

Sie hastet zum Eingang, um aufzumachen, und ich höre das Murmeln von Stimmen. Es ist Julia, und ich gehe hinaus zu ihnen in den Flur. Sie ist blass und hat dunkle Ringe unter den Augen. Als sie mich sieht, bedenkt sie mich mit einem halben Lächeln, ehe sie ihren Mantel auszieht. »Ich brauche einen Drink.«

Wir gehen in die Küche, wo Nicole eine Flasche Weißwein öffnet, drei Gläser auf den Tisch stellt und großzügig einschenkt.

»Und? Wie geht's ihr?«, fragt Nicole.

»Unverändert.« Julia kippt das halbe Glas in einem Zug herunter. »Völlig unverändert. Sie liegt da, schneeweiß und ausgemergelt, mit dem Beatmungsschlauch im Hals. Wenn ich nicht wüsste, dass sie es ist, würde ich sie nicht erkennen.«

»Warum lässt du mich denn nicht zu ihr?«, fragt Nicole.

»Weil es dich fertigmachen würde«, antwortet Julia. »Ich will dich doch nur schützen.« Sie trinkt ihr Glas leer und schenkt sich nach. »Außerdem soll sie nicht viel Besuch bekommen. Das sorgt für zu viel Unruhe auf dem Flur. Es handelt sich schließlich um die Intensivstation …«

Nicole tätschelt ihr den Arm. »Furchtbare Geschichte«, sagt sie. »Und du hältst dich so tapfer.«

»Was bleibt mir übrig? Paul war heute auch da. Er war fix und fertig.«

»Und war das okay für dich? Ihm zu begegnen, meine ich?«, fragt Nicole.

Julia presst die Lippen zusammen und schüttelt den Kopf. »Er war genauso egoistisch und ekelhaft wie immer. Er hat mich angefahren, ich hätte nicht richtig auf sie aufgepasst, und er würde das Sorgerecht beantragen, sobald es ihr wieder gut genug ginge, um aus dem Krankenhaus entlassen zu werden.«

»Und was hast du gesagt?«

»Dass es jetzt wohl kaum der richtige Augenblick für so etwas sei. Wichtig ist schließlich nur, dass sie wieder gesund wird.«

»Und?«

Julia trinkt wieder, dann senkt sie ihr Glas. »Er meinte, ich solle mit der elenden Heuchelei aufhören. Ich würde die perfekte Mutter spielen, während ich in Wirklichkeit alles andere als das wäre, was ihn total krank machen würde.«

Sie lässt den Kopf in die Hände sinken, und ihre Schultern beginnen zu beben. Nicole eilt an ihre Seite und zieht sie in die Arme, wo Julia einen Moment lang still verharrt; nur ab und zu ist ein ersticktes Schluchzen zu hören. Voller Mitgefühl sehe ich den beiden zu. Ja, Julia hat ihre Macken, und die sind nicht klein, aber in der Lage, in der sie sich befindet, tut sie mir unglaublich leid.

»Er ist einfach ein Mistkerl«, murmelt Nicole ins Haar ihrer Freundin. Ich muss unwillkürlich daran denken, wie Andrew mich behandelt hat, und mein Mitgefühl für Julia wächst umso mehr.

Der Timer am Ofen klingelt. Nicole lässt Julia los, stellt ihn ab und zieht eine riesige blubbernde Fischpie mit goldbrauner Käsekruste heraus. Mir läuft das Wasser im Mund zusammen.

»Ich dachte, dass wir heute Abend vielleicht Trostfutter gebrauchen könnten.«

Julia tritt zu ihr und drückt sie. »Du bist großartig, Nicole«, sagt sie. »Deine Unterstützung bedeutet mir viel. Und deine auch, Sadie.« Sie wendet mir ihr Gesicht zu, und ich erkenne echte Emotionen unter der Botoxmaske. »Wir haben uns anfangs nicht gleich verstanden, aber ich weiß, dass ich auf dich zählen kann.«

»Und Robin und Pippa kommen wunderbar miteinander aus«, fügt Nicole hinzu. »Es tut so gut, die beiden oben lachen zu hören. Robin versteht sich hervorragend darauf, sie abzulenken.«

»So leicht würde ich mich auch gerne ablenken lassen«, murmelt Julia. Ich gebe mir Mühe, das nicht als Beleidigung aufzufassen.

Die Mädchen kommen herunter, und wir setzen uns alle um den Tisch und essen die Pie. Ich mit großem Appetit – es scheint eine Ewigkeit her, dass wir in der Gerichtskantine gesessen haben –, Robin und Pippa ebenfalls, aber Nicole und Julia schieben ihre Bissen lustlos auf dem Teller hin und her.

»Daisy hätte vermutlich schon das gesamte Ding verschlungen«, sagt Julia mit einem Seufzen.

»Ja, sie hat einen gewaltigen Appetit«, stimmt Nicole zu.

»So gewaltig nun auch wieder nicht«, wendet Julia mit

leichter Schärfe ein. »Nicht wie Pippa hier – sie nimmt sich schon das zweite Mal.«

»Pippa …«, mahnt Nicole. »Du weißt doch, dass du fragen sollst, ehe du dir nachnimmst.« Sie nimmt ihrer Tochter den Teller weg, obwohl Pippa sich gerade die Gabel in den Mund steckt.

»Entschuldigung«, murmelt Pippa und wird rot.

»Macht ja nichts, Schätzchen. Denk einfach demnächst daran, dass du nicht so viel zu essen brauchst.«

Robin wirft mir einen Blick zu, wie um zu fragen, ob es in Ordnung ist, wenn sie weiterisst, und ich nicke, ehe ich nach dem Servierlöffel greife, um mir ebenfalls eine weitere Portion auf den Teller zu laden.

»Ich beneide dich glühend darum, einfach zu essen, ohne darüber nachzudenken«, sagt Julia, und ich blinzele. »Ich wäre froh, wenn ich ab und an weniger diszipliniert wäre. Aber selbst in einer solchen Stresssituation wie jetzt, kann ich mir einfach nicht erlauben, Essen in mich reinzuschaufeln.«

Die volle Gabel, die ich mir gerade zuführen will, bleibt kurz vor meinem Mund hängen. Ich fange Nicoles Blick auf, ehe ich die Hand senke.

»Ach, Julia, du hältst dich so tapfer«, sagt Nicole. »Das ist fast schon übermenschlich. Ich wäre längst am Boden.«

Ich murmele zustimmend, nehme meinen und Robins Teller und stapele sie neben der Spüle übereinander.

»Wir gehen jetzt besser«, sage ich. »Wir haben deine Gastfreundschaft schon genug strapaziert. Außerdem muss ich noch ein bisschen arbeiten.«

»Ich nehme Robin morgen gerne wieder mit zu uns«, sagt Nicole.

Sie bringt uns zur Tür. Als sie mich zum Abschied umarmt, beugt sie sich zu meinem Ohr. »Ich weiß, ich sage immer wieder dasselbe, aber nimm bitte nicht zu ernst, was Julia sagt. Sie steht unter enormem Stress. Es muss so schlimm sein.«

»Ich mag es mir nicht einmal vorstellen.«

Der Gedanke an Daisy, die bewusstlos im Krankenhaus liegt, will mich nicht mehr loslassen. Auf dem Weg nach Hause halte ich Robins Hand ganz fest.

ACHTUNDDREISSIG

Auch am nächsten Morgen gibt es noch keine Neuigkeiten. *Lage ist unverändert,* schreibt Nicole. *Robin heute Nachmittag wie immer sehr willkommen.*

Ich schreibe ihr einen schnellen Dank zurück. Als mir das Gespräch mit Jeremy wieder einfällt, setze ich mich an den Rechner und gebe *Ashams-Schülerin stirbt* ein. Doch ich bekomme ausschließlich Links, die sich in positiver Weise auf die Schule beziehen. Keinerlei negative Informationen. Ganz sicher nichts über ein totes Mädchen.

»Bist du sicher, dass du wieder zu Pippa und ihrer Mutter gehen willst?«, frage ich Robin auf dem Weg zu Schule.

»Ja, sie sind nett«, antwortet sie. »Wirklich, Mum, alles gut, versprochen.«

Ich wende nichts ein. Kann ich eigentlich auch gar nicht in Anbetracht der Tatsache, dass ich mich nicht um eine Alternative nach der Schule gekümmert habe.

»Wenn dieser Prozess vorbei ist, mache ich Nägel mit Köpfen, versprochen. Ich besorge dir ein Kindermädchen, das zu uns nach Hause kommt, wann immer ich zum Gericht muss.«

»Vielleicht ist Dad bis dahin hergezogen«, sagt Robin beiläufig. Ich blinzele.

»Denkt er darüber nach?«

»Ich weiß nicht genau. Er hat so was gesagt, als er neulich

hier war. Keine Ahnung. Jedenfalls musst du dir keine Sorgen machen. Ich mag Pippa und Nicole.« Und damit gibt sie mir einen Kuss zum Abschied.

Ich sehe Nicole in der Ferne, aber sie hängt an ihrem Handy und schaut nicht auf, daher mache ich mich auf den Weg zur U-Bahn. Ich bin ganz dankbar, dass ich mich nicht unterhalten muss, denn meine Gedanken sind bei dem, was Robin über Andrew gesagt hat – dass er vielleicht herziehen könnte. Das ist kein Problem, mit dem ich mich jetzt auseinandersetzen möchte; aus den Augen, aus dem Sinn gefällt mir besser. Ich weiß, dass ich mich irgendwann damit befassen muss. Aber nicht jetzt.

Die Bahnfahrt fungiert wie immer zuverlässig als magische Schleuse weg von meinen Sorgen um Daisys Wohlergehen hin zu der angespannten Erwartung, was den Prozess und Barbaras Kreuzverhör betrifft. Als der Zug die Themse unterquert, ist es mir gelungen, Daisy, Julia und Nicole in den hintersten Winkel meines Bewusstseins zu verbannen, und stattdessen im Geist noch einmal meine Unterlagen durchzugehen. Ich weiß, dass ich die Ausdrucke der Nachrichten gewissenhaft durchforstet habe, und es gibt keinerlei Anzeichen für die Viber-App, von der Freya gestern gesprochen hat, aber ich bin dennoch nervös, dass ich etwas übersehen haben könnte. Obwohl mir nicht einfällt, was das sein sollte. Es gibt keine Spur der vermeintlichen Beziehung zwischen Freya und Jeremy – weder auf dem Laptop, mit dem sich Freya in den sozialen Medien oder im Messenger bewegt hat, noch auf dem simplen Klapphandy, das sie bei sich hatte, wenn sie unterwegs war.

Das fehlende iPad, die sich automatisch löschenden Nachrichten bei Viber – das alles klingt zu schön, um wahr zu sein, wie Barbara bereits bemerkt hat. Mag Freya aussagen, was immer sie will; ohne Beweise zur Unterfütterung ihrer Behauptungen ist das alles nichts wert. Fadenscheinig – anders kann man den Fall der Anklage nicht bezeichnen. Obwohl Freya einen besseren Eindruck gemacht hat, als ich erwartet hätte, kam es mir nicht so vor, als habe sie die Geschworenen auf ihre Seite ziehen können.

Der Zug fährt in Elephant and Castle ein, und ich begebe mich zum Gerichtsgebäude.

Nur eine knappe Viertelstunde nach Beginn von Barbaras Befragung sind die Geschworenen noch weiter von Freyas Seite abgerückt. Ich beobachte die Leute genau und wende nur den Blick ab, um die auffälligsten Einzelheiten der Antworten zu notieren, die Barbara Freya entlockt. Hinter mir schreibt auch Zora eifrig mit, damit sichergestellt ist, dass wir möglichst nichts auslassen.

Es ist gar nicht so sehr das, was Freya antwortet, als vielmehr das Gesamtbild, das Barbara durch ihre Fragen erzeugt. Ich verstehe sehr gut, warum sie in ihrem Fach so begehrt ist. Ihr Tonfall ist mitfühlend, unvoreingenommen und nimmt dem Mädchen die Befangenheit. Es liegt auf der Hand, dass Freya familiäre Schwierigkeiten hatte – ja. Es ist immer belastend, wenn die Eltern sich scheiden lassen – ja. Freya war ihrer Mutter böse, dass sie ihren Vater wegen seiner Affäre rausgeworfen hat – ja. Freya fand, ihr Vater hätte eine zweite Chance verdient – ja. Freya hat es manchmal als problematisch empfunden, bei ihrer

Mutter zu leben – ja, richtig. Aber natürlich war es im Gegenzug auch nicht leicht, beim Vater zu leben – nein.

Das Mädchen ist auf der Hut, weiß treten die Knöchel der Finger hervor, die das Geländer vom Zeugenstand umklammern. Aber je weiter Barbaras Fragen von Jeremy wegführen, umso mehr entspannt Freya sich, und hin und wieder bricht sogar ein Gefühl durch die Kruste ihres Make-ups, das sie auch jetzt wieder reichlich aufgetragen hat.

Sie muss sich manchmal sehr einsam gefühlt haben – ja.

Es war schwer, Beachtung zu bekommen – ja.

Es hat sie geärgert, wenn ihre Mutter mit anderen Leuten zusammen war, anstatt sich um sie zu kümmern. Eine lange Pause. Ja.

Aber wenn ihre Mutter etwas mit ihr unternahm, war es toll – ein vehementes Ja.

Wenn Freya etwas zusetzte, hatte ihre Mutter immer ein offenes Ohr – ja.

Hatte Freya ein Problem, half sie, wo sie konnte – ein weiteres kraftvolles Ja.

Dennoch war sie auch häufig mit sich selbst beschäftigt – ja.

Man kann behaupten, dass Freya in der Schule Probleme hatte – ja.

Sie hat im Laufe der Jahre einige Freundinnen verloren – ja.

Sie hat im Laufe der Jahre in der Schule immer wieder für Ärger gesorgt – ein verlegenes Ja, ein rascher Blick zu den Zuschauerrängen.

Aber der Angeklagte – Mr. Taylor – war sehr hilfsbereit. Ja. War er. Hilfsbereit. Freya nickt.

Als Folge daraus entwickelte sie starke Gefühle für Mr. Taylor. Eine lange Pause. Ja. Aber nicht …

»Ja oder nein, bitte«, sagt Barbara.

»Ja.«

Und so geht es weiter. Ich weiß, was für ein Porträt Barbara entwirft. Lange braucht sie dafür nicht. Freya, das einsame Kind, durch die Scheidung der Eltern aus der Bahn geworfen, wünscht sich verzweifelt Beachtung. Als ein Lehrer sich ihr zuwendet, um sie zu fördern, klammert sie sich an ihn. Und als es nicht so läuft, wie erhofft …

Barbara fährt fort, indem sie vermeintlich abschweift. In ihrer Hand hält sie den Ausdruck meiner Auflistung von Freyas Lügen. Ehe sie beginnt, hält sie einen Moment inne.

»Hat die Polizei Ihnen einen Laptop abgenommen – ein MacBook, um genau zu sein?«

»Ja.«

»Befand sich darauf ein Facebook-Konto in Ihrem Namen?«

»Ja.«

»Haben Sie darüber Nachrichten mit einer Freundin namens Susie ausgetauscht?«

Ein langes Zögern, ein Nicken. »Ja.«

Barbara räuspert sich. »Haben Sie Susie je geschrieben, dass ein Junge von einer anderen Schule Sie sexuell genötigt hat?«

Edward erhebt sich. »Euer Ehren, ich muss meine verehrte Kollegin an dieser Stelle unterbrechen …«

Die Richterin hebt die Hand. »Seien Sie vorsichtig, Miss Carlisle.«

»Ja, Euer Ehren«, antwortet Barbara. »Aber ich habe

einen Grund für die Frage.« Sie wendet sich wieder Freya zu. »Haben Sie Ihrer Freundin Susie eine Nachricht mit einem solchen Inhalt geschickt?«

»Ja.«

»Und waren Sie, als Sie das geschrieben haben, von der Wahrheit dieser Aussage überzeugt?«

Die sich anschließende Pause ist lang. Freya blickt auf ihre Hände, dann wieder zu Barbara auf. Sie wirkt plötzlich sehr verletzlich. Ich wende mich zu Jeremy um. Ausnahmsweise hat er den Kopf gehoben und blickt Freya nun konzentriert an.

»Würden Sie bitte die Frage beantworten?«, sagt Barbara.

»Nein«, sagt Freya. »Nein, das war ich nicht.«

»Haben Sie es Ihrer Freundin geschrieben, weil Sie Beachtung wollten?«

»Nein«, antwortet Freya. Ich beobachte sie genau. Was sie sagt und was ihre Miene ausdrückt, sind zwei grundverschiedene Dinge.

»Haben Sie es aus Rache geschrieben?«

»Nein«, antwortet Freya gequält.

»Sind Sie sicher?«, fragt Barbara. Obwohl sie längst im Angriffsmodus ist, geht sie behutsam vor. Ihr Tonfall ist mitfühlend, der Kopf leicht geneigt.

Freya blickt trotzig auf. Die beiden starren einander an, Frau und Heranwachsende, doch Freya senkt den Blick zuerst. »Doch. Aus Rache.«

»Weil er keine Beziehung mit Ihnen eingehen wollte?«

Schweigen. Wieder ein stummer Zermürbungskampf, wieder eine Niederlage.

»Ja. Weil er nicht auf mich stand.«

Im Zuschauerbereich klingelt ein Telefon, die Richterin weist das Publikum scharf zurecht, und erst jetzt wird mir bewusst, wie sehr die Spannung im Gerichtssaal angewachsen ist. Barbara wendet sich mir zu. Eine Ader pulsiert an ihrem Hals. Es ist vielleicht nicht viel gesagt worden, aber diese Runde geht definitiv an die Kronanwältin. Die Geschworenen empfinden das eindeutig ähnlich; zum ersten Mal sind alle ganz bei der Sache, einige machen sich Notizen. Die Blicke, mit denen sie Freya bedenken, sind inzwischen kühl kalkulierend: Sie hat es einmal getan, warum sollte sie es nicht auch ein zweites Mal versuchen …

Barbara holt einen weiteren Zettel hervor. Mit dem, was ich aufgedeckt habe, ist sie im Grunde fertig. Sie hat von der Zeugin genau das bekommen, was sie gewollt hat; mehr zum selben Thema würde den Effekt, den sie erzielt hat, nur schmälern.

»Sie haben dem Gericht erzählt, dass Mr. Taylor Ihnen Bücher zu lesen gegeben hat?«

»Ja.«

»Und Sie haben auch einige Titel genannt – eins war *Fanny Hill*.«

»Ja.«

»Mr. Taylor hat Ihnen das Buch gar nicht empfohlen, nicht wahr?«

»Doch, das hat er«, sagt Freya, und ihre Stimme steigt vor Empörung an.

»Er hat Ihnen Bücher über die Tudors empfohlen, und als er darauf hingewiesen wurde, dass es in einigen Sexszenen gab, hat er andere Empfehlungen ausgesprochen, richtig?«

»Nein, das hat er nicht. Er fing an mit Büchern von Philippa Gregory, aber dann wurde es schlimmer. Bücher mit noch mehr Sex.«

»Sie haben *Fanny Hill* anderswo entdeckt, nicht wahr?«

»Nein!« Freya brüllt das Wort fast heraus.

»Und Sie fanden, dass es gut in die Geschichte passte, die Sie sich ausgedacht hatten.«

»Ich hab mir nichts ausgedacht!«

Barbara nickt, als sei sie zufrieden mit der Antwort. »Lassen wir das Buch mal einen Moment außer Acht. Sie waren in Mr. Taylor verknallt, richtig?«

»Ich … nein. Na ja, doch. Ich …«

»Lassen Sie mich verdeutlichen, was ich meine«, sagt Barbara. »Er hat Ihnen als Lehrer Beachtung geschenkt, und Sie haben unangemessene Gefühle für ihn entwickelt.«

»Nein! So war das nicht. Sie stellen es ganz verkehrt dar.« Röte färbt ihren Nacken und steigt ihr in die Wangen.

»Aber Ihre Gefühle wurden nicht erwidert, oder?«

»Doch, wurden sie.«

»Sie wollten von ihm beachtet werden, aber er hat Ihnen klargemacht, dass er in dieser Hinsicht kein Interesse hat.«

»Das stimmt doch gar nicht.«

»Und zu der Kränkung der Zurückweisung kam noch die Entdeckung, dass er sich bereits in einer Beziehung befand.«

Freya hat inzwischen zu weinen angefangen, sie schnieft und wischt sich mit dem Ärmel das Gesicht.

»Er hat Schluss gemacht. Ja, das tat weh«, sagt sie leise.

»Und dann sind Sie zur Polizei gegangen und haben dort ausgesagt, dass er und Sie eine Beziehung hatten?«

»Ja.«

Barbara macht eine lange Pause, um den Geschworenen genug Zeit zu geben, die Schlüsse zu ziehen, auf die sie so wirkungsvoll hingearbeitet hat.

Mit gleicher Effizienz geht es weiter. Barbara unterstreicht noch einmal, dass es keine Spur von dem iPad gibt und außer Freyas Aussage nichts auf eine Korrespondenz zwischen ihr und Jeremy verweist. Am Schluss stellt sie einige Fragen, mit denen sie noch etwas stärker herausarbeitet, dass sie Freyas Geschichte für eine Erfindung hält, mit der sich das Mädchen für Jeremys Ablehnung rächen wollte. Freyas aufgesetztes Selbstbewusstsein ist längst in sich zusammengefallen; als sie den Zeugenstand verlässt, weint sie hemmungslos.

Barbara hat ihre Aussage komplett zerlegt, und das mit äußerster Umsicht. Kein einziges Mal deutet sie an, dass Freya wechselnde Sexualpartner gehabt haben könnte, kein einziges Mal versucht sie, ihre Moral infrage zu stellen. Geschickt hat sie das Porträt einer kaputten Eltern-Kind-Beziehung entworfen, in der das Mädchen nach Liebe und Aufmerksamkeit hungert und sich beides nicht anders zu holen weiß als durch problematisches Verhalten und Lügengeschichten. Edward verlässt mit düsterer Miene den Saal, als sich das Gericht nach dem Kreuzverhör zur Mittagspause erhebt.

Er weiß, dass die Anklage einen empfindlichen Schlag erlitten hat.

NEUNUNDDREISSIG

Sobald wir den Saal verlassen haben, blicke ich auf mein Handy, doch nichts – weder eine Nachricht von Nicole noch von Julia zu Daisys Zustand. Je länger das Mädchen bewusstlos ist, umso schlechter wird die Prognose sein.

Unschlüssig lasse ich mich mit meinem Kaffee in der Kantine am Tisch nieder; soll ich nachfragen oder lieber abwarten?

»Ich denke, dass die Anklage den Fall heute noch abschließt«, sagt Barbara und setzt sich mir gegenüber. »Allerspätestens morgen.«

»Meinen Sie?«, fragt Jeremy. Er sitzt zu meiner Linken und blickt nun auf meinen Kaffee. »Wollen Sie denn nichts essen?«

»Ich habe keinen großen Hunger.«

»Oh, wegen des armen Mädchens, nicht wahr?«, fragt er. »Gibt es etwas Neues?«

»Nein, nichts«, antworte ich und tippe wieder auf mein Handy.

»Worum geht's?«, will Barbara wissen.

»Um eine Schulkameradin von Sadies Tochter«, erklärt Jeremy. »Sie liegt im Koma. Beunruhigende Sache.«

Barbara zieht die Augenbrauen hoch.

»Ihre Tochter geht auf die Ashams«, fügt er hinzu.

»Stimmt. Furchtbare Eltern, was man so hört. Aber sind

sie das nicht alle?« Barbara schiebt sich den Rest ihres Sandwiches in den Mund. »Ich muss einen Anruf erledigen. Wir sehen uns im Saal.«

Der Nachmittag verläuft nicht zum Schaden der Verteidigung. Edward ruft ein Mädchen namens Asha auf, das eine Freundin Freyas sein soll, doch die Aussage bringt den Fall nicht wirklich weiter. Freya habe eine heimliche Beziehung angedeutet, sei aber nicht ins Detail gegangen. Als ich die Unterlagen überfliege, stelle ich fest, dass das Mädchen aus irgendeinem Grund verhaltener reagiert als ursprünglich. Bei der Polizei hat sie damals ausgesagt, Freya habe explizit von Jeremy gesprochen, nun behauptet sie jedoch, sie könne sich nicht erinnern. Edward ist eindeutig frustriert, kann aber nicht zu hartnäckig darauf beharren.

Barbara nimmt sie ins Kreuzverhör, aber nur gerade lang genug, um herauszukitzeln, dass Freya nie den Namen ihrer heimlichen Liebschaft genannt hat. Außerdem will sie von Asha wissen, ob sie diesbezüglich Vermutungen angestellt hat, und als das Mädchen antwortet, dass Freya bekannt dafür sei, Freunde und dramatische Situationen zu erfinden, um sich selbst interessant zu machen, fällt Edward sichtlich in sich zusammen. Keine weiteren Fragen.

Am Ende des Verhandlungstags sitzt das gesamte Team der Verteidigung, allerdings ohne Jeremys Mutter, im Besprechungsraum, wo Barbara die nächsten Schritte skizziert. Sie schlägt einen Antrag auf Verfahrenseinstellung wegen Mangels an Beweisen vor, weil der Fall ihrer Ansicht nach papierdünn ist.

»Und Sie glauben, dass Sie damit Erfolg haben werden?«,

fragt Jeremy. »Dass die ganze Geschichte dann endlich vorbei ist?«

»Sollte sie«, antwortet Barbara. »Aber möglicherweise vertritt die Richterin auch die Position, dass die Geschworenen entscheiden müssen, da alles von der Glaubwürdigkeit der Zeugin abhängt – und dann läuft das Verfahren weiter. Wir müssen abwarten.«

Sie erhebt sich und bedeutet uns damit, dass die Besprechung vorbei ist, und sie und Zora verabschieden sich. Als ich ebenfalls gehen will, hält mich Jeremy am Arm fest.

»Hätten Sie Zeit für einen raschen Drink?«, fragt er. »Ich weiß, es sieht ziemlich gut aus für mich, aber ich habe dennoch furchtbare Angst. Es täte mir gut, um ein bisschen runterzukommen.«

Ich weiß nicht so recht. Ich will mir von Barbara kein unangemessenes Verhalten nachsagen lassen, und Robin ist ja auch noch da, aber seine Bitte rührt mich irgendwie. Man sieht ihm an, dass er sein Bestes gibt, um ruhig zu wirken, doch die Anspannung ist ihm anzumerken, und als ich genauer hinsehe, entdecke ich rotgeränderte Augen und eine tiefe Furche an seiner linken Braue.

»Ich müsste eben ein paar Dinge abklären«, sage ich. »Kann sein, dass ich nach Hause muss. Geben Sie mir einen Moment, dann sage ich Ihnen Bescheid. Okay?«

»Okay«, sagt er. »Ich weiß, dass Sie viele Verpflichtungen haben, aber es würde mir wirklich helfen.«

Ich begebe mich zur Robenkammer, um mich umzuziehen. Barbara schaut gerade ihre E-Mails durch.

»Jeremy hat mich gefragt, ob ich mit ihm etwas trinken

gehe«, erkläre ich ihr. »Ich glaube, er macht sich ziemlich Sorgen.«

»Das muss er nicht«, erwidert sie, »aber vermutlich ist es dennoch nervenaufreibend für ihn.« Sie blickt auf. »Gute Idee. Beruhigen Sie ihn ein wenig. Gehört alles zum Service.«

Ich schreibe eine Nachricht an Nicole. *Etwas Neues von Daisy? Alles okay bei den Mädchen? Ich bin gebeten worden, mit dem Mandanten etwas trinken zu gehen. Wäre es okay, wenn ich etwas später komme? xx*

Überhaupt kein Problem, kommt die Antwort. *Und noch nichts Neues. Robin lenkt Pippa von der Geschichte ab, das ist großartig. xx*

Wir gehen zusammen nach Blackfriars und halten schließlich an einem Pub auf dem Cut. Ich bitte um Weißwein, und Jeremy geht zur Theke, während ich mich an einen Tisch weiter hinten setze. Langsam füllt sich der Laden mit müden Büroarbeitern in zerknautschten Anzügen, weit und breit keine Kinder, keine Mütter. Ich blicke mich um und habe plötzlich das Gefühl, als sei mir die Zeit entwischt; die vergangenen zehn Jahre, die ich in den USA verbracht und mich um Robin gekümmert habe, lösen sich in nichts auf, und ich rutsche ohne Probleme in die vertraute Routine aus Gerichtssaal und After-Work-Drinks.

Jeremy lässt sich mir gegenüber nieder und stellt eine Flasche und zwei Gläser auf den Tisch.

»Das war preiswerter als gläserweise«, sagt er. »Schien mir sinnvoller.«

»Danke.«

Er schenkt uns ein, und ich trinke einen Schluck und noch einen und genieße, wie sich der Alkohol warm in mir ausbreitet.

»Geht's dem kleinen Mädchen wieder gut?«

»Ich weiß es nicht«, sage ich. »Ich weiß es wirklich nicht. Es ist alles sehr merkwürdig. Die Mutter ist auch etwas seltsam.«

Jeremy nickt. »Ich weiß genau, was Sie meinen. Ich bin in meinem Beruf schon so gut wie jedem Elterntyp begegnet. Manche sind vollkommen irre. Ich versuche immer, so gut wie möglich Distanz zu halten, aber bei manchen Eltern können einem die Kinder nur leidtun.«

»Haben Sie deshalb versucht, Freya zu helfen?«, frage ich, ehe ich darüber nachdenken kann. Ich blicke auf mein Glas herab und trinke einen Schluck. »Entschuldigen Sie. Das sollte jetzt nicht Thema sein.«

»Nicht schlimm. Freya hatte Probleme in der Schule, und es gab viele Gespräche. Ihr fehlte die elterliche Unterstützung. Die beiden hatten einfach kein Interesse an ihr, und nachdem sie sich getrennt hatten, noch weniger. Ich habe versucht, die Mutter mit ins Boot zu holen, aber weit bin ich nicht gekommen. Sie schien Freya mehr oder weniger aufgegeben zu haben. Aber eine Scheidung ist für Kinder natürlich immer hart.«

»Darum mache ich mir auch wegen Robin große Sorgen.« Mir kommt es nicht mehr so vor, als würde ich mit einem Mandanten sprechen. Ich blicke auf den Tisch, nehme mir einen Bierdeckel und fange an, ihn in kleine Stücke zu reißen.

»Die Scheidung von Freyas Eltern muss wohl ziemlich

hässlich gewesen sein. Ich fand schon schlimm, wie sich meine Eltern gegenseitig bekriegt haben, aber nach dem, was sie mir erzählt hat, müssen ihre wohl ganz übel gewesen sein. Aber das ist ja nicht der Standard.« Er zögert. »Mir war nicht klar, dass Sie sich scheiden lassen wollen.« Sein Blick richtet sich auf meine linke Hand, und automatisch fange ich an, den Ehering zu drehen.

»Wir sind noch nicht so lange getrennt«, sage ich. »Deswegen geht Robin jetzt auch auf die Ashams. Es war … ziemlich schwierig.«

Inzwischen ist die Bar voll, alle Tische sind besetzt. Jeremys Stimme ist leiser geworden, und ich muss mich näher zu ihm beugen, um ihn zu verstehen. Ein Mann schiebt sich an meinem Stuhl vorbei und schubst mich nach vorne. Ich stoße gegen Jeremys Stirn, und er fährt zurück. Als ich mir die Beule reibe, müssen wir beide lachen.

»Reden wir nicht mehr über Freya«, sagt er. »Trinken wir noch ein Glas, und Sie erzählen mir Ihre Geschichte.«

Das Eis ist gebrochen. Ich entspanne mich langsam. Auch wenn ich diesen Wandel in meinem Leben nicht angestrebt habe, habe ich jetzt wieder einen Fall, an dem ich arbeite, und damit die Aussicht auf eine Karriere. Robin findet endlich Freundinnen, und ich schließe neue Bekanntschaften. Und auch Jeremy beginnt sich zu entspannen. Er weiß, dass sein Fall zwar noch nicht ganz in trockenen Tüchern ist, wohl aber morgen schon vorbei sein könnte.

Es herrscht fast eine gewisse Feierlaune zwischen uns. Die erste Flasche ist schnell geleert, die zweite steht auf dem Tisch. Wir bestellen etwas zu essen, und ehe ich mich versehe, ist es nach acht. Ich blicke auf mein Handy. Nicole hat geschrieben. *Robin kann hier übernachten, wenn du willst. Wir haben eine Ersatzuniform für morgen. Die zwei haben so viel Spaß zusammen. N xxx*

»Ich sollte gehen«, sage ich. »Ich muss Robin abholen. Obwohl Nicole meint, sie könnte auch da schlafen.«

»Dann bleiben Sie doch, und wir trinken noch ein Glas. Auch Sie brauchen mal eine Pause. Alleinerziehend und berufstätig zu sein ist bestimmt nicht leicht.«

Ich blicke aufs Display, auf mein Glas, zu Jeremy. Ich tippe *Danke xx* an Nicole, schicke es ab, setze mich wieder zurück und bleibe, bis der Pub um elf schließt und wir gebeten werden zu gehen.

»Danke«, sagt Jeremy, als wir uns an der U-Bahn verabschieden. »Mir geht es schon viel besser.«

»Ich fand den Abend auch sehr schön.«

Er beugt sich vor, um mich auf die Wange zu küssen. Ich wende mich ihm zu, und unsere Blicke verschränken sich. Erst als ich seine Lippen auf meinen spüre, kehre ich mit einem Ruck wieder in die Realität zurück und bin mir plötzlich nur allzu bewusst, dass er ein Mandant ist. Ich weiche zurück und winke, während ich loslaufe, um ein freies Taxi anzuhalten, und er winkt zurück und verschwindet in der U-Bahn-Station. Im Taxi beschwichtige ich mein schlechtes Gewissen. Das mag nicht ganz korrekt gewesen sein, aber der Abend war von Barbara abgesegnet, und der Mandant kann zufrieden nach Hause fahren. Ebenso wie ich, wie ich zugeben muss, trotz allem, was passiert ist. Ich habe ihn zwar noch einmal nach dem Gerücht mit dem toten Mädchen an der Ashams gefragt, aber mehr wusste er auch nicht, und es war herrlich, einen Abend über Bücher, Filme und Musik zu plaudern und die Alltagssorgen für eine Weile zu vergessen. Ich komme mit einem Lächeln im Gesicht zu Hause an und schlafe ein, sobald mein Kopf das Kissen berührt.

VIERZIG

Bis zum Morgen ist meine gute Laune verblasst. Ohne Robin fühlt sich das Haus leer an.

Ich wasche mich und ziehe mich rasch an, um so schnell wie möglich das Haus zu verlassen, bis mir plötzlich einfällt, dass ich Robin gar nicht zur Schule bringen und folglich gar nicht so früh losgehen muss. Ich mache mir einen weiteren Kaffee und gehe umher, ohne zur Ruhe kommen zu können. Alles, was ich sehe, sind die Mängel, die Risse in den Wänden, die Löcher im Boden. Ich habe seit unserem Umzug hierher viel getan, aber es ist noch nicht genug. Es wird nie genug sein.

So, wie ich für Lydia nie genug war. Normalerweise ignoriere ich den Gedanken an die Zerstörung in meinem alten Kinderzimmer ganz oben im Haus, aber nun lastet er schwer auf mir. Ich versuche zu verdrängen, welchen Triumph sie empfunden hätte, hätte sie noch erfahren, dass meine ihr so verhasste Ehe gescheitert ist.

Ich nehme das Foto meines Vaters vom Regal und betrachte es. Ob mein Leben anders verlaufen wäre, wenn mein Vater nicht schon in meiner Kindheit gestorben wäre? Lydia hat nicht oft von ihm gesprochen, und wenn, dann nur, um sich zu beschweren, wie gedankenlos es von ihm gewesen war, »einfach so zu sterben und mich mit allem allein zu lassen, obwohl doch er es war, der ein Kind haben wollte«. So viel Verbitterung, so viele Schuldzuweisungen. Auf dem Foto lächelt er, das Haar akkurat zur Seite gekämmt, und ich lächele zurück. Wenigstens er wollte mich, wenn auch Lydia nicht.

Noch immer ist mir unbegreiflich, welche Motivation hinter Lydias letztem Willen für Robin, dem Erbe der Großmutter an ihre Enkelin, steckt. Ging es nur darum, uns ihren Willen aufzuzwingen? Überraschen würde es mich nicht. Aber anstatt uns damit zu strafen, hat sie mir letztlich eine Fluchtmöglichkeit geboten, als ich sie am nötigsten hatte – weil ich unbedingt von Andrew wegmusste. Und auch Robin fühlt sich inzwischen wohl. Falls meine Mutter sich etwas anderes erhofft hat, wäre sie wohl enttäuscht.

Ich habe gerade das Foto wieder weggestellt, als mein Telefon klingelt.

Andrew. Der letzte Mensch, dessen Anruf ich erwartet hätte. Ich muss mich einen Moment sammeln. Prompt packt mich die Nervosität. Und Zorn, dass er glaubt, mich einfach so aus dem Nichts kontaktieren zu können. In der Leitung ist eine Verzögerung zu hören, einige Sekunden Stille, ehe es knistert und knackt. Dann schwillt der Ton ab und an, ehe die Verbindung vollständig abbricht. Ich versuche einmal, zweimal zurückzurufen, doch vergebens. All der innere Frieden, den ich mir gerade wieder zurückgeholt hatte, stürzt in sich zusammen. Ich schicke ihm eine Nachricht – *Was willst du?* – und warte auf eine Reaktion, die nicht kommt. Verschiedene Antworten auf meine Frage schwirren durch meinen Verstand, und keine gefällt mir. Er will herziehen. Er will die Scheidung. Er will das Sorgerecht für Robin.

Ich schiebe alles von mir und mache mich auf den Weg zum Gericht, aber so sehr ich mich auch anstrenge, der Gedanke an den Anruf lenkt mich immer wieder ab. Den größten Teil des Tages beobachte ich das Vorgehen im Saal distanziert, als schwebe ich über allem. Edward und der Polizist, der die Anzeige aufgenommen hat, lesen die Abschrift der Befragungen mit eintönigen Stimmen vor, und die endlosen Wiederholungen von *Kein Kommentar* wirken wie ein Mantra der Langeweile. An einem Punkt nicke ich beinahe ein, schrecke jedoch noch rechtzeitig wieder auf.

Der einzige Moment, in dem ich tatsächlich konzentriert bei der Sache bin, ist der, als der Polizist nach den technischen Geräten gefragt wird. Er bestätigt Barbara, dass Freyas Nokia ein schlichtes Klapphandy ohne Internetzugang ist und ihr Laptop mit einer veralteten Windowsversion läuft.

»Es gibt Jugendliche, die technisch wirklich bewandert sind«, sagt er. »Das schien mir bei der Klägerin aber nicht der Fall. Ihre Geräte sind schon sehr antiquiert.«

»War auf dem Laptop etwas zu finden, das auf eine Verbindung mit einem iPad hindeuten könnte?«

»Nein, gar nicht. Aber das heißt nichts. Tablets müssen ja nicht mehr mit dem Computer synchronisiert werden.«

»Aber es gibt auch nichts, was bestätigt, dass sie überhaupt ein iPad hatte, richtig?«

Er zögert, zuckt die Achseln. »Nur ihre Behauptung, Euer Ehren.«

»Und findet sich etwas, das darauf hindeutet, dass die Klägerin über Viber mit dem Angeklagten kommuniziert hat, wie sie behauptet?«

»Nein. Nichts«, antwortet der Polizist.

»Das heißt, dass nichts ihre Behauptung stützt, sie habe die App benutzt?«

Der Polizist zuckt erneut die Achseln. »Nein. Nichts. Es gibt nur ihre Behauptung.«

Barbara hat nur noch zwei Fragen in diesem Kreuzverhör.

»Haben Sie jedes elektronische Gerät beschlagnahmt, das sich in Besitz des Angeklagten befindet?«

»Ja.«

»Und haben Sie auf einem oder mehreren davon irgendeine Nachricht des Angeklagten an die Klägerin gefunden?«

»Nein.«

Und damit ist die Anklage am Ende der Beweisaufnahme. Wieder betrachte ich die Geschworenen. Sie wirken ungerührt – jedenfalls in meinen Augen. Die drei Frauen vorne pressen die Lippen zusammen; vor meinem geistigen Auge sehe ich sie strickend auf Stühlen in der Nähe der Guillotine sitzen, als der Karren mit den Gefangenen vorbeirumpelt. Auch Edward ist ganz und gar nicht angetan vom bisherigen Verlauf. Er weiß genau, dass es nur noch schlimmer kommen kann.

Inzwischen ist es spät geworden. Ich habe den ganzen Tag gesessen, und mir tut alles weh; ich versuche, möglichst unauffällig meinen Nacken zu dehnen. Barbara erhebt sich.

»Euer Ehren, es gibt ein paar organisatorische Dinge, die ich in Abwesenheit der Geschworenen besprechen möchte. Dürfte ich vorschlagen, sie angesichts der späten Stunde für heute zu entlassen?«

Die Richterin willigt ein und weist sie an, morgen wieder zur üblichen Zeit zu erscheinen. Sie erheben sich und blicken beim Hinausgehen zu Jeremy und den Zuschauerrängen. Ich folge ihrem Blick und entdecke Freya, die in vorderster Reihe sitzt.

Allein.

Jeremys Fanclub ist inzwischen kleiner und stiller geworden; nur noch zwei weitere junge Mädchen sitzen im Saal und blicken Freya zornig an. Sie umklammert das Geländer so fest, dass die Knöchel weiß hervortreten. Ich wende mich wieder um und senke den Kopf.

»Euer Ehren«, beginnt Barbara, sobald die Geschworenen gegangen sind. »Ich möchte einen Antrag auf Verfahrenseinstellung aus Mangel an Beweisen stellen.« Die Richterin fordert sie mit einem Nicken auf fortzufahren. »Ich werde mich kurzfassen. Selbstverständlich wissen Sie um die Bedingungen für einen solchen Antrag. Ich behaupte nicht, dass es *keinerlei* Beweise gibt, die den Angeklagten mit der ihm zur Last gelegten Tat in Verbindung bringen. Mein Gesuch fußt stattdessen auf der Position, dass die Beweise in sich schwach genug sind, um sie als nicht-existent zu bezeichnen. Wir haben im Wesentlichen nur die Klägerin gehört, und ich möchte anmerken, dass ihre Version der Ereignisse gänzlich vage ist und durch keinerlei Fakten von außen gestützt wird.

Es finden sich keine Quellen, die die Existenz der vermeintlichen Beziehung zwischen Klägerin und Angeklagtem untermauern. Trotz ihrer Behauptung, dass es einen regen Austausch an Nachrichten gegeben hat, gibt es davon keine Spur, weder auf einem ihrer Geräte noch auf dem Mobiltelefon des Angeklagten, was von der Polizei ebenfalls eingehend untersucht worden ist. Mir ist bewusst, dass mein geschätzter Kollege Euer Ehren in Erinnerung rufen wird, dass im Kern dieses Falls die Glaubwürdigkeit der Zeugin steht, weswegen das Schwurgericht darüber entscheiden sollte, aber meiner Auffassung nach existiert schlichtweg nicht genug, was ein Schwurgericht in Betracht ziehen könnte. Im Grunde handelt es sich um einen Grenzfall, welcher Euer Ehren den Ermessensspielraum lässt, das Verfahren einzustellen.«

Edward hat während ihrer gesamten Rede den Kopf geschüttelt und steht nun, da Barbara zum Ende gekommen ist, auf.

»Ich fasse mich sogar noch kürzer«, beginnt er, »und ich möchte meiner verehrten Kollegin danken, dass sie meine Antwort auf ihren Antrag bereits vorweggenommen hat. Die Glaubwürdigkeit der Zeugin ist tatsächlich Dreh- und Angelpunkt in diesem Fall, weswegen es unabdinglich ist, dass die Geschworenen am Ende darüber beraten und die Akte nicht jetzt schon geschlossen wird.«

»Ich bin geneigt, Ihnen zuzustimmen, Mr. Kayode«, sagt die Richterin. »Dennoch ist Miss Carlisles Argument, dass es keine Beweislage zur Untermauerung der Zeugenaussage gibt, nicht von der Hand zu weisen.« Sie blickt auf die Uhr – es ist inzwischen halb vier Uhr nachmittags. »In Anbetracht der Zeit tendiere ich dazu, bis morgen über den Antrag nachzudenken.«

Sie schiebt ihre Unterlagen zusammen und erhebt sich. Für heute sind wir entlassen.

Barbara und Zora beraten sich vor der Robenkammer. Nachdenklich sehen sie mir entgegen.

»Wir überlegen, wie wir am besten mit der Situation umgehen«, sagt Barbara. »Wie ich schon am Anfang sagte, hat Jeremy viele Leumundszeugen. Zwei davon sind darauf vorbereitet, vor Gericht auszusagen. Wir hatten sie vorsorglich für Montag bestellt, doch der Bischof hat geschrieben, er könne doch nur morgen. Ich überlege, den anderen ebenfalls für morgen herzubitten.«

»Und wenn das Verfahren dann doch eingestellt wird?«, frage ich.

»Vorbereitet zu sein ist immer besser.«

»Und Sie wollen die beiden vor Jeremys Aussage aufrufen?«, fragt Zora.

Barbara nickt. »Unorthodox, ich weiß, aber es wird den Grundtenor festlegen.«

»Möglicherweise findet die Richterin das gar nicht gut«, gibt Zora zu bedenken.

»Mag sein, aber wenn der Bischof nur morgen kann, haben wir ja keine Wahl, nicht wahr?« Das Timing kommt mir ein wenig zu günstig vor, und ich betrachte sie genauer, doch Miene und Stimmlage sind absolut unschuldig, und sie lächelt nichtssagend.

Ich habe das dumpfe Gefühl, dass Jeremy draußen wartet und mich wieder zu einem Drink überreden will, aber ich verlasse das Gebäude hastig; ich will zu Robin. Die Bahn kommt mir nicht schnell genug, und schließlich komme ich sogar ein paar Minuten zu früh am Schultor an. Erst mit etwas Verzögerung fällt mir auf, dass die Atmosphäre seltsam angespannt ist und die Eltern in sogar noch engeren Grüppchen als üblich zusammenstehen. Ich schaue mich um, ob ich jemanden erkenne, und entdecke zum Glück Nicole, die ebenfalls in einem Kreis besorgter Mütter steht. Ich bahne mir meinen Weg zu ihr und tippe sie auf die Schulter. Sie drückt mich kurz.

»Dahinten steht ein Fotograf«, zischt sie mir ins Ohr.

»Wo?«

»Da.« Verstohlen zeigt sie ihn mir. Der Mann steht auf der gegenüberliegenden Straßenseite und hält eine Kamera mit Zoom in der Hand.

»Was will er?«

»Jemand hat geplaudert«, erklärt Nicole. »Das gibt einen handfesten Skandal. Sieh mal hier.«

Sie drückt mir ein Exemplar der Abendzeitung in die Hand.

WERDEN KINDER HIER ZU TODE GEDRILLT?, steht in fetten Lettern auf dem Titel über einem Foto der Schule. Ich überfliege den Text.

Nach der Krankenhauseinweisung einer Sechstklässlerin werden die Fragen nach der Verhältnismäßigkeit des schulischen Drucks an der renommierten Ashams School immer lauter. Der Vorfall, dessen Ursache noch ungeklärt ist, beschäftigt auch die Polizei. Erinnerungen an den Tod von Zoe Leonard, die im vergangenen Jahr ertrunken ist …

Nicole nimmt mir die Zeitung aus der Hand, ehe ich noch weiterlesen kann. Ich schaue zu ihr auf.

»Furchtbar, dass das jetzt wieder an die Öffentlichkeit gezerrt wird. Die arme Familie. Das Mädchen war Pippas Klassenkameradin.« Nicole schüttelt den Kopf. »Ein schrecklicher Unfall – sie ist im Urlaub ertrunken. Und sie war das einzige Kind. Man mag es sich gar nicht vorstellen.«

»Das klingt ja entsetzlich«, sage ich. »Warum hat mir denn bisher noch niemand davon erzählt?«

Nicole blickt einen Moment lang zur Seite, dann wendet sie sich wieder mir zu. »Es war einfach so furchtbar, verstehst du? Die Familie kam aus Übersee. Der Vater war irgendein hohes Tier in der Diplomatie, und nachdem das geschehen war, zogen sie wieder weg. Alle hier waren völlig fertig – vor allem die Kinder …«

»Hi, Mum«, sagt Robin hinter Nicole, die sofort zu reden aufhört. Sie tritt zur Seite, um Robin zu mir zu lassen.

»Alles okay, Schätzchen?«

»Klar«, sagt sie, klingt aber nicht überzeugend. »Können wir jetzt nach Hause gehen?«

»Magst du noch mit Pippa und mir auf eine heiße Schokolade zu uns kommen?«, fragt Nicole.

Ich sehe Robin an, die den Kopf schüttelt. »Ich würde lieber nach Hause«, wiederholt sie.

»Dann gehen wir jetzt besser«, sage ich. »Noch mal vielen, vielen Dank, dass sie zu euch kommen durfte.«

Pippa begegnet uns, als wir das Schulgelände verlassen. Sie und Robin reden im Vorbeigehen kurz miteinander. Das Mädchen sieht müde aus, die Augen sind geschwollen, die Haare untypisch fettig und ungepflegt.

»Sie macht sich große Sorgen um Daisy«, sagt Robin. »Ich habe versucht, sie aufzuheitern, aber sie fühlt sich wirklich elend deswegen.«

»Hast du schon einmal etwas von einer Zoe gehört?«

»Die ertrunken ist? Ja, wir haben vorhin darüber geredet. Ich fand es ein bisschen gruselig.«

Ich bleibe stehen und wende mich meiner Tochter zu.

Robin ist blass und wirkt fast ein wenig zittrig. »Was fandst du denn gruselig?«

»Ich glaube, dass ich ihren Platz eingenommen habe. Und ihren Spind. Die anderen haben erzählt, dass seit dem Unfall keine neue Schülerin gekommen ist. Ich bin also nur hier, weil jemand gestorben ist …«

Dazu will mir keine Antwort einfallen. Ich ziehe Robin an mich und halte sie fest, bis sie mir wieder etwas ruhiger vorkommt. Erst dann lasse ich los.

EINUNDVIERZIG

Sobald Robin im Bett ist und schläft, klappe ich meinen Laptop auf und recherchiere zu Zoes Fall.

Aber ich finde nicht viel mehr. Ein Unfall im Urlaub, eine kurze Agenturmeldung, kein Name eines Journalisten, den ich kontaktieren könnte. Vielleicht liegt es daran, dass die Eltern ausländische Staatsangehörige waren, vielleicht weil es nicht im Land passiert ist, aber in dem Artikel der Abendzeitung reicht es nur zu einem kurzen Absatz in der Zusammenfassung der Herausforderungen, denen sich die Schule gegenübersieht. Der Schwerpunkt liegt auf Daisy im Koma und den Spekulationen über die mögliche Ursache. Dabei ergeht sich das Blatt genüsslich in irrelevanten Einzelheiten der hässlichen Scheidung von Julia und ihrem Mann Paul, die vor zwei Jahren vor Gericht endete, um die Gütertrennung zu klären.

Ich schreibe Nicole und frage, ob sie mehr darüber weiß, bekomme aber keine Antwort. Soll ich Julia schreiben? Aber vielleicht empfindet sie es als übergriffig. Allein sitze ich im Wohnzimmer in der Stille und mache mir bewusst, dass Robin oben ist. Wenn ich hinaufginge und vor ihrem Zimmer stehen bliebe, würde ich sie atmen, murmeln und kleine Schlafgeräusche machen hören. Ungebeten taucht das Bild von Daisy auf der Trage vor meinem inneren Auge auf, und automatisch stelle ich sie mir im Krankenhausbett vor, wie sie mit Kabeln und Schläuchen an piependen und blinkenden Maschinen hängt. Und weiter geht's zu einem unbekannten Ferienhaus in irgendeinem Land mit einem dunklen Pool, in dem ein lebloser Körper treibt, und ich höre das hysterische Schreien einer Mutter, als das Kind gefunden wird.

Ich ziehe die Knie an meine Brust und umschlinge sie, um die entsetzlichen Gedanken abzuwehren, bis mein Handy piept und den Bann bricht.

Nicole. *Ich erzähl's dir, wenn wir uns sehen. Zu viel zum Schreiben. Julia tut mir so leid. Es ist auch ohne Reporter, die rumschnüffeln, schlimm genug.*

Wie geht's Daisy?, frage ich.

Nicole braucht einen Moment, um die Antwort zu formulieren. Ich blicke auf die pulsierenden grauen Pünktchen. *Unverändert. Beängstigend.*

Wir melden uns ab, und ich gehe ins Bett, obwohl ich nicht schlafen kann und meine Gedanken von Daisy zu Andrew und seinen möglichen Plänen umschwenken, ehe ich wieder bei Daisy lande. Am Ende nehme ich mir Decke und diverse Kissen, gehe zu Robin ins Zimmer und mache es mir auf dem Boden mehr oder weniger gemütlich. Ich passe mich ihrem Atemrhythmus an und sinke irgendwann in Schlaf.

Am nächsten Morgen trödelt Robin beim Anziehen und Frühstücken mehr als üblich, aber ich versuche, nicht darauf einzugehen. Erst als sie über Bauchschmerzen klagt, spreche ich es an.

»Machst du dir wegen irgendwas in der Schule Sorgen?«

»Nein«, antwortet sie prompt. Eine lange Pause. »Doch. Ein bisschen. Na ja, mit all dem, was da abgeht, und dann noch der Englischarbeit …«

»Bitte mach dir wegen der Arbeit keine Gedanken«, sage ich. »Du gibst einfach wie immer dein Bestes.«

»Aber ich kann nicht wie immer mein Bestes geben«, wendet Robin ein. »Ich muss die ganze Zeit daran denken, dass ich den Platz einer Toten eingenommen habe. Und wahrscheinlich ihren Spind benutze. Vielleicht ist der verflucht.«

Ich weiß nicht, ob ich lachen oder weinen soll. »Komm, versuch's einfach. Und denk nicht mehr daran. Selbst wenn es ihr Spind gewesen ist, macht es keinen Unterschied. Du weißt, dass es Geister und Flüche nicht gibt.«

»Ja, schon.« Sie zuckt die Achseln.

»Na siehst du. Alles okay. Und Daisy wird auch wieder, versprochen.«

Robin umarmt mich und frühstückt etwas besser gelaunt zu Ende. Ich nippe an meinem Kaffeebecher und hoffe inständig, dass ich mein Versprechen halten kann.

Wenig später liefere ich Robin an der Schule ab. Wir kommen gleichzeitig mit Nicole und Pippa an, und die beiden Mädchen stieben gemeinsam davon. Ich hatte eigentlich vorgehabt, Nicole nach Zoe zu fragen, aber sie sieht so müde und erschöpft aus, dass ich sie nicht drängen will.

»Alles in Ordnung mit dir?«

»Ich hab nicht besonders gut geschlafen«, antwortet sie. »Alles ist wieder hochgekommen. Pippa ist auch ausgesprochen unruhig. Weiß Gott, wie sich das alles auf die Arbeiten auswirkt.«

»Na ja, das kann doch im Augenblick keine so große Rolle spielen.«

Nicole schüttelt den Kopf. »Nein, wohl nicht. Aber die Kinder haben so viel gelernt. Ich kann nur hoffen, dass jetzt nicht alles den Bach runtergeht.«

»Das wird schon. Mach dir nicht so viele Gedanken.«

Nicole nimmt meine Hand, und wir stehen einen Moment lang nur da. »Du hast recht«, sagt sie schließlich. »Ich darf das alles nicht so nah an mich heranlassen. Den Mädchen geht's gut, und das ist die Hauptsache. Stell dir bloß vor, wie es Julia gehen muss ...«

»Gibt es etwas Neues?«

»Nein.« Nicole entzieht mir die Hand. »Daisy geht es nicht schlechter, aber auch nicht besser. Und ehe sie nicht aufwacht, kann auch niemand sagen, wie stark sie beeinträchtigt ist.«

Ich schüttele den Kopf. Um uns herum ziehen Eltern mit Kindern vorbei, doch mir kommt es vor, als stünden wir auf einer einsamen Insel.

»Ich weiß, ich hab's schon einmal gesagt«, setzt Nicole wieder an. »Aber ich weiß wirklich nicht, was ich ohne dich machen sollte. Klar, wir kennen uns erst ein paar Wochen, aber es kommt mir viel länger vor. Mir ist es nie leichtgefallen, mich mit anderen Müttern anzufreunden, daher bin ich umso froher, eine verwandte Seele gefunden zu haben. Deine Unterstützung ist eine Wohltat. Und Robin tut Pippa ebenfalls gut.«

»Deine Unterstützung bedeutet mir auch sehr viel«,

sage ich. »Ich weiß nicht, wie ich diese Verhandlung ohne dich hätte managen sollen. Und Robin ist happy, Pippa als Freundin zu haben. Wenn ich an den Anfang des Schuljahrs denke und wie viel sich seitdem geändert hat …«

»Wir müssen einfach zusammenhalten, dann stehen wir das alles schon durch«, sagt Nicole. »Also – musst du nicht zum Gericht?«

Ich lache und verabschiede mich. Ich bin noch immer besorgt, aber Nicole hat recht, ich muss mich jetzt auf die Verhandlung konzentrieren und auf nichts anderes. Wie immer gelingt es mir, meine Sorgen und störenden Gedanken beiseitezuschieben, bis ich in der Innenstadt angekommen bin. Ich bin bereit für den Tag.

SONNTAG, 12.57 UHR

Das Haus ist verschlossen, alle Läden sind zu. Ich hämmere an die Tür, bis meine Knöchel bluten. Alles tut mir weh vom Sturz, Arme, Knie, mein Schädel pocht. Ich schreie aus vollem Hals LASS MICH REIN, LASS MICH REIN, aber niemand kommt und öffnet. Es ist still drinnen, tot.

Ich muss mich beruhigen, sammeln. Überlegen, was ich als Nächstes tue. Ich trete zurück und betrachte die Fassade. Kein Spalt, keine Öffnung. Alle Fenster sind verrammelt. Neben dem Haus befindet sich eine Tür zum Garten, und ich fasse die Klinke, probiere sie, drücke ein paarmal fest dagegen, doch es nützt nichts.

»Kann ich helfen?«, fragt eine Frau auf dem Gehweg, und ich wende mich um, als Hoffnung und Erleichterung mich durchfährt. Aber es ist nicht sie – es ist eine ältere Frau, die mich misstrauisch ansieht.

»Ich bin eine Freundin«, sage ich und gehe eilig auf die Frau zu. »Wissen Sie, wo sie ist?«

»Wenn sie wollte, dass Sie wissen, wo sie ist, würde sie es Ihnen wohl gesagt haben«, antwortet sie hochmütig. »An die Tür zu hämmern und derart Lärm zu machen ist jedenfalls keine Art.«

»Ich suche meine Tochter«, sage ich. »Und ich glaube, sie hat sie bei sich.« Ich versuche mich zusammenzureißen, während ich mit der Frau spreche – wahrscheinlich wirke ich ziemlich irre –, doch plötzlich kann ich meine Tränen nicht mehr zurückhalten, und ausgelöst durch die eiskalten Worte dieser Frau brechen sich der Stress, die Sorge um meine Tochter und all die unkontrollierbaren Emotionen mit Rotz und großen, nassen Schluchzern Bahn.

Sie weicht einen Schritt zurück. »Wenn Sie jetzt nicht sofort von hier weggehen, rufe ich die Polizei«, sagt sie. »Ich gehöre zur Nachbarschaftswache für diese Straße, und Sie benehmen sich ausgesprochen verdächtig.«

Ich blicke ihr ins Gesicht und suche nach Mitgefühl, nur ein Hauch würde mir schon reichen, doch da ist nichts – ihre Lippen sind geschürzt, die Miene ist hart und kalt. Und nun greift sie in ihre Tasche, als wolle sie ein Telefon hervorholen, also wende ich mich um und gehe, mühsam beherrscht, mit gesenktem Kopf davon.

Aber ich komme zurück. Ich tue, was auch immer ich tun muss.

Ich werde meine Tochter finden.

Egal wie.

ZWEIUNDVIERZIG

Jeremy und seine Mutter sind beide gleichermaßen nervös, als ich bei Gericht ankomme. Sie stecken mit Barbara und Zora die Köpfe zusammen.

»Es ist die Hoffnung, die einen umbringt«, sagt Alexandra gerade. »Glauben Sie wirklich daran, dass der Fall ad acta gelegt wird?«

Barbara zuckt die Achseln. »Möglich ist es. Dennoch handeln wir erst einmal weiterhin nach der Prämisse, dass eine Verteidigung notwendig sein wird.«

Zwei Männer in den Sechzigern nähern sich uns. Der eine trägt einen tadellos sitzenden, auf Maß geschneiderten Anzug mit einer geschmackvollen Seidenkrawatte; formelle Erscheinung, selbstsicheres Auftreten, doch das Kinn wirkt weich, der Mund verdrießlich. Der andere ist weniger adrett, strahlt jedoch sehr viel mehr Würde aus. Geistliche Würde, wie ich vermute. Das muss der Bischof sein. Unsere Leumundszeugen sind angekommen.

Zora stellt mich ihnen vor. Der weniger modische ist tatsächlich der Kirchenmann, der andere ein kürzlich pensionierter Schulleiter von einem Internat in Oxfordshire. Beide umarmen Jeremy und geben sich mitfühlend.

»Tut mir leid, dass mein Vater nicht hier sein kann«, sagt Jeremy. »Aber er lässt euch beste Grüße ausrichten.«

»Zu nichts gut, dieser Mann«, unterbricht Alexandra.

»Sein Sohn steht vor Gericht, und er hat sich noch nicht einmal blicken lassen.«

»Bitte«, beschwichtigt Jeremy sie. »Du weißt sehr gut, dass er selbst in einem Fall steckt.« Er wendet sich wieder den beiden Männern zu. »Jedenfalls ist er euch sehr dankbar, dass ihr euch die Zeit nehmen konntet. Und das bin ich auch.«

»Das ist doch selbstverständlich, mein Sohn. Es freut mich, ein paar Worte zu deinen Gunsten sagen zu können«, erwidert der Bischof. Der Schulleiter nickt zustimmend.

»Ich muss Sie bitten, vor dem Saal zu warten«, bemerkt Barbara. »Und mit etwas Glück werden Sie gar nicht gebraucht. Aber wenn es Ihnen nichts ausmacht, sich hier hinzusetzen, sage ich im Gericht Bescheid, damit man Sie gegebenenfalls rufen kann.«

Die Männer nicken und lassen sich nieder. Wir begeben uns in den Gerichtssaal. Zora und ich bleiben gemeinsam hinten stehen, während die anderen ihre Plätze einnehmen.

»Du siehst müde aus«, sagt sie zu mir. »Wie geht's euch? Und Robins Schulkameradin?«

»Ich weiß es nicht. Es scheint keine Besserung zu geben. Robin gibt sich nach außen hin tapfer, aber ich fürchte, dass ihr die Sache ziemlich zusetzt.«

»Ich hab dir ja gleich gesagt, dass das mit der Schule keine gute Idee war …«

Ich bedenke sie mit einem scharfen Blick, und sie hebt entschuldigend eine Hand. »Schon gut, ich weiß. Hab's kapiert. Aber wo wir gerade bei schrecklichen Eltern sind …«

»Ja. Schon komisch, dass der Vater es bisher kein einziges Mal hierher geschafft hat«, sage ich. »Obwohl es vielleicht gar nicht so schlecht ist, wenn er ähnlich drauf ist wie die Mutter.«

Zora verdreht die Augen und lacht. Ich nehme meinen Platz hinter Barbara ein und bin bereit für den Tag am Gericht.

»Ist Euer Ehren heute Morgen gewillt, über den Antrag auf Verfahrenseinstellung aus Mangel an Beweisen zu entscheiden, den ich gestern bezüglich meines Mandanten gestellt habe?«

»Ja. Ich wollte gleich auf das Thema kommen.«

Barbara murmelt eine Entschuldigung, aber die Richterin spricht einfach weiter.

»Ich habe ausgiebig über Ihren Antrag nachgedacht, und während ich Ihre Argumentation durchaus nachvollziehen kann, ist es unstrittig, dass dieser Fall mit der Glaubwürdigkeit der Zeugin steht und fällt. Nach meinem Ermessen ist das daher eine Sache, die dem Schwurgericht vorgetragen werden muss, weswegen ich Ihren Antrag ablehne. Das Verfahren wird weitergeführt.« Sie macht eine Pause. »Allerdings muss ich das Gericht leider darüber informieren, dass ich unsere Sitzung aufgrund einer unerwarteten persönlichen Verpflichtung heute nach dem Mittagessen auf den kommenden Montag vertagen muss.«

Barbara erhebt sich. »Angesichts dessen wäre es vielleicht sinnvoll, Euer Ehren, heute nur die beiden Leumundszeugen zu hören und mit der Aussage des Angeklagten bis Montag zu warten.«

Edward Kayode steht auf. »Ich habe keine Einwände gegen dieses Vorgehen, Euer Ehren.«

Die Richterin nickt. Während der erste Zeuge hereingeführt wird, wendet sich Barbara zu mir um und murmelt: »Ich kann nicht behaupten, dass ich übermäßig überrascht bin, aber es ist trotzdem ärgerlich. Ich hatte gehofft, ihn heute aus seiner misslichen Lage zu befreien. Ich bin überzeugt, dass sie ihn letztlich doch freisprechen, aber der Formalität muss wohl Genüge getan werden.«

Ich nicke. Sie hat recht. Ich werfe Jeremy einen Blick zu. Er starrt ausdruckslos geradeaus, und nur ein leichtes Zucken in seinem Kiefer lässt darauf schließen, wie groß seine Enttäuschung sein muss.

Barbara befragt zuerst den Schulleiter, der mit maßvollen, ausgefeilten, ja geschliffenen Sätzen antwortet. Es ist ein Loblied, aber keine Heiligsprechung, und die zum Ausgleich eingestreute gutmütige Kritik an Jeremys früherem jugendlichem Ungestüm macht seinen Beitrag umso glaubwürdiger. Die Geschworenen hören wohlwollend nickend zu. Edward gelingt es recht gut, seine Miene unter Kontrolle zu halten; ich kann mir vorstellen, dass er andernfalls nicht nur einmal die Augen verdreht hätte.

Als er gefragt wird, ob er den Zeugen ins Kreuzverhör nehmen möchte, steht er auf.

»Ich habe nur zwei, drei Fragen«, sagt er. »Sie kennen den Angeklagten seit seiner Geburt?«

»Ja.«

»Ein Freund der Familie, wie Sie sagten?«

»Ja.«

»Besteht die Freundschaft mit dem Vater des Angeklagten oder der Mutter?«

Der Schulleiter wirkt etwas verschnupft. »Mit seinem Vater. Wir sind zusammen zur Schule gegangen. Ich kenne auch ihn schon mein ganzes Leben lang. Ich würde nicht zögern, für ihn oder seinen Sohn zu bürgen.«

Edward nickt. »Selbstverständlich nicht. Wie alt waren Sie, als Sie einander kennenlernten?«

»Dreizehn.«

»Das würde also bedeuten, dass Ihre Freundschaft über fünfzig Jahre währt, ist das korrekt?«

»Ja.«

»Ein Schulfreund?«

»Wie gesagt.«

»Sind Sie auf ein Internat gegangen?«

»Was hat denn das damit zu tun?«

»Ja oder nein, bitte«, sagt Edward.

»Ja. Wir waren auf einem Internat.«

»Internate erzeugen allergrößte Loyalitäten, nicht wahr?«

»Nun ja. Wenn Sie damit andeuten wollen, dass die Loyalität meinem Freund gegenüber wichtiger ist, als die Wahrheit über seinen Sohn zu sagen, dann …«

»Ich halte lediglich Eckdaten Ihrer Beziehung zum Angeklagten fest«, antwortet Edward. Er wendet sich zur Richterin um. »Keine weiteren Fragen, Euer Ehren.«

Der Bischof spricht ebenso beeindruckend, seine Stimme ist beruhigend und einschmeichelnd. Was ihm an modischem Schick fehlt, macht er mit seiner Gemütsruhe mehr als wett. Als Edward ihn mit ähnlichen Fragen wie zuvor ins Kreuzverhör nimmt, wirkt es fast wie ein Affront, den Kirchenmann auf diese Art anzugehen, auch wenn es diesem besser als dem Schulleiter gelingt, seine Verärgerung zu verbergen. Dennoch hat der positive Effekt der Aussagen gelitten, die weiße Weste einen kleinen Fleck bekommen. Mit wenigen Worten hat Edward das Bild einer verschwiegenen Gemeinschaft heraufbeschworen, deren auf dem Schulhof geschmiedetes Bündnis gegenseitiger Loyalität über allem steht. Er ist wirklich gut. Aber ist er auch gut genug?

Als beide Zeugen ihre Aussagen gemacht haben, ist es erst halb zwölf. Barbara liest zwei Briefe von weiteren Leumundszeugen vor – der Kaplan von Jeremys ehemaliger Schule und ein Geschäftsmann, der angibt, seit der Schulzeit mit Jeremys Vater befreundet zu sein, und wenn Edward nicht so professionell gewesen wäre, hätte er vermutlich eine Augenbraue hochgezogen. Doch er nickt nur am Ende jedes Briefes, und ich beobachte, wie der eine oder andere Geschworene sich Notizen macht. Anschließend wird das Verfahren auf Montag vertagt; dann soll Jeremy seine Aussage machen.

Draußen kommen wir alle zusammen – Barbara, ich, Alexandra, Jeremy und Zora. Jeremy wirkt ausgesprochen angespannt, seine Mutter wütend.

»Es ist eine Frechheit, dass dieser Fall fortgesetzt wird«, sagt Alexandra. »Sie hätten besser argumentieren müssen.«

»Ich war sicher, dass es heute vorbei sein würde«, fügt Jeremy hinzu. »Freyas Aussage war doch ein Witz.«

»Und ich gehe davon aus, dass die Geschworenen das ebenso sehen werden«, sagt Barbara. »Aber die Richterin hat natürlich recht. Ihre Glaubwürdigkeit ist die zentrale Frage. Sie müssen noch ein paar Tage durchhalten.«

»Bedeutet das, dass ich doch aussagen muss?«, fragt Jeremy.

»Wir haben ja bereits darüber gesprochen«, antwortet Barbara. »Das entscheiden ganz allein Sie. Aber Sie wissen, dass Sie in meinen Augen einen ausgesprochen guten Eindruck auf die Geschworenen machen werden.«

»Am liebsten würde ich darauf verzichten. Aber mein Vater meint auch, ich sollte es tun. Obwohl es mir helfen würde, wenn ich mit einer von Ihnen vorher alles noch einmal genau durchgehen könnte.«

»Selbstverständlich«, sagt Barbara. »Warum nicht gleich? Wir können zu uns in die Kanzlei gehen.«

»Unbedingt«, sagt Alexandra. »Du musst vernünftig eingewiesen werden. Und ich denke, ich sollte mitkommen – nach dem Desaster mit dem sogenannten Antrag ist mein Vertrauen in Sie nicht mehr besonders groß, Barbara. Eine gewisse Aufsicht täte Not.«

Jeremy tritt plötzlich verlegen von einem Fuß auf den anderen. »Es tut mir leid«, sagt er. »Aber ich kann nicht. Ich habe meinem Vater geschrieben, dass wir heute früher fertig geworden sind, und treffe mich gleich mit ihm zum Lunch.«

»Aber ich dachte, wir gehen gemeinsam zum Lunch«, wendet Alexandra ein. »Endlich einmal wieder woanders essen als in dieser Umgebung.« Sie deutet mit verächtlicher Miene um sich. »Ich bin in den vergangenen Wochen so oft in diesem Viertel gewesen, dass es für den Rest meines Lebens reicht.«

»Es tut mir wirklich leid, Mum, aber ich kann nicht. Ich hab's Dad versprochen.« Jeremys Stimme klingt gepeinigt.

»Als würde diesem Mann ein Versprechen etwas bedeuten«, schnaubt Alexandra. »Nun, da du seine Gesellschaft eindeutig der meinen vorziehst …« Sie wendet sich mit großer Geste um und stolziert davon. Wir alle blicken ihr leicht verblüfft hinterher, doch nach einem Augenblick hat Jeremy sich wieder gefangen.

»Aber auch mein Vater ist der Ansicht, dass ich meine Aussage vorher einstudieren sollte. Wäre es für Sie irgendwie möglich, das morgen einzubauen?«

Zora schüttelt den Kopf. »Tut mir leid, ich bin morgen schon verplant«, sagt sie.

»Ich kann auch nicht«, fügt Barbara hinzu. »Sadie, wie sieht's bei Ihnen aus?«

Beim Gedanken an Robin will ich instinktiv ablehnen, aber dann besinne ich mich. Es wird schon irgendwie gehen, es kann ja nicht lange dauern. »Okay«, sage ich. »Ein, zwei Stunden am Nachmittag kann ich abzwacken. Treffen wir uns in der Kanzlei?«

»Vielen Dank«, sagt Jeremy. »Am besten, wir tauschen die Nummern aus, damit wir uns morgen wegen der genauen Zeit abstimmen können.«

Zora und Barbara sind beide sichtlich beglückt, dass ich ihnen dieses Problem abgenommen habe, und ich will sie nicht enttäuschen. Also lasse ich mir Jeremys Nummer diktieren, schicke ihm eine SMS mit »Hallo«, damit er meine hat, und wir verabschieden uns voneinander.

DREIUNDVIERZIG

In der Bahn schließe ich die Augen und versuche, meinen diffusen Ängsten und Sorgen auf den Grund zu gehen. Immerhin geht es Robin gut, das ist die Hauptsache, und daran kann ich mich klammern. Aber habe ich sie in Gefahr gebracht, indem ich sie auf diese Schule, in diese Klasse geschickt habe? Ein Vorfall, bei dem ein Kind ums Leben gekommen ist, ist sicher nur ein unglücklicher Zufall, aber wenn ein zweites Kind aus derselben Klasse in Lebensgefahr gerät? Die Bahn fährt in den nächsten Halt ein, und ich stehe, plötzlich entschlossen, auf. Ich wechsele die Linie und fahre zu einer Station, an der ich bisher noch nicht oft ausgestiegen bin.

Sobald ich auf der Straße bin, schreibe ich Nicole. *Ich wollte Daisy besuchen. Meinst du, das ist okay?*

Nicole antwortet fast sofort. *Klar, mach nur. 7. Stock, Zimmer 20. Julia freut sich bestimmt, wenn du kommst.*

Ich drossele das Tempo, als ich mich dem Krankenhaus nähere; der graue Beton ragt hoch vor mir auf. Fast mache ich kehrt und trete den Rückzug an, aber ich reiße mich zusammen. Für mich ist es leicht – ich kann einfach verschwinden und Julias Elend den Rücken zukehren, aber so etwas tut man nicht. Ich presse die Kiefer zusammen, marschiere durch den Haupteingang und fahre hinauf in die siebte Etage.

Es ist die Privatstation des Krankenhauses; hinter der Tür befindet sich eine Empfangstheke. Ich erkundige mich, wohin ich gehen soll, und ein Pfleger weist mir die Richtung. Ich erzähle ihm, wen ich besuchen will, aber er lächelt, nickt und interessiert sich nicht weiter dafür. *Kein Problem, gehen Sie ruhig durch,* ist die deutliche Botschaft, als er sich wieder seinem Computerbildschirm zuwendet. Ich begebe mich in die angewiesene Richtung, hole tief Luft und klopfe an die Tür.

Keine Reaktion. Die Tür ist nur angelehnt, und ich drücke sie lautlos auf. Es ist dunkel im Zimmer, und ich taste mich vorsichtig durch den Eingangsbereich in den Hauptraum. An der Bettseite leuchtet eine kleine Lampe, aber die Jalousien an den Fenstern sind geschlossen, und die einzige andere Lichtquelle sind die blinkenden Maschinen, die, wie ich annehme, Daisy am Leben erhalten.

Nun stehe ich neben dem Bett, unter dessen Decke eine schmale Gestalt liegt. Auf dem Stuhl daneben sitzt eine Frau mit gesenktem Kopf, die Hände auf dem Laken.

Julia.

»Hi«, sage ich leise. Keine Reaktion. »Hi«, wiederhole ich etwas lauter, doch noch immer kommt nichts.

Ich gehe um das Bett herum und lege Julia eine Hand auf die Schulter, behutsam zuerst, doch dann fester, obwohl sie noch immer nicht reagiert. Erst als ich gerade aufgeben will, wendet sie mir das gepeinigte Gesicht zu.

»Sadie«, sagt sie mit einer Stimme, die von weit her zu kommen scheint. »Sadie.«

»Ich wollte Daisy besuchen. Ist das okay für dich?«

»Ja, klar«, sagt Julia. »Das ist okay.«

Ich richte meinen Blick auf das Bett. Viel ist von Daisy nicht zu sehen. Das wenige, was nicht unter dem Laken steckt, ist mit Geräten verbunden. Über ihrem Gesicht liegt eine Atemmaske aus Kunststoff, und eine Maschine gibt rhythmische Pumpgeräusche ab.

»Wird sie denn wieder gesund?«, frage ich, ehe ich mich daran hindern kann. Julias Miene verspannt sich, und etwas blitzt auf, das genauso gut Angst wie Ärger über meine Taktlosigkeit sein mag. Sie wendet den Blick ab und richtet ihn wieder auf ihre Tochter.

»Ich weiß es nicht«, sagt sie. »Ich weiß es wirklich nicht.«

Dann verfällt sie wieder in Schweigen. Ich bleibe noch ein paar Minuten neben ihr stehen, ehe ich zum Abschied ihre knochige Schulter drücke und hinausgehe. Daisys Anblick hat mich zutiefst erschüttert, und die Schwere des Krankenzimmers lastet auf mir, als ich den Heimweg einschlage.

Obwohl ich den ganzen Nachmittag das Haus putze und die verschlissenen Möbel herumrücke, kann ich die Last nicht ganz abschütteln, bis ich zur Schule fahre, um Robin abzuholen. Ich habe Nicole geschrieben, dass ich da sein werde, und ihr vorgeschlagen, vorher noch einen Kaffee zu trinken, aber sie hat sich noch nicht zurückgemeldet. Doch als ich sie am Tor sehe, ist sie so lieb wie immer, entschuldigt sich sofort, dass sie nicht geantwortet hat und lauscht mit besorgter Miene, was ich von meinem Krankenhausbesuch zu erzählen habe.

»Schrecklich«, sagt sie. »Die beiden tun mir so leid. Aber wir können ja nichts tun. Nur für Julia da sein, wenn sie es braucht. Wenn Daisy rauskommt, gibt es bestimmt mehr Möglichkeiten, sie zu unterstützen.«

»Ja, wahrscheinlich«, bemerke ich. Ich will sie gerade fragen, was sie wirklich über Daisys Genesungschancen denkt, als wir von anderen Müttern unterbrochen werden, die sich um Nicole scharen und nach Neuigkeiten fragen. Ich trete etwas zurück und lasse sie berichten, als die Mädchen auch schon aus dem Gebäude kommen. Robins Gesicht leuchtet auf, als sie mich entdeckt.

»Wie war dein Tag, Spätzchen?«

»Ganz okay«, antwortet sie. »Die Klassenarbeit lief auch nicht schlecht.«

»Das freut mich.« Ich wende mich zum Gehen, als ich sehe, dass Nicole und Pippa etwas abseits stehen und sich eindringlich unterhalten. Nicole gestikuliert wild, und mir scheint, dass Pippa weint.

»Ist mit Pippa alles okay?«

»Sie hat in der Arbeit ziemlich mies abgeschnitten«, sagt Robin. »Unter fünfzig Prozent wohl. Sie ist total fertig.«

Mitfühlend beobachte ich die beiden noch einen Moment. Wir wollen gerade gehen, als Nicole mich ruft.

»Sadie, warte. Ich wollte dich noch was fragen.«

Wir stehen einander gegenüber. Pippas Gesicht ist verweint, aber Nicole wirkt plötzlich aufgeregt.

»Ich habe eine großartige Idee«, sagt sie. »Ich glaube, dass die Mädchen dringend eine Pause brauchen. Zum Beispiel einen Ausflug ans Meer.«

Pippa blickt schon etwas hoffnungsfroher. Nicole fährt fort.

»Ich habe ein Ferienhaus in Aldeburgh an der Küste Suffolks. Ich dachte mir, ich könnte das Wochenende mit den Kindern hochfahren. Hast du nicht auch Lust?«

»Ich würde sehr gerne«, sage ich, »aber ich muss morgen arbeiten.«

»Oh, Mum«, sagt Robin enttäuscht.

»Tut mir echt leid«, erwidere ich. »Aber ich habe morgen eine Besprechung.«

»Macht doch nichts«, sagt Nicole. »Ich nehme sie gerne mit. Ehrlich, das ist überhaupt kein Problem.«

Beide Mädchen rufen gleichzeitig: »Ja!« Robin sieht mich flehend an, Nicole ebenfalls.

»Du würdest mir einen großen Gefallen tun«, sagt sie. »Robin tut Pippa gut. Sie hat einen beruhigenden Einfluss auf sie. Kannst du sie nicht zwei Nächte entbehren?«

»Ich weiß nicht …«, beginne ich. Ich möchte Robin eigentlich nicht aus den Augen lassen.

»Bitte, Mum. Das wird bestimmt toll. Ach, bitte.«

»Bitte«, sagt auch Pippa. Sie hat zu weinen aufgehört und blickt mich voller Erwartung an. »Es wäre so schön, wenn Robin mitkäme. Wir verstehen uns so gut.«

Was soll ich tun? Die drei sehen mich derart hoffnungsfroh an, dass ich nicht das Herz habe, sie zu enttäuschen. »Bist du sicher?«, sage ich schließlich zu Nicole. »Du hast sie in letzter Zeit so oft zu dir genommen. Ich will dich nicht ausnutzen.«

»Das tust du überhaupt nicht, glaub mir«, sagt Nicole

und nimmt meine Hand. »Danke.« Ihre Stimme bricht, und ich kann Tränen in ihren Augen glitzern sehen.

Ich lächele. »Es wird bestimmt schön am Meer. Du hast recht – frische Seeluft ist genau das, was sie jetzt brauchen.«

VIERUNDVIERZIG

Nach ein wenig Hin und Her kommen wir überein, dass Nicole mit den Mädchen erst morgen früh losfährt. Robin und ich verbringen einen ruhigen Abend mit Pizza und Fernsehen. Sie sucht die Sachen heraus, die sie für den Ausflug ans Meer braucht. Es ist alles sehr friedlich.

Am nächsten Morgen verlassen wir schon vor acht das Haus. Nicole und Pippa freuen sich, als wir kommen, und ich winke ihnen nach, als sie auf der Straße davonfahren. Das Wochenende liegt bis auf das Treffen mit Jeremy unverplant vor mir. Ich sollte mich freuen.

Ich mache mich auf den Heimweg, während ich auf meinem Handy nach Nachrichten sehe, als mein Fuß an einer unebenen Stelle auf dem Gehweg hängen bleibt. Ich stolpere und kann mich nur im letzten Moment fangen, doch selbst als ich mich wieder aufrichte, fühlt es sich noch immer an, als würde ich fallen. Ohne Robin scheint mir plötzlich der Halt zu fehlen, als sei mein Gleichgewichtssinn außer Kraft gesetzt. Ich versuche den Kopf mit einem Schütteln zu klären, fahre mit der Hand über die rauen Steine der Mauer, an der ich lehne, um mich zu erden, und atme ein paarmal ein und aus. Langsam komme ich wieder zu mir.

Es ist alles in Ordnung. Mir geht's gut. Robin geht's gut. Uns beiden geht es gut. Ich schlage den Weg nach Hause ein und atme im Takt meiner Schritte durch die Nase ein und durch den Mund aus.

Später schreibe ich Jeremy, um ihm ein Treffen um zwei Uhr in der Kanzlei vorzuschlagen. Er antwortet kurz danach, er habe sich beim Laufen heute Morgen sein Knie verletzt, ob ich wohl zu ihm kommen könne? *Ich kann kaum stehen, von gehen ganz zu schweigen.* Der Gedanke, quer durch London zu fahren statt in die Kanzlei, begeistert mich gar nicht, aber ich habe darüber hinaus ja nichts vor, also frage ich ihn nach seiner Adresse.

Nach einiger Überlegung finde ich das Richtige zum Anziehen für eine Wochenendbesprechung – adrett, aber nicht zu sehr, ganz in Schwarz, aufgelockert mit einem hübschen Schal. Barbara hat mir noch ein paar letzte Anweisungen geschickt, die ich an Jeremy weiterleiten soll: immer ruhig bleiben, vor jeder Antwort eine Minute nachdenken und so weiter. Ich bin bereit. Mit der U-Bahn fahre ich in den Süden Londons, wo Jeremy wohnt – eine Gegend, in der ich schon lange nicht mehr gewesen bin.

Als ich ankomme, brauche ich einen Moment, um mich in dem unbekannten Viertel zu orientieren. Ich hole das Telefon aus der Tasche, um auf der Karte nachzusehen, in welche Richtung ich mich bewegen soll, und stelle fest, dass der Akku fast leer ist; ich habe vergessen, ihn über Nacht zu laden. Also versuche ich, mir die Route auf dem Display einzuprägen.

Während ich noch auf die Karte blicke, trifft eine Nachricht von Zora ein, der kurz darauf eine zweite folgt. *Ist das nicht Andrews Firma? Hoffe, alles ist gut*, schreibt sie in der ersten. Die zweite beinhaltet einen Link zu einem Zeitungsartikel. Ich werfe einen Blick auf die Headline, doch da meine Batterieanzeige von zwei Prozent auf eins fällt, wechsele ich rasch wieder zur Karte, um keine Zeit zu verlieren.

Fast die ganze Strecke über bleibt das Handy noch tapfer bei einem Prozent. Ich versuche, nicht allzu oft auf die Karte zu schauen, aber die Häuserreihen sehen sich alle so ähnlich. Als ich auf Jeremys Straße einbiege, gibt das Telefon endgültig den Geist auf. Etwa auf der Hälfte der Straße befindet sich 74b. Ich klingele. Geschafft.

Jeremy braucht etwas, bis er die Tür öffnet. Ich höre schwere, unbeholfene Schritte langsam eine hölzerne Treppe hinunterkommen. Als er endlich aufmacht, ist er vor Anstrengung rot im Gesicht und muss sich an den Türrahmen lehnen. Seine Lippen sind zusammengepresst.

»Entschuldigen Sie, aber schneller ging es nicht«, sagt er und deutet auf eine geschiente Kniebandage, die er über einer Schlafanzughose trägt.

»Macht gar nichts«, sage ich. »Tut mir leid, dass Sie sich die Treppe herunterquälen mussten.«

»Kommen Sie rein.« Er bedeutet mir, vorauszugehen, und ich steige die Treppe hinauf, die zu seiner Wohnung in der ersten Etage führt. Ans Geländer geklammert, zieht er sich hinter mir die Stufen hoch. Ich blicke mich um, als er einen Moment pausiert, als sei es zu viel für ihn, doch dann beißt er die Zähne zusammen und nimmt den Rest in Angriff. Ich gehe zur Seite, um ihm den Vortritt zu lassen, und folge ihm in sein Wohnzimmer. Wohin man auch sieht

Bücher und Pflanzen, und viel Licht, das durch zwei große Fenster strömt. Ich fühle mich augenblicklich wohl.

Er lässt sich vorsichtig auf ein großes Sofa nieder, und ich setze mich in einen Sessel, der im rechten Winkel dazu steht, und öffne meine Tasche, um die Unterlagen herauszuholen.

»Warten Sie«, sagt er. »Wir müssen doch nicht sofort loslegen. Ich bringe Ihnen zuerst etwas zu trinken, okay?«

Langsam erhebt er sich wieder und beginnt, durchs Wohnzimmer zu humpeln.

»Lassen Sie nur«, sage ich. »Wirklich, ich brauche nichts. Fangen wir lieber an.«

»Tja, ich brauche schon was«, kontert er, »wenn ich mich schon wieder mit der ganzen Sache beschäftigen muss.«

Er hinkt aus dem Wohnzimmer, und einen Moment darauf höre ich Klirren und Klappern und das Schlagen von Schranktüren, als suche er etwas. Automatisch greife ich nach meinem Handy, nur um mir in Erinnerung zu rufen, dass es ausgegangen ist. Ich stehe auf und gehe zur Tür.

»Haben Sie vielleicht ein Ladekabel für mich?«, frage ich. »Mein Akku ist leer.«

Einen Moment lang herrscht Stille, dann antwortet er. »Es steckt eins in der Steckdose.«

Ich finde es, aber es ist das falsche. »Ich habe ein iPhone«, rufe ich. »Haben Sie vielleicht noch ein Applekabel?«

Wieder eine kurze Pause. Dann: »Ich glaube nicht.«

»Sind Sie sicher? Mein Akku ist völlig am Ende.«

Er seufzt laut genug, dass ich es bis ins Wohnzimmer hören kann. »Versuchen Sie mal die Schublade im Couchtisch. Müsste ganz vorne liegen.«

Ich kehre zum Couchtisch zurück, ein tiefes Möbel aus Holz, dessen Schublade fast die gesamte Breite einnimmt. Ich ziehe sie auf, entdecke aber kein Ladekabel. Dafür stapelweise Zettel, Quittungen und alte Eintrittskarten für diverse Vorstellungen. Ich versuche, die Schublade ganz herauszuziehen, aber sie bleibt auf der Hälfte hängen, also schiebe ich meine Hand hinein und fange an zu wühlen. Erstaunlich, wie viel Kram sich darin befindet, doch endlich fühle ich ein Kabel. Ich ziehe daran, aber weil auch das festhängt, zerre ich gleichzeitig mit solcher Kraft an der Schublade, dass sie sich plötzlich löst, mit Schwung aus dem Tisch rutscht und sich der gesamte Inhalt auf dem Boden verteilt, das Kabel obenauf.

Ich hebe es auf, stecke es in eine Dose in der Ecke ein und verbinde mein Telefon damit, als Jeremy ins Wohnzimmer zurückkehrt, einen Korkenzieher im Mund, eine Weinflasche unterm Arm und zwei Gläser in einer Hand. Mit der anderen stützt er sich an der Wand ab. Um ihm zu helfen, nehme ich ihm die Gläser und die Flasche ab und stelle sie auf den Couchtisch. Er blickt verdattert auf das Chaos, das ich veranstaltet habe.

»Tut mir total leid«, sage ich. »Die Schublade hat geklemmt.« Ich will auf die Knie gehen, um die Zettelwirtschaft zusammenzuschieben, aber er scheucht mich mit einer Geste weg.

»Lassen Sie«, grunzt er am Korkenzieher vorbei und

senkt sich erneut sehr vorsichtig aufs Sofa herab. Sobald er sitzt, nimmt er den Korkenzieher aus dem Mund und greift nach der Flasche.

»Nicht für mich, danke«, sage ich. »Mir ist es noch ein bisschen zu früh am Tag.«

»Und Sie nennen sich Strafrechtsanwältin?«, sagt er lachend. »Kommen Sie schon. Seien Sie keine Spielverderberin.«

Er schenkt Rotwein in beide Gläser, beinahe bis zum Rand. Und es sind große Gläser; über die Hälfte der Flasche geht hinein. Als er das eine Glas zu mir schiebt, schwappt ein wenig heraus und kleckert auf den Tisch. Ungerührt nimmt er seins und trinkt einen großen Schluck. Der Rotwein färbt seine Lippen dunkel.

»Na, kommen Sie«, sagt er. »Das wird Sie nicht umbringen.«

Sein Tonfall ist aggressiv. Er versucht, ein Lächeln aufzusetzen, aber es wirkt nicht echt. Und als ich ihn genauer betrachte, fallen mir seine blutunterlaufenen Augen auf. Wieder schiebt er das Glas ein Stück in meine Richtung, wieder schwappt etwas über, und mir kommt der Verdacht, dass er vielleicht schon vorher etwas getrunken hat. So habe ich ihn jedenfalls noch nie erlebt. Ich greife nach dem Glas, nippe daran, stelle es wieder ab.

»Sollen wir anfangen?«, frage ich.

»Womit?«

»Ihre Aussage durchzugehen«, sage ich. »Ich habe hier eine Kopie dessen, was Sie zu Protokoll gegeben haben, wenn Sie es sich einmal ansehen wollen.« Ich will ihm die Papiere reichen, aber er schlägt sie weg.

»Nicht jetzt«, sagt er. »Mir ist nicht danach. Das belastet mich zu sehr.«

»Nichtsdestoweniger müssen wir uns damit beschäftigen.«

»Nichtsdestoweniger. *Nichtsdestoweniger.*« Seine Stimme klingt inzwischen regelrecht höhnisch. »Jetzt hören Sie sich schon eher nach Anwältin an. Vergessen Sie doch einmal im Leben die verfluchte Arbeit und trinken Sie was.«

Das reicht – ich habe genug. Ich schiebe meine Unterlagen zusammen und stehe auf. »Ich gehe besser wieder«, sage ich. »Sie scheinen nicht in der richtigen Verfassung zu sein.«

Er fällt zurück auf die Couch und lässt den Kopf in seine Hände sinken.

»Bitte gehen Sie nicht«, murmelt er. »Es tut mir leid.«

Ich bin mehr als nur ein bisschen verärgert. Dafür habe ich das Wochenende mit Robin geopfert? Aber seine Haltung wirkt so niedergeschmettert, dass sich ein Hauch Mitgefühl in mir regt.

»Sie befinden sich in einer sehr schwierigen Lage«, sage ich. »Das verstehe ich gut. Aber Sie müssen versuchen, die Nerven zu bewahren. Sich so gehen zu lassen ist leider keine Lösung. Wir wäre es mit einer Tasse Tee? Oder einem Kaffee?«

»Scheiß auf Tee«, sagt er. »Scheiß auf Kaffee.« Doch er klingt nicht mehr aggressiv, sondern den Tränen nah. Ich hocke mich vor ihm auf den Couchtisch und bin mir unschlüssig, ob ich ihm vielleicht über den Arm streichen oder die Schulter drücken soll, und als ich mich gerade entschlossen habe, ihm das Knie zu tätscheln, schlingt er plötzlich die Arme um mich und zieht mich zu sich. Rau schrammen seine Bartstoppeln über meinen Hals.

Schockiert versteife ich mich im ersten Moment, doch dann versuche ich mich loszumachen, aber er hält fest und zieht mich vom Tisch auf sein Knie. Mit aller Kraft drücke ich gegen seine Arme und trete nach seinen Beinen, aber er ist stark, viel stärker, als er aussieht. Viel stärker als ich. Mein Herz hämmert hart an meinen Rippen, als sich Furcht mit Zorn mischt, und wieder drücke ich gegen seine Arme.

»Loslassen«, brülle ich. »Lassen Sie mich sofort los!«

Ich bekomme Boden unter die Füße und stemme mich ihm ruckartig entgegen, und mein Schädel rammt sein Kinn so hart, dass sein Kopf zurückfliegt. Jäh lässt er mich los, und ich springe auf. Ich schnappe mir meine Tasche und steuere auf den Ausgang zu.

Jeremy hat zu weinen begonnen.

»Verzeihen Sie mir, bitte«, sagt er. »Es tut mir so leid. Ich wollte Ihnen keine Angst einjagen.« Er versucht sich zu erheben, sackt aber wieder auf die Couch zurück, weil sein Knie ihm offensichtlich wehtut.

»Wie können Sie so was tun?«, fahre ich ihn an. »Ich bin nicht privat hier, sondern weil ich mit Ihnen Ihre Aussage durchgehen wollte.«

»Ich dachte bloß …«

»Sie dachten was?«

»Dass Sie vielleicht Interesse an mir hätten«, sagt Jeremy. »Sie sind mit mir etwas trinken gegangen. Und Sie sind wirklich nett zu mir. Im Augenblick scheint mich jeder andere nur anzuschnauzen. Oder mir zu sagen, was ich tun soll.«

»Es tut mir leid, wenn ich den falschen Eindruck erweckt habe«, sage ich. »Ich hätte niemals mit Ihnen in den Pub gehen dürfen. Aber hier dreht es sich wirklich nur um die Arbeit.«

Seine Schultern beben, als er zu schluchzen beginnt.

»Ich will nicht allein sein«, bringt er hervor. »Ich habe Albträume. Ich habe Angst, ins Gefängnis zu müssen.«

»Sie müssen nicht ins Gefängnis«, sage ich. »Es ist mehr als wahrscheinlich, dass Sie freigesprochen werden.«

»Aber garantieren können Sie das nicht.«

»Nein, das kann ich nicht. Das hängt von den Geschworenen ab. Aber Geschworene verurteilen Leute wie Sie in der Regel nicht.«

»Leute wie mich? Was soll das heißen?«

Ich betrachte die Wohnung, die Einrichtung, all die Anzeichen des Wohlstands. Samtvorhänge, Echtholzböden. Skandinavische Designermöbel. Nichts davon mit einem einfachen Lehrergehalt bezahlbar. Ich blicke zu Jeremy, der mit hängenden Schultern dasitzt und ein Bild des Jammers abgibt. Der Alkohol tut ein Übriges.

»Nette weiße Männer der Mittelschicht. Die Geschworenen sehen Sie auf der Anklagebank und beschließen, Ihr Leben nicht zerstören zu wollen. Vielleicht haben Sie es sogar getan, aber das interessiert sie nicht. Wir wissen beide, dass Freya keine tolle Zeugin war, aber selbst wenn sie alle mitgerissen hätte, spricht ein Schwurgericht in der Regel nicht schuldig, solange es keine anderen Beweise gibt.«

Jeremy beugt sich vor, nimmt sein Glas und trinkt es in großen Schlucken aus. Dann starrt er einen Moment lang mit leerem Blick ins ebenso leere Glas. Plötzlich tritt er fest gegen den Berg von Zetteln und Papieren aus der Schublade, und alles verteilt sich über den Teppich.

»Vielleicht sollte es sie interessieren«, sagt er. »Mir hat sie jedenfalls verdammt leidgetan, als Barbara sie in der Luft zerrissen hat.«

Ich blinzele. Das war es nicht, was ich erwartet hatte.

Jeremys starrt zu Boden, seine Miene ist angespannt, fast angstvoll, und plötzlich wirkt er auf mich, als habe er eine Gefahr gesehen, eine Schlange vielleicht, die jeden Moment zustoßen könnte. Ich folge seinem Blick.

Auf dem Teppich liegt ein Buch. Ein gebundenes Buch mit dem Rücken nach oben. Jeremy stemmt sich hoch, um es aufzuheben, aber aus irgendeinem Impuls bewege ich mich plötzlich blitzschnell und schnappe es mir, ehe er es zu fassen bekommt. Ich weiche zur Tür zurück, ehe ich es umdrehe, um mir das Cover anzusehen.

Fanny Hill – Memoiren eines Freudenmädchens. Ein kleines rotes Buch, der Titel goldgeprägt. Ich schlage es auf und blicke auf die erste Seite. Eine Widmung. *Kann's kaum erwarten, das noch mal nachzuspielen. In Liebe, F.*

Ich blicke vom Buch zu Jeremy, dann wieder zum Cover.

Er lässt sich aufs Sofa zurücksinken.

»Es ist nicht so, wie es aussieht.«

Ich rege mich nicht. Ich verharre bewegungslos wie die Schlange, von der ich glaubte, er hätte sie gesehen. »Wie sieht es denn aus, Jeremy?«, zische ich. Er schweigt.

Eine Gänsehaut beginnt meinen Körper zu überziehen,

im Nacken richten sich die Härchen auf. Ich denke an Freya und die Verunglimpfung, die sie hat erleiden müssen. Ich denke an die schmallippigen Blicke der Geschworenen. Ich denke an mich selbst als Kind, das sich nach der Aufmerksamkeit der Mutter sehnte, und wie leicht es für jemanden wie Jeremy gewesen wäre, sich mit Freundlichkeit und Verständnis einzuschmeicheln – Eigenschaften, an denen es in meinem Leben mangelte. Ich hatte Glück. Weit mehr als Freya.

Jeremy beugt sich vor, stemmt die Ellenbogen auf die Knie, ballt die Fäuste. Sein Gesicht ist angespannt.

»Sie war fünfzehn, als Sie angefangen haben, sich an sie ranzumachen, Jeremy«, sage ich. »Fünfzehn. Hat das keine Bedeutung für Sie? Geht Ihnen jegliches Schamgefühl ab, dass Sie da sitzen und mir sagen können, es sei nichts weiter? Können Sie nachts noch schlafen, wenn Sie daran denken, was Sie getan haben? Welche Lügen Sie verbreitet haben?«

»Tun Sie das nicht …«, sagt er.

»Und warum nicht? Es wird Zeit, dass es jemand ausspricht. Sie haben das Leben dieses Mädchens gleich zweimal zerstört. Beim ersten Mal, um Spaß zu haben, beim zweiten Mal, um sich selbst zu schützen. Das ist widerwärtig.«

Wieder hat er zu weinen begonnen, und ich betrachte ihn mitleidlos. Es ist, als sähe ich ihn zum ersten Mal, und im grellen Licht der Wahrheit bleibt von seinem jungenhaften Charme nicht mehr viel übrig.

»Sie sind ein jämmerlicher Feigling«, bringe ich hervor. »Sie widern mich an.«

Er hebt die Hand, als wolle er mich stoppen, senkt sie aber wieder. »Sie verstehen das nicht«, sagt er.

»Ich will auch nicht verstehen.« Mein Telefon beginnt zu klingeln, schrill und hartnäckig, und zum ersten Mal, seit ich Robin heute Morgen verabschiedet habe, fühle ich mich wirklich im Hier und Jetzt. Ich schüttele den Kopf, gehe zur Steckdose, wo mein Handy lädt, und ziehe es vom Kabel. Dann wende ich mich zu ihm um.

»Wenn Sie nichts sagen, dann tue ich es. Sie haben mich in eine unmögliche Situation gebracht.«

»Glauben Sie ernsthaft, dass sie das noch nicht wissen?«

Ich erstarre. Ich mustere sein Gesicht und erwarte Hohn, entdecke jedoch nur Elend und Selbstmitleid.

»Dass wer das noch nicht weiß?«

»Was denken Sie denn? Mein Vater, Barbara. Alles wurde hübsch eingefädelt. Gott bewahre, der Name der Familie könnte beschmutzt werden. Wenigstens ist es nicht der Name meines Vaters – den habe ich abgelegt, als er uns damals einfach im Stich gelassen hat. Heute tut es mir leid; jetzt kann niemand Seine Ehren beschuldigen, einen pädophilen Sohn zu haben.«

»Und Zora?«, frage ich fast flüsternd.

»Oh, nein«, sagt er. »Die Rechtsberatung war außen vor. Kenntnis wird nur nach begründetem Informationsbedarf erteilt.« Er lacht, aber es wird ein Schluchzen daraus.

Seine Tränen rühren mich nicht mehr. Am liebsten würde ich ihm das Buch entgegenschleudern oder ins Gesicht schlagen, aber stattdessen stecke ich es in meine Tasche. Plötzlich springt er auf die Füße, als habe es nie eine Verletzung gegeben, versperrt mir den Weg, nimmt mir meine

Tasche ab und zieht das Buch heraus. Reglos stehe ich da, als er aufs Sofa zurückplumpst und vor Schmerz aufschreit, als er das Knie dabei beugt. Ich wende mich um und blicke ihn an. Soll er doch mit dem Buch machen, was er will – ich hab's gesehen. Und er weiß, dass ich Bescheid weiß. Ich gehe hinaus, steige die Treppe hinunter und werfe die Tür hinter mir zu.

FÜNFUNDVIERZIG

Auf dem Heimweg gehe ich im Kopf alles immer wieder durch. Ich habe kein Geständnis, nicht im eigentlichen Sinn. Aber ich weiß etwas, das ich dem Gericht nicht vorenthalten kann. Allerdings ist mir ein Rätsel, wie ich Zora beibringen soll, dass die Kronanwältin sie für etwas Derartiges eingespannt hat. Am besten wende ich mich wohl an die Anwaltskammer. Dort wird man wissen, wie ich mich in einem solchen Fall verhalten muss. Doch allein der Gedanke raubt mir die Kraft. Ich fühle mich jetzt schon so müde.

Ich warte, bis ich zu Hause bin und mir einen Kaffee gemacht habe, ehe ich wieder auf mein Handy blicke. Eine Liste von verpassten Anrufen. Vier sind von Jeremy – er muss es versucht haben, während ich mit der U-Bahn unterwegs war –, und ich blockiere seine Nummer sofort. Ich werde nicht mehr mit ihm reden. Eine andere Nummer hat die Vorwahl der USA, aber ich kenne sie nicht. Während ich noch aufs Display blicke, klingelt es wieder.

Andrew.

»Sadie«, beginnt er. »Es gibt da etwas, das ich dir sagen muss.«

Und nun bin ich zu Tode erschöpft. »Weißt du was, Andrew? Jetzt wird daraus nichts. Ich bin müde, hundemüde.

Ich habe ein Riesenproblem auf der Arbeit, und eine Freundin von Robin liegt im Koma. Ich mag jetzt gerade wirklich nicht.«

»Okay. Okay, kapiert. Nur eines.« Ehe ich ihn daran hindern kann, spricht er weiter. »Ich weiß, dass es enorm viel zu erklären gibt. Ich weiß auch, dass es verdammt schwierig war. Aber es ist nicht so, wie du wahrscheinlich denkst. Was immer du hörst, bitte vertrau mir. Ich werde es dir erklären. Aber noch kann ich nicht.«

»Nein«, sage ich. »Bitte nicht jetzt. Ich bin echt zu müde für so was.« Und damit lege ich auf.

Ich schaue erneut auf mein Handy, als mir mit einem Mal wieder einfällt, dass Zora mir vorhin, als ich zu Jeremy gefahren bin, einen Link geschickt hat. Ich lande auf der Website von Reuters.

Justizministerium stellt Firmengründer wegen 250-Millionen-Dollar-Betrugs vor Gericht

(Reuters) U.S.-Bundesstaatsanwaltschaft verklagte am Dienstag Eigner und leitende Angestellte von Seacliff Securities wegen Betrugs von mindestens zweitausend Anlegern

Seacliff Securities. Andrews Firma. Ich gehe hastig durch den Rest des Artikels, aber es werden keine Namen genannt. Aus dem dringenden Bedürfnis nach mehr Informationen versuche ich ihn zurückzurufen, aber es klingelt ewig, und als ich es auf seinem Handy versuche, ist die Leitung tot.

Hartnäckig wähle ich die Nummer erneut an, doch plötzlich hämmert es an der Haustür. Automatisch lege ich das Handy weg und gehe, um zu öffnen; ich bin auf Autopilot, meine Gedanken sind meilenweit weg.

Julia. Weinend und zitternd tritt sie ein. Unter anderen Umständen wäre mir der Zustand meines Hauses im Vergleich zu ihrem peinlich, doch sie ist so aufgewühlt, dass sie ohnehin nichts anderes wahrnimmt.

»Ich wusste nicht, wohin ich sonst gehen soll«, sagt sie. »Die haben mich rausgeschmissen, damit Paul Daisy besuchen kann. Ich konnte den Gedanken nicht ertragen, allein zu sein.«

Ich gehe mit ihr in die Küche, während ich überlege, was ich sagen kann, um sie wieder loszuwerden, obwohl ich natürlich weiß, dass ich teilnahmsvoller sein müsste.

»Könnt ihr nicht beide bei ihr sein?«

»Unmöglich«, sagt Julia. »Er und ich halten es seit der Scheidung keine zwei Minuten im selben Raum aus. Du weißt vielleicht, dass wir vor Gericht gegangen sind?«

Ich nicke. Im hellen Deckenlicht der Küche ist nicht zu übersehen, dass Julia in einem furchtbaren Zustand ist, und mein Mitgefühl wächst, während die Gedanken an Andrew angesichts ihres Elends verblassen. Ihre Haare sind fettig und ungepflegt, ihr Teint ist fahl, und ihr übliches arrogantes Auftreten hat sich in nichts aufgelöst. Sie hat abgenommen, ihre Wangen wirken eingefallen, die Ringe sitzen so locker, dass einer vom Finger rutscht, während sie die Hände wringt, ohne dass sie es zu bemerken scheint. Ich bücke mich und hebe ihn auf. Es ist ein schwerer, schlichter Goldring, der nicht geschlossen ist, sondern in zwei sich gegenüberliegenden Ts ausläuft. Ich lasse ihn in meiner Hand kullern.

»Ich kann nicht erklären, was genau passiert«, sagt Julia, »aber man versucht mich reinzulegen, dessen bin ich mir sicher.« Sie spricht mit plötzlicher Dringlichkeit und beugt sich über den Tisch zu mir; ihr Atem riecht abgestanden und säuerlich.

»Man versucht dich reinzulegen? Wer denn? Und womit?«

»Es wird heißen, dass alles meine Schuld war. Aber ich habe nichts getan. Ich schwöre es. Ich habe immer nur versucht, das Richtige zu tun.«

Ich gehe um den Tisch herum und lege ihr den Arm um die Schultern. Sie versteift sich, ehe sie plötzlich nachgibt und sich an mich lehnt, nur um kurz darauf so heftig aufzufahren, dass mein Arm von ihr rutscht.

»Du musst mir glauben, Sadie. Ich habe nichts getan, was Daisy schaden könnte. Ehrlich nicht.«

Ich versuche, ihr in die Augen zu sehen, aber sie weicht meinem Blick aus. Vielleicht könnte ich ihr helfen und sie trösten, wenn ich zu ihr durchdringen würde, aber sie ist viel zu aufgelöst, um wirklich zu hören, was ich sage.

»Das weiß ich doch«, erwidere ich. »Natürlich hast du nichts getan.«

»Die werden mir an allem die Schuld geben.« Julia redet weiter, als hätte ich nichts gesagt. »Deswegen darf ich auch nicht mehr zu ihr.«

»Ich dachte, es ging um deinen Ex.«

Nun sieht sie mich direkt an, und ihre Augen schleudern Blitze. »Das ist der angebliche Grund. Aber die können doch *alles Mögliche* behaupten, denkst du nicht?«

»Ich denke, dass du völlig erledigt bist. Du brauchst etwas zu essen, eine Dusche und ein bisschen Schlaf.«

Julia starrt mich weiterhin an, und ich erwidere den Blick, bis meine Augen zu brennen beginnen. Ich blinzele und schaue weg. Julia lacht, doch es klingt bitter und humorfrei.

»Fehlt nur noch, dass du mir eine schöne Tasse Tee anbietest.«

Ich mache den Mund auf, klappe ihn wieder zu. Mache ihn erneut auf. »Es tut mir leid. Nichts, was ich sagen kann, wird dir helfen. Aber wenn du nicht im Krankenhaus sein darfst, wäre es dann nicht am besten, dich ein wenig auszuruhen? Du musst doch erschöpft sein.«

»Das bin ich auch«, sagt sie. »Ich bin total erschöpft.«

»Du kannst hierbleiben, wenn du willst. Robin ist über Nacht weg. Es ist also kein Problem.«

Julia lehnt sich zurück. Ihre Miene wird weicher.

»Lieb von dir«, sagt sie mit einem Lächeln. »Aber ich möchte keine Umstände machen. Ich gehe lieber nach Hause. Wo ist Robin denn?«

»Mit Nicole und Pippa unterwegs. Sie sind ans Meer gefahren.«

Etwas verändert sich in Julias Miene; plötzlich ist die Wärme fort, als habe man hinter ihren Augen ein Licht ausgemacht. Doch schon lächelt sie wieder, sodass ich mich frage, ob ich es mir wohl nur eingebildet habe.

»Du bist so nett zu mir«, sagt Julia nun. »Es tut mir wirklich leid, dass es anfangs mit uns so schiefgelaufen ist. Hoffentlich können wir uns näher kennenlernen, sobald Daisy aus dem Krankenhaus kommt.«

»Ja, ich auch. Und hoffentlich wird das sehr bald sein. Wie geht's ihr denn jetzt? Gibt es irgendeine Verbesserung?«

Wieder wird ihr Blick düster, wieder tut sich ein Graben zwischen uns auf. Einen Moment lang wirkt sie bar jeder Hoffnung.

»Ich weiß nicht«, sagt sie. »Ich weiß es einfach nicht. Die Ärzte tun angeblich, was sie können, aber ...«

Und plötzlich ist die Unterhaltung vorbei. Julia macht die Schotten dicht, als habe sie bis jetzt unter einem Bann gestanden, der plötzlich gebrochen ist.

»Entschuldige«, sagt sie. »Ich hätte nicht herkommen sollen. Keine Ahnung, was ich mir dabei gedacht habe. Ich gehe nach Hause. Du hast recht, ich muss schlafen. Und vorher duschen.«

Sie steht auf, drückt mich kurz an sich und hat die Küche verlassen, ehe ich überhaupt die Chance habe aufzustehen.

»Dein Ring«, rufe ich ihr nach. Sie kehrt zurück. Ich lege ihn ihr in die Hand, und sie betrachtet ihn.

»Den hab ich mir selbst gekauft, um mich aufzumuntern«, erklärt sie. »Von Tiffany. Ich liebe Tiffany. Schon komisch, wie wenig er mir jetzt bedeutet.« Sie steckt den Ring in die Tasche und macht kehrt. Ich rufe ihr einen Abschiedsgruß nach, höre jedoch schon die Tür zufallen.

Nachdem ich einen Moment lang nur dagesessen und versucht habe zu begreifen, aus welchem Grund Julia eigentlich hergekommen ist und was sich tatsächlich abspielt, gebe ich auf und greife wieder nach meinem Telefon. Andrew ist derjenige, über den ich jetzt etwas herausfinden muss. Zuerst gehe ich rasch durch Jeremys Nachrichten und lösche sie, nachdem ein kurzer Blick mir bestätigt, dass alle nur Varianten von *Tut mir leid, hab mich gehen lassen* beinhalten. Ja, das hat er allerdings.

In diesem Moment kommt eine Nachricht von Nicole rein.

Robin hat ihr Telefon vergessen, falls du ihr zu schreiben versucht hast, also nicht wundern. Ist ihr schon eher aufgefallen, aber ich hab vergessen, es dir zu sagen. Sorry, wenn du vergeblich versucht hast, sie zu erreichen. N xx

Ein kleiner Schrecken durchfährt mich. Obwohl Robin mir so sehr fehlt, ist mir nicht einmal in den Sinn gekommen, ihr zu schreiben. Ich bin einfach noch nicht daran gewöhnt, dass sie ein Handy besitzt. Ich renne hinauf und entdecke es sofort auf einer Ablage, der Akku längst leer. Ein bittersüßes Gefühl durchströmt mich. Bald wird man Robin von ihrem Handy nur noch operativ entfernen können, wie all die anderen Jugendlichen im Bus, die wie hypnotisiert auf ihre kleinen Displays starren. Doch noch ist meine Tochter im Herzen ein Kind, wie erwachsen sie sich zwischenzeitlich auch schon anhören mag.

Ich kehre nach unten zurück und greife nach meinem Handy, um Nicole zu antworten, habe aber plötzlich das starke Bedürfnis nach echtem Kontakt, und am besten noch mit Robin. Also rufe ich Nicole an. Sie nimmt nach wenigen Sekunden ab, wirkt aber abgelenkt und etwas kurz angebunden, wenn auch freundlich wie immer. Wir reden nicht lange.

»Ich mach jetzt besser wieder Schluss. Die Mädchen brauchen etwas zu essen.«

»Wie geht's ihnen denn? Kann ich mal eben mit Robin sprechen?«

»Sie sind noch draußen am Strand«, antwortet Nicole. »Aber ich schicke dir nachher Fotos. Es war ein toller Nachmittag. Ich glaube, es geht ihnen richtig gut.«

»Das freut mich«, sage ich. »Hör mal, meine Besprechung ist tatsächlich schon vorbei. Ich könnte immer noch raufkommen ...«

»Oh, das wäre großartig«, sagt Nicole. »Allerdings ist das nicht ganz einfach ohne Auto. Im Ort gibt es keinen Bahnhof.«

»Oh, okay. Ich könnte mir einen Wagen mieten, aber ...«

»Wieso machst du dir nicht einfach einen schönen Abend ganz für dich und nimmst Robin entspannt morgen wieder in Empfang? Wir fahren ein andermal zusammen hierher.«

»Okay.« Ich will gerade noch Julias Besuch und ihren aufgelösten Zustand erwähnen, als Nicole schon auflegt, und mir fehlt die Energie, noch einmal anzurufen und ihr alles zu erzählen. Vor allem will ich jetzt online nach Informationen über Seacliff Securities suchen und herausfinden, was zum Teufel da eigentlich los ist.

Als ich später am Abend auf der Couch sitze und mich noch immer ohne Erfolg durch das Internet klicke, piept mein Telefon. Eine Nachricht von Nicole: *Völlig erledigt!* Angehängt ist ein Foto von Robin und Pippa, die schlafend auf einer riesigen grauen Couch liegen, die Füße jeweils an einem Ende, die Köpfe in einem Durcheinander aus blonden und braunen Haaren auf einem Kissen in der Mitte.

Ich vergrößere das Bild und zoome Robins Gesicht heran. Ihre Wangen sind vermutlich vom Gerenne an der frischen Luft gerötet, ihre Züge entspannt, und die Mundwinkel sind leicht nach oben gezogen, als würde sie im Schlaf lächeln. Etwas in meiner Brust löst sich. Es geht ihr gut. Eine Sache weniger, um die ich mich sorgen muss.

Ich versuche weiter zu recherchieren, was mit Andrews Firma los ist, aber der Artikel der Nachrichtenagentur ist das Einzige, was ich finden kann. Niemand sonst scheint etwas veröffentlicht zu haben. Auch die Website von Seacliff Securities sieht vollkommen normal aus. Bei der angegebenen Nummer teilt mir eine Bandansage mit, dass das Büro geschlossen sei, doch da wir Samstag haben und es in New York schon später Nachmittag ist, überrascht mich das nicht. Ich erwäge, Kollegen von Andrew anzurufen, kann mich aber nicht dazu durchringen. Mich nach Monaten Funkstille zu melden, um zu fragen … ja, was genau eigentlich? Wer verhaftet worden ist? Ob sie in einer betrügerischen Organisation arbeiten? *Mir ist das alles völlig schleierhaft …*

Ich beschließe, nach oben zu gehen; vielleicht stehen morgen früh mehr Informationen zur Verfügung. Ich mache die Lichter aus und vergewissere mich, dass die Eingangstür zweimal abgeschlossen ist, dann gehe ich endlich ins Bett. Lange betrachte ich das Foto von Robin, ehe ich in einen unruhigen Schlaf falle, in dem ich sie immer wieder mit im Wind wehenden Haar über eine felsige Küste vor mir wegrennen sehe.

SECHSUNDVIERZIG

Erschreckt fahre ich in den frühen Morgenstunden aus einem Albtraum hoch und haste in Robins Zimmer, um nach ihr zu sehen, ehe mir wieder einfällt, dass sie ja gar nicht hier ist. Ich kehre ins Bett zurück, doch meine Sorgen drängen sich in mein Bewusstsein und machen die Erholung des kurzen Schlafs zunichte.

Andrew. Ist er verhaftet worden? Und falls nicht, wo ist er? Und was zum Teufel hat es mit Seacliff und den Verhaftungen auf sich? Wenn er in einen großangelegten Investitionsbetrug verwickelt ist, ergibt sein seltsames Verhalten der letzten Zeit Sinn. Allerdings weiß ich nicht, wie ich mit dem Gedanken umgehen soll, dass er vielleicht ein Verbrechen begangen hat. Wir mögen getrennt sein, aber Robins Vater ist er ja dennoch. Das wäre vollkommen inakzeptabel.

Dann Jeremy. Das Buch. In dieser Sache muss ich etwas unternehmen, wenn ich auch noch nicht weiß, was. Wieder rufe ich mir in Erinnerung, dass die Beratungsstelle der Anwaltskammer meine erste Anlaufstelle sein sollte. Außerdem muss ich überlegen, ob ich Barbara wegen unethischen Verhaltens melde. Herrgott. Ich hätte niemals zu Jeremy nach Hause gehen dürfen.

Ich wälze mich auf die Seite. Zeit aufzustehen und die Dinge anzugehen. Ich greife nach meinem Telefon. Nicole hat mir eine Nachricht geschickt. Gegen sechs Uhr.

Robin hatte schlimmes Heimweh. Julia ist gestern Abend noch gekommen und fährt sie heute früh nach Hause. Sie setzt sie bei dir ab. Hoffe, das ist okay. N xx

Sofort rufe ich Nicole an. Fast genauso schnell nimmt sie ab.

»Was ist passiert?«, frage ich. Ich bin jetzt hellwach. Nicht alarmiert, aber hellwach.

»Ach, die arme Robin. Sie hatte einen furchtbaren Albtraum und ist mitten in der Nacht weinend aufgewacht. Wir konnten sie erst gar nicht trösten, sie wollte nur nach Hause. Nachdem wir ihr etwas zu trinken gegeben haben, hat sie sich ein bisschen beruhigt. Julia hat ihr dann versprochen, direkt morgens mit ihr zurückzufahren, und schließlich ist sie wieder eingeschlafen.«

»Wann sind sie losgefahren?« Ich versuche mir nicht anmerken zu lassen, dass mein Herzschlag schneller geht, denn prompt kehren die Erinnerungen an das letzte Mal zurück – an jene furchtbaren Stunden, in denen ich nicht wusste, wo sie war.

»So um sieben«, sagt Nicole. »Sie sollten also bald bei dir sein.«

»Mir war nicht klar, dass Julia zu euch raufkommen wollte. Sie hat gestern gar nichts davon gesagt.«

»Ah, ja, sie hat erwähnt, dass sie dich besucht hat. Na ja, du weißt ja, wie aufgelöst sie war. Jedenfalls ist sie nach Hause gegangen, hielt es dort aber so allein und ohne Daisy nicht aus – und zu ihr ins Krankenhaus durfte sie ja auch nicht. Also dachte sie, dass es ihr vielleicht guttäte, wenn sie zu uns käme. Mir gefiel die Idee überhaupt nicht, aber sie wollte unbedingt …«

»Es wäre mir lieber gewesen, wenn du mich gefragt hättest, ehe du Robin mit Julia fahren lässt.«

»Ich hab dir doch direkt heute Morgen geschrieben. Und Robin war überglücklich, nach Hause zu dürfen …«

Der Vorwurf in Nicoles Stimme ist nicht zu überhören. Robin hält es noch nicht einmal eine einzige Nacht bei anderen aus und hat alle auf Trab gehalten. »Tut mir leid«, sage ich. »Ich war sicher, dass es ihr gefallen würde. Wahrscheinlich ist im Moment alles ein bisschen viel.«

»Na ja, jedenfalls war es dann ja umso besser, dass Julia hergekommen ist.«

»Danke noch mal, dass du Robin mitgenommen hast«, schließe ich, und wir verabschieden uns. Sobald ich aufgelegt habe, wähle ich Julias Handy an. Sie nimmt nicht ab. Ich versuche es erneut, doch wieder klingelt es vergeblich. Natürlich ist das kein Grund zur Sorge. Schließlich fährt Julia, und nicht jeder mag eine Freisprechanlage nutzen. Da sie ein fremdes Kind im Auto hat, wird sie noch vorsichtiger als üblich fahren und sich nicht durch Telefongespräche ablenken lassen wollen.

Ich lege das Handy weg und gehe ins Bad. Als ich die Toilette spüle, gibt die veraltete Sanitärtechnik endgültig den Geist auf, und plötzlich habe ich den abgebrochenen Hebel in der Hand. Frustriert schleudere ich das Ding in Richtung Waschbecken, doch es trifft den Spiegel mit genug Wucht, dass er springt und der Riss sich über die gesamte Fläche ausbreitet.

Eigentlich bin ich nicht abergläubisch, aber diesmal macht sich eine dumpfe Furcht in meiner Magengrube breit, als ich den Schaden begutachte. Natürlich ist es Blödsinn.

Es gibt nichts, worüber ich mir Sorgen machen müsste. Für alles wird es eine gute Erklärung geben. Ich muss mich ablenken und aufhören, wegen Nichtigkeiten hysterisch zu werden. Ich stehe einfach nur unter Stress. Viel zu sehr unter Stress.

Ein plötzlicher Tatendrang treibt mich die Treppe hinunter in die Küche, wo ich eine Rolle Mülltüten hole. Ich werde hinaufgehen, mein altes Zimmer von dem Schutt befreien und alle Spuren von Lydias Zorn und Verachtung beseitigen. Das hier ist jetzt Robins Zuhause, und ich werde es so schön gestalten wie möglich. Ich habe mich lange genug davor gedrückt.

Ich hole tief Luft, laufe wieder hinauf und stelle mich der Zerstörung. Ich öffne die erste Tüte und schaufele mit Papierschnipseln und Stofffetzen die Überreste meiner Kindheit hinein. Ab und an finde ich eine Seite, die der Vernichtung entgangen ist, eine Passage aus einem geliebten Buch, doch ich halte nicht inne, sondern mache weiter, fülle die erste Tüte und greife nach der nächsten. Ich bin jetzt wie im Rausch, mein Treibstoff der Zorn auf Jeremy, auf Andrew, meine Sorge um Robin, und unter allem liegt wie eine wummernde Bassspur mein Trotz meiner Mutter gegenüber. *Fick dich fick dich fick dich*, und ich schaufle und stopfe, schaufle und stopfe. *Ich bin nicht wie du, ich liebe meine Tochter. Ich reiße deinen Hass heraus und spucke drauf. Fick dich.*

Doch die Raserei ebbt schließlich ab. Als ich angefangen habe, war ich gegen die Feindseligkeit des Zimmers gewappnet, doch langsam aber sicher zwingt sie mich nieder.

Es ist inzwischen fast zehn. Julia hat noch nicht zurückgerufen. Ich gehe wieder hinunter und wandere von

Zimmer zu Zimmer. Und warte. Und während ich warte, kommt mir schließlich das Wort *Tiffany* in den Sinn, und ich sehe eine hellblaue Schachtel mit einem toten Vogel voller Maden vor mir. Eine eiskalte Hand packt mein Inneres.

ZWEITER TEIL

SONNTAG, 13.00 UHR

Ich lasse Julias Haus hinter mir und stolpere zurück zur Bushaltestelle. Meine Knie sind aufgeschlagen, mein Schädel pocht, und ich weiß, dass ich am Kopf noch blute, aber es ist mir egal. Das Adrenalin treibt mich an, und obwohl mir klar ist, dass irgendwann eine Schockreaktion eintreten wird, bin ich dankbar für das Brennen der Schürfwunden, das mich von der Finsternis in meinem Kopf ablenkt. Meine Fantasie dringt immer tiefer in Gefilde vor, in die ich nie wollte, und meine Ängste geraten außer Kontrolle.

Ich muss wieder nach Hause für den Fall, dass Robin dorthin kommt. Es hat keinen Sinn, durch die Straßen zu rennen, wenn ich keine Ahnung habe, wo meine Tochter sich aufhalten könnte. Ich muss mich setzen, sammeln und erneut und gefasst mit der Polizei sprechen.

Beim Gedanken an die Polizei, kommt mir mit Macht mein Anruf von vorhin in den Sinn, meine Hysterie. Man wird mich bereits als Nervensäge eingestuft haben, als Spinnerin, die der Polizei die Zeit stiehlt. Es wird bestimmt nicht leicht werden, sie dazu zu bewegen, meine Ängste ernst zu nehmen.

Weiß ich überhaupt, was Robin gestern getragen hat? Die Polizei braucht eine Beschreibung von mir, so viel steht fest. Ich sehe es schon vor mir.

VERMISST: *Zehn Jahre altes Mädchen, eins fünfundvierzig groß, schulterlanges, braunes Haar, blaue Augen. Robin trug zuletzt …*

Was? Was hat sie angehabt? Ich war nicht bei ihr – woher soll ich das wissen? Aber die Beschreibung taugt ohnehin nichts, sie ist zu kalt, zu zweidimensional. Sie sagt nichts darüber aus, wie Robin wirklich ist, lieb, herzlich. Und tapfer. So tapfer. Sie hat den Umzug quer über den Atlantik verkraftet, obwohl sie alles hinter sich lassen musste, was ihr vertraut und lieb war, ihr Zuhause, ihre Schule, ihre Freundinnen. Sie hat sich mit der Trennung von ihrem Vater auseinandersetzen müssen, mit dem Umzug nach London, der neuen Schule, den zuerst feindseligen Mitschülerinnen und nicht zuletzt mit dem alten Haus, das in einem jämmerlichen Zustand war. Was habe ich ihr alles zugemutet! Ich will noch nicht einmal daran denken, was wegen Andrews Firma noch auf uns zukommen mag.

Ab jetzt werden sich die Dinge ändern. Sobald Robin wieder zu Hause, wieder bei mir ist, wird alles anders. Ich bringe Ordnung in unser Leben.

Entschlossenheit verdrängt meine Verzweiflung. Genug gejammert! Es wird Zeit, nach Hause zu gehen und zu handeln.

Ich habe die Bushaltestelle fast erreicht, als eine Frauenstimme nach mir ruft.

»Sadie! Sadie!«

Es ist Jessica. Sie trägt Laufkleidung, ihre Wangen sind gerötet. Ehe ich noch so tun kann, als hätte ich nichts gehört, kommt sie schon mit ausgestreckten Armen auf mich zu.

»Dachte ich mir doch, dass ich diese Frau kenne«, sagt sie und ergreift meine Schulter. Ich versteife mich; ich will nicht angefasst werden.

»Ich war gerade auf dem Weg nach Hause.«

»Hast du hier jemanden besucht?«, fragt sie und mustert mich scharf.

»So ungefähr«, antworte ich. »Jedenfalls muss ich jetzt weiter.« Ich versuche, ihre Hand abzuschütteln, aber sie packt meine Schulter nur fester.

»Alles in Ordnung? Du siehst ein bisschen angeschlagen aus.«

Um mir keinerlei Blöße zu geben, nehme ich mir einen Moment Zeit, um mich zu sammeln, ehe ich mein Kinn hebe. »Ich bin hingefallen«, sage ich und deute auf die dreckigen Knie meiner Jeans. »Über einen Pflasterstein gestolpert.«

»Ah, okay. Warst du bei Julia? Oder Nicole vielleicht?«

Ihr Blick wirkt übereifrig. Ich habe bisher nie darüber nachgedacht, welche Auswirkungen meine neue Freundschaft mit den Frauen hat. Jessica ist eifersüchtig. Aber damit kann ich mich jetzt unmöglich auseinandersetzen.

»Ich wollte bei Julia vorbeischauen, aber sie war nicht da.«

»Na ja, sie hat im Moment viel um die Ohren«, sagt Jessica. Ihre Zungenspitze schießt hervor, um die Mundwinkel zu befeuchten. »Ich weiß ja, dass sie ungemein beliebt ist, aber sie zieht schon ziemlich viel Pech an. Ihre arme Tochter …«

Ich will mich überhaupt nicht unterhalten. Ich möchte eigentlich nur weg von dieser Frau, deren Miene immer raubtierhafter wird. Dennoch kann ich nicht anders, denn nun ist meine Neugier geweckt.

»Pech?«, frage ich leise. So leise sogar, dass ich nicht weiß, ob Jessica mich hören kann. Aber sie ist so ausschließlich auf mich konzentriert, dass ihr kein Wort entgeht.

»Ja, Pech. Zumindest würden einige Leute es wohl so nennen. Die arme Daisy im Krankenhaus, die mit dem Tod ringt … nun, ich habe gehört, Julia steht unter Verdacht, ihr etwas verabreicht zu haben.« Ich spüre Jessicas Atem an meiner Wange, abgestanden, unrein. Ich will zurückweichen, aber sie hält meine Schulter eisern fest. »Und dann war da ja auch noch das andere Mädchen, Zoe. Du hast doch bestimmt schon von ihr gehört, oder?«

»Ich weiß, dass es ein Unfall war«, sage ich. »Was hat das mit Julia zu tun?«

»Na ja, sie war dort. Wusstest du das nicht?«

»Wo?«

»Mit Zoes Familie im Urlaub. Als es passiert ist. Als Zoe ertrunken ist.«

Ein Schock durchfährt mich. Ein Muskel in meinem Gesicht zuckt.

»Oje«, sagt Jessica. »Du wirst ja ganz blass. Allerdings verstehe ich nicht so recht, warum dich das so entsetzt. Wo Julia ist, passieren schlimme Dinge. Die Geschichten gingen doch schon damals in der Schule um. Du musst davon gehört haben.«

Ich schaue sie an und versuche nicht einmal, meine Verblüffung zu verbergen. »Du meinst bei uns damals? Nein. Ich kann mich an nichts erinnern.«

»Wie schlimm sie andere tyrannisiert hat? Sie war berüchtigt dafür.«

»Also, ich weiß von nichts. Allerdings war sie ja auch drei Jahre unter mir – davon habe ich also nicht viel mitbekommen. Eine Freundin von mir sagt, sie hätte gehört, Julia wäre schlimm gemobbt worden.«

Jessica beginnt zu lachen, und es klingt wahrhaft belustigt. Sie lacht so sehr, dass sie die Hand von meiner Schulter nehmen muss, um sich die Augen zu wischen. Ich trete sofort einen Schritt zurück. Ich will nur weg.

»Deine Freundin irrt sich«, sagt sie. »Deine Freundin irrt sich gewaltig. Sie war ein echtes Biest. Sie und ihre Entourage haben ein Mädchen derart schikaniert, dass sie die Schule verlassen hat. Ich war mit der jüngeren Schwester befreundet.«

»Wie kommt es dann, dass du dich heute bei ihr einschleimst? Wenn sie so furchtbar ist?«, frage ich.

Jessicas Raubtierblick erlischt, ihre Lippen werden schmal. Sie schlingt die Arme um sich, als wolle sie sich schützen.

»Ich will sie nicht gegen mich aufbringen«, antwortet sie. »Sie macht mir Angst. Inzwischen bin ich fast vierzig, und trotzdem jagt mir Julia Brumfitt immer noch eine Höllenangst ein.«

Erschüttert beginne ich zurückzuweichen. Ich muss weg von hier, sofort.

»Wo ist eigentlich Robin?«, ruft sie mir hinterher.

Ich gebe keine Antwort. Die Angst eiskalt in meinen Adern, haste ich davon.

SIEBENUNDVIERZIG

Mit purer Willenskraft versuche ich den Bus auf der Heimfahrt anzutreiben, doch als ich aussteige, drossele ich plötzlich mein Tempo.

Ich bin gespalten.

Ich habe beinahe Angst, nach Hause zu rennen, um nachzusehen, ob Robin angekommen ist. Ich fürchte mich davor, das Haus so vorzufinden, wie ich es verlassen habe – einsam und verlassen, keine Menschenseele weit und breit.

Aber vielleicht steht Robin in diesem Moment auch auf der Schwelle und klopft an die Tür. Vielleicht tritt sie unruhig von einem Fuß auf den anderen, weil keiner aufmacht. Ich weiß nicht einmal, ob sie eine vernünftige Jacke bei sich hat, weil ich nicht genau kontrolliert habe, was sie eingepackt hat. Sie wird müde sein, frieren, sich Sorgen machen. Ich renne jetzt fast.

Und wieder: Was, wenn sie nicht da ist ... Was, wenn bei meiner Ankunft niemand auf der Schwelle steht, keine kleine Gestalt, die ungeduldig auf mich wartet? Ich drossele mein Tempo, beschleunige, drossele, bis ich endlich um die Ecke in unsere Straße biege und fast am Haus bin, und tatsächlich ist jemand an der Tür und wandert nun ums Haus herum, und obwohl ich genau weiß, dass die Gestalt zu groß für Robin ist, könnte sie es schließlich ja doch sein, sie könnte es sein … und so sprinte ich die letzten Meter nach Hause.

Ich stürme durchs Gartentor und rufe gleichzeitig lauthals Robins Namen. Eine Stimme antwortet. Aber nicht Robins.

»Sadie«, sagt Zora.

Bei ihrem Anblick breche ich in Tränen aus.

»Ich weiß nicht, wo sie ist«, schluchze ich. »Ich weiß nicht, wo sie ist.«

Zora wartet stumm darauf, dass ich fortfahre, und da das Schlimmste bereits gesagt ist, kommen die restlichen Worte schließlich auch.

Nachdem ich Zora alles erklärt habe, werde ich aktiv. Ich rufe Nicole an und bitte sie, noch einmal genau zu wiederholen, was zuvor geschehen ist, notiere mir die Adresse in Aldeburgh und lasse mir von ihr eine genaue Beschreibung dessen geben, was Robin anhatte, als sie mit Julia gefahren ist. Nicole scheint verblüfft über meinen Zorn, beantwortet mir aber ohne Umschweife meine Fragen. Anschließend rufe ich erneut Julia an. *Wo zum Henker bist du? Wo zum Henker ist meine Tochter? Ruf mich an!* Dann setzen wir uns angespannt in die Küche.

»Gibt es noch jemanden, den du anrufen kannst?«, fragt Zora.

»Nein. Robin hat ihr Handy hiergelassen. Ich habe keinerlei Möglichkeit, sie zu erreichen.«

»Okay«, sagt Zora. »Dann sollten wir jetzt die Polizei hinzuziehen. Ist mir egal, ob die Frau gesagt hat, dass du warten sollst und sich schon alles von allein regelt. Julia hätte Robin schon vor Stunden zurückbringen müssen. Wir werden nicht länger warten.«

Einen Moment lang bin ich wie gelähmt. Das alles ist zu real. Doch dann reiße ich mich zusammen. Ich nicke einmal, wähle die 999 und spreche bestimmt und fokussiert mit der Vermittlung. Man teilt mir mit, dass in Kürze jemand zu mir kommt, um mich zu befragen.

Als es getan ist, kehrt die Angst zurück. Es ist alles zu viel, viel zu viel. Ich gehe hinauf in Robins Zimmer und lege mich neben ihr Kissen, neben den Teddy, den sie hiergelassen hat, auf ihr Bett. Ihr Geruch tröstet mich, wenigstens für einen Augenblick, und ich ziehe die Decke fest um mich, um mich in das zu hüllen, was meine Tochter zurückgelassen hat. Zora klappert unten mit Geschirr und räumt offenbar auf, und ich ziehe mir die Decke über den Kopf, schließe die Augen und wünsche mir alles um mich herum weg und Robin zurück.

Ich erwache, als Zora mich sanft an der Schulter rüttelt. Das Zimmer ist dunkel. Mit einem Ruck setze ich mich auf.

»Ich dachte, ich wecke dich besser«, sagt Zora, »obwohl ich dich am liebsten hätte schlafen lassen.«

»Ich hätte mich überhaupt nicht hinlegen dürfen«, erwidere ich. »Ich kann nicht fassen, dass ich eingeschlafen bin.«

»Das liegt am Schock«, sagt sie. »Du hast dich eingerollt, als ob du dich verstecken wolltest.«

Ich schiebe die Worte von mir, dann die Decke und

komme auf die Füße. Die Ruhe hat mir gutgetan, meine Kraft ist zurück.

»Gibt es was Neues?«, frage ich.

»Nein«, sagt sie.

»Und die Polizei?«

»Ist noch nicht hier. Vermutlich glauben Sie noch nicht, dass sie wirklich verschwunden ist.«

»Oder entführt wurde«, sage ich.

»Oder entführt wurde.« Zoras Stimme klingt schwer, tonlos. So erschöpft, wie ich vor einer Stunde noch war.

Ich schaue ihr ins Gesicht.

»Wir sollten nicht gleich das Schlimmste annehmen«, sagt sie, doch ihre Miene straft ihre Worte Lügen.

»Danke«, sage ich.

»Wofür?«

»Dass du gekommen bist und mir hilfst. Bei mir bleibst. Ich schaffe das nicht allein.«

»Das solltest du auch nicht«, sagt Zora. »Andrew sollte hier sein.«

»Andrew.« An ihn habe ich gar nicht mehr gedacht. »Ich kann ihn nicht erreichen. Ich habe den Artikel gelesen, den du mir geschickt hast, aber ich habe keine Ahnung, was da vor sich geht.«

»Herrgott. Als hättest du nicht auch so schon genug um die Ohren … Allerdings würde es sein merkwürdiges Verhalten erklären, wenn er in einen so groß angelegten Betrug verwickelt war.«

Einen Moment lang schweigen wir beide. Auch das ist eine dicke, dunkle Wolke, die sich am Horizont auftürmt, aber sie muss warten. Andrew hat sich vor Monaten schon aus meinem Leben zurückgezogen – was ihn betrifft, habe ich mehr als genug geheult und mir den Kopf zerbrochen. Jetzt interessiert mich nur Robin.

Gemeinsam sitzen wir in ihrem Zimmer und warten, während der Abend anbricht und die Dunkelheit näher rückt.

ACHTUNDVIERZIG

Ich erwache schlagartig und fahre hoch. Ich bin verwirrt, Angst packt mich; ich habe geträumt, dass ich etwas Wichtiges verloren habe, und ich brauche einen Moment, um mich zu orientieren. Ich bin noch immer in Robins Zimmer, und die Straßenlaterne draußen taucht alles in orangenes Licht. An der Decke kleben phosphoreszierende Sterne, deren Blassgrün einen stillen Kontrast zum Licht der Straße bildet.

Mein Nacken schmerzt, ich habe falsch gelegen. Ich dehne ihn in die eine Richtung, dann in die andere, ehe die Erinnerung zurückkehrt und ich aufspringe und nach meinem Telefon suche. Ich hatte es in der Hand, als mich gegen zwei Uhr die Erschöpfung übermannt hat und ich schließlich eingeschlafen bin. Obwohl vier Stunden verstrichen sind, seit ich zum letzten Mal aufs Display geschaut habe, ist nichts eingegangen.

Keine Spur von Robin.

Zora liegt quer am Fußende, die Füße noch auf dem Boden. Auch sie ist eingeschlafen.

Ein Motorrad braust mit aufheulendem Motor am Haus vorbei, und wie ich kurz zuvor, fährt sie erschreckt auf. Verwirrt, das Gesicht noch schlaff vom Schlaf, sieht sie sich um.

Wir blicken einander an.

»Und?«, fragt sie, und ich schüttele den Kopf.

»Nichts. Es ist fast sechs. Wir müssen noch mal bei der Polizei anrufen.«

»Unbedingt«, sagt Zora. »Jetzt müssen sie es ernst nehmen. Robin ist jetzt fast vierundzwanzig Stunden weg.«

Wir verstummen. Wir wissen beide, dass die ersten vierundzwanzig Stunden in Vermisstenfällen die wichtigsten sind.

Zora setzt sich neben mich, während ich erneut die Polizei anrufe und einfordere, dass man mir endlich glaubt. Als ich aufgelegt habe, wende ich mich Zora zu.

»Ich hoffe, sie haben es endlich kapiert. Man hat mir versprochen, jetzt endlich jemanden zu schicken, damit sie die Beschreibung aufnehmen können.«

»Gut«, sagt Zora. »Gott sei Dank.« Sie zögert. »Irgendwas von Andrew?«

»Nein.« Ich verstumme und gehe im Geist all die Dinge durch, die ich gestern verdrängt habe, weil ich mich damit nicht auch noch auseinandersetzen konnte – Dinge, die sich jetzt nicht mehr ignorieren lassen. »Zora, wir müssen heute um zehn im Gericht sein. Oder zumindest …« Ich lasse den Satz verklingen. »Ich versuche es noch mal bei Andrew. Aber er geht schon seit Samstag nicht an sein Handy.«

Ich ziehe mich in mein Zimmer zurück, weil ich jetzt kein Publikum gebrauchen kann, nicht einmal, wenn es sich um Zora handelt. Ich stehe direkt hinter der Tür und zögere einen Moment, doch dann wähle ich. Diesmal klingelt es, auch wenn niemand abnimmt. Ich überlege einen Moment, hinterlasse dann jedoch eine Sprachnachricht.

»Ich habe keine Ahnung, was los ist, aber es ist mir auch egal. Robin ist weg. Du musst sofort herkommen, wo immer du bist. Deine kleine Tochter wird vermisst, und ich weiß nicht, was ich tun soll.«

Ich lasse das Handy sinken und starre einen Augenblick in den Raum hinein. Das ehemalige Schlafzimmer meiner Mutter, voll mit den Sachen meiner Mutter, dem Kitsch vieler Jahre, den ich seit unserer Ankunft hier versucht habe tunlichst auszublenden, weil ich mich darauf konzentriert habe, den Rest des Hauses für Robin wohnlich zu machen. Das Haus meiner Kindheit hätte eine Zuflucht sein sollen, ein sicherer Hafen, in dem wir uns beschützt und geborgen fühlen, doch tatsächlich ist es alles andere als das. Jeder Tag hier war für mich bisher ein Kampf gegen die Ablehnung meiner Mutter, die Ablehnung der anderen Mütter am Schultor, und nun ist der einzige Mensch, der mir etwas bedeutet, fort.

Falls ich Robin zurückbekomme – nein, *sobald* ich Robin zurückbekomme –, fange ich noch einmal neu an. Ich werde Lydias letzten Willen anfechten und einfordern, was mein, was Robins ist. Wir reißen alles raus, reißen alles nieder. Und dann setzen wir, Robin und ich, uns zusammen und überlegen, wo wir sein und was wir tun wollen. Und niemand wird uns mehr daran hindern.

»Ich kann unmöglich zum Gericht gehen«, sage ich zu Zora. Wir sitzen unten in der Küche und trinken Kaffee. Jeremys Geständnis tost durch meinen Verstand, und ich kann es nicht länger ausblenden. Ich habe Zoras Rolle als meine anweisende Rechtsberaterin das ganze Wochenende verdrängt, weil ich unbedingt ihre Unterstützung brauchte, doch damit muss nun Schluss sein.

»Vielleicht hilft es dir aber auch, etwas anderes zu tun.«

Ich schaue sie pikiert an. »Machst du Witze? Das geht nicht. Ich muss mit der Polizei reden. Und was, wenn Robin zurückkommt? Sie wird mich hier brauchen.«

»Die Polizei wird jeden Moment hier eintreffen. Du hast mehr als genug Zeit, mit ihr zu reden, ehe du gehen musst.«

»Aber ich weiß nicht, ob …«

»Ich glaube, dass es vielleicht nicht die schlechteste Idee ist, dich mit ein bisschen Routine abzulenken. Wir können zusammen gehen. Falls irgendetwas geschieht, bist du schnell wieder hier. Du hast dein Telefon bei dir und kannst sofort reagieren, wenn es Neuigkeiten gibt. Ich mache mir Sorgen um dich. Hier zu warten macht dich nur fertig.«

Ich stürze in ein tiefes schwarzes Loch. Es rauscht in meinen Ohren, mein Herz beginnt zu jagen, jeder Schlag eine Silbe vom Namen meiner Tochter, RO-BIN, RO-BIN. Doch dann fange ich mich. Ein Nervenzusammenbruch hilft mir jetzt auch nicht weiter.

»Vielleicht hast du recht.«

»Ich bin da, wenn dir alles zu viel wird. Und du kannst jederzeit kehrtmachen und nach Hause gehen.«

Zum ersten Mal, seit mir klar geworden ist, dass Robin wirklich verschwunden ist, empfinde ich etwas anderes als Angst um meine Tochter. Mein schlechtes Gewissen meldet sich. Und ich schäme mich, dass ich Zora gegenüber nicht ehrlich gewesen bin. Anfangs habe ich ihr nichts von dem Buch gesagt, weil ich nicht sicher war, wie ich es am besten anstellen soll, dann haben die Ereignisse mich überrollt, und ich habe es vor mir hergeschoben – bis es im Grunde genommen zu spät war. Ich weiß einfach nicht, wie ich mit der Situation umgehen soll. Ja, ich hätte es Zora unbedingt sofort sagen müssen, aber wenn ich ehrlich bin, hatte ich Angst, dass auch sie an dem Betrug beteiligt ist – dass auch sie mich vielleicht belogen hat. Natürlich hätte ich ihr vertrauen und die Karten sofort auf den Tisch legen müssen.

Und nun weiß ich nicht, wie ich es ihr überhaupt sagen soll.

Ich dusche und ziehe ein Kostüm an. Während ich mich fertig mache, fälle ich eine Entscheidung. Ich werde jetzt gleich mit Zora reden, wie sehr es die Gesamtsituation auch verkomplizieren mag. Sobald ich fertig bin, gehe ich hinunter.

»Zora. Ich muss dir etwas sagen«, beginne ich, als ich die Küche betrete.

Sie schaut auf. »Was?«

»Es tut mir leid, dass ich erst jetzt damit ankomme. Es betrifft Jeremy.«

»Ich bin mir nicht sicher, ob …«, setzt sie an, als es an der Tür klopft. Obwohl ich natürlich weiß, dass die Polizei sich angekündigt hat, kann ich dennoch die Hoffnung nicht unterdrücken, die prompt in sich zusammenfällt, als Zora die Tür öffnet und ich tiefe Erwachsenenstimmen vernehme.

Es sind zwei Frauen, die sich am Küchentisch niederlassen und sich vorstellen – die Detective Sergeants Hughes und Labinjoh. Ihr Benehmen ist freundlich und sanft, doch ihre Blicke sind stählern, und sie machen sich mit einer Entschiedenheit Notizen, die ich sehr ermutigend finde. Zwischen meinem ersten Anruf von gestern und der Befragung jetzt besteht ein himmelweiter Unterschied.

Ich erzähle ihnen, was Nicole mir erzählt hat – dass Julia mit Robin gestern frühmorgens losgefahren ist –, und dass ich seitdem keinen Kontakt zu Julia aufnehmen konnte. Die Polizistinnen nicken, schreiben mit.

»Ein Kollege hat bereits mit Ihrer Freundin Nicole in Aldeburgh gesprochen, wir haben also eine recht gute Vorstellung der genauen Zeiten. Außerdem ist eine Beschreibung des Autos rausgegangen – wir tun, was wir können, um Ihre Tochter zu finden.«

»Nur dumm, dass Sie die Sache gestern nicht ernst genommen haben«, sage ich, ehe ich mich daran hindern kann. Denn auch, wenn ich wirklich wütend darüber bin, will ich sie nicht gegen mich aufbringen.

»Wir haben eine Abschrift Ihres gestrigen Anrufs erhalten«, sagt Hughes und sieht mich an. »Ich kann Sie gut verstehen, aber wir hatten zu dem Zeitpunkt einfach nicht genug, um eine Suche zu rechtfertigen.«

Ich denke an mein zusammenhangloses Gestammel von gestern. Die Polizistin hat natürlich recht. »Ich habe allerdings noch ein weiteres Mal angerufen. Auch da haben Sie nicht reagiert.«

Die Detectives blicken einander an. Labinjoh räuspert sich. »Es gab einen Vorfall in Wood Green. Eine Messerstecherei mit zwei Opfern.« Mehr sagt sie nicht, aber das muss sie auch nicht. Mir ist bewusst, wie knapp die Mittel der Metropolitan Police sind, unter welchem Druck die Officer stehen und dass Personalkürzungen überall für Engpässe sorgen.

Ich nicke. »Aber Sie werden meine Angst verstehen.«

»Selbstverständlich. Ich bin sicher, dass wir bald mehr wissen.«

Sie verabschieden sich. Es ist fast neun. Wenn ich zum Gericht will, muss ich jetzt los. Zora spürt mein Zögern.

»Komm«, sagt sie. »Gehen wir.«

Ich verweile noch einen Moment unentschlossen an der Tür, dann hole ich tief Luft. Wir setzen uns in Bewegung, gehen die Straße entlang, und blicken in der vergeblichen Hoffnung, Robin auf dem Weg nach Hause zu entdecken, in jedes Auto, das an uns vorbeifährt.

NEUNUNDVIERZIG

Während wir in der U-Bahn sitzen, tobt in mir die Angst um Robin, und auch Zora wirkt angespannt und besorgt. Sie spricht mich nicht auf meine vorherige Bemerkung wegen Jeremy an, und die Sache drängt sich mir erst wieder ins Bewusstsein, als wir fast schon da sind.

Nun aber mit Macht. Jeremy ist mir inzwischen vollkommen egal, auch wenn ich zum Team seiner Verteidigung gehöre, Freya jedoch nicht. Ich hätte als Jugendliche so leicht in eine ähnliche Rolle rutschen können. Und Zora ist mir auch nicht egal. Ich will nicht, dass ihre Karriere hierdurch negativ beeinflusst wird.

Je länger ich darüber nachdenke, umso zorniger werde ich, und die ganze aufgestaute Angst über Robins Verschwinden fließt darin ein. Mit Zora reden? Nein, Barbara ist die Person, die es wirklich angeht. Ich ziehe an Zora vorbei und marschiere schnurstracks ins Gebäude, durch den Flur und in die leere Umkleide, wo ich Robe und Perücke aus der Tasche hole, ehe ich sie wieder zurückstopfe und unruhig auf und ab gehe, bis Barbara ein paar Minuten später eintritt. Sie nickt zum Gruß.

»Wir müssen über Samstag sprechen«, sagt sie zu mir. »Ich hab's gerade erfahren.«

Ich sehe sie an, wie ich es nie zuvor getan habe, und ich schätze, dass man mir meine Verachtung ansieht.

»Was ist damit?«, frage ich.

»Sein Vater hat das ganze Wochenende damit zugebracht, ihn davon abzubringen, sich schuldig zu bekennen. Ich kann kaum fassen, was für einen Mist Sie gebaut haben.«

»Was für einen Mist *ich* gebaut habe? Dass es falsch ist, was Sie da tun, werden Sie ja wohl erkennen. Er sollte unbedingt auf schuldig plädieren. Jedenfalls können wir ihn nicht vertreten.«

Barbara zuckt die Achseln; ich kann kein Anzeichen von Schuldbewusstsein in ihrer Miene erkennen. »Werden Sie erwachsen«, sagt sie. »Sie wissen genau, dass die Dinge nicht so funktionieren. Es ist die Aufgabe der Anklage, die Schuld zu beweisen, vergessen Sie das nicht. Mir ist klar, dass Sie sentimental und idealistisch sind, aber denken Sie mal drüber nach. Seine Zukunft liegt noch vor ihm. Ganz zu schweigen vom Ruf des Vaters, der ein renommierter Richter ist. Es kommt nicht gut an, wenn der Sohn wegen eines Sexualdelikts verurteilt wird. Die Anklage ist in der Pflicht, und bisher hat sie ihren Job nicht eben brillant gemacht, denken Sie nicht?«

»Weil Sie das Gericht bewusst täuschen«, sage ich. So laut, dass zwei Anwälte, die gerade die Tür geöffnet haben, uns einen Blick zuwerfen, sich zurückziehen und die Tür rasch wieder schließen. »Ich kann nicht fassen, dass Sie sich so unverhohlen zu einem derart unethischen Verhalten bekennen.«

»Jetzt reißen Sie sich mal zusammen«, sagt Babara. »Betrachten Sie bitte das Gesamtbild. Freya ist genauso schuldig wie er. Sie hat den ersten Schritt getan.«

»Sie ist ein Kind, Barbara.«

»Wollen Sie mir erzählen, dass Sie als Jugendliche nicht sexuell aktiv waren? Ich bin zwanzig Jahre älter, und ich war es bestimmt. Ich wäre froh gewesen, wenn ich für meine ersten Erfahrungen so einen netten Kerl wie ihn gehabt hätte, und mich nicht mit der furchtbaren Fummelei von Jungs in meinem Alter hätte herumschlagen müssen. Seien Sie doch nicht so blauäugig.«

»Ich fass es einfach nicht«, zische ich wütend. »Ich bin raus.«

Barbara lacht. »Kein Problem. Es ist ja nicht so, als hätten Sie viel tun müssen, nicht wahr? Sie haben ein paar Stunden damit verbracht, Beweise zu sichten, aber das war's. Ihre Aufgabe ist erledigt, Sie dürfen gehen.«

»Bitteschön – verteidigen Sie ihn ruhig, wenn Sie das vor sich selbst vertreten können. Mal sehen, was die Anwaltskammer dazu sagt. Und Zora wird auch davon erfahren, dafür sorge ich.«

Barbara verengt die Augen. Der Blick, mit dem sie mich bedenkt, ist pure Machtdemonstration und hat vermutlich noch nie seine Wirkung verfehlt. Ich stehe einen Moment lang außer mir vor Wut da, ehe ich meine Tasche nehme und aus der Robenkammer stürme.

Erst als die Tür hinter mir zugefallen ist, wird mir bewusst, dass ich in den vergangenen Minuten nicht an Robin gedacht habe. Prompt fällt mein Zorn in sich zusammen, und erneut packt mich die eisige Angst. Ich sollte gar nicht hier sein und mich mit einer unmoralischen Verteidigung für einen miesen Angeklagten beschäftigen müssen. Ich sollte nach meiner Tochter suchen.

Ich senke den Kopf und marschiere schnurstracks aus dem Gebäude. Ich sehe Zora und Jeremy mit einem älteren Mann an seiner Seite, gehe aber weiter, obwohl Zora mich ruft. Ich habe schon fast den Parkplatz überquert, als mich jemand fest genug an der Schulter packt, dass ich aus dem Takt gerate. Es ist Zora, hinter ihr Jeremy, dahinter wiederum der andere Mann. Ich werfe ihm einen Blick zu, stutze und schaue genauer hin. Ein Gesicht, an das ich mich erinnere, auch wenn es viele Jahre her ist. Die Ähnlichkeit zwischen Vater und Sohn ist jedenfalls nicht zu verkennen. Beide sind Männer, die gut aussehen würden, wenn die Augen nicht so eng beieinanderstünden. Und plötzlich bin ich wieder zurück in jener Gasse vor zwanzig Jahren, spüre seine Hände hart auf meinen Brüsten, nehme seinen säuerlichen Atem in meinem Gesicht wahr und reiße mit aller Kraft mein Knie hoch, um ihn loszuwerden.

Entsetzt blicke ich von einem zum anderen.

»Wohin gehen Sie?«, fragt Jeremy.

»Ich habe das Mandat niedergelegt. Ich kann Sie nicht mehr verteidigen.«

»Aber …«

»Und Sie sollten sich selbst auch nicht mehr verteidigen«, fahre ich fort. »Aber das müssen Sie selbst wissen. Vermutlich tun Sie genau das, was *er* Ihnen sagt.«

»Moment mal bitte«, bringt Jeremys Vater empört hervor.

»Nichts da Moment mal«, fahre ich ihn an. »Es passt doch alles zusammen. Jeremy hat zwar den Nachnamen seiner Mutter angenommen, aber der Apfel fällt nicht weit vom Stamm, nicht wahr? Sie haben doch auch nie die Verantwortung für Ihr mieses Verhalten übernommen. Warum sollte er es jetzt tun?«

»Ich bin nicht wie er«, erwidert Jeremy aufgebracht.

»Fragen Sie ihn doch mal, wie er sich früher den Referendarinnen gegenüber verhalten hat. Wie viele er im Pub begrapscht hat. Fragen Sie ihn mal nach offiziellen Beschwerden.« Ich schnaube. »Na los, fragen Sie ihn. Natürlich wird er behaupten, dass er nicht die geringste Ahnung hat, wovon ich rede, aber versuchen Sie es dennoch. Fragen Sie ihn, wie er sich in den Neunzigern verhalten hat. Und es wahrscheinlich immer noch tut.« Kalte, pure Wut durchströmt mich. Mein Zorn hat mir Flügel verliehen, und ich schwebe über allem.

»Wie können Sie es wagen, mir so etwas Ungeheuerliches zu unterstellen?«, donnert der Ehrenwerte Richter Michael Forest.

»Ich war so alt wie Ihr Sohn heute, als Sie mich in der dunklen Gasse bedrängt haben und ich Sie erst in die Eier treten musste, damit Sie mich losließen«, sage ich, dann deute ich auf Jeremy. »Sie behandeln ihn wie ein Kind, hatten aber keine Probleme damit, mich zu belästigen, nicht wahr? Sie haben damals Ihre Position ausgenutzt, um mir und anderen Referendarinnen nachzustellen. Ich weiß sehr gut, dass Sie sich nicht an mich erinnern, aber ich habe Ihnen gesagt, dass Sie sich verpissen sollen. Dennoch musste ich richtig fest zu treten, um Sie loszuwerden. Und ich hatte monatelang Angst, dass Sie es meinem Ausbilder sagen würden. Kein Wunder, dass Ihr Sohn genauso missraten ist.«

»Was nehmen Sie sich heraus?«, fährt Forest mich an.

Ich wende mich um und zeige ihm den Mittelfinger. »Hauen Sie bloß ab, Sie lüsterner Drecksack!«

Ich marschiere davon. Zora läuft mir nach.

»Was zum Teufel ist hier los?«, fragt sie. »Und was wird mit dem Fall?«

»Tut mir leid, Zora.« Doch dann fällt mir etwas anderes ein. »Hast du das etwa vergessen? Was er damals gemacht hat?«

Sie blickt zur Seite.

»Ernsthaft? Du engagierst mich, um seinen Sohn zu vertreten? Das kann doch nicht wahr sein.«

»Du brauchtest Arbeit«, gibt sie zurück. »Ich dachte, das sei wichtiger.«

»Ich habe dir schon gesagt, dass ich keine Gefälligkeiten brauche«, kontere ich. »Und schon gar nicht, wenn es um einen solchen Fall geht. Bei dem von vornherein klar ist, dass der Mistkerl schuldig ist. Vermutlich hast du es auch gewusst.«

»Was? Wovon redest du?«

»Ich habe bei ihm zu Hause die Ausgabe von *Fanny Hill* gefunden, die Freya ihm geschenkt hat«, erkläre ich ihr. »Es ist so offensichtlich.«

»Und warum erfahre ich das erst jetzt? Du hattest das ganze Wochenende Zeit, mir das zu sagen.«

Mein Zorn verpufft. Sie hat recht.

»Entschuldige. Ich wusste nicht, wie ich mit der Situation umgehen sollte, und dann war plötzlich Robin weg …«

»Wir reden später«, sagt Zora. »Du fährst jetzt nach Hause. Ich kümmere mich um den Fall.«

FÜNFZIG

Bevor ich noch drei Schritte getan habe, piept mein Telefon. Ich bleibe abrupt stehen, um aufs Display zu sehen, und zwinge damit eine Passantin hinter mir, im letzten Moment auszuweichen. Wütend zischt sie mich an, doch gefälligst besser aufzupassen.

Sehe gerade mindestens fünfzig verpasste Anrufe von dir. Ist alles okay? Bin für ein Weilchen abgetaucht, jetzt aber wieder da. Komm auf 'nen Kaffee vorbei, wenn du magst – Julia xx.

Ich muss die Nachricht dreimal lesen, bevor ich sie verstehe. Aber selbst als mir klar wird, was die Worte bedeuten, begreife ich sie nicht. Die Sorglosigkeit, die unbekümmerte Art, mit der Julia sagt, sie sei abgetaucht, als hätte ich nicht seit sechsunddreißig Stunden verzweifelt versucht, sie zu erreichen, als würde die Polizei nicht nach ihrem Auto fahnden ... Ich kapier's nicht! Ohne einen Gedanken an unsere Zwistigkeiten mache ich kehrt, haste hinter Zora her und zeige ihr die Nachricht. Sofort kommt sie mit mir und lässt Jeremy und seinen Vater auf dem Parkplatz stehen.

»Du musst das sofort der Polizei melden«, sagt Zora, aber ich bin bereits dabei. Sobald ich das Gespräch beendet habe, buche ich ein Uber und gebe Julias Adresse ein. Gemeinsam warten wir auf den Wagen.

»Hat dir die Polizei grünes Licht dafür gegeben?«, fragt Zora, als wir einsteigen.

»Scheiß auf die Polizei«, antworte ich. »Ich will meine Tochter zurück.«

Der Wagen kommt im Nachmittagsverkehr nur langsam voran. Ich bohre meine Nägel so fest in meine Hand, dass sie die Haut verletzen, doch der Schmerz aus den Stigmata meiner Verzweiflung ist seltsam tröstend.

Sobald wir Julias Haus erreichen, stoße ich die Tür auf, springe heraus und renne die Auffahrt hinauf. Zora ist direkt hinter mir. Ich hämmere gegen die Tür, und nach einem Moment wird sie geöffnet. Julia steht im Flur und blickt mich verwirrt an.

»Wo ist meine Tochter?«, fahre ich sie an. »Was hast du mit meiner Tochter gemacht?«

»Ich weiß nicht, wovon du sprichst«, sagt Julia. »Was ist denn mit Robin?«

Ich will mich auf sie stürzen, doch Zora tritt hastig vor und hält mich fest. Einen Moment lang habe ich schwer mit mir zu kämpfen, doch dann bringe ich mich wieder unter Kontrolle.

»Bitte, Julia«, sage ich und strenge mich an, ruhig zu sprechen. »Bitte sag uns, was du mit Robin gemacht hast.«

»Ich habe nichts gemacht«, sagt sie. »Ich habe sie seit Tagen nicht gesehen.«

»Aber …«

»Hör mal, kommt doch bitte rein«, sagt sie, packt meinen Arm und zieht uns in den Flur. »Die Nachbarn hier sind sehr neugierig.« Wir bleiben im Eingangsbereich stehen. »So. Was ist los?«

»Nicole hat mir gestern gesagt, dass du mit Robin nach

Hause fahren würdest«, erkläre ich. »Morgens früh von Aldeburgh. Und wir haben gewartet und gewartet, aber ihr kamt nicht. Robin ist immer noch nicht da. Und jetzt sagst du mir …«

»Ich sage dir, dass ich buchstäblich keine Ahnung habe, wovon du sprichst«, unterbricht Julia mich. »Es tut mir leid.«

Ich mustere sie genau. Sie scheint wirklich verblüfft, aber das muss nichts heißen. Ihre Kleidung ist zerknautscht, ihr Haar nicht so gepflegt wie sonst, aber eigentlich sieht sie aus wie immer. Plötzlich kommt mir die Situation vollkommen unwirklich vor, als hätte ich die letzten Tage und die entsetzliche Angst um meine Tochter nur geträumt. Jeden Moment wird sie durch den Flur auf mich zustürmen, um sich in meine Arme zu werfen.

»Mir hat man was anderes gesagt«, fahre ich sie an. »Ich will meine Tochter zurück.«

Julia beginnt mit ernster Miene zu reden, aber ich kann sie nicht hören. In meinen Ohren rauscht es, lauter, immer lauter, und Sternchen tanzen vor meinen Augen. Ich kenne das Gefühl, die Vorboten, und ich weiß, was geschieht: Ich werde gleich ohnmächtig. Ich taumele auf die Treppe zu, lasse mich schwer auf einer Stufe nieder und lege den Kopf in meine Hände.

Zora hat angefangen zu brüllen, Julia weint inzwischen, und das Haus dreht sich immer stärker und stärker um mich herum. Auch ich brülle jetzt, aber mir ist inzwischen so schwindelig, dass ich gegen die Wand sacke. Angst verdichtet die Luft, und Robins Fehlen ist wie ein Messer, das sich tief in mich bohrt.

Und als ich fürchte, dass die Welt um uns herum explodieren wird, klopft es an der Tür, laut und fordernd, dann erklingen die Stimmen der beiden Polizistinnen. Ich öffne die Augen und sehe hinter ihnen drei weitere Uniformierte. Ich setze mich vorsichtig auf.

»Julia Burnet, ich verhafte Sie wegen Verdachts auf versuchten Mord an Daisy Burnet. Sie haben das Recht zu schweigen, aber es kann gegen Sie ausgelegt werden, wenn Sie in der Vernehmung etwas unerwähnt lassen, worauf Sie sich später vor Gericht berufen. Alles, was Sie sagen, kann als Beweis verwendet werden. Haben Sie das verstanden?«

Zora ist zurückgetreten und steht nun neben mir an der Treppe. Julia ist leichenblass geworden, fassungslos blickt sie die Frau an, und ihr Mund steht offen, obwohl kein Laut herauskommt.

Zwei weitere Polizisten, Mann und Frau, treten ein. Sie tragen die weißen Anzüge der Spurensicherung. DS Labinjoh wendet sich erneut an Julia.

»Diesmal haben wir einen offiziellen Durchsuchungsbeschluss für Ihr Haus. Wenn Sie bitte mitkommen würden.«

Sie führen sie hinaus. Der Schock hilft mir trotz Schwäche auf die Füße, und Zora und ich folgen ihnen. Während die Polizei Julia ins Auto setzt, sammle ich zusammen, was mir an Kraft bleibt, und laufe hinüber.

»Was ist mit meiner Tochter? Sie bestreitet, etwas über sie zu wissen. Wo ist Robin?«

»Die Ermittlungen laufen. Wir melden uns bei Ihnen, sobald wir gesicherte Informationen haben. Bis dahin kann ich Sie nur bitten, sich in Geduld zu üben. Ich versichere Ihnen, dass wir alles tun, um Ihre Tochter zu finden.«

Ich trete einen Schritt zurück, und die Polizei steigt in den Wagen und fährt mit Julia davon. Ich bin den Tränen nah. Zora nimmt meinen Arm.

»Komm, Sadie, gehen wir nach Hause. Die wissen, wo wir zu finden sind, und vielleicht ist Robin inzwischen ja auch da.«

Ich blicke Zora an und weiß, dass mir die verzweifelte Hoffnung im Gesicht geschrieben steht. Ich nehme ihren Arm, und aufeinander gestützt stolpern wir gemeinsam los.

EINUNDFÜNFZIG

Die Zeit verstreicht. Nichts passiert. Wir sitzen herum, wandern auf und ab. Zu jeder vollen Stunde rufe ich die Polizei an, bis man mir unmissverständlich sagt, ich möge es unterlassen.

»Wir haben nichts außer Nicoles Version«, entfährt es mir gegen zehn.

Zora seufzt. Ich kann einfach nicht aufhören zu spekulieren und alles immer wieder durchzukauen.

»Sie hat keinen Grund zu lügen«, erwidert sie. »Und die Polizei hat längst alles überprüft. Sie waren bei ihr im Cottage und haben sich umgesehen. Du hast es doch gehört.«

Zora spricht mit Bestimmtheit, aber ich bin noch immer nicht überzeugt. Verstandesmäßig gebe ich ihr recht. Doch hätte die Polizei uns nicht angewiesen, hierzubleiben und abzuwarten, wäre ich längst auf der Suche nach Nicole, um sie zu packen, zu schütteln und zu fragen, was genau hier überhaupt gespielt wird. Vielleicht war alles, was sie gesagt hat, eine Lüge. Vielleicht hat sie sich alles nur ausgedacht. Vielleicht war Julia überhaupt nicht in Aldeburgh und hat weder Nicole noch Robin gesehen.

Aber ich darf nicht zu intensiv darüber nachdenken. Es ist wie ein tiefes schwarzes Loch, an dessen Rand ich mich aufhalte, ohne zu wagen hineinzusehen. Wenn Julia Robin nicht mitgenommen hat, wie Nicole gesagt hat, gibt es keine Erklärung für ihr Verschwinden, keinen einzigen Hinweis darauf, wo sie sich aufhalten mag, und der Gedanke ist so entsetzlich, dass ich ihn nicht eine Sekunde lang zulassen kann.

»Ich mache uns etwas zu essen«, sage ich in dem Versuch, aus dem Teufelskreis meiner Ängste herauszukommen. Ich habe den ganzen Tag noch nichts zu mir genommen.

Ich mache Rührei und Toast. Das Brot ist schimmelig, aber nur am Rand, also schneide ich die Kruste ab und schmeiße sie in den Müll. Schließlich stelle ich Zora einen Teller hin und setze mich, um meine Portion zu essen, aber die Bissen bleiben mir in der Kehle stecken, und nach der Hälfte gebe ich auf.

Zora geht es nicht viel anders. Sie isst mit derselben Lustlosigkeit, ehe sie ebenfalls ihr Besteck hinlegt. Ich nehme unsere Teller und fange an abzuspülen. Vielleicht beruhigt es mich ein wenig, wenn ich mich beschäftige. Wir müssten uns außerdem über den Fall unterhalten, aber ich kann mich nicht dazu aufraffen.

Als ich mit dem Abwasch fertig bin und mich wieder setze, habe ich eine Nachricht auf dem Handy. Von Nicole.

Bin zurück in London. Hab Pippa heute zu Hause gelassen. Lass uns morgen früh einen Kaffee trinken. Denk an dich. N xx

Ich halte Zora wortlos mein Handy hin, und sie liest. »Was denkst du?«

»Dass die Polizei keinen Verdacht gegen Nicole hegt«, antwortet sie. »Gäbe es auch nur den Hauch eines Zweifels, hätten sie sie nie im Leben aus Aldeburgh wegfahren lassen.«

Das schwarze Loch in meinem Verstand wird ein wenig kleiner. »Vielleicht hast du recht«, sage ich. »Aber wir wissen immer noch nicht, wo zum Teufel Robin ist …« Meine Stimme bricht, mein Kinn beginnt zu zittern, und plötzlich ist es aus mit meiner Beherrschung. Ich breche in Tränen aus und krümme mich unter den Schluchzern, die fast schmerzhaft aus mir herausbrechen.

Ich weine so sehr, dass ich das Klopfen an der Tür zuerst nicht höre. Doch es klopft hartnäckig weiter, und ich renne zum Eingang und mache den beiden Polizistinnen von heute Morgen auf.

Ich gehe voraus ins Wohnzimmer, während ich versuche, mich ein wenig zu sammeln, obwohl wahrscheinlich nicht zu übersehen ist, in welchem Zustand ich bin. Mitfühlend blicken sie mich an, während sie sich auf den beiden altertümlichen Sesseln niederlassen. Ich kämpfe das Bedürfnis nieder, ihnen zu erklären, dass es sich nicht um meine Einrichtung handelt und ich noch renoviere, damit sie mich nicht wegen des Zustands des Hauses verurteilen. Nicht, dass sie daran einen Gedanken verschwenden würden. Ich möchte einfach nur das Schweigen brechen und etwas sagen, damit ich nicht wieder losheulen muss.

DS Hughes räuspert sich. »Es gibt neue Entwicklungen«, sagt sie.

Mein Kopf schnellt hoch.

»Wir sind etwas eingeschränkt in Bezug auf die Informationen, die wir weitergeben dürfen«, fährt sie fort, »aber wie Sie vorhin ja gehört haben, haben unsere Ermittlungen im Fall Julia Burnet eine Wende genommen. Neue Beweise rechtfertigen eine Anklage wegen versuchten Mordes an ihrer Tochter Daisy.«

»Was für Beweise?«

Die Officer sehen einander an, und DS Labinjoh nickt, um Hughes zu bedeuten fortzufahren.

»Wir haben die Ergebnisse der toxikologischen Untersuchung vorliegen. Daisys Werte deuten auf signifikante Mengen an Modafinil sowohl Diazepam hin.«

»Und was bedeutet das genau?«

»Das bedeutet, dass das Mädchen Medikamente in einer Dosis bekommen hat, die medizinisch nicht notwendig war. Modafinil wird normalerweise bei Schlafstörungen oder zur Behandlung von Narkolepsie verschrieben, kommt aber bekanntermaßen immer wieder missbräuchlich zum Einsatz. Zum Beispiel bei Schülern oder Studenten, die es nehmen, um sich besser konzentrieren und über einen langen Zeitraum möglichst viel Leistung erbringen zu können.«

»Wieso sollte Daisy so was nehmen?«, frage ich, als mir auch schon bewusst wird, wie dumm meine Frage ist.

Die Polizistin ist taktvoll genug, nicht zu schnauben. »Wir gehen nicht davon aus, dass Daisy es freiwillig genommen hat. Vermutlich hat man es ihr zu dem Zweck verabreicht, ihre schulischen Leistungen zu verbessern. Hat es in letzter Zeit wichtige Arbeiten oder Prüfungen gegeben? Oder stehen welche an?«

Ich kann meinen Schock nicht verhehlen. »Die Aufnahmeprüfungen für die Sekundarstufe im Januar. Sicher, in dieser Schule herrscht ein starkes Konkurrenzdenken, aber sein eigenes Kind unter Drogen zu setzen? Das ist doch verrückt.« Ich stehe auf und beginne, auf und ab zu gehen, um mich wieder zu sammeln. Ich kann nicht länger stillsitzen.

»Diazepam hilft aber nicht, wenn man sich konzentrieren will, nicht wahr?«, sagt Zora. Auch sie blickt entsetzt.

»Nein«, antwortet Hughes. »Ganz im Gegenteil. Wir vermuten, dass der Tranquilizer das Kind nach den hohen Gaben von Stimulanzien wieder beruhigen sollte.«

Ihre Worte fallen in die Stille des Raums wie Steine in einen Teich. Ich spüre es in der Luft vibrieren.

»Aber wie kann man einer Zehnjährigen so was antun?«, sage ich leise.

Nach einem Moment meldet sich Zora zu Wort. »Eine furchtbare Geschichte. Aber was hat das mit Robin zu tun?«

Ich setze mich wieder neben sie. Die Angst frisst sich durch meine Eingeweide.

»Unsere Ermittlungen lassen darauf schließen, dass Julia diese Prüfungen sehr ernst genommen hat«, sagt Hughes. Ich nicke zustimmend. »Wir haben auch in Erfahrung gebracht, dass Ihre Tochter Robin sehr gute Noten abliefert. Ist das richtig?«

»Ja«, sage ich. »Sie ist sehr klug. Und sie hat Spaß an der Herausforderung. Aber ich habe sie nicht unter Druck gesetzt.«

»Das wollten wir damit auch nicht andeuten, Mrs. Roper, keine Sorge. Dennoch könnte es eine Verbindung geben. Kann es sein, dass Julia Ihre Tochter als Konkurrenz betrachtet hat? Die ihr den Platz streitig machen könnte?«

»Ich bin sicher, dass Daisy keinerlei Probleme hat, auf die weiterführende Schule zu kommen.«

»Gab es vielleicht etwas zu gewinnen?«

Ich halte inne, denke nach. »Das Stipendium. Es gibt ein Stipendium. Aber ich kann mir nicht …«

Wieder sehen die beiden Officer einander an. Zum ersten Mal meldet sich DS Labinjoh zu Wort. »Wir möchten Sie bitten, sich etwas anzuschauen. Und uns zu sagen, ob Sie es wiedererkennen.« Sie bückt sich nach einer schwarzen Aktentasche zu ihren Füßen und holt eine durchsichtige Plastiktüte heraus, die genauso aussieht wie jene, die die Polizei vor Gericht für Beweismittel verwendet, und ich muss ein Wimmern unterdrücken.

Labinjoh zieht sich Einmalhandschuhe über und greift in die Tüte, um den Inhalt herauszuholen und mir hinzuhalten.

Ein kleines Stofftier. Ein selbst gestricktes Erdmännchen mit grüner Jacke, schwarzer Hose und einer Sicherheitsnadel im Ohr. Das Spielzeug, das Zora vor vielen Jahren für Robin gemacht hat und das meine Tochter abgöttisch liebt. Ich springe auf und will danach greifen, doch Labinjoh zieht es rasch weg.

»Erkennen Sie es wieder?«, fragt sie. Noch immer strecke ich die Hand danach aus. »Bitte nicht berühren. Es könnte ein wichtiger Beweis sein.«

Ich spüre, dass ich schwanke. Dann Hände auf meinen Armen, die mich behutsam zurück auf die Couch ziehen und dort festhalten. Zora.

»Ja«, sage ich. »Ich erkenne es wieder. Es gehört Robin. Wo haben Sie das gefunden?«

Wieder eine lange Pause, wieder ein Blick, der zwischen den Officers hin und her geht. Die pulsierende Anspannung in mir wächst.

»In Julias Wagen«, sagt Hughes. »Unter dem Fahrersitz. Ist das denn etwas, das Ihre Tochter in der Tasche bei sich getragen haben könnte?«

»Ja«, sage ich. »Sie hat es überallhin mitgenommen.«

»Wir vermuten, dass es ihr aus der Tasche gefallen ist, ohne dass jemand es bemerkt hat.«

»Und wo ist Robin?«, frage ich sehr, sehr leise.

»Wir wissen es nicht«, sagt sie. »Aber ich verspreche Ihnen, dass wir es herausfinden werden.«

ZWEIUNDFÜNFZIG

Kurz darauf gehen die beiden Polizistinnen. Sie haben mich angewiesen zu bleiben, wo ich bin, nichts zu unternehmen, nicht in den sozialen Medien aktiv zu werden, nichts. Sie kümmern sich – sie sind sicher, dass Julia mit dem Fall in Verbindung steht, und sie werden sehr bald wissen, wo Robin steckt. Ihre Zuversicht scheint unerschütterlich, ein Bollwerk gegen jeden Zweifel, doch meine Angst ist genauso unangreifbar – sie hat ihre Klauen tief in mich geschlagen. Trotzdem habe ich keine Energie mehr übrig. Der Tag hat mich vollkommen ausgelaugt.

»Geh ins Bett«, sagt Zora.

»Ich kann nicht schlafen.«

»Dann ruh dich wenigstens aus. Es nützt niemandem, wenn du zusammenbrichst.«

»Nein, wahrscheinlich nicht.«

»Hast du noch was von Andrew gehört?«

»Nichts«, sage ich. »Ich habe dir doch gesagt, dass es ihm egal ist.«

Zora reagiert nicht – wozu auch. »Geh hoch und leg dich hin. Ich wecke dich, wenn irgendwas passiert.«

Ich gehe hinauf in Robins Zimmer und lege mich auf das schmale Bett. Ich brauche jetzt Nähe zu der Tochter, die ich liebe, nicht zu der Mutter, die mich gehasst hat. Aber solange Robin nicht nach Hause zurückkehrt, werde ich die

Nähe, die ich mir wünsche, nicht mehr haben. Stundenlang liege ich mit wundem Herzen wach, starre an die Decke und verbinde phosphoreszierende Sterne zu Mustern.

Irgendwann schlafe ich dann offenbar doch ein, denn ich erwache kurz vor der Dämmerung durch ein lautes Klopfen an der Tür. Ich springe sofort auf, weil es bestimmt die Polizei ist, die Robin zurückbringt, und renne hinaus auf den Flur. In meiner Hast verfehle ich eine Stufe, stürze polternd die letzten Stufen herab, schlage mit dem Kopf gegen das Geländer und bleibe einen Moment lang benommen auf dem Boden liegen, bis es erneut klopft und Zora öffnet. Ich rappele mich auf, stolpere voran, obwohl mein Knie und mein Kopf pochen, doch es ist mir egal, denn Zora spricht mit jemandem, und es muss Robin sein, es kann nur Robin sein.

»Alles in Ordnung mit dir?«, sagt eine Männerstimme, und ich schaue auf. Es ist Andrew, nicht Robin. Die Enttäuschung ist niederschmetternd.

Mein Mann und meine beste Freundin helfen mir in die Küche. Dann murmelt Zora etwas davon, eine Dusche nötig zu haben, und verschwindet nach oben.

Andrew lässt sich auf einen Stuhl fallen und sieht sich um. »Hier muss wirklich dringend was gemacht werden.«

»Ich weiß.«

»Aber es ist schon recht gemütlich geworden, finde ich. Es wirkt auf mich mehr wie ein Zuhause als je zuvor. Zumindest wäre es so, wenn …« Er lässt den Satz verklingen. Ich kann nicht richtig atmen, weil all das, was wir nicht sagen, die Luft abzusaugen scheint.

»Du bist nicht gekommen, um über Renovierungen zu reden, nehme ich an«, sage ich. »Was ist los, Andrew? Ich habe die Pressemeldung über die Verhaftungen gelesen. Warum bist du hier?«

»Wegen Robin«, antwortet er. »Wegen dir.«

»Du hast etwas mit einer anderen. Dir ist doch alles egal.« Meine Stimme klingt tonlos.

»Das solltest du glauben. Damit du gehst.«

»Was soll das heißen?«

»Ich wollte es dir erklären. Als ich angerufen habe …«

»Klar«, sage ich.

»Ich weiß, dass es im Moment keine Rolle spielt. Aber hoffentlich bald wieder. Ich musste dafür sorgen, dass du und Robin das Land verlasst und euch in Sicherheit bringt.«

»Ich verstehe nichts.«

»Es ist alles ein unfassbar großer Schwindel – wie du dir anhand der Verhaftungen zweifellos denken kannst. Sie haben die ganze Führungsriege einkassiert. Die ganze Investmentgesellschaft beruht auf einem großangelegten Betrugssystem. Mir war das anfangs nicht klar, aber in den vergangenen Jahren wurde es immer offensichtlicher. Ich habe Beweise gesammelt und mit der Börsenaufsichtsbehörde zusammengearbeitet.«

»Ich verstehe nicht …«

»Ich wusste, dass die Blase platzen wird. Dass es zu Verhaftungen kommen wird, zu viel unangenehmer Publicity. Ich hatte Angst, dass auch ich verhaftet werde, zumindest zunächst. Und dann hatte ich Sorgen wegen der Visa und allem anderen …«

»Aber wer war dann diese Frau? Und was hatte es mit den mysteriösen Anrufen auf sich?«

Er blickt mich flehend an. »Sie ist meine Anwältin. Die Einzige, mit der ich sprechen konnte, ohne die Ermittlungen zu gefährden. Ich durfte niemand anderem etwas sagen. Das Testament deiner Mutter … ja, natürlich fand ich den Gedanken daran ursprünglich auch unmöglich. Aber das war, bevor ich das ganze Ausmaß des Schwindels in der Firma zu erkennen begann. Für mich wurde das Haus hier immer mehr zum Rettungsanker. Und als Robin dann plötzlich doch aufgenommen werden sollte …« Er lässt den Satz verklingen, setzt neu an. »Mir war klar, dass ich dich nie und nimmer dazu überreden würde. Ich musste dich dazu bringen, dass du mich verlässt. Eine andere Chance habe ich nicht gesehen.«

»Du hast das alles mit Absicht gemacht? Mich ausgeschlossen, mich monatelang nicht mehr angesehen? Mich in dem Glauben gelassen, du hättest etwas mit einer anderen Frau? Und dass du mir meine Tochter wegnehmen würdest?«

Andrew nickt. Sein Gesicht ist grau. »Es tut mir so leid.«

»Etwas Schlimmeres hättest du mir nicht antun können. Wie soll ich dir jetzt noch glauben? Warum konntest du mich nicht einfach ins Vertrauen ziehen?« Obwohl er mir direkt gegenübersitzt, könnte er nicht weiter von mir entfernt sein. Er legt den Kopf in die Hände, und seine Schultern beben. Ich mache keine Anstalten, ihn zu trösten.

Schließlich blickt er wieder auf. Seine Wangen sind nass.

»Es ging nicht. Ich durfte es nicht. Ich habe es zu eurem eigenen Schutz getan, bitte glaub mir das. Ich wollte nicht, dass euch etwas zustößt.«

Die Wut, die in mir wächst, hat im Augenblick keinen Platz, doch trotz meiner furchtbaren Angst um Robin empfinde ich die kalte Gewissheit, dass es eine Abrechnung geben wird, falls wir diese ganze Geschichte überhaupt überstehen sollten, und dann wird mein Zorn gewaltig sein.

Dennoch sage ich nichts weiter dazu. Mich interessiert jetzt nur, wo Robin ist, und Andrews Anwesenheit kommt mir nicht einmal real vor. Ich bin taub für den Schmerz, den er verursacht hat, obwohl sich in mir der Gedanke breitmacht, dass Robin jetzt noch bei mir wäre, wenn Andrew mich nicht aus unserem Zuhause vertrieben hätte …

Zora kommt wieder herunter und gesellt sich zu uns. Sie erklärt Andrew genau, was geschehen ist, während ich immer wieder auf mein Handy blicke. Dann sitzen wir da, während die Stille sich schwer auf uns senkt, und warten und warten, stehen auf, gehen nach vorne, blicken aus Fenstern, kehren zurück und beginnen von vorn. Schließlich ruft Nicole an.

»Ich bin bei Daisy im Krankenhaus«, sagt sie. »Was hältst du davon, wenn du auch herkommst, damit wir reden können?«

Ich gebe Zora wieder, was sie gesagt hat. Andrew blicke ich nicht einmal an. »Aber das kann ich doch nicht machen, oder? Was, wenn hier etwas geschieht? Die Polizei hat gesagt, dass ich hierbleiben soll.«

»Ich meine, du solltest es tun«, sagt Zora. »Wer weiß, was du herausfindest. Ich rufe dich sofort an, wenn es etwas Neues gibt.«

Daisy liegt im selben Zimmer wie vor ein paar Tagen, als ich sie besucht habe; noch immer piepen die Maschinen, an die sie angeschlossen ist, noch immer wird ihr Gesicht durch eine Atemmaske verdeckt. Nicole sitzt mit Pippa neben ihrem Bett. Sobald ich den Raum betrete, springt Nicole auf, eilt zu mir und umarmt mich. Ich drücke sie an mich, und einen Moment lang verharren wir so, bis Nicole loslässt.

»Das werde ich mir nie verzeihen«, sagt sie leise. »Ich hätte Robin niemals zu Julia ins Auto steigen lassen dürfen. Ich hätte erkennen müssen, in was für einer Verfassung Julia sich befand.«

Ich betrachte sie prüfend. Dieser Gedanke ist mir auch bereits gekommen; natürlich habe ich mich schon gefragt, wie viel Schuld ich Nicole zumessen muss. Andererseits finde ich noch immer unfassbar, dass Julia tatsächlich zu dem fähig sein soll, was man ihr zur Last legt.

»Wie hätte man so was vorhersehen sollen«, sage ich also. »Es hätte doch niemand gedacht, dass Julia ihre eigene Tochter unter Drogen setzt und die Konkurrenz zu beseitigen versucht.« Als ich das Wort *Konkurrenz* ausspreche, beginne ich unwillkürlich zu zittern; dass Robin auf ein Hindernis reduziert wird, das jemand für seine ehrgeizigen Pläne aus dem Weg räumen will, ist für mich kaum zu ertragen.

Wieder nimmt Nicole mich in die Arme. »Ich werde

mir das nie verzeihen«, flüstert sie erneut. »Es tut mir so furchtbar leid.«

Ich setze mich ans Ende des Bettes neben Pippa. Nicoles Tochter trägt einen übergroßen Kapuzenpulli, den sie eng um sich gezogen hat, als friere sie. Sie hält etwas in den Händen, und als ich genauer hinsehe, erkenne ich einen kleinen, abgewetzten Teddybär. Trotz meiner Angst fliegt dem Mädchen mein Herz zu. Hier sitzt es neben einer bewusstlosen Freundin im Krankenhaus und wartet auf Neuigkeiten von einer anderen, die verschwunden ist.

»Wie geht's dir?«, frage ich sie.

Sie zuckt zusammen, schaut kurz auf, richtet ihre Aufmerksamkeit aber dann wieder auf das Stofftier, das sie immer wieder zwischen ihren Händen dreht. Ihr Haar ist so fettig, dass man oben am Scheitel die Spuren des Kamms sehen kann, und während ich sie betrachte, hebt sie die Hand und kratzt sich in einer vermutlich unbewussten Geste am Kopf. Als sie die Hand schließlich wieder zurückzieht, erkenne ich mit Entsetzen Blut in ihrem blonden Haar.

»Du hast dir die Kopfhaut aufgekratzt«, sage ich ihr. »Tut das nicht weh?«

Pippa antwortet nicht, sondern macht sich nur noch kleiner und starrt auf ihren Teddy. Nicole tritt neben sie und legt ihr einen Arm um die Schultern.

»Alles in Ordnung«, sagt sie. »Wenn Pippa unter Stress steht, passiert das schon mal – nicht so schlimm. Es ist momentan nicht leicht für sie. Für uns alle nicht.«

Ich nicke. Was soll ich dazu auch sagen? Beim Anblick von Nicole, die ihre Tochter hält, möchte ich am liebsten weinen. Könnte ich meine Tochter doch auch im Arm halten! Beinahe kann ich Robins Wärme spüren, ihr Haar riechen.

Nicole bemerkt nicht, dass ich sie beobachte; sie blickt zu Daisy im Bett. Und plötzlich verändert sich etwas in ihrer Miene, wird schärfer, und einen Moment lang sieht sie vollkommen anders aus, als ich sie kenne – wie eine Fremde. Dann wendet sie sich wieder mir zu und lächelt, und die Wärme kehrt so plötzlich, wie sie verschwunden ist, in ihren Blick zurück, doch der abrupte Wechsel unterstreicht nur die kalte Finsternis, die ich zuvor darin gesehen zu haben glaube.

Mit lauten Schritten tritt plötzlich ein Mann ins Krankenzimmer.

»Paul«, sagt Nicole. »Wie geht's dir? Mit Daisy ist so weit alles okay, keine Veränderung.«

Paul. Julias Ex-Mann. Ich betrachte ihn. Julia hat ihn mir als gefühlskalten, rücksichtslosen Mann beschrieben, der sie so unfair und grausam behandelt hat, dass sie schließlich vor Gericht ziehen musste, um für Daisy und sich wenigstens eine halbwegs anständige finanzielle Absicherung zu erstreiten.

Aber so wirkt er ganz und gar nicht. Sondern bodenständig und ungezwungen – eher wie ein Erdkundelehrer als der eiskalte Investmentbanker, den ich mir aus den Erzählungen vorgestellt habe. Aber dass man von Äußerlichkeiten nicht auf das Wesen schließen darf, weiß ich schließlich nur allzu gut. Als er näher kommt, erkenne ich die Sorgenfalten in seinem Gesicht, die dunklen Schatten unter den Augen, die auf Schlafmangel hindeuten.

»Das ist Sadie«, stellt Nicole mich vor. »Robins Mutter.

Robin ist das Mädchen, das …« Sie spricht nicht weiter, aber offenbar muss sie das auch nicht. Mitgefühl zeichnet sich auf Pauls Miene ab, und er nimmt meine Hand zwischen seine beiden.

»Es tut mir so furchtbar leid«, sagt er. »Was müssen Sie durchmachen!«

Die Empathie in seiner Stimme wärmt mich innerlich. Er weiß genau, was ich durchmache. Selbst wenn seine Tochter dort vor uns im Bett liegt, ist auch sie fort, ihre Rückkehr so ungewiss wie Robins.

»Ich wünschte, ich könnte etwas für euch tun«, sagt Nicole.

Paul setzt sich auf Nicoles Stuhl direkt neben Daisy, und Nicole gesellt sich zu mir ans Fußende. Pippa zieht sich in einen Winkel des Zimmers zurück, lässt sich auf den Boden nieder und nimmt sich ein Buch. Neugierig versuche ich, den Titel zu lesen. *Harte Zeiten* von Charles Dickens. Ich blinzele überrascht.

»Gibt es etwas Neues?«, fragt Nicole. Sie sagt nicht, in welcher Sache, aber dass es um Julia geht, scheint mir klar.

Paul nickt. »Ich habe eben mit der Polizei gesprochen. Bei der Hausdurchsuchung sind Packungen von Modafinil und Diazepam gefunden worden, beide mit ihren Fingerabdrücken. Ihr wird zur Last gelegt, Daisy toxische Substanzen verabreicht zu haben. Ich kapiere es immer noch nicht. Mir war überhaupt nicht klar, dass sie sich solche Sorgen gemacht hat, ob Daisy es in die weiterführende Schule schafft. Oder dass ihr das Stipendium so wichtig war.«

»Nichts von Robin?«, entfährt es mir. »Hat sie nichts zu meiner Tochter gesagt?«

»Tut mir leid, Sadie. Julia sagt gar nichts«, antwortet Paul, und die Freundlichkeit in seiner Stimme gibt mir beinahe den Rest. »Aber es gibt noch etwas anderes. Man untersucht in dem Zusammenhang auch einen Todesfall, der sich vor achtzehn Monaten zugetragen hat. Ein Mädchen ist ertrunken.«

Mein Kopf fährt herum. Er muss Zoe meinen. Jessica hat mir doch erzählt, dass Julia dabei war.

»Die Eltern waren nie einverstanden damit, dass der Tod ihrer Tochter als Unfall deklariert wurde. Julia war damals vor Ort. Und da sich jetzt ein Motiv ergeben hat, befragt die Polizei sie auch dazu.«

»Das war eine schreckliche Geschichte«, sagt Nicole leise. »Pippa war in diesem Urlaub ebenfalls dabei, obwohl sie geschlafen hat, als es geschah – Zoe hat sich nachts rausgeschlichen, um Schwimmen zu üben. So hat man es sich zumindest später erklärt.« Die Erinnerung lässt sie erbleichen. Dann schüttelt sie den Kopf, wie um sich davon zu befreien, und blickt zu ihrer Tochter auf dem Boden. »Pippa, Schätzchen, du verdirbst dir die Augen, wenn du bei dem Licht liest.«

Pippa steht auf und streckt sich. »Mum, ich hab Hunger. Können wir uns was zu essen besorgen?«

»Ich kann mit ihr runter in die Cafeteria gehen«, schlage ich vor. So verzweifelt ich mich nach Informationen sehe, so dringend möchte ich plötzlich auch diesem Krankenzimmer und all den intensiven Emotionen entgehen. Mein Schädel scheint anzuschwellen, und wenn ich nicht bald hier herauskomme, explodiere ich.

»Ach, das ist lieb, aber ich geh schon«, sagt Nicole und

steht auf, doch in diesem Moment tritt eine Ärztin ein, die mit Paul über Daisy sprechen will. Er nickt und wendet sich an Nicole.

»Könntest du bleiben? Ich kann mir nicht immer alle Einzelheiten merken – manchmal ist es etwas zu viel auf einmal.«

Nicole blickt von Paul zur Ärztin, zu Pippa, zu mir. Dann zuckt sie ergeben die Schultern. »Na gut. Würdest du dann doch mit Pippa hinuntergehen?«

DREIUNDFÜNFZIG

Pippa ist nahezu ausgehungert. Sie hat ihr Käse-Schinken-Sandwich schon vertilgt, ehe ich meinen Kaffee noch umgerührt habe, und nickt begeistert, als ich frage, ob sie ein zweites will. Auch das ist zur Hälfte verspeist, ehe sie zum ersten Mal spricht.

»Danke. Wir hatten gestern Abend keine Zeit zum Essen. Es war alles ziemlich komisch.« Was genau komisch war, führt sie nicht aus, sondern reißt die Dose Cola auf, die ich ihr dazu bestellt habe, und trinkt einen großen Schluck. Ich sehe ihr beim Essen zu. Obwohl Robin sich schon am Anfang des Schuljahres mit ihr angefreundet hat, ist das das erste Mal, dass ich sie genauer betrachte. In Gegenwart von Robin und Daisy ist sie immer ein wenig verblasst. Seltsam irgendwie, dass das Mädchen, das in meinen Augen am wenigsten Leben versprüht hat, nun dasjenige ist, das am meisten davon zu besitzen scheint. Ich schaudere, als die Angst um Robin mich erneut überkommt.

»Es war ein toller Tag«, sagt Pippa. »Ich fand es so schön mit Robin. Und ich war wirklich traurig, als ich aufwachte, und sie nicht mehr da war.«

Ich blinzele. Ich kann nicht fassen, dass ich nicht eher auf die Idee gekommen bin, Pippa zu fragen. Der Stress hat meinen Verstand verlangsamt, abgestumpft.

»Was, meinst du, ist passiert, Pippa?«, frage ich so behutsam wie möglich. »Hast du vielleicht eine Idee?«

»Nein, eigentlich nicht. Wir waren den ganzen Tag am Strand und sind mit den Fahrrädern gefahren. Endlich mal nicht lernen. Dann haben wir zu Abend gegessen, und Robin ist eingeschlafen, und Mum hat sie hochgetragen, und dann bin ich auch ins Bett gegangen, und als ich aufwachte, war sie weg.«

Eingeschlafen. Offenbar auf dem Sofa; Nicole hat das Foto gemacht und mir geschickt. Ungewöhnlich für Robin, aber so etwas kommt vor.

»Hast du von Julia denn überhaupt etwas mitbekommen?«

Pippa sieht mich verständnislos an.

»Von Daisys Mutter?«, hake ich nach.

»Ach ja. Sie hat mit uns gegessen. Mum sagt, sie ist frühmorgens wieder gefahren. Ehe ich aufgewacht bin und gesehen habe, dass Robin auch weg war.«

Nichts Neues also von dieser Seite. Nichts, was Licht in den Vorfall bringt. »Ist etwas Ungewöhnliches passiert, als ihr dort wart? Irgendetwas?« Ich bin noch nicht gewillt, die Hoffnung aufzugeben, dass das Mädchen etwas weiß, das mich auf Robins Spur bringen kann.

Pippa zuckt die Achseln. »Es war so ein toller Tag«, sagt sie wieder. »Mum hat uns sogar erlaubt, ins geheime Haus zu gehen.« Sie verstummt und wird rot, und plötzlich füllen sich ihre Augen mit Tränen. Sie greift nach der Coladose, aber ihre Hände zittern, sodass die Dose ihr aus der Hand fällt und der verbleibende Inhalt sich über den Tisch ergießt. Pippa nimmt eine Handvoll Servietten, um die Cola aufzuwischen, verteilt sie aber nur weiter.

»Was ist das geheime Haus, Pippa?«, frage ich. Die Welt um mich herum ist stehen geblieben. Alles tritt in den Hintergrund, ich sehe nur noch das Mädchen vor mir und den dunklen Colabach, der den Tischrand erreicht und zu Boden tropft.

»Ich hätte das nicht sagen dürfen. Das ist ein Geheimnis.«

»Ich schwöre, ich sag's niemandem«, versichere ich ihr. »Aber ich liebe Geheimnisse. Geheime Häuser ganz besonders. Das klingt total aufregend.«

Vorsichtig, ganz vorsichtig …

»Mum hat endlich den Schlüssel gefunden«, erzählt Pippa. »Seit Jahren sucht sie danach. Fast so lange schon, wie ich auf der Welt bin. Aber dann hat sie ihn gefunden, und wir sind alle hineingegangen, aber auch ganz schnell wieder raus, weil alles voller Fliegen war.«

»Wo ist das denn, das Haus?«

»Und du versprichst, nichts zu verraten?«

»Versprochen«, sage ich. Ich habe allerdings keinerlei Absicht, mich daran zu halten. Nichts ist wichtiger als Robin. »Bitte sag mir, wo.«

»Hinter unserem Cottage am Meer. Es sieht aus wie eine Garage, ist aber keine. Drinnen ist alles wie ein kleines Haus.«

Als gäbe es nichts Wichtigeres, erkundige ich mich, ob Pippa noch etwas essen oder trinken will. Dann verlasse ich mit ihr ohne Eile die Cafeteria, tue oder sage nichts, was sie auf den Gedanken bringen könnte, dass sie mir etwas von Bedeutung mitgeteilt hat, und plaudere mit ruhiger Stimme mit ihr über die Prüfungen und Weihnachten und alles, was mir gerade so einfällt, während wir auf den

Fahrstuhl warten. Und es scheint zu funktionieren. Pippa erzählt und erzählt, bis wir wieder im siebten Stock angekommen sind, wo ich sie bei Nicole abliefere.

»Ich fahre jetzt wieder nach Hause«, sage ich. »Andrew hat mir geschrieben, und er hört sich schrecklich an. Es ist wohl besser, wenn ich jetzt bei ihm bin.«

»Aber wir hatten ja noch gar keine Chance, uns zu unterhalten«, sagt Nicole.

»Dann komm doch später noch vorbei.« Ich weiche rückwärts in Richtung Tür und gebe mir Mühe, jeden Eindruck von Hast zu vermeiden. Nicole schenkt mir ein Lächeln, während sie Pippa an sich zieht – das Bild einer liebevollen Freundin und Mutter. Nichts wünsche ich mir mehr, als dass sie genauso nett ist, wie sie wirkt, doch jeder Instinkt, den ich besitze, sagt mir, dass ich so schnell wie möglich von hier verschwinden und herausfinden muss, welche Bedeutung dieses verdammte geheime Haus hat.

Auch Paul schenkt mir ein Lächeln. Er kommt zu mir, um mich rasch zu umarmen.

»Es tut mir so leid wegen Ihrer Tochter«, sagt er. »Ich denke an Sie. Und drücke fest die Daumen, dass sie bald wieder bei Ihnen ist.«

Ich betrachte die kleine Gestalt im Bett. »Ich denke auch an Sie«, sage ich.

Sobald ich aus der Tür bin, renne ich los.

VIERUNDFÜNFZIG

Auf dem Weg nach Hause rufe ich die Polizei an, ich hätte wichtige Informationen, und diesmal nehmen sie mich ernst: Als ich nach einer Fahrt, die nur Minuten dauert, mir aber wie Stunden vorkommt, zu Hause ankomme und durch die Tür stürme, warten dort bereits die Officers Labinjoh und Hughes, Andrew und Zora direkt hinter ihnen.

»Ich habe eben mit Nicoles Tochter gesprochen«, sage ich keuchend. »Sie hat mir erzählt, dass sich im Haus am Meer ein separater Abschnitt befindet. Ein versteckter Teil offenbar. Sie nannte es das geheime Haus. Haben Sie dort alles überprüft?«

Die beiden sehen einander an, dann wieder mich. Hughes ergreift das Wort. »Das haben wir nicht, denke ich. Die Information ist uns neu.«

»Aber meinen Sie nicht, dass man das überprüfen müsste? Vielleicht ist Robin dort drin.«

Wieder sehen sie einander an. »Es ist vielleicht ein bisschen dürftig«, sagt Labinjoh, »aber …«

»Dürftig? Was soll das heißen – dürftig? Haben Sie nicht gesagt, dass Sie auf der Suche nach Robin jeden Stein umdrehen würden?«

»Wenn Sie mich ausreden ließen«, fügt Labinjoh hinzu, »könnte ich Ihnen versichern, dass wir die örtliche

Polizeistelle sofort anrufen. Außerdem fahren wir für alle Fälle selbst hin.«

Ich bin so aufgewühlt, dass ich den Mund aufmache, um sie erneut anzufahren, ehe mir bewusst wird, was sie gerade gesagt hat. »Oh, okay. Sie fahren hin.«

»Das tun wir. Jetzt.«

Und schon setzen sie sich in Bewegung und marschieren die Auffahrt hinunter. Ich renne ihnen hinterher. »Kann ich mitkommen?«, frage ich. »Falls Robin da ist, wird sie mich brauchen.«

»Steigen Sie ein.« Hughes deutet auf die Rückbank einer unauffälligen Limousine, und ich zögere nicht, springe hinein und ziehe die Tür hinter mir zu.

Mag das Auto von außen auch unauffällig aussehen, sobald wir fahren, wird klar, dass der Wagen getunt ist. Labinjoh fährt schnell und zügig, und bald haben wir den Verkehr im Londoner Norden hinter uns und brausen auf der A12 entlang. Hughes bittet mich derweil, genau zu wiederholen, was Pippa gesagt hat, und gibt die Informationen telefonisch durch.

»Leider haben unsere Kollegen mit Personalknappheit zu kämpfen«, sagt sie schließlich. »Es hat einen Vorfall bei Woodbridge gegeben – eine Explosion in einer Brauerei. Alle verfügbaren Leute sind hinbeordert worden. Wir werden also schnell sein müssen.«

Ohne Vorwarnung schaltet Labinjoh die Sirene an. Ich werde in den Sitz zurückgeschleudert, als sie aufs Gas tritt und wir davonbrausen.

Ich war mir nicht sicher, ob sie es wirklich ernst nehmen.

Jetzt werde ich eines Besseren belehrt.

Ich schwanke hin und her, während wir mit quietschenden Reifen durch Kreisverkehre rasen, und klammere mich mit einer Hand an den Griff in der Tür, während ich mein Telefon mit der rechten festhalte. Als wir auf einer zweispurigen Straße nach rechts schwenken, um abzubiegen, vibriert mein Handy. Ich blicke aufs Display: eine Nachricht von Nicole. Ich will sie öffnen, doch der Wagen schert ganz plötzlich aus, um zu überholen, und mein Handy fliegt mir aus der Hand und rutscht auf die andere Sitzbankseite, wo ich es nicht erreichen kann.

Doch wir sind da, wir sind fast da, und wir fahren an einem Golfplatz vorbei, einer langen Reihe von Häusern, einer Kirche zur Linken. Ich habe kaum Zeit, mich umzusehen, ehe wir über eine Hauptstraße schlingern und hinter einem Pub rechts in eine Parallelstraße zur Uferpromenade einbiegen. Wir halten neben einem anderen Pub an der Einmündung einer kleinen Gasse, die von einer Holztür versperrt ist.

»Hier?«, frage ich.

»Hier«, erwidert Labinjoh.

Zwischen dem Pub und der Gasse befindet sich ein kleines Gebäude. Ein Garagentor, in das eine kleinere Tür eingelassen ist, reicht über die gesamte Breite, doch vor dem Bau ist eine niedrige Mauer hochgezogen worden, hinter der eine Reihe von Mülltonnen den Zugang versperren. Wir stehen einen Moment nur da und sehen es uns an, dann stößt Hughes die Holztür auf und verschwindet in der Gasse. Ein paar Sekunden später ruft sie.

»Hier ist noch eine Tür.«

Labinjoh läuft los, ich folge dichtauf. Am Ende des Durchgangs, an der Rückseite eines Hauses, das, wie ich annehme, Nicoles ist, befindet sich eine Seitentür, die in den niedrigen Bau mit dem Garagentor führt. Die beiden Polizistinnen drücken abwechselnd dagegen, aber sie bewegt sich nicht, und auf ihr Klopfen und Rufen kommt keine Reaktion. Auch ich rufe, rufe nach Robin, und meine Stimme klingt mit jedem Mal verzweifelter.

Die beiden Polizistinnen geben den Versuch an der Tür auf und kehren zum Auto zurück. Ich nehme ihren Platz ein und hämmere weiter an die Tür, bis die Frauen zurückkommen und mich aus dem Weg und in Richtung Straße schieben. Hughes trägt eine Türramme, wie ich sie bisher nur in TV-Serien gesehen habe. Sie holt aus, schwingt sie einmal, zweimal, und plötzlich fliegt die Tür auf, und die Ramme fällt mit einem metallischen Laut zu Boden.

Hughes und Labinjoh gehen vor, ich folge, doch als Hughes ruft, stürze ich vor, dränge mich an Labinjoh vorbei und folge Hughes eine Treppe hinauf, wo ich sie neben einem Haufen Lumpen auf dem Boden knien sehe. Ein Haufen Lumpen umgeben von Unmengen von toten Fliegen, ganzen Verwehungen von Fliegen – mehr, als ich je in meinem Leben an einem Ort gesehen habe.

Doch ich richte meine Aufmerksamkeit auf das Falsche. Die Fliegen spielen keine Rolle. Denn Hughes wühlt durch den Haufen Lumpen, schiebt und scharrt, hievt Decken hoch und schaufelt Stoffe zur Seite, und als sie sich schließlich bückt, sehe auch ich, was sie gefunden hat.

Wen sie gefunden hat.

Und dann bin ich bei ihr, sinke auf die Knie, sinke neben meiner Tochter auf dem Boden auf die Knie. Ihre Lippen sind blau, und ich beginne zu schluchzen, als ich nach ihrer Hand greife.

Sie ist kalt.

DANACH

Mir ist kalt.

Die Blumen sind so weiß wie der Sarg, der mit rosa Blüten bemalt ist. Er hätte ihr gefallen. Hübsch, genauso wie sie gewesen ist. Eine Träne rinnt mir über die Wange. Schon wieder. Hat es je eine Zeit gegeben, in der ich nicht geweint habe? Ich kann mich nicht mehr daran erinnern.

Fest verschränke ich meine Hände, als der Prediger zu lesen beginnt.
Und Jesus sprach, lasset die Kindlein zu mir kommen und wehret ihnen nicht, denn solchen gehört das Reich Gottes.
Sie hätten es verdient. Denn für viele ist es die Hölle auf Erden. Sie müssen singen und tanzen, Hoffnungen anderer ausleben und die gescheiterten Träume der Eltern erfüllen.

Es tut mir leid. Es tut mir so leid.

Ich betrachte die Blumen auf der weiß lackierten Kiste. Keine Lilien mit ihren wächsernen Blättern und dem beinahe widerwärtig süßem Aroma, sondern bunte, fröhliche Sonnenblumen und Freesien, verwoben mit hellgrünen Efeuranken, und der zarte Duft, der von ihnen ausgeht, verteilt sich in der ganzen Kirche.

Die Stimme des Predigers verstummt, die Musik verklingt, und nun bleibt nichts mehr, um das Band anzuhalten, das den Sarg in die Flammen befördert. Die Blumen werden heruntergenommen und behutsam auf den Boden gelegt, und ich möchte schreien, nur schreien, vergesst die Blumen, holt doch sie aus der Kiste, holt sie raus.

Aber ich schreie nicht. Ich beiße mir so fest auf die Lippe, dass sie zu bluten beginnt.

Der Vorhang öffnet sich, der Sarg gleitet durch die Lücke.

Der Vorhang schließt sich. Der Duft der Freesien schnürt mir die Kehle zu. Ich stehe auf, verlasse das Krematorium und trete in die helle, warme Sonne, doch ich sehe nichts als Finsternis, und ich stolpere, stürze.

FÜNFUNDFÜNFZIG

»Ich weiß, dass du andere Sachen im Kopf hast«, sagt Zora am Telefon. »Aber ich dachte, du wolltest vielleicht wissen, wie der Prozess ausgegangen ist.«

Ich zucke die Achseln, obwohl sie es nicht sehen kann.

»Er hat sich schuldig bekannt. In jedem Anklagepunkt. Es gab einen ziemlichen Aufruhr im Saal.«

»Okay«, sage ich. »Das ist immerhin etwas. Den Mumm hätte ich ihm gar nicht zugetraut.« Es kommt mir vor, als sei all das in einem anderen Leben geschehen.

»Er ist in den Zeugenstand getreten, aber anstatt zu sagen, was wir einstudiert haben, gab er zu, dass alles, was ihm zur Last gelegt wird, der Wahrheit entspricht.«

Etwas rührt sich in mir, ein Hauch von Gefühl. »Und was geschah dann?«

»Die Richterin fragte, ob er sein Bekenntnis ändern wolle, was er bejahte. Und dann brüllte er dem Gericht entgegen, dass er nur wegen seines Vaters und der Kronanwältin so lange auf ›Nicht schuldig‹ beharrt habe.«

»Wow«, sage ich. Was für ein vernichtender Schlag gegen die berufliche Integrität der beiden. Ich sehe förmlich vor mir, wie ihre Gesichter vor Empörung dunkelrot anlaufen.

»Ich wusste von dieser Absprache nichts«, sagt Zora nicht zum ersten Mal. »Und ich hoffe, dass dir das klar ist. Auf dieser Basis hätte ich das Mandat niemals übernommen.«

»Das weiß ich«, antworte ich. »Jeremy meinte, dass sein Vater der Initiator gewesen ist. Nicht, dass Barbara sich dagegen heftig gewehrt zu haben scheint.«

»Im Zweifelsfall wird die eigene Zunft geschützt«, sagt Zora. »Kein Anstand.«

»Das arme Mädchen«, sage ich.

»Ja, das arme Mädchen.«

Beide schweigen wir eine Weile. Ich muss daran denken, wie tapfer Freya ihre Aussage gemacht hat. Dann hole ich tief Luft.

»Bitte verzeih mir, dass ich dir nicht sofort von dem Buch erzählt habe. Das war unglaublich blöd von mir, und ich hätte es besser wissen müssen. Aber irgendwie war alles … schwierig.« Wieder schaudert es mich allein bei dem Gedanken an das furchtbare Wochenende. »Was passiert jetzt?«

»Das Urteil wird in ein paar Wochen verlesen. Und ich habe sowohl bei deiner Kanzlei als auch bei der Anwaltskammer Beschwerde eingereicht. Ehrlich gesagt, bin ich entsetzt über die Art, wie es gelaufen ist.«

»Das ist gut.«

»Jeremy muss sich außerdem selbst um Strafmilderung kümmern – oder sich jemand anderen suchen. Wir sind jedenfalls raus.« Zora macht erneut eine Pause. »Ich weiß nicht, was du beruflich planst, Sadie. Ob du in deine ehemalige Kanzlei zurückwillst. Oder vielleicht Lust hättest, bei uns anzufangen. Jedenfalls suchen wir immer gute Leute. Bei uns gibt es viele Prozessmöglichkeiten und vielleicht mehr Flexibilität. Wie dem auch sei – ich habe David bereits vorgewarnt, dass ich dich zu jeder möglichen Gelegenheit anfordern werde.«

Ich überlege einen Moment, speichere das Angebot aber erst einmal ab. Ich werde ein andermal darüber nachdenken. Nicht jetzt.

»Und wie ist es Freya ergangen?«, frage ich. »Hast du gesehen, wie sie reagiert hat?«

»Ich habe sie weinen gehört«, sagt Zora. »Ich habe mich nach ihr umgesehen und sie im Zuschauerraum entdeckt. Und was dich vielleicht freut – ihre Mutter saß bei ihr und hatte einen Arm um sie gelegt. Vielleicht raufen die zwei sich ja zusammen.«

»Das freut mich wirklich«, antworte ich. Ich will gerade auflegen, als ich innehalte. »Zora, ich muss dir noch danken. Für alles, was du getan hast. Du bist wirklich die beste Freundin, die man sich wünschen kann. Ich weiß noch nicht, wann ich wieder so weit bin, aber es wäre mir eine Freude, mit dir zu arbeiten. Aber können wir dafür sorgen, keine weiteren Arschlöcher zu vertreten?«

Zora lacht. »Du weißt, dass ich dir das leider nicht versprechen kann.«

»Ja. Wohl wahr.«

SECHSUNDFÜNFZIG

Robin rührt sich. Sie wacht auf. Ich liege neben ihr und betrachte ihr Gesicht, während sie langsam die Augen aufschlägt. Seit wir sie vom Krankenhaus abgeholt haben, schläft sie in meinem Bett, beginnt aber langsam, wieder etwas eigenständiger zu werden. Zur Schule geht sie noch nicht wieder, obwohl sie sagt, dass sie fast so weit ist.

Aber auch mich tröstet ihre Nähe, die Wärme, die von ihr ausgeht. Meine zerfaserten Nerven verheilen wieder, mein Cortisolspiegel normalisiert sich. Es ist ein Instinkt vieler Tierarten, sich im Rudel Rücken an Rücken aneinanderzuschmiegen und der Nacht zu trotzen. Manchmal liege ich im Dunkeln, lausche ihren Atemzügen und stelle mir vor, wie es in jenem finsteren Haus gewesen sein muss. Robin spricht nicht darüber, kann sich nicht erinnern – oder will es nicht. Ich hoffe nur, dass sie nicht aufgewacht ist, nach mir gesucht hat und feststellen musste, dass niemand da war.

Einmal habe ich von einem Experiment mit Affenbabys gelesen, die man ihren Müttern weggenommen und mit einer Attrappe aus Draht als Ersatz in einen Käfig gesperrt hat, ohne auf ihre herzzerreißenden Schreie zu reagieren. Der Gedanke an die Verzweiflung der Tiere tat mir körperlich weh. Meine Mutter war genauso hart und unnachgiebig. Wie oft habe ich versucht, mit ihr zu reden oder auch nur von ihr beachtet zu werden. Aber für sie war ich viel zu oft eine Enttäuschung und niemals gut genug. Meine Mutter konnte wochenlang ihren mütterlichen Verpflichtungen wie Kochen und Waschen nachkommen, ohne mich auch nur ein einziges Mal wirklich anzusehen.

Sobald Robin richtig wach ist, gehen wir hinauf in mein ehemaliges Kinderzimmer. Es ist Zeit. Wir haben gestern Abend darüber gesprochen. Wir werden schnell und brutal vorgehen. Das Zimmer hat den besten Ausblick hoch über den Dachrinnen. Man schaut in den Garten auf die Töpfe mit leuchtenden Alpenveilchen, die ich für den Winter gepflanzt habe. Im Frühling werden auch Narzissen, Krokusse und Schneeglöckchen kommen, genau das Richtige für meine Tochter. Wir werden uns das Zimmer zurückerobern und ihm den Hass austreiben. Und tatsächlich dauert es nicht lange, um das zu beenden, was ich schon vor Wochen begonnen habe.

»Soll ich den ganzen Müll runterschaffen?«, fragt Andrew, der die Treppe heraufkommt. »Vier Tüten aus deinem Zimmer habe ich schon entsorgt.«

Ich reiche ihm das, was wir bisher aussortiert haben, und lausche seinen Schritten hinunter bis zur Haustür. *Dein Zimmer*, hat er gesagt. Er schläft noch immer auf der Couch im Wohnzimmer. Er ist hier, weil er Robin guttut – nur aus diesem Grund. Jedenfalls sage ich mir das immer wieder.

Robin wühlt in den Schubladen an der gegenüberliegenden Wand. Wir haben unser anfängliches Entsetzen über Lydias Zerstörungswut überwunden und können inzwischen sogar die komische Seite sehen.

»Schau mal«, sagt Robin und zeigt mir den zerschmetterten Plastikkopf einer Babypuppe. Ein Auge fehlt, das andere hängt halb heraus. Es sieht ziemlich gruselig aus. »Sie muss mit einem Schuh oder so was darauf rumgehämmert haben. Erstaunlich.«

Schweigend machen wir weiter. Ich entdecke ein paar halbwegs unbeschädigte Seiten von *Wo die wilden Kerle wohnen* und versuche, sie wieder in die richtige Reihenfolge zu bringen. Wie glücklich ich in einem Zuhause gewesen wäre, »wo mich jemand am allerliebsten gehabt hätte«.

»Mum«, sagt Robin und holt mich wieder in die Wirklichkeit zurück. »Mum«, sagt sie erneut. »Schau mal.«

Ich blicke auf. Sie hat einen alten Schuhkarton in der Hand. »Was ist das?«

»Das lag in der untersten Schublade. Der Karton ist noch heil.«

»Wow. Wahrscheinlich das Einzige hier in diesem Zimmer«, bemerke ich, und wir müssen beide lachen. Vorsichtig bahnt Robin sich ihren Weg durch das Chaos am Boden und reicht mir den Karton, und zusammen sehen wir ihn uns an. »Ich habe fast Angst reinzuschauen«, sage ich. »Was denkst du, erwartet uns? Eine tote Kröte? Ein abgeschnittener Zeh?«

»Vielleicht ein Ochsenherz mit Nägeln drin, wie Hexen es früher benutzt haben«, sagt Robin und reißt gespielt entsetzt die Augen auf.

Ich greife nach dem Deckel, berühre ihn aber dann doch nicht. Es ist verlockend, es einfach dabei zu belassen, das ganze Ding in den Müll zu werfen und nie wieder daran zu denken. Aber ich weiß genau, dass das nicht funktionieren wird – der Gedanke daran wird mich immer verfolgen. Ich hole also tief Luft und wappne mich. Meine Mutter war eine bösartige Frau, aber sie kann nichts mehr tun, um mich zu verletzen.

»Komm schon, Mum, bring's hinter dich«, sagt Robin, und ich klappe endlich den Deckel auf.

»Oh«, sage ich, dann noch einmal. »Oh.« Meine Hand fliegt zu meinem Mund.

»Was ist denn?«, fragt Robin. »Lass mich mal sehen.«

Sie greift in den Karton und zieht die Matroschka hervor, die aus meiner Kindheit stammt. Die meine Mutter in meinem Beisein so wütend mit dem Hammer traktiert hat, dass die Sehnen in ihrem Hals hervortraten.

»Hast du nicht gesagt, dass sie kaputt war?« Doch die Puppe, die sie in der Hand hält, ist intakt. Ich nehme sie ihr ab und fahre vorsichtig über die leicht erhabenen Klebestellen.

»Sie muss sie repariert haben«, sage ich und habe plötzlich das Gefühl, dass sich etwas im Raum verschiebt, lockert.

»Das wird ein tolles Zimmer«, sagt Robin, tritt zu mir und drückt mich an sich.

»Es tut mir leid«, sagt Andrew später. Ich blicke auf.

»Ich weiß.«

»Meinst du, du kannst mir je verzeihen?«

Ich sehe ihn an, und er erwidert den Blick. Eine lange Weile verharren wir so.

»Willst du wieder in die Kanzlei zurück?«, fragt Andrew noch später.

»Einer von uns wird wohl das Geld ranschaffen müssen«, antworte ich. »Nun, da du als Topinformant deinen Chef ins Gefängnis gebracht und dein Arbeitsvisum verloren hast.«

»Wir kriegen das hin«, sagt er. »Jetzt bist du dran. Ich bin hier.«

»Ich bin mir nicht sicher«, sage ich. »Ich weiß eigentlich nicht, ob ich hierbleiben will.« Ich deute auf die Küche um mich herum. »Aber in die Staaten können wir ja nicht zurück.«

»Nur über meine Leiche. Und selbst wenn – ich weiß nicht, ob Robin da mitziehen würde.« Er lacht, und nach einem Augenblick stimme ich ein.

»Worüber lacht ihr?«, fragt Robin, die gerade eintritt. Sie ist noch immer blass, noch immer etwas zu dünn von ihrer Zeit im Krankenhaus, aber lebendig und gesund. Und munter.

»Deine Mutter hat vorgeschlagen, zurück nach Amerika zu gehen«, sagt Andrew, »aber ich hatte Zweifel, ob dir die Idee gefallen würde.«

»Nie im Leben«, sagt sie. »Ich will nicht wieder umziehen. Mir gefällt es hier. Auch in der Schule. Können wir nicht bleiben?«

Unwillkürlich muss ich lächeln, als ich die beiden betrachte. Es ist, als sei nichts passiert. Der Schatten ist von Robin abgefallen, obwohl ich mir nicht vorstellen kann, dass ich je wieder vollständig frei davon sein werde. Selbst nach all den Wochen fühle ich noch immer, wie unnatürlich kalt Robins Hand dort in diesem schrecklichen Haus in meiner gewesen ist.

Nachdem wir Robin gefunden hatten, überstürzten sich die Ereignisse, sodass ich eine Weile brauchte, um alles zu verarbeiten. Der Notarzt kam und brachte sie fort. Weil ihre Körpertemperatur so niedrig war und Blut an ihrem Schädel klebte, war ich zuerst davon überzeugt, dass sie tot war, doch die Sanitäter entdeckten einen schwachen Puls. Dennoch brauchte sie ein paar Wochen, um sich zu erholen und die Tranquilizer, die man ihr verabreicht hatte, wieder vollständig abzubauen.

»Sie hätten sie nicht viel später finden dürfen«, sagte einer der Ärzte im Krankenhaus zu mir. »Und wenn die Dosis nur etwas höher gewesen wäre, hätte es ebenfalls tödlich ausgehen können. Alles in allem hat sie Glück gehabt.«

Ich beobachte, wie Robin mit Andrew durchs Haus tobt. O ja, sie hat wirklich Glück gehabt. Die arme Daisy dagegen nicht. Ihre Bestattung war das traurigste Ereignis, dem ich je beigewohnt habe. Es hat mir fast das Herz gebrochen, den verzweifelten Paul neben Nicole vor dem Krematorium zu sehen. Die beiden kommen einander näher. Sie scheint ihm Trost zu spenden.

Ich kann mir überhaupt nicht vorstellen, was Julia empfinden muss. Aber ich verstehe sie auch nicht. Es geht einfach nicht in meinen Kopf, wie jemand so zerfressen von Ehrgeiz für das eigene Kind sein kann, dass er bereit ist, die Konkurrenz zu töten. Aber genau das ist passiert.

Gegenwärtig sitzt Julia in Untersuchungshaft. Neben fahrlässiger Tötung ihrer eigenen Tochter wird ihr Freiheitsberaubung und versuchter Mord an Robin zur Last gelegt.

In der Nachricht, die Nicole mir geschickt hatte, als die Polizei und ich auf dem Weg nach Aldeburgh waren, stand, dass sie den Schlüssel zu dem geheimen Haus verloren hätte; offenbar hatte ihr Pippa gebeichtet, dass sie mir davon erzählt hatte. Julia war Jahre zuvor zu Besuch gewesen; sie wusste von den Räumlichkeiten hinter dem Haupthaus und muss die Schlüssel eingesteckt haben, als sich ihr die Chance dazu bot. Nicole hatte nicht daran gedacht, das geheime Haus zu erwähnen. Es war ihr schlichtweg nicht in den Sinn gekommen, dass Robin sich dort befinden könne.

Die Spurensicherung fand Fasern der Kleidung, die Julia getragen hatte, auf Robins Sachen, ihre Fingerabdrücke auf dem Schlüssel, den man wiederum in ihrer Handtasche entdeckte, sowie eine leere Packung jenes Beruhigungsmittels, mit dem Daisy und Robin betäubt worden waren, im Mülleimer vor Julias Haus.

Julia wird sich der fahrlässigen Tötung ihrer Tochter schuldig bekennen, wie die Polizei mir erzählt hat. Sie hat ausgesagt, sie sei am Boden zerstört; niemals würde sie sich verzeihen können, was sie getan hat. Mit dem, was Robin zugestoßen ist, habe sie nichts zu tun, behauptet sie. Noch. Aber eine andere Erklärung hat sie auch nicht zu bieten. Vermutlich kümmert es sie angesichts des Todes ihrer Tochter einfach nicht mehr. Sie scheint jeden echten Versuch, sich selbst zu verteidigen, aufgegeben zu haben.

Die Polizei geht davon aus, dass Julia so zerfressen von Kummer und Selbstvorwürfen war, dass sie in einer Art Kurzschlussreaktion beschloss, sich Robin zu schnappen, die in ihren Augen das Gleichgewicht der Klasse gestört hatte. Sobald sie mit ihr in aller Früh am Sonntag aufgestanden war, verabreichte sie ihr ein gepanschtes Getränk, versetzte ihr einen Schlag über den Schädel und versteckte sie in dem Bau, der an Nicoles Sommerhaus angrenzte.

Ich werde wohl nie erfahren, was sich in ihrem Kopf abspielte, obwohl ich wirklich versucht habe, es mir zu erklären. Daisy mit Medikamenten vollzupumpen – nun, das ist auf schreckliche Art nachvollziehbar. Julia wollte Erfolg für ihre Tochter, und das um jeden Preis. Bis Robin in die Klasse kam, war Daisy die Beste und hatte das Stipendium praktisch schon in der Tasche. Doch Robin konnte in den Mathearbeiten immer die bessere Note erzielen, und vielleicht hat Julia ihrer Tochter deshalb immer mehr leistungssteigernde Medikamente verabreicht, die sie am Abend mit Beruhigungsmitteln wieder ausgleichen musste, bis es schlichtweg zu viel für den Organismus wurde. Julia muss Robin als Schuldige ausgemacht haben. Als sie also die Chance sah, sich an ihr zu rächen, hat sie sie mit beiden Händen ergriffen.

Wieder betrachte ich meine Tochter, die von jugendlicher Widerstandskraft nur so strotzt. Bis auf eine kleine Narbe am Kopf ist nichts zurückgeblieben, gar nichts. Sie muss nicht einmal die Prüfungen im Januar machen; Ashams war so entsetzt über den Skandal, dass man die Aufnahmeprozedur für die Mädchen, die die Grundschule hier absolviert haben, ausgesetzt hat. Die Aufnahme in die weiterführende Schule geschieht nun automatisch.

»Obwohl wir es hier mit einem extremen Beispiel der Gefahren elterlichen Konkurrenzdenkens zu tun haben«, hieß es mit erstaunlichem Understatement in dem entsprechenden Brief, »möchten wir in Zukunft keine

Atmosphäre begünstigen, die einem solchen Verhalten Vorschub leistet.«

Gut für Robin. Gut für Pippa.

Zu spät für Daisy.

Und zu spät für Zoe. In diesem Fall wird es keine Anklage geben, aber nur aus Mangel an Beweisen. Laut Polizei ist Zoes Mutter davon überzeugt, dass Julia hinter dem Unglück steckt, weil sie ihre Tochter durch Zoes herausragende Schulleistungen bedroht sah, auch wenn die Kinder erst in der vierten Klasse gewesen waren.

Ich werfe Robin einen Blick zu. Ich weiß, wie viel Glück wir hatten.

Später kommt Pippa vorbei. Sie wird heute bei uns übernachten. Sobald sie angekommen ist, laufen die Mädchen kichernd nach oben. Die beiden sind ein Herz und eine Seele.

Nicole steigt aus dem Auto und reicht mir Pippas Tasche über die Türschwelle. Ich müsste sie eigentlich hereinbitten, bin aber völlig perplex über ihre Erscheinung. Sie hat eine neue Frisur, ihr Haar ist gefärbt, und sie hat Lippenstift aufgelegt. »Paul wartet im Auto«, sagt sie. »Wir übernachten in einem Hotel in den Cotswolds.«

Ich brauche einen Moment, um etwas zu erwidern. »Wie nett«, sage ich schließlich. »Ich wünsche euch viel Spaß.«

Nicole ist schon fast wieder an der Straße, als sie sich umdreht und zurückkehrt.

»Ich hoffe, Robin kommt bald wieder in die Schule«, sagt sie. »Sie fehlt uns. Und du auch.«

Ich blicke sie ausdruckslos an.

»Wir brauchen dich unbedingt für den Weihnachtsbasar«, sagt sie. »Ich habe Julias Posten übernommen – ich bin Elternsprecherin. Weil ich in den letzten Monaten so eng mit ihr zusammengearbeitet habe, bin ich einstimmig gewählt worden.« Und damit steigt sie in den Wagen.

Ich winke ihr nach. Ihre Worte, so unbekümmert, klirren wie Eis.

Ein Bild taucht vor meinem geistigen Auge auf. Nicoles Gesicht, als sie im Krankenhaus Daisy angesehen hat, im Blick eine Gefühlsregung, die ich zu dem Zeitpunkt nicht deuten konnte. Aber nun frage ich mich, ob es nicht vielleicht Neid gewesen ist. Hat sie die Mädchen, die stets so viel besser als ihre Tochter abgeschnitten haben, gehasst? Hat sie Julias Stellung an der Schule begehrt? Hat sie vielleicht Daisy unter Drogen gesetzt und versucht, Robin zu töten, nur um es dann Julia in die Schuhe zu schieben? Sie hatte ein Motiv, die Mittel – die Gelegenheit.

Ich schüttele den Kopf. Ich habe nicht mehr alle Tassen im Schrank. Ich kenne die Ermittlungsergebnisse der Polizei, man muss die Dinge nicht unnötig verkomplizieren.

»Dürfen wir Kuchen backen, Mum?« Aufgeregt kommt Robin, Pippa im Schlepptau, zu mir.

»Ja, klar, könnt ihr.«

»Danke, Mum«, sagt Robin und stiebt davon. Pippa läuft ihr nach, bleibt jedoch noch einmal stehen und wendet sich mir zu.

»Ich mag Robin«, sagt sie. »Sie ist nicht wie Zoe oder Daisy. Die haben immer angegeben und mir das Gefühl gegeben, dass ich doof bin. Aber Robin nicht – sie ist meine

Freundin. Meine beste Freundin.« Eindringlich sieht sie mich an, ohne zu blinzeln.

Es gibt keinen vernünftigen Grund dafür, doch eiskalte Finger packen mich. Dann lächelt Pippa, und die Kälte verfliegt. Sie ist ein Kind, nur ein Kind. Ich folge den beiden in die Küche, schalte den Ofen ein und bleibe, falls sie Hilfe brauchen.

EPILOG

Nie erinnert sich jemand an mich. Vielleicht gibt es mich gar nicht.

Mummy sagt, es gibt mich. Mummy sieht mich. Sie sieht alles, was ich tue. Wir tun alles zusammen. Lösen jedes Problem gemeinsam.

Ich bin ein Teil von ihr, sagt sie.

Die anderen halten mich für weniger schlau als die anderen Mädchen. Aber das stimmt nicht. Ich verstecke es nur gern, damit es niemand merkt. Aber ich kann eine ganze Menge besser.

Laufen, springen. Schwimmen.

Zoe, hab ich gesagt, komm, Zoe, komm noch ein bisschen rein. Du kannst das.

Keine Angst.

Ich helf dir.

Hab ich aber nicht. Sie hat mir auch nie geholfen. Ich mochte sie nicht.

Aber ich hab Robin geholfen. Ich hab dafür gesorgt, dass man sie findet. Obwohl Mummy gesagt hat, das soll ich nicht, weil Robin irgendwann auch nur wieder gemein zu mir sein wird.

Aber das stimmt nicht. Robin ist nett zu mir. Ich hoffe, das bleibt sie für immer.

Sie ist meine Freundin.

DANKSAGUNGEN

Der zweite Roman ist immer ein harter Brocken, und meiner ist keine Ausnahme. Mein tief empfundener Dank geht an meine Lektorin Kate Stephenson für ihre endlose Geduld und ihr Können, mit dem sie das Beste aus diesem Buch geholt hat, und an meine Agentin Veronique Baxter für ihr umfassendes Wissen und ihre Unterstützung während der gesamten Entstehung. Karen Ball und Julia Bruce haben bei Redaktion und Korrektur brillante Arbeit geleistet – auch euch beiden meinen Dank.

Ich bin sehr froh, von Wildfire, den Besten in diesem Geschäft, verlegt zu werden, und ich danke Alex Clarke, Ella Gordon und dem Team von Headline. Mein besonderer Dank gilt Rosie Margesson und Joe Yule, aber letztlich wäre es ohne euch alle nichts geworden.

Dr. Rosie Baruah hat etwas von ihrer kostbaren Zeit im Einsatz für Covid-19-Patienten abgezweigt, um mich über die Auswirkungen von überdosierten Medikamenten ins Bild zu setzen, und Anya Waddington war so freundlich, mich zum Thema Aufnahmeverfahren weiterführender Schulen zu beraten – auch ihnen beiden bin ich sehr dankbar. Was auch immer an Fehlern zu finden ist, habe ich allein zu verantworten.

Schon im Frühstadium der Arbeit an diesem Buch habe ich von meinen Vorablesern viel Bestätigung, Rat und Zuspruch bekommen – vielen, vielen Dank an Jemma Arvinitis, Louise Hare, Laura Joyce, Caroline Jannett, Amanda Little, Maxine Mei-Fung Chung, Kate Simants und Trevor Wood.

Susan Chynoweth, Norma Gaunt, Kristian Glynn, Katie Grayson, Sarah Hughes und Sandra Labinjoh: Euch habe ich die Namen geklaut und die Ohren über das böse Zweitbuch-Syndrom vollgejammert – ich danke euch, ihr Lieben. Ich kann es kaum erwarten, euch endlich nicht mehr nur am Bildschirm, sondern in echt zu begegnen. Ein besonderer Dank an Sarah Pinborough für all die Unterstützung in dieser ersten Zeit der Veröffentlichung und an Sophie Hannah, deren Rat von unschätzbarem Wert gewesen ist.

Helen Chatwell, vielen, vielen Dank. Du weißt, wofür. Ruth Davidson, dass du nicht in den Danksagungen von *Blood Orange* aufgetaucht bist, war ein böses Versäumnis, aber danke noch mal – auch du weißt, wofür.

Allen Lehrer*innen da draußen – euch gilt mein uneingeschränkter Respekt. Vor allem danke ich jenen, die mit meinen Kindern zu tun hatten. Ich hoffe, dass ich nie so schwierig war wie eine der fiktiven Mütter in meinem Roman, und ich bin froh, dass diese Welt nur in meiner Fantasie existiert.

Ich hätte nie erwartet, dass mein erster Roman, *Blood Orange*, so viele Leser*innen erreicht, und ich bin jeder und jedem einzelnen dankbar, dass er es aufgeschlagen und ihm eine Chance gegeben hat. Dass es für den WHSmith Richard and Judy Book Club ausgewählt wurde, war eine Ehre, die ich mir nie hätte erträumen lassen, und ich danke allen Einzelhändlern, die es unterstützt und empfohlen haben. Es war großartig, die Besprechungen in Buchclubs und die Rezensionen der Blogger zu lesen – ihr seid toll und ich bin euch sehr dankbar für die Arbeit, die ihr aus dem besten aller Gründe tut: aus Liebe zu Büchern und zum Lesen.

Meine Familie hat mich während des Schreibens immens unterstützt – meine Eltern Bill und Jenny, mein Bruder Alex, meine Nichte Amelia und mein Neffe Ali, meine Schwiegereltern Ian und Cathy und mein Schwager Oli. Ich danke euch allen sehr und bin heilfroh, dass wir ein ganz normaler Haufen ohne merkwürdige Altlasten sind. Und zum Schluss Dank an Nat, Freddy und Eloise. Ohne euch geht gar nichts, und ihr seid die besten Lockdown-Gefährten, die man sich wünschen kann. Ich liebe euch.